SCHICKSALHAFTE GEFANGENSCHAFT

SCHATTENBLUT-SEELEN

BUCH DREI

EVA CHASE

Schicksalhafte Gefangenschaft

Schattenblut-Seelen Buch 3

Alle Rechte vorbehalten. Dieses Buch oder Teile davon dürfen ohne die ausdrückliche schriftliche Genehmigung der Autorin nicht vervielfältigt oder in irgendeiner Weise verwendet werden, mit Ausnahme von kurzen Zitaten im Rahmen einer Buchbesprechung.

Diese Geschichte ist rein fiktiv. Jede Ähnlichkeit mit lebenden oder toten Personen oder tatsächlichen Ereignissen ist rein zufällig.

Erste Digitale Ausgabe, 2023

Copyright © 2024 Eva Chase

Übersetzung: Anja Maria Lermer

Lektorat: Nadja Uebach

Umschlaggestaltung: Sanja Balan (Sanja's Covers)

Ebook ISBN: 978-1-998752-94-2

Paperback ISBN: 978-1-998582-79-2

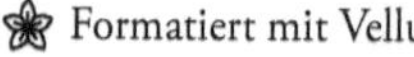 Formatiert mit Vellum

EINS

Riva

Ich habe einen schmerzhaften Kloß im Hals. Noch bevor ich meine Augen öffne, verspüre ich den Drang, mich zu befreien.

Ich scheine weder schlucken noch einen Laut von mir geben zu können.

Es ist kein Kloß *in* meinem Hals, sondern etwas, das von außen gegen meinen Hals gepresst wird.

Ich will die Augen öffnen, und meine Muskeln sind bereit, in den Angriffsmodus überzugehen. Doch mein Körper fühlt sich an, als würde ich mich durch Schlamm bewegen.

Meine Augenlider öffnen sich nur langsam, und meine Arme und Beine stoßen gegen eine fest gepolsterte Oberfläche.

Ruckartig halte ich inne, als mir klar wird, dass meine Hand- und Fußgelenke gefesselt sind.

Ich blinzle mühsam und versuche, meine verschwommene Sicht zu klären. Um mich herum kommt ein Raum in Sicht: Die Wände sind in Dunkelheit getaucht, während die Mitte des Raumes von einem hellen Licht beleuchtet wird.

Der Stuhl, an den ich gefesselt bin, erinnert mich an einen Zahnarztsessel. Nur, dass man darin normalerweise nicht festgebunden ist.

Natürlich war ich noch nie bei einem richtigen Zahnarzt. Ich kenne die Praxen nur aus Fernsehsendungen und Filmen. Womöglich sind sie in Wirklichkeit furchteinflößender.

Doch warum zum Teufel sollte mich ein *Zahnarzt* entführen? Wollte ein verrückter Mediziner unbedingt meine Zähne reinigen?

Mein Kopf fühlt sich an, als wäre er mit Matsch gefüllt. Meine Gedanken waten durch dumpfe Schaltkreise.

Da war etwas, kurz bevor …

Wir waren in der Einrichtung, aus der wir einen Haufen Schattenblüter befreit haben.

Ich rannte hinter Jacob die Treppe hinunter, lief einen Flur entlang und in ein Zimmer …

Unüberwindbare Mauern ragten um mich herum auf. Und Jacob …

Nicht Jacob.

Er nannte mich *Mondstrahl.*

Mein Herz rast, und ich zerre an den Fesseln, obwohl ich vermute, dass sie meiner übernatürlichen Kraft standhalten werden. Schock und Angst brechen erneut über mich herein, als ich mich daran erinnere, was als Nächstes geschah. Gas strömte in einem dicken lavendelfarbenen Schwall von der Decke herab, trübte meinen Geist und verdeckte den Mann, den ich anstarrte.

An dieser Stelle hören die Erinnerungen auf. Ich habe

keine Ahnung, was zwischen diesem Zeitpunkt und meinem Erwachen passiert ist.

Panik sickert durch den Matsch in meinem Kopf und schärft meine Sinne.

Wo sind meine Jungs? Wurden sie auch gefangen genommen?

Was ist mit den Kindern passiert, die wir herausgeholt haben? Haben Rollick und seine Leute sie in Sicherheit gebracht?

Wo zum Teufel *bin* ich?

Ich öffne den Mund und will etwas rufen, doch der Druck auf meine Kehle erstickt jeden Laut, der über ein undeutliches Murmeln hinausgeht. Wieder erschaudere ich.

So werde ich nicht schreien können. Ich kann mich weder mit meiner Kraft, meinen Klauen noch mit meinem Todesschrei verteidigen.

Wer auch immer mich gefangen genommen hat, weiß genau, wozu ich in der Lage bin, und hat einen Weg gefunden, alle meine Kräfte zu unterbinden.

Ich unterdrücke den Schock mit der instinktiven Disziplin, die ich durch das jahrelange Training und die Kämpfe im Ring entwickelt habe. Auszuflippen wird mir nicht helfen.

Ich muss mich konzentrieren.

Als ich mich ein wenig beruhigt habe, nehme ich das schwache Kribbeln in den beiden daumengroßen Malen auf meinem Schlüsselbein wahr. Sie sind entstanden, als ich mit Andreas und Dominic geschlafen habe.

Die beiden sind auch hier. Wo auch immer hier ist. Sie sind ganz in der Nähe.

Doch ich kann nicht mehr sagen, als dass sie sich in verschiedenen Richtungen in einem Umkreis von vielleicht hundertfünfzig Metern von mir befinden und dass sie am

Leben sind. In welchem Zustand genau sie sind, weiß ich nicht.

Ein leises Geräusch hinter mir reißt mich aus meinen Gedanken. Ein Luftzug verrät mir, dass eine Tür geöffnet wurde.

Mein Puls stottert, doch ich halte still und konzentriere mich auf die Geräusche.

Vorsichtige Schritte kommen auf mich zu. Als ich meinen Kopf in ihre Richtung drehe, taucht ein unbekannter Mann in meinem Blickfeld auf.

Vor dem Stuhl bleibt er stehen. Seine blauen Augen mustern mich abschätzig.

Ich mustere ihn ebenso prüfend.

Er ist groß, wenn auch nicht übermäßig, und unter seinem Polohemd und seiner Hose steckt ein muskulöser Körper. Er ist stark, aber kein mir ebenbürtiger Gegner, wenn es zu einem Nahkampf kommen sollte.

Sein karottenrotes Haar ist zu einem militärischen Kurzhaarschnitt geschnitten, und in seinen Gesichtszügen liegt eine Härte, die mich ebenfalls an militärische Disziplin erinnert.

Leichte Falten bilden sich an seinen Mund- und Augenwinkeln, und als er sein Gewicht von einem Fuß auf den anderen verlagert, erhellt das Deckenlicht ein paar graue Strähnen in seinem roten Haar. Ich schätze ihn auf Ende vierzig.

Er trägt weder den typischen Metallhelm noch die Weste, mit der die Wärter normalerweise ausgestattet sind. Doch ich wurde in den Tiefen einer Einrichtung gefangen genommen. Er muss einer von ihnen sein, oder?

Ich schaffe es, ein paar Worte aus meiner Kehle zu pressen. Meine Stimme ist rau und schwach. „Wer. Zum Teufel. Bist du?"

Seine dünnen Lippen verziehen sich zu einem

reservierten Lächeln. „Jemand, der glaubt, dass du mehr sein kannst als das, was dir bisher angeboten wurde, Riva."

Was zum Teufel soll das heißen? Ich verziehe das Gesicht.

„Jemand, der nicht sprechen kann?"

Er schmunzelt, und ich möchte ihm am liebsten eine reinhauen. Ich habe keinen Scherz gemacht.

Er deutet auf meinen Hals. „Ich nehme dir die Klammer ab, sobald ich sicher bin, dass du deine Kraft nicht gegen mich einsetzt. Sicherlich wirst du schnell selbst erkennen, dass das nicht in deinem Interesse wäre. Aber nachdem ich die verheerenden Auswirkungen gesehen habe, möchte ich kein Risiko eingehen."

Ja, einen meiner Schreie zu ertragen, steht vermutlich auf niemandes Wunschliste. Meine Macht strebt danach, den Opfern so große Schmerzen wie möglich zuzufügen, während sie ihre Körper zerstört.

Das bedeutet allerdings nicht, dass dieses Arschloch nicht jedes bisschen Schmerz verdient, das ich ihm zufügen kann.

„Wo. Jungs?", presse ich hervor. Meine Kehle schmerzt von den wenigen Worten, die ich von mir gegeben habe.

„Die anderen Schattenblüter, mit denen du aufgewachsen bist, werden in anderen Räumen festgehalten. Ihnen wird die gleiche Möglichkeit angeboten. Wir haben euch getrennt, da ihr mehr Ärger zu machen scheint, wenn ihr alle zusammen seid."

Sein Tonfall ist trocken, doch mir entgeht die unheilvolle Bedeutung seiner Worte nicht. Wenn wir getrennt sind, können wir keine gemeinsame Flucht planen.

Und wenn nur einer von uns flieht, würde er die anderen in der Gewalt dieses Mannes lassen, der uns möglicherweise für unsere Rebellion bestrafen will.

Wenn ich diesen Kerl in Stücke schreie, habe ich keine Ahnung, ob ich danach überhaupt aus diesem Raum herauskomme, geschweige denn ob ich zu Dominic,

Andreas, Jacob und Zian gelangen kann. Oder wie viele andere Leute hier arbeiten, die mich – oder sie – für meine Taten bestrafen würden.

Dieser Gedanke ruft die Erinnerung an den Mann wach, der mich in der letzten Einrichtung, die ich betreten habe, in die Falle gelockt hat – den Mann, mit dem ich aufgewachsen bin und den ich für tot hielt.

Jetzt bildet sich tatsächlich ein Kloß in meiner Kehle, und das Engegefühl in meinem Hals wird noch stärker. „Griffin?", krächze ich.

„Ich glaube nicht, dass jetzt der richtige Zeitpunkt ist, um über dieses Thema zu sprechen", sagt der Mann gleichmütig. „Konzentrieren wir uns lieber darauf, dich aus diesem Stuhl zu befreien. Ich will weder dir noch den anderen Schaden zufügen. Ich versuche schon seit Jahren, die Kontrolle über die Wärterschaft zu erlangen, um unsere Bestrebungen in eine andere Richtung zu lenken. Dies ist deine zweite Chance. Aber du musst zeigen, dass du bereit bist, *mir* eine Chance zu geben."

Jedes Wort, das aus seinem Mund kommt, klingt für mich wie Schwachsinn. Ich kneife meine Augen zusammen.

„Nicht. Bevor. Ich. Die. Jungs. Sehe."

Am Ende dieses Satzes brennen meine Stimmbänder regelrecht. Ich bin mir nicht sicher, ob ich noch viel sagen kann.

Die Lippen des Mannes verziehen sich zu einer dünnen Linie. Sein Blick huscht von mir weg und zur Tür, als ob etwas seine Aufmerksamkeit dorthin gelenkt hätte.

Seine Miene verfinstert sich, aber er tritt zur Seite, als sich ein weiteres Paar Schritte nähert.

Er war nicht allein. Jemand hat von der Tür aus zugehört.

Mein Körper spannt sich wieder an. Nicht dass ich mich

jemals wirklich entspannt hätte. Und dann taucht das letzte Gesicht vor mir auf, mit dem ich gerechnet hätte.

Mein Herz bleibt stehen.

Mein Gehirn will glauben, dass es Jacob ist, den ich da sehe. Das würde nach allem, was ich geglaubt habe, auch Sinn ergeben.

Doch genau wie in jenem letzten Moment in der Einrichtung kann ich die Unterschiede erkennen. Sein etwas längeres blondes Haar. Seine Körperhaltung, die etwas lockerer wirkt, als es Jacob in diesen Tagen möglich zu sein scheint.

Die Leere in den himmelblauen Augen, die in unserem alten Gefängnis stets freudig strahlten.

„Ich habe nach den anderen gesehen", sagt der Mann, der Griffin sein muss, mit gemessener, emotionsloser Stimme. „Wir haben Vorsichtsmaßnahmen getroffen, um ihre Kräfte in Schach zu halten, aber sie wurden nicht verletzt. Ich wäre nicht hier und würde mit dir reden, wenn ich glauben würde, dass Clancy das beabsichtigen würde."

Er wirft einen Blick auf den älteren Mann – Clancy?

Mein Entführer hebt sein Kinn. „So. Jetzt hast du es von einem deiner Leute gehört."

Ist der Kerl, der vor mir steht, noch ‚einer meiner Leute'? Er klingt nicht wie der Griffin, den ich kannte.

Ich habe gesehen, wie Griffin eine Kugel abbekam, die seinen Rücken und seine Brust durchschlug. Ich habe gesehen, wie das Blut aus ihm heraussprudelte, dunkelrote Flüssigkeit gemischt mit schwarzem Rauch, was uns den Namen „Schattenblüter" einbrachte.

Ich sah, wie er wie eine Stoffpuppe zusammensackte, als ob alles Leben aus seinem Körper gewichen wäre.

Mit verzogenem Gesicht gelingt es mir, noch ein Wort hervorzuhusten, während ich die unmögliche Erscheinung vor mir betrachte.

„Wie?"

Clancy antwortet. „Die Wärterschaft hat schon immer über hervorragende Technologie verfügt. Der Schuss hat Griffins Herz nur gestreift, nicht durchbohrt. Es hat einige Zeit gedauert, aber dank unserer erfahrenen Ärzte und der angeborenen Selbstheilungsfähigkeiten der Schattenblüter hat er sich vollständig erholt."

Er nickt Griffin zu. „Warum zeigst du ihr nicht die Narbe?"

Griffin verzieht keine Miene. Fast wie betäubt greift er nach dem Kragen seines zugeknöpften Hemds. Wurde er unter Drogen gesetzt, so wie die anderen Jungs nach unserem ersten Fluchtversuch?

Er öffnet die beiden obersten Knöpfe seines Hemds und zieht den Stoff nach unten und nach links.

Die Wunde ist verheilt. Nur das dunkle, geriffelte Narbengewebe auf der blassen Haut seiner oberen Brust zeugt noch von dem Schuss.

Genau an der Stelle, wo er in jener Nacht von der Kugel getroffen wurde.

„Sie ist verwirrt", sagt Griffin zu Clancy mit der gleichen ausdruckslosen Stimme. Was auch immer sie mit ihm gemacht haben, er kann offenbar immer noch meine Gefühle lesen. „Und verängstigt. Ich denke, wir sollten sie richtig reden lassen, damit sie alle Fragen stellen kann, die ihr auf der Seele brennen. Ich habe nicht das Gefühl, dass sie uns angreifen wird."

Clancy hält inne und nickt dann erneut, diesmal in meine Richtung, obwohl er mit Griffin spricht. „Du kannst die Klammer lösen."

Ich schätze, er vertraut auf Griffins Einschätzung. Wie sehr ist Griffin in diese „Wärterschaft" verwickelt, wie diese Bande ihre Organisation nennt?

Sofern er überhaupt Griffin ist. Wer weiß, über welche unbekannten Fähigkeiten die Wärter noch verfügen?

Er kommt auf mich zu und fummelt an etwas in meinem Nacken herum. Ihn so dicht an mir zu spüren, ohne dass er meine Haut berührt, bringt meine Nerven zum Flattern.

Die Schatten in meinem Blut erwachen und zerren an mir. Ein intensiver Drang, ihn zu berühren, fährt durch meinen Arm zu meiner Hand, die ich nicht bewegen kann, selbst wenn ich es wollte.

Ein Teil meines Unterbewusstseins glaubt, dass er es wirklich ist.

Ich bin mir allerdings nicht sicher, ob ich diesem Impuls trauen kann. Sobald der Druck an meiner Kehle nachlässt und ich wieder schlucken kann, richte ich meine volle Aufmerksamkeit auf den Mann, der behauptet, Griffin zu sein, und der mit ausdrucksloser Miene wieder zurücktritt.

Meine Stimme kommt heiser, aber ungehindert heraus. „Erzähl mir etwas, das nur Griffin wissen kann."

Griffin hält inne. Sein Blick verändert sich und wird auf eine konzentriertere Weise distanziert, als ob er ernsthaft darüber nachdenken würde. Als er seine Aufmerksamkeit wieder auf mich lenkt, wirken seine Augen etwas wacher als zuvor.

„Ein paar Monate vor dem Fluchtversuch lenkte einer der Wärter Jacob während einer Trainingsübung ab, und er fing an, den Kerl zu beschimpfen und zu fluchen. Du hast ihn angeschnauzt und ihm eine Standpauke gehalten, aber du warst nicht wirklich wütend. Du hattest Angst. Wahrscheinlich hast du dir Sorgen gemacht, dass er durch seine Aufmüpfigkeit unsere Pläne gefährden könnte."

Meine Armmuskeln verkrampfen sich unter dem Drang, die Arme um meinen Körper zu schlingen. Ich erinnere mich an diesen Moment im Trainingsraum – die Frustration, die aus meinem Mund sickerte, während sich mein Magen vor Panik verkrampfte.

„Auf dem Weg zurück zu unseren Zimmern", fährt Griffin fort, „habe ich kurz deine Hand gedrückt, als die Wärter nicht hinsahen. Ich wollte dich beruhigen."

Auch daran erinnere ich mich. Ein Gefühl des Verlustes durchzuckt mich, obwohl der Mann, den ich verloren zu haben glaubte, hier vor mir steht.

Nur Griffin kann diese Dinge wissen. Er ist es wirklich.

Trotzdem ist es merkwürdig, ihn mit dieser ruhigen Stimme sprechen zu hören, die keine Spur Zärtlichkeit, sondern nur nüchterne Fakten enthält.

Möglicherweise fühle ich aber auch gerade genug für uns beide.

Der Schmerz schwillt zu einer Welle von Trauer und Schuldgefühlen an und treibt mir die Tränen in die Augen. „Es tut mir leid. Ich wusste es nicht ... Ich dachte, ich hätte dich *sterben* sehen. Wenn wir gewusst hätten, dass du noch lebst ..."

„Ist schon gut", antwortet Griffin sachlich. „Ihr konntet es nicht wissen."

Er klingt vollkommen desinteressiert. Als wäre er nicht vier Jahre lang von uns getrennt gewesen, so wie ich von den anderen Jungs.

Ich verstehe das nicht.

Was haben sie mit dem Jungen gemacht, den ich kannte? Dem Jungen, den ich *geliebt* habe?

Ich versuche die Tränen wegzublinzeln, die ich mit meinen Händen nicht wegwischen kann, und eine weitere Frage steigt in mir auf.

„Warum warst du in der Einrichtung, als wir ... Warum hast du ihnen geholfen, uns gefangen zu nehmen?"

Griffin neigt den Kopf, als wolle er andeuten, dass er

meinen Ärger versteht, ohne jedoch ein Zeichen von Bedauern zu zeigen.

„Ich habe mitbekommen, was ihr nach eurer Flucht getan habt. Offenbar war es nicht das Beste für euch, in der Welt zu sein. Zumindest nicht so, wie ihr seid. Ihr habt zu vielen Menschen wehgetan."

Bei seinen letzten Worten zucke ich zusammen, als hätte er mir einen Schlag in die Magengrube verpasst. Auf einmal fühlt es sich so an, als würde mich die Klammer wieder würgen. Ich bringe kein Wort heraus.

Wir haben zu vielen Menschen wehgetan?

Doch dann blitzen Bilder vor meinen Augen auf.

Die verstümmelten Körper in der Käfigkampfarena. Die meisten dieser Menschen sind gestorben, obwohl sie mir nie etwas getan haben.

Die Gebäude des Straßenzugs in Havanna, die durch den Einsatz von Jacobs Kraft eingestürzt sind.

Billy, der zarte Faun, der leblos zusammensank.

Wir haben *tatsächlich* unschuldige Leute verletzt.

„Wir haben nur versucht, uns zu schützen", protestiere ich. „Wenn sie uns einfach in Ruhe lassen würden …"

Griffins Stimme klingt immer noch ruhig. „Vielleicht. Aber neben den Wärtern hatten es noch andere auf euch abgesehen. Und dann habt ihr um euch geschlagen. Das wäre immer wieder vorgekommen. Clancy hat einen vielversprechenden Plan."

Mein Blick huscht zu dem älteren Mann. Der Kerl im Militär-Look schenkt mir ein leichtes Lächeln.

Ich balle meine Hände zu Fäusten. „Was für einen Plan?"

Irgendwann wird er es mir sowieso sagen. Wir sollten es so schnell wie möglich hinter uns bringen, damit ich mir überlegen kann, wie es weitergeht und welche Möglichkeiten ich habe, die anderen Jungs zu erreichen und aus unserem neuen Gefängnis auszubrechen.

Griffin scheint jedoch zu denken, dass es sich lohnt, diesem Mann zuzuhören. Kann es sein, dass er recht hat?

Ich weiß nicht, wie sehr ich dieser veränderten Version meiner alten Liebe vertrauen kann.

Clancy macht einen Schritt auf mich zu und bleibt nur wenige Zentimeter von meinen gefesselten Füßen entfernt stehen. „Ich sollte mich richtig vorstellen, Riva. Mein Name ist James Clancy, und meine Eltern und ich sind schon seit der Gründung bei der Wärterschaft. Erst in den letzten Monaten hatte ich die Gelegenheit, die Zügel in die Hand zu nehmen und unseren Schattenblütern eine bessere Perspektive zu präsentieren."

Ich widerstehe dem Drang, spöttisch das Gesicht zu verziehen. „Welche Perspektive?"

Er richtet sich noch ein wenig mehr auf. „Es ist sinnlos, Monster zu jagen, die kaum dauerhafte Auswirkungen auf die Gesellschaft haben, wenn die Menschheit so viele größere Probleme hat. Es gibt viel größere Herausforderungen, für deren Lösung ihr eure Fähigkeiten einsetzen könntet. Du und deine Freunde haben die Möglichkeit, die ganze Welt zu einem besseren Ort zu machen."

ZWEI

Riva

Die ganze Welt zu einem besseren Ort zu machen.

James Clancy sagt diese Worte so selbstbewusst, als würde er mir eine Auszeichnung überreichen. Als sollte ich mich *geehrt* fühlen, dass ich seine Auserwählte bin, die an einen Zahnarztstuhl gefesselt ist und halb erwürgt wird.

Ich schaue ihn böse an. „Wovon redest du überhaupt? Ich dachte, das wäre von Anfang an die Idee gewesen: Wir beschützen die Welt, indem wir die ‚Monster' bekämpfen."

Dabei verhalten sich die Schattenwesen, wie diese Monster lieber genannt werden, nicht bestialischer als die Wärter. Zumindest nicht die, denen ich begegnet bin. Aber ich sehe keinen Sinn darin, ihm diese Tatsache jetzt unter die Nase zu reiben.

Clancy schüttelt den Kopf. Seine Augen schimmern begeistert.

„Die drei Gründerfamilien waren der Meinung, dass die Monsterjagd eure Aufgabe sein sollte. Aber ich habe im Laufe der Jahre eine Menge gesehen. Ich weiß, dass ihr viel mehr erreichen könntet als das. Ihr solltet die Chance haben, mehr als nur Monster zu sein."

Griffin nickt, und ich kann nicht verhindern, dass trotz meiner Skepsis ein wenig Hoffnung in meiner Brust aufsteigt.

Ich will meinem Entführer nicht zustimmen. Doch schon seit meiner Flucht aus der Käfigkampfarena habe ich es mir zum Ziel gesetzt, mehr zu sein als das, was die Wärter aus uns gemacht haben.

Andererseits hat mich dieses Arschloch an einen Stuhl gefesselt.

Clancy beginnt, auf und ab zu gehen. Allerdings nicht vor Nervosität, denn ich nehme nicht den geringsten Hauch von Unruhe wahr.

Er schlendert vor mir hin und her, als wolle er sich sammeln, und zückt ein Telefon. „Aufgrund der Mediennutzung, die euch gewährt wurde, hast du sicherlich eine Vorstellung von den größeren Problemen auf der Welt. Rund um den Globus gibt es von Menschen verursachtes Grauen. Kinder, die in die Sklaverei verschleppt werden. Terroristen, die Tausende umbringen. Gewalttätige Kartelle, die Drogensucht verbreiten. Extremisten, die Völkermord begehen."

Er bleibt stehen und hält mir sein Handy hin, damit ich das Display sehen kann. Mit dem Daumen wischt er über Bilder, die mir fast genauso auf den Magen schlagen wie meine blutigen Erinnerungen.

Kleine Kinder mit großen Augen, die Waffen halten. Ausgebombte Gebäude. Mit Leichen übersäte Felder.

Mehr Verwüstung, als ich je angerichtet habe … bis jetzt.

Ich blicke von dem Bildschirm zu Clancy auf. „Und du glaubst, wir könnten etwas dagegen tun?"

Sein Lächeln kehrt zurück. „Ich weiß es. Wenn ihr die Fähigkeiten habt, echte Monster zu bekämpfen, warum solltet ihr dann nicht auch die Schlimmsten der Menschheit besiegen können? Ihr Schattenblüter habt die Fähigkeit, das Blatt gegen die bösen Mächte in dieser Welt zu wenden, die Unschuldigen zu retten, denen sie schaden, die Leben, die jeden Tag zerstört werden … Ihr könntet der Gesellschaft im großen Stil helfen. Würde dir das nicht *gefallen*?"

Die Wahrheit ist, dass es einem Teil von mir sehr gut gefallen würde. Wenn ich die Möglichkeit hätte, zu verhindern, dass auch nur eines dieser Bilder Wirklichkeit wird, würde ich es tun.

Trotzdem traue ich dem Mann nicht, der vor mir steht.

„Und ich soll das alles tun, während ich an einen Stuhl gefesselt bin?", frage ich spitz.

Clancys Mundwinkel zucken. Ich glaube, er unterdrückt ein breiteres Lächeln.

Lacht er mich etwa *aus*? Ich beiße die Zähne aufeinander.

Dann kommt er auf mich zu und drückt auf ein paar Knöpfe an der Seite des Stuhls.

Klickend öffnen sich die Eisenvorrichtungen um meinen Hals, meine Handgelenke und meine Knöchel. Erleichterung steigt in mir auf.

Ich richte mich in dem Stuhl auf, reibe mir die Handgelenke und nehme zum ersten Mal meine Kleidung richtig wahr. Mein Rollkragenpulli mit Kevlar-Schutz ist weg. Bei der Menge an Blut, mit der er bei unserem Überfall auf die Einrichtung darauf durchtränkt wurde, war er wahrscheinlich ohnehin hinüber.

Ich trage nur noch das schwarze Tanktop mit den breiten Trägern, das ich darunter anhatte, meine Halskette und eine neue schwarze Jogginghose. Ich fahre mit dem Finger über den Bund, um mich zu vergewissern, dass ich das gleiche Höschen anhabe wie vorher.

Sie haben meine Privatsphäre verletzt, aber ich muss zugeben, dass es viel schlimmer hätte sein können.

Ich blicke wieder zu Clancy auf. Mein Entführer sieht nicht ängstlich aus, und ich nehme nach wie vor kein Unbehagen wahr.

Er lässt Griffin meine Gefühle überwachen. Und Griffin weiß, dass ich nicht wütend genug bin, um zum Angriff überzugehen.

Ich muss an die anderen Jungs denken. Was wird mit ihnen passieren, wenn ich meine Krallen hervorschießen lasse und diesem Mann die Kehle aufschlitze?

Was ist, wenn dies die beste Gelegenheit ist, die wir jemals bekommen werden, und eine gewaltsame Reaktion uns alle zu lebenslanger Gefangenschaft und Folter verdammen würde?

Clancy neigt seinen Kopf in Richtung Tür. „Komm mit."

Vorsichtig stehe ich auf und folge ihm.

Griffin trabt hinter uns her. Ich drehe mich zu ihm um, als wir durch die Stahltür in einen Flur treten, der aussieht, als sei er grob in Stein gehauen.

Er lächelt mich an, doch es ist dasselbe steife Lächeln, das ich in seinem Gesicht gesehen habe, kurz bevor ich von dem Gas in der Einrichtung außer Gefecht gesetzt wurde. Es ist nicht sein normales Lächeln, das früher sein ganzes Gesicht zum Strahlen brachte.

Ist das *Clancys* Werk, oder das der anderen Wärter? Denn wenn der Mann, der diese grandiose Rede gehalten hat, das Strahlen meiner einstigen Jugendliebe zum Erlöschen gebracht hat, werde ich ihm definitiv irgendwann die Kehle durchschneiden.

Sobald ich herausgefunden habe, wie ich es anstellen kann, ohne die anderen Jungs in Gefahr zu bringen.

Panelleuchten an der Decke tauchen den Gang in ein künstliches Licht. Die Stahltüren in den felsigen Wänden sind mit Nummern versehen.

Ich betrachte sie im Vorbeigehen. Das schwache Kribbeln in meinen Fingern verrät mir, dass Dominic und Andreas hinter mir sind.

Meine Krallen jucken in meinen Fingerspitzen. „Wo sind meine Freunde? Wann werde ich sie wiedersehen?"

Clancy ruft über seine Schulter. „Wie ich schon sagte, ihr macht eine Menge Ärger, wenn ihr zusammen seid. Ich glaube nicht, dass wir ein vollständiges Gruppentreffen arrangieren werden, bis ihr euch eingelebt habt. Du wirst die Möglichkeit bekommen, einen oder zwei von ihnen zu sehen, sobald ich dich besser einschätzen kann. Vorausgesetzt, du bist an Bord."

„Um die Welt zu retten?", murmle ich.

„So in etwa."

Wir biegen um eine Ecke in einen breiteren Korridor mit einer Reihe von Doppeltüren. Clancy drückt seinen Daumen auf eine Schalttafel in Hüfthöhe und hält sein Gesicht vor einen Scanner weiter oben.

Die Stahlplatten gleiten auf, und durch die Öffnung strömen Tageslicht und eine warme Brise.

Mein Herz macht einen Sprung.

Mir war gar nicht aufgefallen, wie schummrig und kühl das felsige Innere war, bis ich auf die Steinplattform im hellen Sonnenlicht trete. Kurz hinter dem Eingang bleibe ich stehen, und mir fällt die Kinnlade herunter, als ich die Szene vor mir sehe.

Die Wände des Gebäudes, das ich gerade verlassen habe, sind aus Stein, da es direkt in einen Berg gehauen ist. Der Berg selbst ist Teil einer Gebirgskette mit zerklüfteten Gipfeln rund um ein kleines, aber üppiges Tal, das sich etwa fünfzehn Meter unterhalb unseres Aussichtspunkts erstreckt.

Unmittelbar vor uns plätschert kristallklares Wasser aus einer Quelle, und auf einigen Hektar gerodetem Land wächst leuchtend grünes Gras.

Ein Teil des Geländes wurde als freies Feld belassen. Andere Teile wurden für Trainingszwecke hergerichtet: Dort befinden sich ein raffiniertes Klettergerüst, ein Hindernisparcours, Schieß- und Wurfscheiben und ein Trimm-dich-Pfad.

Ein paar Laufwege zweigen in den tropischen Regenwald ab, der den Rest des Tals einnimmt. Durch das dichte Blätterdach kann ich nicht viel erkennen.

Vogelgesang erfüllt die Luft, und ein Blitz aus rot-gelben Federn huscht durch die Äste.

Eine leichte Brise umweht mich, und ein süßer, blumiger Duft mit einem Hauch von Moos steigt mir in die Nase.

„Diese Insel gehört der Wärterschaft", erklärt Clancy, der seinen Blick zufrieden über das Tal schweifen lässt. „Vor langer Zeit war hier nur ein Krater, der durch einen Meteoriteneinschlag entstanden ist. Jetzt kann hier Leben gedeihen."

Er wirft mir einen spitzen Blick zu. „Selbst die trostlosesten Dinge können sich in etwas Spektakuläres verwandeln."

Ich würde angesichts der unverhohlenen Anspielung auf meine eigene Nützlichkeit die Nase rümpfen, doch ich bin zu sehr auf die Gestalten konzentriert, die sich inmitten der Trainingsgeräte bewegen.

Mein Puls stottert bei dem Gedanken, dass meine Jungs dort sein könnten, doch ich entdecke kein vertrautes Gesicht. Sie sind alle sehr jung, stelle ich fest, nachdem ich sie eine Minute lang beobachtet habe. Zwischen dreizehn und neunzehn Jahren alt, würde ich schätzen.

Während mir dieser Gedanke durch den Kopf geht, rutscht einer der Jungs auf den Kletterseilen aus. Das

Mädchen vor ihm zuckt bei seinem Aufschrei zusammen und streckt ihren Arm aus, woraufhin er mithilfe einer unsichtbaren Kraft sein Gleichgewicht wiederfindet.

Mein Mund wird trocken. „Sie sind Schattenblüter. Trainierst du sie hier?"

Clancy nickt. „Ich habe so viele wie möglich hier versammelt. Alle, die nicht in den Einrichtungen waren, sondern unterwegs, um euch aufzuspüren. Alle, bis auf die sechs, die ihr zu den Monstern gebracht habt."

Die sechs, die wir befreit haben, meint er.

Meine Miene verfinstert sich und meine Freude über die herrliche Umgebung schwindet. Als ich mich zu ihm umdrehe, um ihn zur Rede zu stellen, stelle ich fest, dass er mich beobachtet.

„Willst du wissen, was eure angeblichen Verbündeten mit diesen Kindern gemacht haben?", fragt er mit leiser Stimme.

Ein unangenehmer Schauer durchzuckt mich. „Was meinst du?"

Clancy holt sein Handy heraus. „Einige von ihnen können sehr überzeugend sein … Doch wir bezeichnen sie nicht ohne Grund als Monster."

Sobald er den Bildschirm zu mir umdreht, dreht sich mir erneut der Magen um.

Es ist ein Foto von vier Leichen, die im schwachen Tageslicht auf dem Waldboden liegen. Die beiden Gestalten im Hintergrund kann ich nicht gut erkennen, ich sehe nur, dass sie blutüberströmt sind.

Die zwei näheren sind eindeutig tot. Ihre Augen starren ins Leere, und ihre Haut ist leichenblass. Scharlachrote Flecken bedecken ihre Wangen.

Ich erkenne das Mädchen. Sie ist eine der beiden, die ich aus der Einrichtung geführt habe.

Clancy gibt mir einige Sekunden Zeit, das Bild zu betrachten, bevor er auf ein anderes wechselt, das die beiden anderen Gestalten zeigt. Da ist der Junge, den ich hinausbegleitet habe, ebenso schlaff, sein Arm ist aus dem Gelenk gerissen.

Meine Stimme stockt vor Schock. „Aber ... Wie ist das passiert? Wer ...?"

„Die Bestien, zu denen ihr sie gebracht habt, hielten es wohl für das Beste, die Bedrohung, die die Schattenblüter darstellen, so schnell wie möglich zu beseitigen." Clancy steckt sein Handy wieder ein, sein Tonfall ist jetzt grimmig. „Ich könnte mir vorstellen, dass sie euch nur so lange am Leben gelassen haben, weil sie hofften, ihr würdet ihnen helfen, mehr von eurer Art zu eliminieren."

Mir wird flau im Magen. Nein. Das ergibt keinen Sinn.

Ich kann mir nicht vorstellen, dass Pearl, das quirlige, neugierige Sukkubus-Mädchen, ein Gemetzel plant. Und Rollick, der Dämon, der unsere Mission leitete, hat immer wieder bewiesen, dass er auf unserer Seite ist.

Könnte das wirklich nur eine Täuschung gewesen sein?

Das muss nicht unbedingt der Fall sein, oder? Immerhin haben Schattenwesen, die unter Rollick arbeiten, bereits zuvor versucht, uns zu töten. Obwohl wir unter seinem Schutz standen.

Vielleicht hatten sie weniger Angst vor unseren jüngeren Artgenossen. Vielleicht haben sie die Kinder ermordet, bevor er merkte, dass sie sich seinen Befehlen widersetzten.

Wir haben diesen jungen Schattenblütern die Freiheit geschenkt – aber wofür? Ein paar Minuten? Und dann ...

Schuldgefühle nagen an mir, und ich kämpfe gegen die Übelkeit an, die in mir aufsteigt.

„Das heißt nicht, dass *ihr* recht hattet", erwidere ich schroff. „Was ihr uns angetan habt, wozu ihr uns gezwungen habt ..."

Die Qualen, die ich in den Gesichtern meiner Jungs gesehen und in ihren Stimmen gehört habe, als sie über die vier Jahre sprachen, in denen wir getrennt waren, ließen keinen Zweifel daran, wie schrecklich diese Zeit war. Und auch *ich* musste in diesen vier Jahren jede Woche um mein Leben kämpfen und habe einen Großteil des Tages in Ketten verbracht, weil die Wärter mich verkauft hatten.

Wenigstens haben die Schattenwesen die Kinder nicht gefoltert.

„Ich hatte nicht viel Einfluss hinsichtlich eurer Ausbildung", antwortet Clancy. „Es hat eine Weile gedauert, bis ich wirklich etwas zu sagen hatte, und noch länger, bis mir alle Beteiligten zuhörten. Ich bin nicht mit allem einverstanden, was ihr durchgemacht habt. Aber es hat euch abgehärtet, sodass ihr mit dem Schlimmsten klarkommt, was euch da draußen angetan werden könnte."

Ich blicke finster auf die Trainingsgeräte unter mir. „Und warum sind wir jetzt hier? Um noch mehr abgehärtet zu werden?"

Clancys Stimme wird sanfter. „Ich glaube nicht, dass das Training eine Qual sein muss. Davon hattet ihr schon genug. Ihr fünf seid mehr als bereit für den Kampf. Wir würden nur Übungen durchführen, um sicherzugehen, dass ihr die für die Mission erforderlichen Fähigkeiten besitzt. Und dass ihr bereit seid, sie durchzuführen. Außerdem werden wir einige Übungen machen, damit ihr eure Kräfte besser kontrollieren könnt."

Ich sehe ihn überrascht an. Der eigentliche Grund, warum wir uns an die Schattenwelt gewandt haben, war, dass wir Hilfe brauchten, unsere übernatürlichen Fähigkeiten in den Griff zu bekommen.

„Du weißt, wie wir sie kontrollieren können? Besser als wir es bisher gelernt haben?"

„Eure früheren Betreuer waren hauptsächlich damit beschäftigt, so viele Fähigkeiten wie möglich aus euch herauszukitzeln, statt sie zu zügeln. Meine Kollegen und ich haben einige Strategien entwickelt, die bei der Konzentration und Mäßigung zu helfen scheinen."

Ich könnte meinen Schrei also nur dann loslassen, wenn die Zielperson es verdient hat? Und ihn modulieren, je nachdem, ob ich jemanden verletzen oder töten will?

Auch die Jungs hatten Probleme mit der wilderen Seite ihrer Kräfte. Genau danach haben wir uns alle gesehnt.

Clancy mustert mich aufmerksam. „Es würde nicht lange dauern, bis ihr anfangen könntet, etwas zu verändern – und zwar für die Menschen, die es am meisten brauchen."

Mir ist nach wie vor unbehaglich zumute, doch die Fotos, die er mir gezeigt hat, bedeuten, dass ich mehr wiedergutzumachen habe, als mir bisher klar war.

Sofern ich ihm glauben kann.

Ich verschränke die Arme. „Du sagtest, es gab drei Gründerfamilien. Ich schätze, Ursula Engel gehörte zu einer von ihnen, bevor sie rausgeschmissen wurde. Hast du es geschafft, deine Eltern und die anderen Gründer von deiner Vorgehensweise zu überzeugen?"

Clancys Mund verzieht sich. „Meine Eltern sind in den letzten Jahren verstorben. Der andere Mitbegründer hat sich verzogen, sobald sie krank wurden, weil er eigene Probleme hatte. Er wird nicht zurückkehren. Die Leitung der Wärterschaft liegt nun allein in meinen Händen."

Ich kann seine Idee nicht als völlig schrecklich abtun, zumindest nicht, wenn er die Wahrheit sagt. Das bedeutet allerdings nicht, dass ich mich sofort darauf einlassen werde.

„Und wenn wir deine Mission nicht unterstützen wollen?"

Er zuckt leicht mit den Schultern. „Dann werdet ihr in eure Zimmer gesperrt und müsst euch den körperlichen und mentalen Tests unterziehen, die wir an euch durchführen werden. Ich könnte mir vorstellen, dass es befriedigender ist, in die Welt hinauszugehen und die Dinge selbst in die Hand zu nehmen. Aber die Entscheidung liegt natürlich bei euch."

Entweder wir tun, was er sagt, oder wir sind Gefangene. Welch fantastische Auswahlmöglichkeiten.

Ich unterdrücke ein Schnauben und greife instinktiv nach meiner Halskette. Ich ziehe den Katzen- und Garnanhänger heraus und schlinge meine Finger darum.

Dann richte ich meinen Blick auf den Mann, der neben mir auf der Plattform steht und der mir diese Halskette vor Jahren geschenkt hat.

Griffin hat kein Wort gesagt, seit wir herausgekommen sind. Er steht im warmen Sonnenlicht, und seine Haltung ist locker, doch seine Miene ist noch genauso ausdruckslos wie bei unserer ersten Begegnung in der Einrichtung.

Was muss ich tun, um eine echte Reaktion von ihm zu bekommen?

Ich hebe den Anhänger an, sodass er das Licht reflektiert. „Ich habe deine Halskette nie abgenommen. Sie hat mir sehr geholfen, diese Zeit durchzustehen."

In seinem Lächeln ist keine echte Freude zu erkennen. „Schön, dass sie dir geholfen hat."

Ich kann nicht anders, als mit meiner anderen Hand nach ihm zu greifen. Vielleicht ist es ein Echo des Moments, auf den er sich bezog, als er meine Hand gedrückt hat, um mich zu beruhigen.

Meine Finger streifen seine und ein Funke zuckt über meine Haut und durch meine Adern. Mein Puls stottert.

Was auch immer die Wärter mit ihm gemacht haben, ich bin nach wie vor genauso empfänglich für ihn wie für die anderen Jungs.

Griffin dreht sich zu mir um und zieht seine Hand weg. Er betrachtet mich, als wäre ich ein interessantes Kunstwerk, das in einer Galerie hängt.

Ich kann mir die Frage nicht verkneifen. „Hältst du das für eine gute Idee?"

Griffin senkt den Kopf. „Ich denke, wir sollten helfen. Wir sind dazu in der Lage, und es gibt nicht viele, die das können. Zumindest nicht so effektiv. Ich möchte in meinem Leben etwas Gutes tun. Und bisher hatten wir nicht wirklich die Gelegenheit dazu."

Nein, hatten wir nicht. Allerdings trägt Griffins leere Stimme nicht wirklich dazu bei, mich zu überzeugen.

Clancy winkt mich zurück in den Flur. „Ich zeige dir dein Zimmer, dann kannst du dich ein wenig zurückziehen, um deine Entscheidung zu treffen. Ich hoffe, sie wird dir nicht allzu schwerfallen."

DREI

Jacob

Ich hasse dieses verdammte Zimmer.

Es ist vollkommen leer. Nichts als ein Boden, eine Decke und Wände, die aussehen, als wären sie aus Stein und sich auch so anfühlen,

Und eine Stahltür, die ich nicht einmal mit meinen Kräften aufbrechen kann, egal wie sehr ich daran ziehe.

Auch die Lampe ist hinter der Schicht aus durchsichtigem Material so gut gesichert, dass ich sie nicht herausreißen kann.

Doch selbst, wenn ich das könnte, würde ich dadurch nur im Dunkeln sitzen. Im Moment bin ich allerdings zu wütend, um mich darum zu kümmern, wie wenig zielführend diese Strategie wäre.

Ich gehe durch den kleinen Raum, meine Turnschuhe knirschen auf dem flachen, rauen Boden und meine Hände sind zu Fäusten geballt. Meine Kraft schwirrt umher und greift nach jeder Oberfläche um mich herum, auf der Suche nach etwas, dass sie zerstören kann.

Die Wärter haben uns hereingelegt. Leider wurde mir das erst klar, als es schon zu spät war.

Nachdem wir die Kinder aus der Einrichtung, in die wir eingedrungen waren, herausgeholt hatten, hatte ich das starke Gefühl, dass ich weitersuchen musste – dass dort noch etwas Wichtiges war. Ich weiß noch, dass ich eine Tür öffnete und mich freute, dass ich endlich etwas gefunden hatte. Leider erinnere ich mich nicht mehr, was es war.

Dann schlug die Tür hinter mir zu und ich wurde vorwärtsgeschleudert, während ein zischendes Geräusch ertönte. Ein chemischer Geruch stieg mir in die Nase.

Und bevor ich irgendetwas tun konnte, wurde mir schwarz vor Augen.

Bin ich immer noch in demselben Gebäude? Die steinernen Oberflächen erinnern mich an die Höhle, in die das andere hineingebaut war. Die Räume und Flure dort sahen jedoch aus wie die eines normalen Gebäudes, nicht als wären sie in Fels gehauen worden.

Wenn ich die Arschlöcher, die uns eingesperrt haben, in die Finger kriege …

Ich gehe zur Tür und hämmere mit meinen Fäusten dagegen, obwohl ich weiß, dass sie sich nicht rühren wird. Sie sollen wissen, wie verdammt wütend ich bin.

Irgendwann werden sie sich mir stellen müssen. Ich kann mir nicht vorstellen, dass sie sich die Mühe machen, mich k.o. zu schlagen und hier einzusperren, nur um mich verhungern zu lassen.

Was haben sie mit Riva gemacht? Und mit den anderen Jungs?

Ich hätte bei ihr sein und sie beschützen sollen. Wenn sie mein Mädchen auch erwischt haben …

Gottverdammte *Scheiße*!

Ich schlage noch einmal mit meiner Faust gegen die Tür, so fest, dass ein heftiger Schmerz meinen Arm durchzuckt. Mit einem erneuten Anflug von Wut und Frustration renne ich wieder durch den Raum.

Die Wärter waren immer am strengsten zu ihr. Sie haben nur sie weggebracht, als wir das erste Mal versucht haben zu fliehen.

Sie haben sie einem Gangsterboss überlassen, der sie dazu zwang, um ihr Leben zu kämpfen. Was werden sie diesmal mit ihr machen?

„Scheiße!", schreie ich und schleudere eine unsichtbare Kraft gegen die Wand, die sich natürlich nicht rührt.

Als ich mich der Tür erneut nähere, öffnet sich ein Paneel an der Decke, das ich bisher nicht bemerkt habe, und ein Bildschirm fährt herunter.

Ich sehe das Gesicht eines Mannes mittleren Alters auf dem Bildschirm. Seine Gesichtszüge sind hart, und er hat kurzes, orangefarbenes Haar. Sein Mund bewegt sich. „Hallo, Jacob. Das scheint mir der sicherste Weg zu sein …"

Meine Kraft peitscht aus mir heraus und richtet sich auf das erste Ziel, das ich sehe, seit ich auf dem harten Boden aufgewacht bin.

Der Bildschirm zerspringt. Glassplitter prasseln auf den Boden, und Funken sprühen aus dem elektronischen Rahmen.

Einen Moment zu spät fällt mir ein, dass ich vorsichtiger hätte sein müssen. Ich hätte das Glas zerbrechen sollen, um ein größeres Stück als Waffe zu haben.

Scheiß drauf! Ich habe ein Dutzend Stacheln in meinen Armen, die schärfer sind als jedes Glas und obendrein Gift enthalten.

Ich laufe über die Glassplitter auf dem Boden und genieße das Knirschen der Scherben unter meinen Füßen.

Als das Paneel wieder zu summen beginnt, richte ich meine Kraft auch darauf.

Ich lasse die Verkleidung und den Metallrahmen zersplittern.

Das ist es, was ich von ihrem Versuch einer Unterhaltung halte. Wenn sie mir etwas sagen wollen, sollen sie mir gefälligst in die Augen sehen.

„Wo ist Riva?", schreie ich in die Richtung, wo der Bildschirm hing. „Wo sind meine Freunde? Lasst mich hier raus, ihr Arsch…!"

Ein elektrischer Stoß durchfährt meinen Körper vom Boden aus und schneidet mir das letzte Wort ab. Mein Körper verkrampft sich.

Meine Beine geben nach, und ich falle auf meine Hände und Knie. Obwohl der Stromstoß nur kurz war, vibriert jeder Nerv in meinem Körper noch weiter unter der entladenen Energie.

Ich habe mir auf die Zunge gebissen, und der Geschmack von Blut erfüllt meinen Mund.

Ich verziehe das Gesicht und rapple mich schwankend wieder auf. Ich werde diese Arschlöcher in Stücke reißen …

Der Zorn, der durch meinen Körper hallt, köchelt wie ein Topf, der vom Herd genommen wurde. Er wird durch einen seltsamen Schwall kühler, beruhigender Ruhe gedämpft.

Ich sollte wütend sein. Warum zum Teufel bin ich …

Dieser Wutanfall ist albern. Es ist alles in Ordnung. Bestimmt geht es den anderen auch gut.

Nein, *das* ist lächerlich. Diese verdammten Wärter haben uns geschnappt und …

Eine weitere kühle Welle überrollt mich und betäubt die sengenden Flammen. Ich atme zittrig ein.

Was geht nur in meinem Kopf vor?

Ich bin so benebelt und entspannt, dass meine Kraft

nicht sofort anspringt, als das Türschloss klickt. Stattdessen stehe ich still und starre auf die Tür, weil ich mir sicher bin, dass ich Antworten erhalten werde, sobald diese aufschwingt.

Ein leises Zischen von entweichender komprimierter Luft ertönt. Die Tür gleitet ein Stück weit in die Seite des Steinrahmens, anstatt nach innen aufzuschwingen.

Einen Moment lang denke ich, dass dahinter ein Spiegel zum Vorschein gekommen ist, denn die blassblauen Augen, die mir entgegenblicken, sehen aus wie meine.

Nur dass Spiegelbilder sich nicht von allein bewegen können, so wie dieses, das den Raum betritt, als die Tür hinter ihm zuknallt. Und das Shirt eines Spiegelbildes wäre nicht grün, wenn meines schwarz ist.

Außerdem würde mich ein Spiegelbild nicht mit einem verlegenen Lächeln angrinsen, während mir der Mund offen steht.

„Jake", sagt der Mann mit einer sanften Stimme, die mich mit einer dritten Woge der Ruhe zu überrollen scheint. „Hör auf, dich zu wehren. Lass uns reden. Du kannst mit mir sprechen, wenn du den anderen nicht zuhören willst."

Ich glaube, ich habe meine Zunge verschluckt. Ich kann sie nicht finden, und meine Kehle ist wie zugeschnürt.

Ich huste und stottere, während mein Herz in einem unregelmäßigen Rhythmus weiterschlägt.

„Griffin?"

Meine Stimme ist kaum mehr als ein heiseres Flüstern. Das Aussprechen seines Namens löst regelrecht Angst in mir aus. Als ob ich die Illusion dadurch zerstören könnte.

Doch der Mann vor mir verschwindet nicht. Stattdessen schaut er mich unverwandt an, ohne den Namen zu leugnen, mit dem ich ihn angesprochen habe.

„Tut mir leid, dass es so lange gedauert hat. Die Situation war … kompliziert."

„Die Situation ... *Was?* Wir dachten ... Ich habe gesehen, wie du ...“

Eine weitere Welle von Emotionen fegt alle meine Worte weg. Mein Magen verkrampft sich, und ich stürme nach vorne.

Ich schlinge meine Arme um meinen Bruder und ziehe ihn an mich. Ich sauge die Lebenswärme seiner Haut in mich auf, den gleichmäßigen Schlag seines Herzens, das in seiner Brust pocht.

Er ist wirklich hier. Hier bei mir. Und er spricht und atmet.

Wenn auch nicht ganz so wie in meiner Erinnerung. Nicht so, wie mein Zwilling sein sollte.

Griffin hätte gelacht, weil ich normalerweise nicht auf Umarmungen stehe. Er hätte seine Arme übertrieben fest um mich geschlungen und wäre vor Freude über unser Wiedersehen ausgeflippt.

Der Mann vor mir erwidert die Umarmung zwar, aber eher auf eine tröstende Art als aufrichtig begeistert. Er bleibt ruhig stehen, als ich mich zurückziehe.

Ich starre ihn an und versuche, die Gestalt vor mir mit meinen Erwartungen und Erinnerungen zu verbinden. Nichts ergibt einen Sinn. Mein Verstand fühlt sich an, als wäre er unter einem Erdrutsch begraben worden.

„Wo *warst* du?“, platze ich heraus. Das ist vielleicht nicht die beste Frage, wenn ich eigentlich Halleluja singen sollte, dass er überhaupt noch lebt, doch es ist die erste, die mir durch den Kopf geht.

Griffin lächelt auf seine neue, strenge Art. „In einer anderen Einrichtung. Sie haben lange gebraucht, um mich zu heilen und sicherzustellen, dass ich auf alles vorbereitet bin, was auf mich zukommen könnte. Dann sagten die Wärter, es wäre besser, wenn ich nicht zurückkäme, um eure Routinen nicht durcheinanderzubringen. Ich habe gefragt ... Du weißt, wie sie waren.“

Er ist nicht gestorben. Wir dachten, wir hätten auf dem Video seine letzten Atemzüge gesehen, doch sie haben ihn zusammengeflickt.

Er war die ganze Zeit am Leben, obwohl sie uns immer wieder weisgemacht haben, dass Riva für seinen Tod verantwortlich war. Dabei stimmte nicht einmal der Teil mit seinem Tod.

Diese Erkenntnis und die letzten Worte meines Bruders lassen meine Frustration erneut auflodern. „Wie sie *sind*. Diese Arschlöcher ...“

Doch Griffin schüttelt den Kopf. „Es gibt ein neues Management. Die Dinge haben sich geändert. Wir sind *hier*, und zwar gemeinsam. Es ist ein Neuanfang. Und ich würde ihn wirklich gerne mit euch gemeinsam wagen. Aber ganz besonders mit dir, Jake.“

Ich starre ihn wieder an und wünschte, ich hätte Zians Röntgenblick, um in seinen Schädel zu schauen. Womöglich würde ich einen kleinen Gremlin finden, wo sein Gehirn sein sollte. „Ein Neuanfang? Wovon zum Teufel redest du?“

„Die Wärter haben einen neuen Anführer“, antwortet Griffin. „Er hat andere Pläne. Er will uns auf Missionen schicken, die wirklich von Bedeutung sind und uns die Kontrolle über unser Leben übernehmen lassen. Er hat ein Mitspracherecht bei unserer Ausbildung. Ihr müsst ihm eine Chance geben, es zu erklären.“

„Wer auch immer er ist, er hat mich hier eingesperrt! Und er hat mich von den anderen getrennt. Riva ...“

Griffins Stimme wird sanfter. „Sie sind alle hier. Ich habe vor einer halben Stunde mit Riva gesprochen. Es geht ihr gut. Allen geht es gut. Du wirst sie sehen und mit ihnen und den jüngeren Schattenblütern, die hier sind, sprechen können. Du kannst sogar nach draußen – alles. Sobald du dich beruhigt hast und wir uns keine Sorgen mehr machen müssen, dass du aus Versehen jemanden verletzt. Oder absichtlich."

Irgendetwas an diesem letzten Satz lässt meinen Puls in die Höhe schnellen.

Er weiß es. Er weiß, dass ich Menschen verletzt habe – sowohl aus Versehen als auch absichtlich.

Griffin wollte nie jemanden verletzen, da er den Schmerz so spüren würde, als wäre es sein eigener.

Er versteht das nicht.

Ich hebe mein Kinn. „Ich habe uns beschützt. Und ich würde es wieder tun."

„Das wird nicht nötig sein", erklärt Griffin. „Wir sind hier in Sicherheit. Wir müssen uns nicht mit den Bösewichten anlegen, bis wir dazu bereit sind."

Ich schaue ihn finster an. „Das glaube ich erst, wenn ich es sehe."

Griffin seufzt und drückt mit diesem leisten Laut so viel Enttäuschung aus, dass ich mich am liebsten in meinem eigenen Körper verkriechen würde. Alles, um das Gefühl loszuwerden, dass ich ihn enttäuscht habe.

Ich habe bei unserer ersten Flucht zugelassen, dass er als Erster nach draußen in den Kugelhagel stürmte …

Wie viel von der Seltsamkeit, die ich jetzt in ihm sehe, ist meine Schuld?

Ich atme tief durch die Zähne ein. „Wir können ihnen nicht trauen. Keinem von ihnen. Selbst Engel hasst uns, und sie hat uns *gemacht*."

„Clancy ist nicht so." Griffin geht zur Tür. „Zeig, dass du bereit bist, zu reden und zuzuhören, dann kommen wir weiter."

Bevor ich ein weiteres Wort sagen kann, verschwindet er und lässt mich in dem kalten, leeren Raum zurück.

VIER

Riva

Ich beobachte, wie sich die schilfartigen Plastikstränge mit dem rosa Glitzer in der Brise wiegen.

Darunter befindet sich eine Vertiefung im Boden. Wenn ich im richtigen Moment hineinrolle und ein bisschen zur Seite rutsche, um der Wurzel auszuweichen, dann …

Ich mache mich bereit und springe. Als ich auf dem Boden aufkomme, spanne ich meine Muskeln an, um mich so klein wie möglich zu machen.

Die rosa-grünen Stränge streifen mein Gesicht. Dann krieche ich vorwärts und springe auf einen Ast, um einer Pfütze aus noch mehr Glitzer – in diesem Fall neongelbem – auf der anderen Seite auszuweichen.

Ich verharre einen Moment lang, schwer atmend, aber mit einem Gefühl der Zufriedenheit, auf das ich nicht vorbereitet war. Der Ast fängt an zu wackeln und warnt mich, dass das Training noch nicht vorbei ist.

Die Rinde knirscht unter meinen Füßen, als ich abspringe und einen schmalen Pfad zwischen den Bäumen entlangrutsche. Ich sehe die Stolperdrähte erst Sekunden, bevor ich sie erreiche, und hüpfe flink darüber, wobei ich gerade noch einer sich drehenden Scheibe ausweiche, die an einem der Drähte hin und her saust.

Ich habe es geschafft. Mit einem erleichterten Seufzer stürze ich auf das Feld jenseits des Dschungels hinaus.

Die Sonne scheint angenehm warm auf mich herab. Nach der Konzentration, die ich während des Anschleich-Parcours auf dem Gelände dieser Inselanlage aufbringen musste, liegen meine Nerven blank.

Ich lasse mich in das weiche Gras fallen und atme die Wärme und die neue Stille tief ein.

Ich habe es *geschafft*. Jetzt, wo ich weiß, dass ich die Strecke erfolgreich bewältigt habe, kann ich mich ausruhen.

Allein die Tatsache, dass ich mir diesen Parcours überhaupt aussuchen konnte, ist etwas vollkommen Neues für mich. Nach einem kurzen Gespräch begleitete mich Clancy heute Morgen aus meinem Zimmer in der Bergeinrichtung. Als wir das Gelände erreichten, teilte er mir mit, ich könnte alles erkunden und ausprobieren, was mich interessiere.

Er *will*, dass ich mich hier wohlfühle. Damit ich sehe, was er mir bietet und wie das Leben, von dem er spricht, aussehen könnte.

Es fällt mir immer noch schwer, zu begreifen, dass ein Wärter mir eine Wahl lässt.

Ich entschied mich, seinen Trainingsstil und seine Missionen auszuprobieren. Diese Option ist mir definitiv lieber, als eingesperrt zu sein und wie eine Laborratte behandelt zu werden. Die Entscheidung war also relativ einfach.

Aber ist es möglich, dass diese Option tatsächlich … gut sein könnte?

Ich werde mich erst sicherer fühlen, wenn er mich zu meinen Jungs lässt. Wie sehr kann ich ihm wirklich vertrauen, wenn er uns nicht völlig vertraut?

Wobei ich zugeben muss, dass sein Misstrauen berechtigt ist. Wenn ich wüsste, wie ich die Jungs erreichen und uns und die anderen Schattenblüter hier herausholen kann, würde ich es sofort tun.

Doch die Berge, die diesen ehemaligen Krater umgeben, sehen bedrohlich steil aus. Und ich weiß nicht, wie weit das Ufer der Insel entfernt ist – oder welche Fluchtwege wir überhaupt finden würden.

Wie bringt Clancy die Leute und Vorräte hierher? Mit dem Hubschrauber? Mit dem Boot?

Ich habe keine Ahnung, in welche Richtung wir überhaupt gehen sollten.

Also werde ich erst einmal mitspielen, beobachten und mich bereithalten.

Und wenn er mir währenddessen wirklich helfen kann, mein sadistisches Talent in den Griff zu bekommen, verlasse ich diesen Ort vielleicht sogar als besserer Mensch.

Schritte eilen über das Gras auf mich zu. Ich setze mich ruckartig auf und sehe, dass zwei der jüngeren Schattenblüter auf mich zukommen.

Bei meiner plötzlichen Bewegung zögern sie kurz. Dann schreitet die Jüngere der beiden, die noch nicht einmal das Teenageralter erreicht hat, kühn vorwärts und mustert mich mit großen Augen. In einer ihrer Hände baumelt ein Stoffbeutel.

Die Ältere, die ich auf etwa neunzehn schätze, geht etwas langsamer weiter, und ihre Augenbrauen sind unter dem Pony ihres dunklen Pixie-Haarschnitts leicht hochgezogen. Ihre zögerliche Miene steht im Kontrast zu ihrer statuenhaften Haltung. Sie ist groß und kräftig gebaut, aber gleichzeitig auch elegant. Was an ihr jedoch besonders auffällt, ist ihr neon pinkes T-Shirt.

„Hast du es ohne Glitzer geschafft?", fragt die Jüngere atemlos und streicht sich ihr rehbraunes Haar aus dem blassen Gesicht.

Ich nehme an, sie haben mich beobachtet.

„Ich glaube schon." Ich stehe auf und strecke meine Arme aus, damit sie mich untersuchen können.

Die beiden umkreisen mich. Das jüngere Mädchen beugt sich vor und zupft etwas von meinem schwarzen T-Shirt, das ich aus dem Sortiment an Trainingskleidung in meinem Zimmer genommen habe. Sie kichert. „Nein, das war nur ein Fussel. Du hast es wirklich geschafft! Ich bekomme immer ein wenig Glitzer ab."

Ich mustere sie von oben bis unten. „Ich glaube, ich trainiere schon etwas länger als du. Außerdem hilft es, dass ich so klein bin."

Selbst die Kleine ist ein paar Zentimeter größer als ich mit meinem einen Meter fünfundfünfzig und wiegt um die fünf Kilo mehr. Ihre Begleiterin ist mindestens einen Kopf größer als ich.

„Und schnell", fügt das ältere Mädchen mit einem Lächeln hinzu und senkt den Kopf, wobei die Sonne auf ihre hohen, gebräunten Wangen scheint. „Ich bin Nadia, und das ist Tegan. Du gehörst zu den Schattenblütern der ersten Generation, stimmt's?"

Bei ihr klingt es so, als wäre das ein offizieller Rang. Eine seltsame Mischung aus Unbehagen und Stolz kribbelt unter meiner Haut.

Ich zucke mit den Schultern. „Ja. Ich schätze schon. Mein Name ist Riva. Seid ihr schon länger auf der Insel?"

Nadia schüttelt den Kopf. „Ich glaube, seit einer Woche? Ich habe ehrlich gesagt den Überblick verloren."

„Ja, geht mir auch so." Tegan sieht mich wieder mit ihren großen Augen an, und langsam glaube ich, dass sie einfach permanent weit aufgerissen sind. „Stimmt es, dass du und die anderen der ersten Generation mit den *Monstern* unterwegs wart?"

Ich blinzle sie an. „Ihr wisst von den Schattenwesen?"

Die Wärter haben meinen Jungs und mir nie etwas von den „Monstern" erzählt, für deren Bekämpfung wir trainiert werden sollten. Wir erfuhren erst von unserer eigentlichen Aufgabe, als wir Ursula Engel gegenüberstanden.

Nadia zieht die Augenbrauen hoch. „Schattenwesen?"

„So nennen sie sich selbst", erkläre ich. „Die Wesen, die von den Wärtern als Monster bezeichnet werden. Sie haben uns geholfen. Nun, zumindest einige von ihnen."

Mir gehen die Fotos durch den Kopf, die Clancy mir von den toten Kindern gezeigt hat. So hätten auch diese beiden Mädchen enden können, wenn sie in der Einrichtung gewesen wären, in die wir eingebrochen sind.

Tegan klatscht in die Hände. „Natürlich wissen wir von ihnen! Die Wärter haben uns gesagt, dass sie uns deshalb zu diesem harten Training anspornen. Damit wir sie aufhalten können. Nadia war sogar schon auf Missionen, um sie zu *töten*."

Das ältere Mädchen verzieht das Gesicht und zupft an ihrem grellen T-Shirt. „Das war nichts Besonderes. Ich weiß nicht einmal, was die, die ich ausgeschaltet habe, gemacht haben. Ich habe sie mit Spezialkugeln aus der Ferne erschossen … Aber es war besser als das, was die Wärter getan hätten, wenn ich mich geweigert hätte."

Das kann ich mir vorstellen. Wahrscheinlich haben sie ihre Schattenblüter-Freunde bedroht, so wie sie es mit den Jungs und mir gemacht haben.

Warum haben die Wärter unsere jüngeren Pendants so

viel früher auf Missionen geschickt als uns? Warum haben sie ihre Vorgehensweise geändert?

Da das den beiden Mädchen offenbar nicht seltsam vorkommt, schlucke ich die Frage hinunter.

Ich bin neugierig auf ihre Kräfte, doch wenn ich sie danach frage, wollen sie bestimmt wissen, über welche ich verfüge. Und bei dem Gedanken, der niedlichen Tegan meinen brutalen Schrei zu erklären, wird mir flau im Magen. Stattdessen konzentriere ich mich auf etwas viel Wichtigeres.

„Wie ist es euch ergangen, seit ihr hier seid? Hat man euch gut behandelt?"

„Großartig!", kräht Tegan. „Wir dürfen die ganze Zeit draußen sein, und die Wärter, die mit Clancy zusammenarbeiten, sind netter als die vorherigen. Und das Essen ist VIEL besser."

Nadia stupst sie an. „Du hast vergessen, den Snack herauszuholen."

„Oh, stimmt!" Das jüngere Mädchen öffnet den Stoffbeutel, den sie abgelegt hat. „Das Küchenpersonal hat heute Brownies gebacken. Möchtest du einen? Oder zwei. Du kannst so viele nehmen, wie du willst."

Ich kann nicht anders, als ihr schüchternes, aber eifriges Lächeln zu erwidern. Dann knurrt mein Magen.

„Klar. Scheint, als hätte ich Appetit bekommen."

Sie legt die Tüte zwischen uns auf den Rasen und öffnet sie so weit, dass wir das schokoladige Gebäck herausnehmen können. Instinktiv nehme ich einen Brownie in die Hand, der unwiderstehlich gut riecht.

Ein kleiner Bissen bestätigt, dass er auch so schmeckt. Ein Schokoladenhimmel, der auf der Zunge zergeht. Normalerweise stehe ich mehr auf saure Geschmacksrichtungen, aber wenn es so köstlich ist, kann ich mich durchaus für Süßes begeistern.

Während ich kaue, schießt mir ein Stich durch die Brust.

Dominic würde sie lieben. Hat er auch einen bekommen?

Ich kann spüren, dass er sich gerade irgendwo in der Bergeinrichtung aufhält, aber ich weiß nicht, wie er sich fühlt oder was er tut. Ich vermute, dass er nicht in allzu großer Not ist, denn ich scheine besonders starke Emotionen wahrzunehmen. Trotzdem beruhigt mich das nicht.

Es wäre unglaublich schön, wenn diese Male wie Walkie-Talkies funktionieren würden.

Während Tegan sich fröhlich über ihren Brownie hermacht, schlendern zwei weitere Teenager auf uns zu, die in Nadias Alter zu sein scheinen. Der Junge, der mit seiner gebräunten Haut und den stacheligen blonden Haaren aussieht, als käme er aus einem Surfer-Film, schnalzt mit der Zunge.

„Und du hast nicht daran gedacht, *mir* etwas abzugeben?"

Nadia rappelt sich auf, wobei sie sich viel ungeschickter bewegt als vorhin, und ihre Wangen erröten, als sie den Beutel öffnet. „Natürlich kannst du einen haben. Und du auch, Celine."

Sie nickt dem Mädchen zu, das hinter dem Jungen hergelaufen ist. Ihren Gesichtszügen nach zu urteilen, würde ich vermuten, dass sie chinesischer oder vietnamesischer Abstammung ist.

Die Wärter scheinen gern mit einer Vielzahl von menschlichen Ethnien zu experimentieren. Ich vermute, dass Nadia indianischer Herkunft ist – sofern man das überhaupt so sagen kann, nachdem wir in einem Labor gezeugt wurden und nicht in der realen Welt.

Mit einem breiten Lächeln schwingt Celine ihren langen Pferdeschwanz, wobei die roten Sprenkel in ihrem schwarzen Haar im Sonnenlicht glänzen. „Vielen Dank!"

Irgendetwas an ihrem Tonfall ist merkwürdig. Die

Fröhlichkeit sollte mich an Pearls temperamentvolle Persönlichkeit erinnern, ist allerdings nicht so warm, wie ich erwartet hätte.

Doch wer könnte es ihr verdenken, wenn sie an diesem Ort ein wenig nervös ist? Auch wenn die Zustände hier nicht ganz so schlimm sind wie in anderen Einrichtungen, sind wir streng genommen immer noch Gefangene.

Nadia konzentriert sich hauptsächlich auf den Jungen. Ihr Blick verweilt auf seinem Gesicht, während er den Brownie an seine vollen Lippen hebt.

Ich bin vielleicht nicht der sozial erfahrenste Mensch, aber dank der Seifenopern kenne ich die Anzeichen, wenn ein Mädchen auf einen Jungen steht. Und genau das sehe ich gerade vor mir.

Haben sie zusammen trainiert, so wie ich mit meinen Jungs? So wie Nadia sich verhält, haben sie noch nicht diese Art der Nähe aufgebaut.

„Lecker", sagt er, nachdem er den ersten Bissen hinuntergeschluckt hat, und reicht mir die Hand zur Begrüßung. „Schön, dich kennenzulernen, Erstling. Ich bin Booker."

„Riva", antworte ich. *Erstling?* Nennen sie uns etwa so?

Celine lächelt mich an. „Ich bin froh, dass ihr alle wohlbehalten wieder bei uns seid."

Tegan ist ebenfalls aufgestanden und wippt auf ihren Füßen. „Celine war mit den Wärtern unterwegs, um euch bei der Flucht vor den Monstern zu helfen."

Oh. Meine Lippen öffnen sich, aber es kommen keine Worte heraus.

Soll ich mich bedanken, obwohl ich gar keine „Hilfe" wollte?

Celine lacht, als wäre es keine große Sache, doch ihre Augenlider flattern für einen kurzen Moment nach unten.

Ich nehme einen Anflug von Unbehagen wahr, womöglich sogar Traurigkeit, bevor sie wieder lächelt.

Was haben die Wärter ihr während ihrer Mission angetan? Kein Wunder, dass sie so befangen wirkt, auch wenn sie sich große Mühe gibt, um fröhlich zu wirken.

Bevor ich mir überlegen kann, wie ich mit ihr reden soll, lässt ein Stechen an meinem Schlüsselbein meinen Blick zum Eingang der Einrichtung schweifen. Mein Herz macht einen Sprung.

Zwei Gestalten betreten die breite Steintreppe vor dem Eingang, die sich bis zum Tal hinunterwindet. Ich erkenne die beiden sofort.

Es ist wahrscheinlich furchtbar unhöflich von mir, aber ich kann meine Füße nicht davon abhalten, loszulaufen. Ich sprinte über das Feld und die Treppe hinauf, während die beiden Männer, die herausgetreten sind, mir entgegeneilen.

„Drey!" Ich schlinge meine Arme um den schlankeren der beiden.

Andreas holt tief Luft und drückt mich fest an sich. Er riecht wie immer, warm und ein wenig nach Zimt.

Als ich mich zwinge, mich zurückzulehnen, um sein Gesicht zu betrachten, sieht er genauso aus wie immer. Sein dunkles Haar ist gewellt, sein wunderschönes Gesicht braun, und seine dunkelgrauen Augen funkeln. Ich kann keine Verletzungen sehen.

Dann packt er meinen Kiefer und zieht meinen Mund auf seinen. Ich kann dem Kuss nicht widerstehen.

Ich lege meinen Arm um seinen Hals und erwidere seinen Kuss. Ein berauschendes Zittern durchzuckt meine Adern, als würden die Schatten in mir sich über unser Wiedersehen freuen.

Auch das ist neu. In keiner anderen Einrichtung hätte ich es gewagt, so viel körperliche Zuneigung zu zeigen.

Es ist mir scheißegal, was Clancy denkt. Das sind meine

geliebten Jungs, und ich werde nicht so tun, als wären sie etwas anderes.

Nun, sie sind in unterschiedlichem Ausmaß meine Jungs. Als Andreas mich loslässt und einen Arm um meinen Rücken legt, wende ich mich zu Zian um. Ich schenke ihm ein Lächeln, das sowohl freudig als auch ein wenig vorsichtig ist.

Zee hat bisher nicht besonders gut auf kurze Berührungen reagiert, geschweige denn auf eine Umarmung. Kurz vor dem Aufbruch zu unserer letzten eigenen Mission hat er mich jedoch einmal sehr vorsichtig umarmt.

Der Blick in seinen dunkelbraunen Augen ist so gefühlvoll, dass meine Haut glüht. Die Muskeln in seinen breiten Schultern spannen sich an.

Er streckt die Hand aus und streicht mit den Fingern zaghaft über meine Schulter. „Haben sie dir wehgetan, Shrimp?"

Trotz des albernen Spitznamens ist sein Tonfall besorgt.

„Nein. Mir geht es gut. Ich weiß nur nicht so recht, was ich von all dem halten soll." Mein Blick wandert zwischen den beiden hin und her. „Geht es euch beiden gut? Habt ihr Dominic oder Jacob gesehen?"

Andreas' Blick schweift zur Einrichtung, mit einer Spur der gleichen Vorsicht, die auch ich angesichts unserer neuen Situation empfinde. „Uns geht es … den Umständen entsprechend. Ich habe heute Morgen beim Frühstück mit Dominic gesprochen. Er war nicht glücklich darüber, dass wir getrennt voneinander untergebracht sind, aber ansonsten geht es ihm gut."

Zian zieht die Stirn in Falten. „Keiner von uns hat Jacob gesehen. Du auch nicht?"

„Nein. Ihr zwei seid die Ersten." Mir ist flau im Magen. „Clancy lässt uns erst wieder raus, wenn wir uns verpflichten, an seinen Missionen teilzunehmen. Vielleicht gibt Jacob nicht nach."

Ich kann mir gut vorstellen, dass der sture Kerl sich weigert, auch nur so zu tun, als würde er mitspielen, wenn er seine Wut über unsere Gefangennahme nicht zügeln kann. Und dann ist da noch …

Ich halte eine Sekunde inne, und ein Kloß bildet sich in meiner Kehle. „Habt ihr … Griffin …"

Mehr brauche ich nicht zu sagen. Andreas' Miene hellt sich auf und verfinstert sich gleichzeitig, und die Furche auf Zians Stirn vertieft sich.

„Er war die ganze Zeit am Leben", sagt Zian fassungslos und streicht sich mit der Hand über sein kurzes schwarzes Haar.

Drey nickt. „Das hat Jake bestimmt ganz schön aus der Bahn geworfen. Vor allem, weil Griffin so anders ist."

„Ja." Mit einem mulmigen Gefühl im Bauch denke ich an Griffins seltsames Verhalten.

Ich habe ihn seit dem Gespräch mit ihm und Clancy gestern nicht mehr gesehen. Ich habe keine Ahnung, wie sein Tagesablauf aussieht.

Wie eng arbeiten die beiden zusammen?

„Zumindest scheint diese Einrichtung hier besser zu sein als viele der Alternativen", meint Andreas mit einem zögerlich hoffnungsvollen Unterton. Er lässt seinen Blick über das Tal schweifen. „In den Erinnerungen eines Rucksacktouristen habe ich einmal einen ähnlichen Ort gesehen. Er kletterte auf Berge, badete in Lagunen und aß tropische Früchte, bis er Bauchschmerzen bekam. Und selbst dann nannte er es das Paradies. Ich hätte nie gedacht, dass ich einen solchen Ort einmal mit eigenen Augen sehen würde."

Er ist in seinen Geschichtenerzähler-Tonfall verfallen. Andreas war schon immer unser Erinnerungsspeicher, sowohl für unsere eigene Vergangenheit als auch für andere Lebensentwürfe, die wir nur aufgrund seines Talents kennen.

Er richtet seinen Blick wieder auf mich. „Außerdem ist es hier weniger beengt. Darüber kann ich mich nicht beklagen."

„Nein", stimme ich zu. Das Fehlen von Beschränkungen bedeutet auch mehr Fluchtmöglichkeiten, falls uns Clancys Ideen nicht gefallen.

Als hätte ich ihn mit meinen Gedanken herbeigerufen, tritt unser großer Anführer selbst auf den Grat über uns. Er stemmt die Hände in die Hüften und lächelt auf sein Reich und uns alle herab.

„In Ordnung, Leute", ruft er. „Ihr hattet etwas freie Trainingszeit. Wie wäre es mit etwas mehr Struktur? Das gesamte Tal ist eure Arena. Drei Erstlinge gegen den Rest. Ich denke, das ist fair."

Ein aufgeregtes Gemurmel ertönt von den jüngeren Schattenblütern – darunter zwei weitere, die sich denen, mit denen ich gesprochen hatte, angeschlossen haben. Ich werfe meinen Jungs einen Blick zu und schlucke schwer.

Clancy ist sehr darum bemüht, dass wir uns hier wohlfühlen. Er hat uns ein Zuhause gegeben, das manche Leute als Paradies bezeichnen würden.

Aber er ist immer noch einer von ihnen.

Wie gefährlich wäre es, ihm zu vertrauen?

FÜNF

Riva

Trotz meiner Skepsis gegenüber den Absichten des neuen Leiters muss ich zugeben, dass die Mahlzeiten in der Bergeinrichtung im Vergleich zu unserer früheren Gefangenschaft ein Fortschritt sind.

Hier werden keine Tabletts mit fadem Essen durch den Türschlitz geschoben, das nur nach seinem Nährwert ausgewählt wurde, um in Einsamkeit verzehrt zu werden. Stattdessen können wir aus verschiedenen Gerichten auswählen und gemeinsam mit etwa zehn anderen Schattenblütern in der Kantine essen.

Das Buffet ist nicht annähernd so reichhaltig oder köstlich wie die Mahlzeiten, die Rollick uns auf seiner Jacht serviert hat, aber alles, was ich bisher probiert habe, schmeckt zumindest gut. Außerdem ist es schön, selbst entscheiden zu dürfen, was man isst.

Heute Morgen überlege ich, ob ich ein Omelett mit Käse

und gebratenem Gemüse oder eine Schüssel Haferbrei mit Beeren und braunem Zucker frühstücken soll. Irgendwie möchte ich beides, doch ich glaube nicht, dass mein Magen es mir danken würde, auf das Doppelte seiner normalen Größe gedehnt zu werden.

Schließlich nehme ich mir einen Teller mit Omelett und eine Flasche Orangensaft und mache mich auf den Weg zu den Tischen.

In dem Raum mit den Steinwänden befinden sich fünf rechteckige Tische, an denen jeweils sechs Personen bequem Platz finden, obwohl ich sie noch nie voll besetzt gesehen habe. Da wir nie alle gleichzeitig essen, weiß ich nicht genau, wie viele Schattenblüter sich hier aufhalten.

Im Moment sitzen an dem einen Tisch auf der linken Seite drei und an dem anderen vier der jüngeren Schattenblüter, darunter Nadia und Booker. Sie lacht über etwas, das er gesagt hat, und schlägt sich die Hand vor den Mund, als wäre es ihr peinlich.

Heute trägt sie ein neongrünes Shirt. Offenbar hat sie eine Vorliebe für knallige Klamotten.

Alles in meinem Kleiderschrank ist in dunkleren Tönen gehalten … Ob sie Clancy extra nach diesen Farben gefragt hat?

Hat er ihr spezielle Klamotten besorgt, weil sie darum gebeten hat?

Während ich noch überlege, ob ich freundlich sein und mich zu ihnen setzen oder allein an einem der leeren Tische essen soll, taucht ein vertrauter blonder Kopf in der Tür auf der rechten Seite des Raumes auf.

Mein Herz setzt einen Schlag aus, und mein Teller wackelt in der Hand. Einen Moment lang bin ich mir nicht sicher, welchen der Zwillinge ich gerade anschaue.

Dann trifft sein Blick den meinen, und jeglicher Zweifel

verpufft. Nur Jacob kann mich so ansehen, als wäre hinter seinen Augen gerade ein Damm gebrochen.

Noch bevor ich etwas sagen kann, stürmt er auf mich zu.

Er weicht nicht einmal den leeren Tischen zwischen uns aus, sondern lässt sie mit einer Armbewegung umkippen.

Beide Tische schlagen krachend gegen die Steinwand. Ohne auch nur den Bruchteil einer Sekunde zu zögern und den Blick unverwandt auf mich gerichtet, schreitet Jacob daran vorbei.

Dann bleibt er direkt vor mir stehen und hebt seine Hand mit einer Sanftheit, die im völligen Widerspruch zu seiner Aggressivität steht.

Als er meine Wange berührt, verkrampfen sich meine Finger um meinen Teller und den Hals der Saftflasche, als würde ich mich daran festklammern.

Mein Herz rast, und ich bin zu aufgewühlt, um zu sprechen.

Die Wiederbegegnung zwischen Jake und mir als stürmisch zu bezeichnen, ist in etwa so, als würde man einen Hurrikan als leichte Brise abtun. Doch in den letzten Tagen, bevor wir hier gelandet sind, habe ich ihn viel besser verstanden als zuvor.

Mir ist klargeworden, dass er sich selbst am meisten dafür hasst, wie er sich mir gegenüber verhalten hat. Ich habe gesehen, wie weit er gehen würde, um sicherzustellen, dass ich nie wieder verletzt werde.

Und wie weit er gehen würde, um dafür zu sorgen, dass ich mich *gut* fühle, wenn ich es zulasse.

Der Strudel der Emotionen in seinem himmelblauen Blick deckt sich mit der Aufregung, die seine Anwesenheit in mir ausgelöst hat. Er streicht mit seinen Fingern zärtlich über meine Wange und starrt mich an, als könne er die Erlebnisse der letzten Tage von mir ablesen.

„Geht es dir gut?", fragt er mit leiser, angespannter

Stimme, entweder weil er mein Wohlbefinden nicht einschätzen kann, oder weil er es von mir bestätigt haben will.

Ich schaffe es, mich so weit zu sammeln, dass ich einen Hauch Humor aufbringen kann. „Ja. Allerdings weiß ich nicht, ob die Tische deinen Auftritt gut überstanden haben."

Jacob würdigt die umgeworfenen Möbelstücke keines Blickes. „Scheiß auf die Tische."

Ich bin mir nicht sicher, ob Clancys Mitarbeiter mit dieser Einstellung einverstanden sind.

Ein Mann und eine Frau haben den Raum betreten, um die Ergebnisse von Jacobs Ankunft zu begutachten. Wie Clancy selbst tragen die Wärter, die unter ihm arbeiten, nicht die übliche Schutzkleidung, die gegen unsere Kräfte allerdings ohnehin nutzlos ist. Da sie die Einzigen hier sind, die älter sind als ich und meine Jungs, sind sie allerdings leicht zu erkennen.

Ich bin angespannt und erwarte, dass sie herüberkommen und Jacob von mir wegreißen, doch die Frau schüttelt nur konsterniert den Kopf. Sie hilft dem Mann, die Tische wieder aufzurichten, und nachdem die beiden die Dellen an den Kanten inspiziert haben, schieben sie die Stühle wieder an ihren Platz.

Hm. Ich schätze, sie konzentrieren sich auf das Wesentliche.

Ich habe keine Ahnung, was die jüngeren Schattenblüter von Jacobs dramatischem Auftritt halten. Ich beobachte die Wärter nur ein paar Augenblicke, bevor mein Blick, wie magnetisch angezogen, wieder zu ihm zurückkehrt.

Ich bewege mich so wenig wie möglich, als ich meinen Teller und meinen Saft abstelle, bevor ich meine Hand auf Jakes Oberkörper lege. „Geht es *dir* gut? Hat Griffin …?"

Er nickt mit zusammengepressten Lippen. „Sofern er überhaupt noch Griffin ist", murmelt er.

Ein Schaudern durchfährt seinen Körper, und er streicht mit seinen Fingern wieder über mein Gesicht, bevor er sie über mein Haar gleiten lässt.

Er ist keinen Zentimeter näher gekommen, seit ich das Essen, das ich in der Hand hielt, abgestellt habe.

Er wartet auf meine Erlaubnis – oder eine Zurückweisung. Ich spüre seine angespannte Erwartung wie eine Vibration in der Luft.

Ich mache einen Schritt auf ihn zu und lege meinen Kopf an seine Brust.

Jacob stößt einen zittrigen Atemzug aus und schließt mich in seine Arme. Er drückt mich fest an sich, aber immer noch mit einer gewissen Zurückhaltung, als hätte er Angst, mir wehzutun.

Doch wenn mir in unserem neuen Gefängnis etwas klargeworden ist, dann, dass Jake nie wirklich mein Feind war.

Er hat Fehler gemacht, und er hätte mich nicht so behandeln dürfen. Aber die Wärter haben ihn manipuliert.

Und zwar absichtlich.

Nachdem ich den neuen gefühllosen Griffin gesehen habe, ist mir klar, dass sie einen Menschen vollkommen brechen können.

Möglicherweise werde ich nie ganz verstehen, wie kaputt sie den Mann gemacht haben, den ich in meinen Armen halte.

Jacobs Stimme ist ein Krächzen, das durch mein Haar gedämpft wird. „Es tut mir leid."

Ich runzle die Stirn und hebe den Kopf. „Was?"

Ich finde es schrecklich, wie vertraut mir der Schmerz ist, der sich in seinem markanten Gesicht abzeichnet. „Ich hätte in der anderen Einrichtung auf dich aufpassen sollen. Ich habe geschworen, dich zu beschützen … Und sie haben es trotzdem geschafft. Ich war abgelenkt und habe nicht nachgedacht."

„Hey." Ich berühre seine Wange, so wie er zuvor meine. „Du weißt, dass Griffin *da* war, oder? Er hat mit unseren Gefühlen gespielt, um uns dorthin zu bringen, wo Clancys Wärter uns haben wollten."

Jacob blinzelt mich an, und ein Muskel in seinem Kiefer zuckt. Womöglich war ihm das bisher *nicht* bewusst.

„Scheiße. Ich hätte es erkennen müssen ... Ich hätte es wissen müssen ..."

„Nein." Ich tippe mit meinem Zeigefinger auf seine Wange, um meinen Protest zu unterstreichen. „Wir wurden alle gefangen genommen. Also sind wir entweder alle schuld oder keiner. Ich habe dir keine Sekunde lang die Schuld gegeben. Also darfst du dir auch nicht die Schuld geben."

Jacobs Mund verzieht sich, doch er scheint keine Gegenargumente zu finden.

Etwas widerwillig löse ich mich von ihm und greife nach meinem Frühstück, um damit zum nächsten freien Tisch zu gehen. Jake nimmt sich ebenfalls einen Teller und folgt mir.

Als er mir gegenüber Platz nimmt, lasse ich meine Gabel über meinem Omelett schweben. „Du hast dich also entschlossen, dich auf Clancys Missionen einzulassen? Wir haben uns schon Sorgen um dich gemacht, weil wir dich noch nicht gesehen haben."

Dominic war gestern Morgen beim Außentraining dabei, und Zian und Andreas habe ich bei verschiedenen Mahlzeiten gesehen. Jacobs Abwesenheit hat uns alle belastet.

Jake zuckt ein wenig steif mit den Schultern und sticht mit der Gabel in sein Spiegelei. „Ich hatte nicht wirklich eine Wahl, oder? Es war die einzige Möglichkeit, dich oder die Jungs wiederzusehen. Und nachdem ich gesagt habe, dass ich dabei bin, haben sie mich trotzdem einen ganzen Tag warten lassen."

Bestimmt wollte Clancy ihn beobachten, um abzuschätzen, ob er Jacob vertrauen kann. „Sie haben dich einfach die ganze Zeit in deinem Zimmer gelassen?"

Er schüttelt den Kopf. „Ich glaube, sie bringen uns abwechselnd nach draußen, genau wie bei den Mahlzeiten. Clancy und ein paar seiner Untergebenen haben mich zusammen mit ein paar Kindern zu einem Trainingsgelände im Wald gebracht. Aber wir haben niemanden gesehen, weder dort noch auf dem Weg dahin."

Ich bin noch nicht in einen anderen Bereich des Tals gebracht worden, doch seine Erklärung überrascht mich nicht. Zian sagte, dass Dominic und er gestern Nachmittag zu einem Klettergebiet gebracht wurden, während ich wieder auf dem Feld war.

Jacob nimmt einen Bissen und betrachtet mich über den Tisch hinweg, während wir kauen. „Wir müssen für eine dieser Missionen von der Insel weg, um zu sehen, wie das alles funktioniert. Erst dann können wir eine Entscheidung treffen."

Genau das habe ich auch gedacht. Ich schenke ihm ein schiefes Lächeln. „Ja."

Wir essen ein paar Minuten schweigend, aus Vorsicht, wer unbemerkt zuhören könnte. Dann deutet Jacob mit seiner Gabel auf mich.

„Du hast ‚wir' gesagt. Wie viele von den anderen hast du gesehen?"

„Alle. Aber nur hier und da. Und nie mehr als zwei von ihnen auf einmal." Ich schlucke einen Bissen Ei mit Käse hinunter, und der Geschmack wird sauer, während ich über meine Antwort nachdenke. „Clancy hat deutlich gemacht, dass er nicht glaubt, dass es in seinem Interesse ist, uns fünf eine Chance zur Zusammenarbeit zu geben."

Jacob stößt ein verächtliches Schnauben aus. „Weil wir seine Operation hier im Keim ersticken würden."

Er könnte recht haben. Doch das werden wir nicht herausfinden können, oder?

Obwohl das Omelett köstlich ist, habe ich nach dem Essen ein flaues Gefühl im Magen. Ich stehe auf, um mein Geschirr wegzuräumen, denn ich weiß, dass in wenigen Minuten ein paar Angestellte kommen werden, um uns zu unseren jeweiligen Trainingsstätten zu bringen.

Kaum habe ich meinen Teller abgestellt, taucht Clancys orangefarbener Haarschopf in der Kantine auf.

Zügig geht er auf den Tisch zu, wo Jacob und ich sitzen. „Ihr zwei scheint euch gut einzuleben."

Jacob mustert ihn, und es scheint ihm sichtlich schwerzufallen, sich zu beherrschen. „Ich möchte den Rest meiner Freunde sehen."

„Später. Ich bin sicher, Riva hat dir schon gesagt, dass es ihnen gut geht, genau wie ihr." Clancy deutet auf uns. „Ich hatte gehofft, euch kurz in meinem Büro sprechen zu können."

Jake und ich tauschen einen Blick aus. Die Bitte unseres neuen Entführers klingt, als hätten wir tatsächlich die freie Wahl. Trotzdem glaube ich nicht, dass er erfreut wäre, wenn wir ablehnen.

Je mehr wir nach seiner Pfeife tanzen, desto mehr Möglichkeiten werden wir haben, diese Einrichtung zu verstehen und einen Weg hier raus zu finden.

Trotzdem werde ich mich nicht von ihm herumkommandieren lassen.

Als wir ihm in den Flur folgen, räuspere ich mich. „Ich wollte dir auch ein paar Fragen stellen. Nur um besser zu verstehen, wie wir hier gelandet sind."

Ich weiß nicht, ob ich erleichtert oder misstrauisch sein soll, dass Clancy ohne zu zögern antwortet. „Das ist völlig in Ordnung."

Nachdem wir sein Arbeitszimmer betreten haben, dessen

Wände aus demselben Stein bestehen wie der Rest der Bergeinrichtung, ergreift Jacob zuerst das Wort. Er wartet nicht einmal, bis Clancy hinter dem Schreibtisch Platz genommen hat.

„In der anderen Einrichtung, in die wir eingebrochen sind, hast du uns mit der Hilfe meines Bruders in eine Falle gelockt. Woher wusstest du, dass wir dorthin kommen würden? Warum hast du uns die Kinder zuerst hinausbringen lassen?"

Das habe ich mich auch schon oft gefragt. Ich betrachte Clancys Gesicht, der sich in den einfachen Bürostuhl hinter dem Schreibtisch sinken lässt, während wir stehen bleiben.

„Was die Rolle deines Bruders angeht, solltest du das mit Griffin besprechen, sofern er dazu bereit ist. Um deine andere Frage zu beantworten: Ich habe nicht sofort eingegriffen, weil ich nicht sicher war, wie sich die Situation entwickeln würde. Nicht alle, die in dieser Einrichtung arbeiten, waren mit meinem Ansatz einverstanden. Ich hatte gehofft, dass ihre Strategie aufgehen würde und ich eure Überführung auf die Insel trotzdem arrangieren könnte."

Das mulmige Gefühl in meinem Bauch wird stärker. „Leider hat es nicht funktioniert, und wir haben einen Haufen Leute abgeschlachtet, die dir Probleme gemacht haben." Wie praktisch.

Eigentlich habe *ich* die meisten von ihnen abgeschlachtet.

Clancy zeigt keine Reaktion auf diese Aussage. „Ich bin nicht glücklich über den Verlust von Menschenleben. Aber es ist, wie es ist. Letztendlich mussten wir auf einen Trick zurückgreifen. Mir war klar, dass das nötig sein würde, wenn rohe Gewalt nicht ausreicht."

Sie haben gewartet, bis wir uns trennten, und uns dann noch mehr aufgeteilt.

„Was ist mit den jüngeren Schattenblütern?", frage ich. „Die, mit denen ich hier gesprochen habe, wissen über die

Scha… über die Monster Bescheid, die wir bekämpfen sollen. Einige von ihnen wurden sogar auf Missionen geschickt, um gegen sie vorzugehen. Mit uns wurde das nie gemacht."

Clancy faltet die Hände in seinem Schoß und lehnt sich in seinem Stuhl zurück. „Wir haben unsere Vorgehensweise über die Generationen hinweg etwas abgeändert. Wir waren in der Lage, die jüngeren Schattenblüter schneller auszubilden, weil wir aus unseren Erfahrungen mit euch gelernt hatten. Und nach eurem Fluchtversuch war ein großer Teil der Wärterschaft der Meinung, dass es für euch sechs zu gefährlich wäre, die Einrichtung unter irgendwelchen Umständen zu verlassen."

Eine Abänderung ihrer Vorgehensweisen. Wahrscheinlich weiß er nicht, was wir aus Ursula Engels Computerdateien erfahren haben. Nämlich, dass sie den anderen Wärtern nie ihre vollständige Formel für unsere Erschaffung verraten hat.

Die Kräfte der Kinder sind viel schwächer als unsere. Das ist zumindest *einer* der Gründe, warum die Wärter weniger Bedenken hatten, sie ins Feld zu schicken.

Allerdings bedeutet das auch, dass sie weniger gut gewappnet waren, um die Schattenwesen zu bekämpfen.

„Was machen wir hier, wenn wir nichts anderes tun können, als weiter zu trainieren?", fragt Jacob mit finsterer Miene.

Der Anflug eines Lächelns umspielt Clancys Lippen. „Ich sagte, ein großer Teil. Ich habe nicht gesagt, dass *ich* das so sehe. Tatsächlich wollte ich mit euch über euren ersten potenziellen Auftrag sprechen."

SECHS

Riva

Immer wenn ich in meinem neuen Bett aufwache, fühle ich mich erst einmal ein wenig leer. Es ist zwar recht bequem, und die dicken Decken bieten ausreichend Schutz vor der höhlenartigen Kälte, aber ich bin ganz allein.

Irgendwann in den letzten Wochen habe ich mich daran gewöhnt, neben meinen Jungs aufzuwachen. Meistens mit Dominic, aber auch mit Andreas. Und einmal, nach einem besonders turbulenten Abend, lag Jacob neben mir.

Auch wenn wir hier insgesamt mehr Freiheiten haben, bleiben mir morgendliche Kuscheleinheiten verwehrt.

Ich steige aus dem Bett und mache mich am Waschbecken in der Ecke frisch, bevor ich mich schnell anziehe. Als ich gerade in meine Turnschuhe schlüpfe, klopft es an meiner Tür, und ich werde in den Speisesaal gebracht.

Beim Frühstück laufe ich keinem meiner Jungs über den Weg, doch als ich zum Eingang der Einrichtung geführt werde, steht Clancy mit Jacob, Dominic, vier jüngeren Schattenblütern und einigen anderen Wärtern da.

Als ich Jake sehe, setzt mein Herz einen Schlag aus. Das muss die Vorbereitung auf die Mission sein, der wir gestern zugestimmt haben.

Clancy bestätigt meine Vermutung mit einem Nicken in die Richtung der jüngeren Schattenblüter, die um die siebzehn Jahre alt sind und der neusten Generation anzugehören scheinen. „Diese Gruppe wird im Rahmen eures Auftrags auf der Insel einige Hilfsaufgaben übernehmen. Auch wenn es keine großen Schwierigkeiten geben dürfte, wollen wir sichergehen, dass wir an alles gedacht haben, bevor wir euch ins Feld schicken."

Celine ist auch da und schenkt mir ein strahlendes Lächeln, während sie mit den Fingern durch ihren Pferdeschwanz fährt. Die anderen kenne ich noch nicht beim Namen. Während wir über die Lichtung und dann einen Dschungelpfad entlanglaufen, unterhält sie sich angeregt mit ein paar ihrer Begleiter.

Hier und da glaube ich, einen Hauch der Traurigkeit zu erkennen, die mir schon einmal bei ihr aufgefallen ist. Ich habe das Gefühl, dass ich mich bei ihr für die letzte Mission entschuldigen sollte, zu der die Wärter sie gezwungen haben, obwohl es nicht meine Idee war, dass sie uns quer über den Kontinent jagen sollten.

Wir drei Erstlinge folgen ihnen schweigend. Ich bin zu aufgedreht für Smalltalk.

Dominic nimmt meine Hand und verschränkt seine Finger mit meinen. Jacob bleibt dicht an meiner anderen Seite und lässt seinen Blick durch die Wildnis schweifen.

Trotz der schwülen Luftfeuchtigkeit ist die Wanderung nicht unangenehm. Vögel zwitschern in den Bäumen, und das dunstige Sonnenlicht tanzt zwischen den raschelnden Blättern.

Es dauert nicht lange, bis wir auf einer kleinen Lichtung anhalten. Drei der Wärter weisen den jüngeren Schattenblütern den Weg zwischen den Bäumen am anderen Ende der Lichtung, wo sie wohl die ihnen zugewiesenen Aufgaben erfüllen sollen. Drei andere und Clancy bleiben bei uns Erstlingen.

Clancy verschränkt die Hände hinter dem Rücken und schlendert vor uns auf und ab. „Ich weiß, dass ihr drei bereits ein umfangreiches Training absolviert habt, einschließlich einiger Missionen außerhalb eurer Einrichtung. Und offensichtlich habt ihr in den Wochen, in denen ihr auf der Flucht wart, eure Fähigkeiten in der realen Welt erweitert."

Unter anderem durch die Ermordung einer ganzen Reihe seiner Kollegen. Trotz seines ruhigen Tonfalls läuft es mir eiskalt den Rücken herunter, und Dominic drückt beruhigend meine Hand.

Einer seiner Tentakel legt sich um mein Handgelenk, als wolle er die beiläufige zärtliche Berührung mit seinen Saugnäpfen wiederholen. Beide Male, als ich ihn auf der Insel gesehen habe, waren seine Tentakel entblößt, so wie schon auf Rollicks Jacht.

Ein paar der jüngeren Schattenblüter blicken in seine Richtung und stupsen sich gegenseitig an. Mein Kiefer verkrampft sich, und mein Griff um seine Hand wird fester.

Auch wenn sie wie wir sind, werde ich nicht zulassen, dass er sich für die Merkmale schämt, die jetzt ein Teil von ihm sind. Vor allem nicht, wenn er endlich Frieden mit seiner Situation geschlossen hat.

„Diese Mission erfordert ganz besondere Fähigkeiten, die getestet und trainiert werden müssen." Clancy bleibt stehen und dreht sich zu uns dreien um. „Riva und Jacob, ihr werdet die Führung übernehmen. Ihr müsst leise und extrem schnell sein. Dominic, wenn deine Heilkräfte benötigt werden, wird es ebenfalls schnell gehen müssen. Wir möchten sehen, auf welchem Level ihr seid."

Er deutet auf einen orangefarbenen Fleck zwischen den Bäumen auf der gegenüberliegenden Seite des Geländes, wo die Jugendlichen ihr Training absolvieren. „Fangt bei dieser Markierung an und lauft so schnell ihr könnt, ohne Rücksicht auf die Hindernisse, zu der Markierung, die ihr vor euch sehen werdet." Er weist mit seinem Arm in die Richtung, in die wir laufen werden.

Dann richtet er seinen Blick wieder auf uns. „Bitte gebt euer Bestes. Ich möchte keine Zeit mit zusätzlichen Übungen verschwenden, die nicht unbedingt notwendig sind."

Und ich möchte nicht länger als nötig hierbleiben und trainieren. Es ist noch nicht einmal eine Woche vergangen, und er eröffnet uns bereits die Möglichkeit, die Insel zu verlassen.

Ich habe keine Ahnung, inwiefern wir diese Möglichkeit nutzen können, doch ich will es so schnell wie möglich herausfinden.

Dieses Mal müssen wir Andreas und Zian zurücklassen. Aber vielleicht finden wir einen Weg, wie wir wieder zusammen sein können.

Wir gehen auf die Markierung zu, wobei Jacob wie ein Schild zwischen den Wärtern und mir bleibt.

Als wir uns umdrehten, haben wir den jüngeren Schattenblütern mit einem Schwung von Dominics Tentakeln den Rücken zugekehrt. Wir hören ein schockiertes Keuchen, gefolgt von nervösem Kichern und einem leisen „Was zum *Teufel?*"

Doms Finger verkrampfen sich.

„Ignoriere sie", sage ich leise. „Sie werden sich daran gewöhnen."

Das sollten sie besser.

Dominics Griff hat sich wieder gelockert. „Ich weiß. Und ich sehe wirklich seltsam aus. Aber das ist es wert."

Als wir zum ersten Mal miteinander schliefen, gestand er mir, dass er niemals versuchen würde, die Tentakel entfernen zu lassen, weil er mich dann vielleicht nicht mehr heilen könnte.

Ich nehme seine Hand und drücke ihm einen Kuss auf die Fingerknöchel und dann auf den hinteren Teil seines Tentakels, der immer noch um mein Handgelenk geschlungen ist. Dominic strahlt mich an, und es ist mir scheißegal, dass der Wärter hinter uns sich räuspert, um uns zu ermahnen, dass wir uns konzentrieren sollen.

Jacob wirft ihm einen finsteren Blick über die Schulter zu.

Der Wärter wendet sich von uns ab und geht auf die andere orangefarbene Markierung zu, die ich jetzt zwischen den Bäumen erkennen kann. „Macht euch bereit, und wartet auf mein Signal."

Wir verteilen uns in einer halbwegs geraden Linie vor dem Baum mit der ersten Markierung, wobei ich Dominics Hand nur widerwillig loslasse. Ich nehme die Startposition eines Sprinters ein.

Der Wärter gibt das übliche „Auf die Plätze, fertig, los!", und die Jungs und ich laufen los.

Es ist kein wirklicher Wettstreit. Hier im Wald, wo ich aufgrund meiner geringen Größe leichter zwischen den Baumstämmen und durch das Unterholz schlüpfen kann, hätte wahrscheinlich nicht einmal Zian mit seinen Superkräften eine Chance gegen mich.

Zügig laufe ich über den unebenen Boden, und meine Füße finden instinktiv ihr Gleichgewicht. Ich renne an Büschen und niedrigen Ästen vorbei und komme kaum außer Atem kurz hinter der zweiten Markierung zum Stehen.

Jacob stürmt hinter mir her, so schnell, wie ihn seine

muskulösen Beine tragen können. Einige Schritte hinter ihm folgt Dominic, die Tentakel dicht an seinen Rücken gepresst.

Dom, der schon immer der Unkoordinierteste von uns war, hat von unserem Training in der Vergangenheit sehr profitiert. Er erreicht uns nur wenige Sekunden nach Jacob.

Nachdem die Stoppuhr des Wärters ein drittes Mal geklickt hat, sieht er sich die Ergebnisse an. „Besser als erwartet", ruft er Clancy zu.

„Dann können wir weitermachen", erwidert Clancy. „Kommt zurück, ihr drei."

Als wir auf ihn zulaufen, schickt er Jacob zu einem anderen Wärter. „Lin hat ein paar Modelle für dich, an denen du deine Kräfte trainieren kannst. Wir wollen, dass du an deiner telekinetischen Genauigkeit feilst, damit du feindliche Kämpfer ausschalten kannst, ohne dass sie die Chance haben, ihre Kollegen zu warnen."

Clancy dreht sich zu mir um. „Ich möchte sehen, ob du mit deinen Klauen eine Mauer hochklettern kannst. Hier drüben ist eine Vorrichtung."

Dann winkt er den letzten der Wärter herbei, der einen großen Sack mit sich schleppt. Der Mann legt ihn ab und holt einen kurzen, dichten Strauch in einem schmalen Plastiktopf hervor, der mit Stoffbändern umwickelt ist.

„Du brauchst eine garantierte Energiequelle, wenn du deine Heilkraft unterwegs einsetzen willst", sagt Clancy zu Dominic. „Wir wollen sehen, ob wir dieses Gurtzeug so anlegen können, dass du Pflanzen bei dir tragen kannst, ohne in deiner Bewegungsfreiheit eingeschränkt zu werden."

Dominic mustert den Strauch mit hochgezogenen Augenbrauen. „Ich soll Büsche mit mir herumtragen wie ein Baby in einer Trage?"

Das Bild, das bei seinen Worten in meinem Kopf entsteht, entlockt mir ein kurzes Lachen. „Wenn es funktioniert, warum nicht?"

Eigentlich ist die Idee ziemlich clever, auch wenn es komisch aussehen wird.

Clancy und der Wärter, der für unser Wettrennen zuständig war, führen mich zu einem Bereich mit aufgeschichteten Ziegeln in einem anderen lichten Waldstück. Ich fahre meine Krallen aus, und Fellbüschel wachsen aus meinen Ohren, als ich an der Wand hochspringe.

Nach ein paar Versuchen schaffe ich es, meine Krallen in den Mörtel zwischen den groben Blöcken zu graben und mich festzuhalten. Das gelingt mir zwar nicht länger als ein paar Sekunden, doch ich greife schnell mit meinen Händen nach oben, während ich mit meinen Füßen Halt in den kleinen Kerben finde, und schaffe es innerhalb weniger Atemzüge bis zum oberen Ende des drei Meter hohen Gebildes.

Ich stoße mich ab und lande auf meinen Füßen auf dem Boden.

Clancy nickt zufrieden. „Mach das mindestens zehnmal, bis du dich damit wohlfühlst. Danach arbeiten wir an der Perfektionierung deiner anderen übernatürlichen Fähigkeit."

Mein Puls beschleunigt sich bei dem Gedanken, meinen tödlichen Schrei auszustoßen. Ich werfe einen Blick auf Jacob, dessen helles Haar zwischen den Bäumen hindurchblitzt, und denke an die Aufgabe, mit der er betraut wurde.

Mit „ausschalten" meinte Clancy „töten".

„Wirst du uns sagen, mit wem wir es zu tun haben und warum?" Ich kann mir die Frage nicht verkneifen.

„Dazu kommen wir noch."

Er macht auf dem Absatz kehrt und überlässt mich meinem Schicksal.

Ich klettere die Wand noch zwanzigmal hoch, nur um sicherzugehen, dass ich gut vorbereitet bin. Ich hätte weitermachen können, wenn meine Fingergelenke nicht so schmerzen würden.

Ich halte inne, um zu Atem zu kommen, und dehne meine Hände, um den Schmerz zu lindern. Clancy kommt mit einem kleineren Beutel zurück.

Er öffnet ihn und enthüllt einen Drahtkäfig mit acht weißen Mäusen.

Instinktiv zucke ich zurück. „Ich will sie nicht töten."

Clancy wirft mir einen abschätzigen Blick zu. „Das verlange ich auch nicht von dir. Ich glaube, dass du mit deiner Kraft weitaus nützlichere Dinge tun kannst und dich auch deutlich wohler damit fühlen würdest. So wie es auf dem Videomaterial aussieht, kannst du nur einen Körper auf einmal zerstören, aber du kannst Dutzende erstarren lassen, während du dich durch sie hindurcharbeitest. Stimmt das?"

„Ja." Ich schlucke gegen die plötzliche Trockenheit in meinem Mund an.

„Wenn wir deinen Schrei modulieren können, solltest du ihn auch mit einer geringeren Intensität aufrechterhalten können. Du kannst deine Ziele einfach lähmen, ohne ihnen Schaden zuzufügen. Möglicherweise kannst du sie sogar aufspüren, ohne sie zu berühren, wie eine Art Sonar."

Seine Worte beruhigen meine Nerven zwar, können meine Zweifel jedoch nicht vollständig beseitigen. „Ich weiß nicht. Er … Er *will* Schmerzen verursachen."

Clancy erhebt keine Einwände, als ich über meine Fähigkeit spreche, als wäre sie etwas Eigenständiges. „Der Schrei kommt aus dir heraus. Du kannst ihn kontrollieren. Du musst nur lernen, wie."

Ich atme tief ein. „Was schlägst du vor?"

Clancy bedeutet mir, mich zu setzen, und stellt den Käfig vor mir ab. „Wir werden deine angeborenen Impulse nach und nach reduzieren. Kannst du eine der Mäuse verletzen, ohne sie zu töten?"

Ich werfe ihm einen scharfen Blick zu, und er lächelt entschuldigend. „Irgendwo müssen wir ja anfangen. Wenn du es auf Anhieb schaffst, können wir die Intensität weiter zurückschrauben.“

Jedes Molekül in meinem Körper sträubt sich dagegen, ein unschuldiges Tier zu quälen, doch ich erinnere mich nur zu gut an Rollicks Ermahnungen. Wenn ich nicht lerne, meine Kraft zu kontrollieren, dann wird sie *mich* kontrollieren, wenn ich es am wenigsten will.

So wie damals, als ich eines der Schattenwesen, das uns am freundlichsten empfangen hatte, beinahe in Stücke gerissen habe.

Die Erinnerung an Billys zusammengesunkenen, rauchenden Körper steigert meine Entschlossenheit. „Also gut. Ich werde mein Bestes tun.“

SIEBEN

Riva

Ich töte die erste Maus.

Nicht absichtlich. Ich beschwöre die wütende Vibration in meiner Lunge herauf, erinnere mich an die anderen Wärter, die uns jagen, an die Käfigkämpfe in der Arena, an die Angriffe der Monsterjäger, und öffne meine Lippen, sodass mir nur der Hauch eines Schreis entweicht.

Doch vielleicht ist das bösartige Ding in mir zu hungrig nach all den Tagen, in denen es geschlummert hat. Oder vielleicht sehne ich mich unbewusst ein wenig mehr nach dem Rausch der Macht, als ich zugeben will.

Der Schrei schießt schneller aus mir heraus, als ich beabsichtigt hatte. Die Maus zuckt und krampft, und der Geschmack ihrer Qualen trifft mich mit einem schnellen Schlag wie ein Schluck kaltes Wasser an einem heißen Tag.

Das Nächste, was ich weiß, ist, dass sie zerfetzt in den Zedernspänen auf dem Käfigboden liegt.

Ich zucke bei diesem Anblick zusammen, aber Clancy legt mir vorsichtig eine Hand auf die Schulter.

„Es wird eine Weile dauern. Nach allem, was ich gehört und beobachtet habe, denke ich, dass dein Problem darin besteht, wie sehr du dich gegen den Drang sträubst."

Ich starre ihn an und kann mir ein Grinsen kaum verkneifen. „Geht es nicht darum, mich dagegen zu sträuben?"

„Wenn du gegen dich selbst kämpfst, machst du dich nur schwächer." Clancy legt nachdenklich den Kopf schief. „Wie wäre es, wenn du dich darauf konzentrierst, wie du das *bekommst*, was die Macht will? Du könntest den Schmerz ausdehnen, um mehr davon zu absorbieren. Dann hast du mehr Zeit, um dich zurückzuziehen. Selbst eine Kreatur in den Qualen gefangen zu halten, während sie fürchtet, dass etwas Schreckliches auf sie zukommt, ist ein ziemlich schmerzhafter Akt."

Ich befeuchte meine Lippen und richte meinen Blick wieder auf die tote Maus. Ich weiß nicht, ob das, was er sagt, Sinn ergibt. Allerdings muss ich zugeben, dass ich mit meinen bisherigen Versuchen nicht weit gekommen bin.

Mittlerweile kann ich zwar besser zielen, auf *wen* ich die Kraft richte, aber nicht wie.

Ich beiße die Zähne zusammen und versuche es.

Die zweite Maus töte ich nicht sofort. In letzter Sekunde reiße ich mich aus der Trance des Schreis, doch ihr zuckender, verstümmelter Körper zeigt, dass es sinnlos wäre, sie am Leben zu lassen.

Mir ist immer noch übel, doch die Tatsache, dass es mir gelungen ist, mich ein wenig zu zügeln, stärkt meine Zuversicht. Bei der dritten Maus schaffe ich es, ihr langsam Schmerz zuzufügen und die Qualen in die Länge zu ziehen.

Ein Knochen bricht. Ein Stückchen Gewebe reißt.

Ich schließe meinen Mund, und die Maus zittert. Sie wird geheilt werden müssen, aber sie kann noch laufen.

Ein überraschtes Lachen der Erleichterung entweicht mir und beruhigt meine Stimmbänder, die noch von meinem letzten Schrei zittern.

Beim nächsten Mal breche ich gar nichts mehr. Ich richte meine gesamte Aufmerksamkeit auf die Panik, die ich in den Kulleraugen der Nager spüre, auf die Zuckungen ihrer Körper, wenn mein Schrei sie ergreift. Ich trinke den dünneren Strom, der durch die Qualen dieser Angst entsteht, und höre auf, bevor der Schrei noch mehr Zerstörung anrichten kann.

Ich übe so lange, bis ich den armen Dingern wahrscheinlich eine PTBS verpasst habe. Doch immerhin füge ich ihnen keine dauerhaften Schäden zu.

Schließlich lasse ich mich auf meine Fersen zurücksinken und stelle fest, dass mein Shirt schweißnass ist.

Clancys kleines Lächeln wirkt jetzt fast freundlich auf mich. „Das war gut. Sehr gut sogar. Du wirst später Gelegenheit haben, mehr zu üben. Du solltest dir lieber nicht zu viel auf einmal zumuten."

Ich nehme seine Hand, die er mir hinhält, um mir auf die Beine zu helfen. Ein Hochgefühl durchströmt mich, als wir auf die große Lichtung zurückkehren.

Wenigstens in diesem Punkt hat er die Wahrheit gesagt. Er gibt mir die Chance, etwas anderes als ein Monster zu sein.

Als ich zu den anderen zurückkehre, trägt Dominic immer noch seinen Gurt. Er ist im Hinblick auf seine Tentakel konstruiert und verläuft darunter hindurch und dann über die Außenseite seiner Schultern. Ein weiterer Gurt um seine Taille sorgt für die Stabilität der Vorrichtung, wobei sich der Topf genau in der Mitte seines Rückens befindet.

„Es ist nicht so schlimm", sagt er mit einem schiefen

Lächeln. „Ich werde den Gurt auf dem Rückweg zur Einrichtung anbehalten, um mich daran zu gewöhnen."

Jacob rollt seine Schultern zurück. Seine Miene ist gleichgültig. Ich kann nicht sagen, ob ihn die Tötungsübungen aus der Bahn geworfen haben.

„Was jetzt?", fragt er Clancy.

Unser Entführer-Schrägstrich-Trainer hat ein Tablet hervorgeholt. „Wir werden heute Abend in der Einrichtung weitere Details der Mission durchgehen. Aber ich möchte, dass ihr euch schon einmal die wichtigsten Gesichter einprägt, damit ihr sie später wiedererkennt."

Auf dem Foto ist ein Mann in den Sechzigern zu sehen. Er hat graues Haar, volle Lippen und ein zerklüftetes Gesicht. „Er ist der Anführer eines Kinderentführungsrings, der seit Jahrzehnten aktiv ist. Seine Leute entführen Kinder und Jugendliche und verkaufen sie in die Sklaverei oder Schlimmeres."

Ein angewiderter Schauer durchfährt mich. „Und die Polizei unternimmt nichts dagegen?"

Clancy verzieht das Gesicht. „Er bezahlt die örtlichen Strafverfolgungsbehörden und achtet darauf, dass es so wenig Beweise wie möglich gibt. Ich denke, es ist an der Zeit, dass jemand die Sache in die Hand nimmt."

Er scrollt durch die Fotos und hält bei jedem einzelnen inne, um uns Zeit zu geben, die Gesichter zu betrachten. „Das sind seine Partner. Die meisten von ihnen sollten in der Nacht, in der wir euch losschicken, bei ihm zu Hause sein."

„Was ist mit den Kindern?", fragt Dominic stirnrunzelnd.

„Sie haben nie mehr als ein oder zwei auf einmal auf ihrem Grundstück, und nie für lange. Soweit wir wissen, halten sie die Kinder nicht in ihrem Privathaus fest. Aber um auf Nummer sicher zu gehen, werden wir einen Zeitpunkt wählen, an dem wir sicher sind, dass sie kein Geschäft abwickeln.“

Clancy lässt das Tablet sinken und mustert uns. „Es könnte Hauspersonal auf dem Gelände sein. Wir würden es vorziehen, dass sie nicht verletzt werden, wenn es sich vermeiden lässt. Es sollte nicht allzu schwer sein, sie anhand ihres Verhaltens und ihrer Kleidung von euren Zielpersonen zu unterscheiden.“

Das ist ein weiterer Faktor, der zu beachten ist. Ich werde meinen Schrei nicht einfach in dem Haus loslassen, wenn ich damit alle Menschen darin zerstückeln könnte.

Dieser Auftrag wird nicht einfach. Es ist nicht so wie bei unseren letzten Missionen, bei denen wir nicht wussten, was die Wärter wirklich mit uns vorhatten.

Ich verspüre ein erwartungsvolles, nervöses Kribbeln. Ich *möchte* die Chance haben, meine tödlichen Fähigkeiten auf eine Weise einzusetzen, die Menschen hilft, anstatt einfach nur diejenigen abzuschlachten, die mir im Weg stehen.

Und langsam fange ich an zu glauben, dass das tatsächlich möglich ist.

Inwiefern sollte es schlecht sein, einen Haufen Kinderschänder zu töten? Diesen Arschlöchern muss doch klar sein, dass sie nichts Gutes tun.

Wenn ich bereit war, Ursula Engel und ihre Männer abzuschlachten, nur weil sie versucht haben, uns zu ermorden, dann sollte die Beseitigung dieser Bande mein Gewissen kaum belasten. Es ist eine Möglichkeit, für Gerechtigkeit zu sorgen und sicherzustellen, dass die Kinder ein echtes Leben haben, das diese Arschlöcher ihnen stehlen würden.

Ihr Tod hat nur Vorteile.

Und wenn wir dadurch eine bessere Vorstellung davon bekommen, wie wir unsere Freiheit wiedererlangen können, ist das ein zusätzlicher Vorteil.

Als Clancy sein Tablet in seine Umhängetasche steckt, frage ich mich, wie es mit dem Handyempfang hier draußen aussieht. Vielleicht könnten wir uns auf unserer Mission ja ein Handy besorgen und es mit hierhernehmen?

Nur wen sollte ich kontaktieren? Ich hatte Rollicks Nummer in mein altes Telefon einprogrammiert, aber ich habe sie mir nicht gemerkt.

Außerdem bin ich mir nicht sicher, ob wir uns darauf verlassen können, dass selbst unser vermeintlich größter Verbündeter auf unserer Seite steht oder uns vor den anderen Schattenwesen beschützt.

Nun, wir können nicht wissen, womit wir es zu tun haben, bis wir da draußen sind.

Clancy klatscht in die Hände. „Riva und Jacob, macht euch schon einmal auf den Weg zurück zur Einrichtung. Wir haben den Weg in regelmäßigen Abständen mit weiteren Markierungen versehen. Schaut doch mal, wie schnell ihr vor uns dort sein könnt.“

Feine Lachfältchen bilden sich um seine Augenwinkel. Als würde es ihm Spaß machen, zu sehen, dass wir der Herausforderung gewachsen sind.

Ich habe keine Ahnung, was ich von diesem Mann halten soll.

Jacob nickt mir zu. „Komm schon, Wildkatze. Mal sehen, ob sie es mit uns aufnehmen können.“

Er rennt los, ohne auf mich zu warten, schließlich weiß er, dass ich ihn in Sekundenschnelle einholen kann. Und das tue ich auch.

Wir rasen zwischen den Bäumen hindurch, wobei wir auf die orangefarbenen Markierungen achten. Ich könnte an Jacob vorbeiziehen, doch ich laufe nur ein paar Schritte vor ihm her, wo ich mehr Bewegungsfreiheit habe.

Es macht mehr Spaß, wenn ich ihn direkt hinter mir hören kann. Als wäre es ein echter Wettkampf.

Und seltsamerweise macht der ausgedehnte Sprint für einige Minuten tatsächlich Spaß.

Der Wind peitscht mir ins Gesicht, und die frische Waldluft strömt in meine Lunge. Unsere Füße donnern in einem komplexen Rhythmus über den Boden, der fast wie ein Lied klingt.

Wir sind nicht frei. Das weiß ich.

Doch für ein paar Momente fühle ich mich der Freiheit näher als in der ganzen Zeit, seit wir uns aus den Fängen der Wärter befreit haben, aber auf Schritt und Tritt gejagt wurden.

Jacob nannte mich eine Superheldin, nachdem ich Engels Soldaten mit meinem Schrei ausgeschaltet hatte. Und nachdem wir die sechs Nachwuchs-Schattenblüter aus der Einrichtung befreit hatten, fing ich an zu glauben, dass ich mich tatsächlich heldenhaft verhalten habe.

Könnte Clancys Angebot wirklich unsere beste Chance sein, zu echten Helden zu werden?

In der Ferne, wo ich glaube, dass der Wald in das Hauptfeld am Berghang übergeht, sehe ich Streifen helleren Sonnenlichts und steigere mein Tempo ein wenig.

Ich stolpere, als der Mann, den ich hinter mir wähnte, auf einmal zwischen den Bäumen vor mir hervortritt.

Doch es ist nicht Jacob. Jacob wird neben mir langsamer, während ich in ein gemächliches Joggen übergehe.

Der Typ, der durch den Wald schlendert und jetzt auf uns zukommt, nachdem er uns gesehen hat, ist sein Zwilling.

Seit meinem ersten Tag in der Einrichtung habe ich Griffin nicht mehr gesehen, geschweige denn mit ihm gesprochen. Anhand von Jacobs Anspannung und dem Hauch von erschrockenen Pheromonen, den er ausstrahlt, vermute ich, dass auch er keine Gelegenheit hatte, sich mit seinem Bruder wieder vertraut zu machen.

Griffin schenkt uns ein mildes Lächeln. „Seid ihr auf dem

Rückweg vom Training?", fragt er auf diese vage, freundliche Art, die genauso leer wirkt wie sein Blick.

Ich weiß nicht mehr, wie ich mit ihm reden soll. Ist das schlimm, wo ich mir doch jahrelang gewünscht habe, ihn wiederzuhaben?

„Ja." Ich bleibe ein paar Schritte von ihm entfernt stehen, nicht sicher, ob ich weitergehen soll.

Dann stürmt Jacob zwischen uns hindurch, seine Muskeln sind genauso angespannt wie seine Stimme. „Du hast Clancy geholfen, uns gefangen zu nehmen, Griffin? Was zum Teufel hast du dir dabei gedacht?"

Oh, Scheiße! Ich hatte vergessen, dass Jacob das nicht wusste, bis ich es ihm gestern Morgen erzählt habe.

Griffin blinzelt seinen Zwilling an, doch selbst seine Überraschung über den Ausbruch hält sich in Grenzen. „Es schien das Beste zu sein. Das Richtige."

„Um uns wieder in Käfige zu stecken? Was ist los mit dir?"

Griffins Blick schweift um uns herum. „Das hier ist wohl kaum ein Käfig."

Seine Gelassenheit scheint Jacob noch wütender zu machen. „Es spielt keine Rolle, wie schön es hier ist. Wir sind trotzdem Gefangene. Zum Teil *deinetwegen*. Du bist einer von uns. Oder zumindest warst du es."

Griffin mustert Jake, als wäre er von den vielen Fragen ein wenig verwirrt. „Ich wollte nicht, dass ihr noch mehr Ärger bekommt oder noch mehr Dinge tut, die ihr womöglich bereut. Es tut mir leid, dass ich euch dazu überlisten musste."

„Es tut dir leid?", krächzt Jacob. „Du hast uns alle verraten. Mich. Riva. Du hast sie geliebt, das weiß ich. Und trotzdem hast du ihnen geholfen, sie hierherzubringen? Wie konntest du dich sogar gegen *sie* wenden?"

In Griffins Gesichtsausdruck flackert etwas auf und

verschwindet wieder, bevor ich sagen kann, ob es so etwas wie eine Emotion ist. Er richtet seinen Blick auf mich, und ein Schmerz schießt durch meine Brust.

Ich habe ihn auch geliebt. Allerdings bin ich mir nicht sicher, ob hinter diesen trüben Augen noch etwas von dem Mann übrig ist, den ich geliebt habe.

„Ich denke, ich sollte lieber gehen." Griffin tritt einen Schritt zurück. „Mich zu sehen, regt dich auf. Ich hoffe, wir können uns ein anderes Mal unterhalten."

„Du …"

Jacobs Hand zuckt, und ich ergreife seinen Arm, bevor er ihn heben kann. Ich will nicht, dass er seine Kräfte gegen seinen Bruder einsetzt. Ich bin mir sicher, dass er *das* bereuen würde.

„Lass ihn gehen", sage ich leise, während Griffin in die Richtung der Lichtung davonschreitet. „Ich glaube nicht, dass er uns eine Antwort geben kann, mit der wir zufrieden wären."

Jake ballt seine Hände zu Fäusten. „Das ist einfach nicht in Ordnung."

„Ich weiß. Es ist ganz und gar nicht in Ordnung. Aber ihn anzuschreien wird das Problem nicht lösen. Und mit deiner Kraft um dich zu schlagen, schon gar nicht."

Jacob stößt einen zischenden Atemzug aus und lässt den Kopf hängen. „Ja."

Als ich ihn ansehe, breitet sich ein Schmerz in meiner Brust aus, der all die momentane Freude, die ich empfand, verschlingt. Ich kann mich so gut an die beiden erinnern, damals, als wir alle zusammen in der Einrichtung waren.

Jedes Mal, wenn Griffin bei einer körperlichen Prüfung Probleme hatte, war Jacob zur Stelle und sorgte dafür, dass sein Zwilling nicht daran scheiterte. Jedes Mal, wenn Jacobs Entschlossenheit in Frustration umschlug, war Griffin da und redete ihm gut zu.

Sie ergänzen einander perfekt, wie zwei Hälften eines Ganzen. Ich habe sie noch nie streiten sehen.

Bis jetzt.

Ein paar Minuten lang bleiben wir einfach nur nebeneinanderstehen, während Jakes Atemzüge sich beruhigen. Ich halte es für besser, ihn nicht zu drängen, zur Einrichtung zurückzukehren, bis er seine Wut unter Kontrolle hat.

Als er schließlich den Kopf hebt, ertönen Schritte hinter uns. Wir drehen uns um und sehen Clancy auf uns zukommen.

Offenbar ist unser Entführer auch ein schneller Läufer.

Er mustert uns fragend.

„Wir sind Griffin begegnet", erkläre ich. „Das Gespräch ist nicht besonders gut gelaufen."

„Ah." Clancy presst die Lippen aufeinander.

Ich verschränke die Arme vor der Brust. „Was haben die Wärter mit ihm *gemacht*?"

Clancy holt tief Luft, und sein Blick gleitet an uns vorbei zum Berghang und dann wieder zurück. „Es ist jetzt vorbei. Konzentriert euch darauf."

Jacobs Stimme ist ein Knurren. „Aber …"

Der ältere Mann unterbricht ihn mit einem Kopfschütteln und kramt in seiner Tasche herum. „Da ist noch eine Sache, die ich mit euch besprechen wollte. Während eurer Mission werden wir euch orten und eure Vitalwerte überwachen. Um sicherzugehen, dass ihr euch nicht verirrt, und damit wir Dominic sofort alarmieren können, wenn seine Kräfte gebraucht werden."

Meine Wirbelsäule versteift sich. „Was meinst du?"

Er holt ein paar Metallbänder hervor, die etwa so dick sind wie mein Daumen. „Jeder von euch wird eines davon um einen Knöchel tragen. Ihr werdet also nie wirklich auf euch gestellt sein."

ACHT

Riva

Die beleuchteten Fenster heben sich von der Fassade des Hauses ab wie Leuchtsignale in der dunklen Nacht. Wir müssen den Lichtern ausweichen, bis wir drinnen sind.

Jacob bricht dem letzten der drei Männer, die vor dem abgelegenen Haus stationiert waren, die Wirbelsäule. Mit seiner Kraft fängt er den Körper auf und lässt ihn leise zu Boden sinken.

Das hat er in den letzten zwei Tagen geübt, während ich noch mehr Wände hochgeklettert und lautlos durch Schatten geschlichen bin ... und mein Bestes getan habe, um keine Mäuse zu töten.

Außerdem hat mir eine von Clancys Wärterinnen an einer Puppe gezeigt, wie ich einen Menschen am schnellsten mit meinen Krallen umbringen kann. Als sie sah, dass ich diese Fähigkeit während meiner Zeit in der

Käfigkampfarena perfektioniert habe, entschied sie, dass ich einsatzbereit war.

Wann immer es möglich war, habe ich meine Gegner am Leben gelassen, doch wenn es hieß, ich oder sie, musste ich lernen, wie ich den Kampf schnell beenden konnte.

Wir schleichen uns schnell durch die Dunkelheit zum hinteren Teil des weitläufigen zweistöckigen Anwesens. Clancy hat uns eine grobe Skizze des Gebäudes gezeigt – im hinteren Bereich befindet sich ein Raum, in dem die Leute, die er zur Beobachtung geschickt hat, nie Licht gesehen haben.

Was auch immer unsere Zielpersonen dort drinnen tun, sie tun es nicht nachts. Das ist unsere beste Chance, unbemerkt hineinzukommen.

Das Fenster im zweiten Stock ist geschlossen, und ich wette, es gibt einen Riegel auf der Innenseite. Jacob starrt es einfach nur an, und einen Moment später bewegt sich das Schiebefenster mit einem leisen Knarren nach oben.

Ich warte nicht einmal, bis es ganz offen ist. Ich springe an die Wand, kralle mich fest, so wie ich es geübt habe, und klettere zum Fenster hinauf.

Meine Ohren nehmen das leise Kratzen meiner Krallen wahr, doch ich glaube, nicht einmal Jacob kann das Geräusch unten hören, geschweige denn irgendjemand im Haus. Sobald ich das Fenster erreiche, stütze ich mich mit dem Arm über den Sims ab und hebe die andere Hand, um das Fliegengitter mit meinen Krallen aufzuschlitzen.

Ich klettere durch die Öffnung, die ich geschaffen habe, und spähe durch die Dunkelheit, um mich zu vergewissern, dass sich in dem kleinen Raum nichts weiter als Kartons befinden, bevor ich mich zum Fenster umdrehe und die Seilrolle von meiner Hüfte abschnalle.

Jacob kann kleine Dinge sehr präzise und größere Dinge mit großer Kraft zu bewegen, doch er hat nicht genug

Kontrolle, um eine Person drei Meter in die Luft zu heben, ohne dass sie gegen die Wand knallt. Er wird also in nächster Zeit weder sich selbst noch andere durch Fenster befördern.

Als Clancy diesen Teil des Plans mit uns besprach, hatte ich allerdings den Eindruck, dass Jake sich in Gedanken Notizen machte, um diese Fähigkeit ebenfalls zu verfeinern.

Ich werfe Jacob das eine Ende des Seils zu. Er greift danach und stützt sich mit den Füßen an der Wand ab, während er vorsichtig hinterherklettert.

Wir sehen uns im Raum um, und unsere Augen gewöhnen sich langsam an die Dunkelheit. Jacob greift in eine Kiste und holt etwas heraus, das auf den ersten Blick wie ein Lappen aussieht.

Nein, es ist ein Shirt, ein Kindershirt, das einer Sechsjährigen passen könnte.

Übelkeit steigt in mir auf.

In einer anderen Schachtel finde ich Spielzeug – Puppen, Spielzeugautos und Bauklötze. Ein Kloß bildet sich in meiner Kehle.

Clancy hat gesagt, dass die Sklavenhändler die Kinder nicht in dieses Haus bringen, aber offenbar bewahren sie hier Dinge auf, die sie für ihre Geschäfte brauchen.

Jacob sieht mich mit einem entschlossenen Blick an, und ich nicke und straffe meine Schultern. Wie besprochen, geht er voraus.

Er wird jeden, der zum Sklavenring gehört, ausschalten, während ich mich bereithalte, um einzuschreiten, falls Jakes subtilere Methode schiefgeht.

Zians Röntgenblick wäre hilfreich gewesen, obwohl ich vermute, dass er vielleicht nicht einmal durch das Fenster gepasst hätte. Außerdem ist Clancy nach wie vor entschlossen, nicht zu viele aus unserer Gruppe zusammenarbeiten zu lassen.

Als wir uns zur Tür schleichen, knarren Schritte davor auf dem Boden.

Jacob spannt sich an. Er legt den Kopf schief und stößt die Tür einen Spalt auf, um einen Blick in den Flur zu werfen.

Als Nächstes höre ich ein weiteres leises Knacken, und er zerrt eine schlaffe Leiche in den Lagerraum.

Ich fange die Leiche auf, um den Aufprall abzufedern, und wir legen sie gemeinsam auf den Boden. Ich erkenne das Gesicht des Toten.

Es ist einer der Männer von den Bildern, die Clancy uns gezeigt hat. Allerdings nicht der Boss.

Jacob scheint ihn auch zu erkennen, denn sein Mund verzieht sich zu einem grimmigen Lächeln. Er wirft mir einen kurzen Blick zu, um sich zu vergewissern, dass es mir gut geht, bevor er wieder zur Tür geht.

Der Flur draußen ist jetzt leer. Wir schleichen über den dicken Teppich, wobei wir darauf achten, auf Stellen zu treten, wo der Boden nicht knarrt, bis wir Stimmen aus einem Raum weiter hinten hören.

Mit gespitzten Ohren kann ich drei verschiedene Stimmen erkennen. Ich glaube nicht, dass Jake in der Lage sein wird, sie alle auszuschalten, bevor der Letzte einen Alarm auslösen kann.

Er wird mich auch brauchen.

Ich berühre seinen Arm, um seine Aufmerksamkeit zu erregen, und halte drei Finger hoch, bevor ich auf mich deute. Jacob verzieht das Gesicht, nickt aber widerwillig.

Er wird nicht unser beider Leben aufs Spiel setzen, indem er seine Fähigkeiten überschätzt.

Zu meiner Überraschung greift er nach meiner Hand, anstatt sofort loszustürmen. Zuerst zögernd, als hätte er Angst, dass ich sie wegziehe, was ich vor ein paar Wochen wahrscheinlich auch getan hätte.

Ich drücke seine Finger, und mein Herz rast.

Wir werden das zusammen machen. Wir sind ein gutes *Team*.

Wir bringen uns vor der Tür in Position, und meine Muskeln spannen sich an.

Dann reißt Jacob sie mit einer schnellen Bewegung auf.

Ich warte nicht, um mich zu vergewissern, dass er seinen Teil ausführt. Stattdessen stürze ich mich direkt auf den Mann auf meiner Seite des Raumes und fahre mit meinen Klauen über seine Kehle.

Als ich seinen Sturz abfange, während das Blut mit einem gurgelnden Geräusch aus seiner Kehle sprudelt, sacken zwei weitere Körper zu meiner Rechten zusammen. Einer schwankt in Jacobs Griff, doch er schafft es, ihn gegen einen Sessel sinken zu lassen, der den Aufprall dämpft.

Ich betrachte die Gesichter im Licht der Lampe und schlucke einen Anflug von Enttäuschung hinunter. Alle drei waren in Clancys Akte, aber keiner von ihnen ist der Anführer.

Er ist der Wichtigste. Wenn wir ihn nicht erwischen, könnte er sich einfach neue Leute suchen und sein Geschäft wieder aufnehmen.

Außerhalb des Zimmers poltern Schritte die Treppe hinauf, und eine Stimme ertönt. Ich verstehe die Sprache nicht, doch der Betonung nach zu urteilen, hat der Sprecher eine Frage gestellt.

Jacob und ich gehen schweigend auf Position.

Die Tür steht noch einen Spalt offen. Sobald der Neuankömmling nahe genug ist, bricht Jacob ihm mit seiner Kraft das Genick und zerrt ihn zu den anderen hinein.

Wir schließen die Tür hinter uns und halten inne, um auf Geräusche im Flur zu lauschen. Aus den Räumen um uns herum nehmen wir keine weiteren Laute wahr, die auf die

Anwesenheit weiterer Personen hinweisen. Nur aus dem Erdgeschoss dringen Geräusche sowie Musik nach oben.

Wir müssen uns beeilen. Wer weiß, wie schnell es den anderen Bewohnern auffällt, dass ihre Kameraden oben auf einmal ruhig sind.

Das Geländer der breiten Treppe bietet nur teilweise Schutz. Ich entdecke ein paar weitere Männer und eine Frau – eine der beiden Frauen auf Clancys Fotos –, die in einem riesigen Wohnzimmer auf einem Ledersofa sitzen und über etwas im Fernsehen lachen.

Diesmal muss ich Jacob nicht einmal ansehen. Er greift hinter sich und zieht mich nach vorne.

Er kann seine Arbeit von hier aus erledigen. Ich muss näher heran, wenn ich schnell genug sein will.

Ich flitze die Treppe hinunter und drücke mich an die Wand neben dem Eingang zum Wohnzimmer. Als ich bereit bin, gebe ich Jacob ein Zeichen, ohne meinen Blick von den Leuten im Zimmer abzuwenden.

Ich vertraue darauf, dass er sofort handelt, und als ich in den Raum stürme, ist einer der Männer bereits zusammengebrochen.

Der zweite Mann fängt an zu schreien, aber ich schlitze ihm und der Frau neben ihm mit einem schnellen Hieb die Kehlen auf. Das Blut fließt über ihre schlaffen Körper und bespritzt meine schwarze Kleidung.

Wir haben den Boss immer noch nicht gefunden. Ist er vielleicht gerade nicht zu Hause?

Clancy hätte uns doch nicht losgeschickt, wenn er nicht sicher wäre, dass wir unsere Hauptzielperson hier finden können, oder?

Jacob läuft die Treppe hinunter. Wir schleichen durch ein leeres Esszimmer und hinaus in einen breiten Flur, der zu einer Küche und ein paar anderen geschlossenen Räumen führt.

Aus der Küche dringt das Klirren von Geschirr zu uns. Wir schleichen uns näher heran.

Zwei Gestalten bewegen sich zwischen den glänzenden Edelstahlgeräten und -theken. Sowohl die Frau als auch der Mann sind schlicht gekleidet, haben Schürzen umgebunden und tragen weder Schmuck noch Waffen.

Und als wäre das nicht bereits genug, um zu wissen, dass sie nicht die Bewohner dieses Hauses sind, räumen sie gerade eine Spülmaschine aus. Sie müssen zu dem Haushaltspersonal gehören, das Clancy erwähnt hat.

Ich will gerade weitergehen, in der Hoffnung, dass wir sie ignorieren können, als ein Mann durch die Hintertür in die Küche kommt. Seinem selbstbewussten Gang und der schicken Kleidung nach zu urteilen, ist er keiner der Bediensteten, sondern eine unserer Zielpersonen. Verdammt.

Wir haben keine Zeit, uns zu verstecken. Außerdem könnte das Küchenpersonal einfach in einen der anderen Räume gehen und über eine Leiche stolpern.

Auf diese Weise haben wir wenigstens die Kontrolle darüber, wann und wie sie es herausfinden.

Jacob konzentriert sich auf den Mann, der schon halb die Küche durchquert hat. Als das leise, tödliche Knacken ertönt, eile ich in den Raum.

Das Küchenpersonal dreht sich um, und die Frau stößt ein überraschtes Keuchen aus, als sie sieht, wie einer ihrer Arbeitgeber umkippt. Ich presse meine Hände auf ihre Münder.

„Wir wollen Ihnen nicht wehtun", flüstere ich. „Wir wollen nur verhindern, dass sie noch mehr Kinder entführen. Verschwindet von hier und kommt nie wieder zurück."

Die beiden nicken mit großen Augen. Der Mann stürmt sofort durch die Hintertür hinaus.

Die Frau folgt ihm einen Augenblick später und verschwindet in der Nacht. Nach ein paar Schritten wirbelt sie jedoch herum und schreit eine Warnung in einer mir unbekannten Sprache.

Verdammte Scheiße. Meine Krallen schießen wieder aus meinen Fingern, aber ich habe Wichtigeres zu tun, als mich für ihren Verrat zu rächen.

Schwere Schritte kommen auf uns zu – einige aus dem Flur und andere von einer Kellertreppe, die ich bisher nicht bemerkt habe. Ein weiterer Schrei hallt durch die Luft.

Dann ertönen ein „Uff" und ein Knall im Flur. Jacob stürzt hinter mir in die Küche.

Im selben Moment stürmen aus der anderen Richtung zwei Männer mit Pistolen in den Händen herein. Ich wirble herum, aber ich bin nicht nah genug dran, um einen von ihnen zu treffen.

Einer wird von Jacobs unsichtbarer Kraft gegen die Wand geschleudert und gerade als der zweite Mann seine Waffe abfeuerte, wirft Jacob mich zu Boden.

Wir rollen hinter einen Lagerwagen. Meine Nerven liegen blank, als ich mich gerade noch rechtzeitig unter Jacob hervorwälze, um zu sehen, wie der Bewaffnete auf unsere behelfsmäßige Deckung zustürmt.

Er zielt mit seiner Pistole auf Jake, der sich noch nicht ganz aufgerichtet hat, und diesmal bin ich nah genug dran.

Ich stürze mich auf den Angreifer, und sein Schuss geht ins Leere, als mein Knie auf seinen Ellbogen trifft. Anschließend hole ich mit meiner krallenbewehrten Hand nach seiner Kehle aus. Mit einem Fauchen schlitze ich die gesamte Vorderseite seines Halses auf.

Ein weiterer dumpfer Aufprall ertönt, und ich schrecke hoch. Eine Frau, die mit einem Gewehr in den Raum gerannt ist, sackt auf dem Boden zusammen und aus einer offenen Wunde an ihrem Kopf läuft Blut.

Mein Blick fällt auf den Mann, der gerade vor mir zusammengebrochen ist.

Er hat glattes graues Haar und ein zerklüftetes Gesicht mit rauen, vollen Lippen.

Mein Herz macht einen Sprung.

„Das ist er", murmle ich Jacob zu. „Wir haben ihn. Das ist der Boss."

Jacob starrt mich an, als hätte er mich nicht richtig verstanden. Ein Schauer durchfährt seinen Körper.

Sein Kopf ruckt herum, es nähern sich jedoch keine weiteren Schritte. Das ist allerdings keine Garantie dafür, dass wir fertig sind.

Ich öffne meinen Mund und stoße einen winzigen Schrei aus, der noch leiser ist als die, die ich geübt habe. Er ist gerade laut genug, um auf der Suche nach einem Ziel die Wände zu durchdringen.

Mitten in meinem Adrenalinrausch hätte ich ihn vermutlich nicht so gut kontrollieren können wie in der kontrollierten Umgebung auf der Insel. Womöglich hätte ich am Ende jeden Körper in diesem Haus in Stücke gerissen.

Doch das werde ich nie herausfinden. Er fließt durch das ganze Haus, ohne auf ein menschliches Wesen zu stoßen.

Erleichtert atme ich ein. „Das war's. Wir haben sie alle erwischt."

„Dann lass uns von hier verschwinden", befiehlt Jacob.

Wir rennen durch die Hintertür hinaus und suchen die Nacht nach Angreifern ab, die von den Geräuschen des Kampfes angelockt wurden. Der Hof ist leer.

Das Personal hat sich in Sicherheit gebracht. Nachdem die Frau uns verraten hat.

Ich beiße die Zähne zusammen und renne auf die Mauer zu. Jacob ist direkt hinter mir.

Er bietet mir an, mich hochzuheben, und als ich oben bin, beuge ich mich zu ihm hinunter, um ihn hochzuziehen. Anschließend sprinten wir zu dem Van, den wir einen halben

Meter entfernt im Schutz eines kleinen Waldstücks geparkt haben.

Das Metallband um meinen Knöchel registriert jede meiner Bewegungen. Clancy wird wissen, dass wir losgefahren sind und den Angriff gut überstanden haben. Dominic wartet in einem anderen Van darauf, einen von uns zu heilen.

Er ist zumindest für den Moment in Sicherheit. Ich kann nur hoffen, dass sich die jüngeren Schattenblüter nicht mit zu vielen Nachzüglern herumschlagen müssen.

Jacob hat die Schlösser schon aus der Ferne entriegelt, und wir springen sofort in den Wagen. Er lässt den Motor an, während ich mich auf dem Beifahrersitz anschnalle.

Als wir losrasen, um noch mehr Abstand zwischen uns und den Ort unseres Auftrags zu bringen, erscheint eine Meldung auf dem Touchscreen am Armaturenbrett zwischen uns.

Zielpersonen eliminiert?

Schnell tippe ich eine Antwort. *Mehrere, einschließlich der wichtigsten.*

Gute Arbeit. Begebt euch zum Treffpunkt und wartet dort. Die anderen werden in etwa 2 Stunden da sein.

Ich werde einen Blick auf meinen Knöchel. Jacob hat auf dem Weg hierher sein Band untersucht und mir mitgeteilt, dass er keine Möglichkeit sieht, es einfach zu entfernen.

Kurz denke ich daran, wie es wäre, wenn wir einfach abhauen würden. Wir haben nicht viel, aber wir sind schon früher mit wenig ausgekommen, und wir hätten einen Vorsprung von zwei Stunden.

Doch selbst wenn wir es schaffen, die Fußfesseln loszuwerden, bevor Clancys Leute uns finden und selbst wenn wir uns in diesem Land zurechtfinden, ohne eine Ahnung zu haben, wohin uns das Flugzeug gebracht hat, würden wir die anderen zurücklassen.

Ich brauche die Frage nicht einmal auszusprechen, um zu wissen, dass Jacob diese Idee genauso vehement ablehnen würde. Ich bin mir nicht einmal sicher, ob wir unter unseren neuen Umständen nicht besser dran sind, zumindest in mancher Hinsicht.

Trotzdem habe ich bei unserer Abreise von der Insel genau aufgepasst. Ich weiß, wo sich die Startbahn befindet, von der das Privatflugzeug gestartet ist. Außerdem habe ich ein paar Kilometer entfernt einen Hafen gesehen.

Wir haben bei dieser Mission nützliche Dinge gelernt und ein paar Bösewichte ausgeschaltet, die es verdient haben. Wenn wir beschließen, dass es Zeit ist zu gehen, ist die Hoffnung noch nicht verloren, noch lange nicht.

Jacob fährt auf ein offenes Feld, nicht weit von dem momentan leeren Flugplatz entfernt. Er stellt den Motor ab und dreht sich zu mir um.

Sein Blick gleitet über meinen Körper. „Geht es dir gut? Bist du verletzt?"

Ich rutsche auf meinem Sitz umher und erschaudere, als ich die noch feuchten Blutflecken auf meinem Shirt spüre. „Das Blut ist nicht von mir. Aber wir sollten aus den blutigen Klamotten raus."

Im hinteren Teil des Wagens haben wir Kleidung zum Wechseln und eine Tasche, in die wir die Beweise für unsere Mission stopfen sollen. Sie sollen später verbrannt werden. Ich klettere nach hinten und ziehe an meinem langärmeligen T-Shirt.

Jacob folgt mir. Ich erwarte, dass er sich auch umzieht, doch als ich mein blutverschmiertes Shirt in die Tasche werfe und nach dem neuen greifen will, hält er meinen Arm fest.

Sein Blick gleitet erneut über meinen fast nackten Oberkörper, und mir wird trotz der kühlen Luft warm. Ich öffne den Mund, um etwas über Privatsphäre zu sagen, doch bei der Besorgnis in seinen Augen erstirbt die freche Bemerkung auf meiner Zunge.

„Geht es dir wirklich gut?", fragt er, als würde er es nicht ganz glauben.

Er hat also gar nicht meinen nackten Körper bewundert. Er hat sich nur vergewissert, dass ich keine Wunden habe.

Meine Befangenheit lässt ein wenig nach, und ich strecke meine Arme aus, damit er die Seiten meines Oberkörpers deutlich sehen kann.

„Ja. Kein einziger Kratzer. Sie hatten bis zum Schluss keine Ahnung, wie ihnen geschah."

Ein weiterer Schauer wie durchfährt Jakes Körper, so wie vorhin in der Küche. „Das Arschloch mit der verdammten Waffe hätte dich beinahe erschossen. Ich hätte es fast nicht rechtzeitig zu dir geschafft."

Oh. Deshalb ist er so durch den Wind.

Ich berühre sein Kinn, um ihn zu beruhigen. „Aber das warst du. Du warst meine Rüstung, wie du es versprochen hast. Und dann war ich deine. Genauso sollte es doch sein, oder?"

Jacob stößt einen erstickten Laut aus und senkt seinen Kopf, sodass seine Stirn die meine berührt. „Ja. Ich will nur nicht, dass dir noch einmal jemand …"

„Ich würde diesem Kerl am liebsten den Kopf von den Schultern reißen und darauf tanzen", fügt er mit fester Stimme hinzu.

„Ich glaube, er ist schon tot genug", erwidere ich trocken. „Geht es *dir* eigentlich gut?"

Er wirkt nicht so distanziert wie bei den anderen Malen in der Vergangenheit, als wir einen Haufen Ärger durchgestanden haben. Der heutige Abend ist damit nicht wirklich vergleichbar.

Trotzdem macht er offensichtlich keine Luftsprünge vor Freude.

Jacob legt seine Hände auf meine Taille, und ich spüre die Wärme seiner Finger auf meiner Haut. Er schluckt hörbar. „Den Umständen entsprechend, Wildkatze. Ich wünschte, ich könnte dich ganz von diesen Gefahren fernhalten. Was hilft schon eine verdammte Rüstung, wenn es so viele von ihnen gibt?"

Seine Stimme wird heiser. „Ich liebe dich so sehr, Riva. Und ich würde alles dafür tun, dass nie wieder eine Kugel auf dich abgefeuert wird."

Ein Kloß bildet sich in meiner Kehle. „Ich weiß", murmle ich. Ich glaube ihm mit jeder Faser meines Seins.

Deswegen fühlt es sich auch vollkommen natürlich an, ihn zu küssen, statt mit Worten zu antworten.

NEUN

Riva

Es ist nicht mein erster Kuss mit Jacob. Wir haben uns schon mehrmals geküsst.

Einmal habe ich ihn mithilfe eines Kusses aus einem Rausch gerissen, in dem er sich befand, weil er dachte, er müsse mich vor Angreifern schützen.

Und dann war da dieses eine Mal, als wir anfingen, miteinander zu knutschen, und ich ihn vollgeheult habe.

Nicht gerade die beste Erfolgsbilanz. Doch vielleicht war das nach unserem chaotischen Wiedersehen zu erwarten.

Ich spüre seine Anspannung, als er meinen Kuss erwidert. Vermutlich ist sie teilweise der flammenden Begierde in seinen Adern geschuldet, während unsere Schattenanteile sich nacheinander verzehren.

Aber auch teilweise seinem Kampf dagegen.

Seine Finger, mit denen er vorhin meine Wange

gestreichelt hat, krümmen sich, und ein Schauer durchzuckt seinen Körper. Jeder einzelne seiner Muskeln ist angespannt.

Bisher wollte ich nie alles, was er mir geben konnte. Ich habe ihn gebeten, sanft zu sein.

Wie in jedem anderen Moment, seit er mich von dem herannahenden Zug weggerufen hat, tut er alles, was er kann, um mich glücklich zu machen. Was immer er kann, um sicherzustellen, dass er dieses Glück nicht wieder zerstört.

Intensives Verlangen lodert in mir auf.

Ich unterbreche den Kuss und weiche ein paar Zentimeter zurück, wobei ich sein Gesicht mit beiden Händen umfasse. Die Worte fühlen sich an, als kämen sie aus meinem tiefsten Inneren. „Ich liebe dich auch."

Jacob stößt einen erstickten Laut aus und neigt seinen Kopf für einen weiteren Kuss. Trotz der Zärtlichkeit und der berauschenden Erleichterung, die darin zum Ausdruck kommt, nehme ich noch einen Hauch Zurückhaltung wahr.

Ich brauche mehr.

Ich drücke ihn nach unten, und er gibt auf mein Drängen hin nach. Als er sich auf den Boden sinken lässt und sich gegen die Innenwand des Vans lehnt, setze ich mich rittlings auf seinen Schoß.

Ich habe die Kontrolle. Ich nehme die Zügel in die Hand.

Das bedeutet allerdings nicht, dass ich *alles* bestimmen werde.

Ich ziehe ihm sein blutbeflecktes Shirt aus und lasse meine Hände über seinen wohlgeformten Oberkörper gleiten.

Jacobs Stimme ist rau. „Riva?"

Ich befeuchte meine Lippen. Ich kann sein Verlangen in der Luft schmecken.

Die Schatten in meinem Blut pulsieren voller Erwartung.

Ich schaue in seine Augen, die wie blaue Flammen

glühen. „Ich habe keine Angst mehr vor dir. Lass alles raus. Zeig mir, was du mit mir machen würdest, wenn du wüsstest, dass ich das alles will. Denn ich will es."

Die Flammen flackern zu einem regelrechten Leuchtfeuer auf. Jacob legt seine Finger unter mein Kinn und zieht meinen Mund wieder auf seinen.

Sein Zögern verschwindet nicht sofort. Die Hitze dieses leidenschaftlichen, fordernden Kusses könnte mich zum Schmelzen bringen, aber seine Hände bewegen sich vorsichtig, als sie über meinen Körper gleiten.

Ich erwidere den Kuss und streiche mit den Fingern über seine nackte Brust. Ich fahre jede Muskelpartie nach und streichle seine Nippel, bis hinunter zu seinen harten Bauchmuskeln. Im Gegensatz zu ihm zögere ich nicht, während ich jeden Teil von ihm in mich aufnehme.

Mit jeder Berührung meiner Hände werden auch Jacobs Liebkosungen fester. Er legt seine Finger in meinen Nacken und neigt seinen Kopf, während seine Zunge glühend heiß über meine Lippen streift.

Dann streicht er über meine Wirbelsäule, bevor er an meinem BH zieht. Ich hebe meine Arme, damit er mir den dehnbaren Sport-BH ausziehen kann, und beobachte, wie vorsichtig er dabei mit meiner Halskette ist, damit sich der Stoff nicht an dem Anhänger verfängt.

Durch die Bewegung nähert sich sein Unterarm meinem Gesicht, und mein Blick fällt auf die Narbe knapp unterhalb seines Ellenbogens.

Es gibt nichts, was ich nicht tun würde.

Ein Echo der Angst, die ich verspürte, als er vor einigen Wochen das Messer an seinen Arm hielt, hallt durch meine Brust. Ich umfasse sein Handgelenk und bringe meine Lippen an die rosa Narbe.

Jacob hält still, während ich den Beweis für sein

versuchtes Opfer mit sanften Küssen bedecke. Ich höre, wie er schluckt.

Dann hebe ich meinen Kopf und schaue ihm wieder in die Augen. „Egal, was du glaubst, tun zu müssen, füge dir nie wieder Schaden zu. Nicht einmal mir zuliebe. Ich will dich hier haben. Und zwar ganz."

Jake streicht mir eine Haarsträhne hinters Ohr, sein Blick ist unergründlich. „Du hast mich. Ganz. Ich gehöre dir. Was du mit mir machen willst oder wofür du mich auch brauchst."

Ich neige meinen Kopf dicht an seinen. „Ich will nur, dass du mich liebst", flüstere ich.

Er hebt sein Kinn an, um meiner Bitte nachzukommen. Als sich unsere Münder begegnen, umfasst er meine entblößten Brüste.

Sie sind gerade groß genug, um seine Hände auszufüllen. Er reibt meine Nippel mit seinen Handflächen, erst vorsichtig und dann, auf mein ermutigendes Wimmern hin, etwas fester.

Bei jeder Berührung durchfährt mich ein Stoß der Lust. Ich kann mich nicht davon abhalten, an seiner Lippe zu knabbern und sein Stöhnen zu verschlucken.

Die Essenz in mir tobt jetzt und schreit nach der Bindung, die sie bereits mit zwei meiner anderen Männer gefestigt hat. Meine Krallen kribbeln in meinen Fingerspitzen und ich beuge meine Hüften Jakes Körper entgegen.

Er umfasst meinen Hintern und drückt mich fester an sich, während ich mich an ihm reibe. Trotz der Klamottenschichten entlockt die Reibung meiner Muschi an seiner steif werdenden Erektion uns beiden ein Knurren.

Wir waren schon einmal kurz davor. Damals habe ich abgebrochen. Doch ich stehe in Flammen, und der Mann unter mir schürt und absorbiert sie mit seiner Berührung.

Ich will ihn. Ich will Jacob in seiner ganzen verkorksten, beschädigten, obsessiv hingebungsvollen Pracht.

Gerade weil er selbst verletzt wurde, versteht er die tiefen Wunden, die ich zu verbergen versuche.

Ich will ihn nicht noch einmal verlieren. Und wenn unsere Schatten miteinander verschmelzen, werde ich immer wissen, wo er ist.

Ich werde ihn immer finden können … Und er mich.

Meine Hände wandern zum Bund seiner Sporthose. Jakes Atem stockt, und er verlagert sein Gewicht, um mir zu helfen, sie ihm auszuziehen.

Als ich mit meinen Fingern seinen steifen Schwanz durch seine Boxershorts streichle, stöhnt er auf – und der Erste-Hilfe-Kasten in der Ecke des Wagens knallt gegen die Wand.

Jacob zuckt verlegen zusammen und fängt meinen Blick auf. „Tut mir leid. Ich kann mich besser beherrschen."

Ich bin mir nicht sicher, ob das stimmt, aber es wäre nicht seine Schuld. Als ich das erste Mal mit Andreas und Dominic geschlafen habe, sind unsere Kräfte von allein aus uns herausgebrochen.

Ich schenke ihm ein schelmisches Lächeln. „Solange du keinem von uns eine Gehirnerschütterung verpasst, kannst du so wild werden, wie du willst."

Mit einem feurigen Blick zieht Jacob mich zurück in seine Umarmung.

Unsere Küsse werden hungriger und hastiger, als er mir meine Jogginghose auszieht. Das pulsierende Verlangen zwischen meinen Schenkeln bringt mich dazu, mich wieder an ihm zu reiben, und ich keuche angesichts der Welle der berauschenden Gefühle, die über mich hinwegschwappt.

Jake entweicht ein Stöhnen, und seine Lippen fahren über meinen Hals und meine Schulter. Er hebt eine Brust an und nimmt den Nippel in seinen Mund, bevor er mit seiner Zunge darüberfährt. Ich zucke in seinen Armen.

Er lässt seine Finger an meinen nackten Beinen auf und ab gleiten, wobei er quälend nahe an meinen Slip kommt. Über dem Metallband an meinem Knöchel hält er stets inne und lässt seine Hand dort verweilen. Er sieht mit angehaltenem Atem zu mir auf.

„Bist du sicher …?"

Entschlossenheit brennt in meiner Brust neben meinem rasenden Verlangen. „Wenn sie irgendwie feststellen können, was wir tun, sollen sie doch. Es ist nichts Falsches daran."

Die Worte zaubern ein strahlendes Lächeln auf Jacobs Gesicht, das mein Herz zum Rasen bringt.

Er zieht mich zu einem weiteren Kuss heran, der genauso zärtlich ist wie der erste, obwohl darunter heiße Leidenschaft brodelt. Meine Muschi pocht, und die Schatten in mir strecken sich dem Mann entgegen, für den ich meine Liebe wiederentdeckt habe.

Mein Puls beschleunigt sich mit neuer Dringlichkeit. Ich zerre an Jacobs Boxershorts, und er hilft mir, mich aus meinem Höschen zu winden.

Doch als ich mich über seinen Schwanz beuge, hält er mich keuchend an der Hüfte fest, bevor ich ihn berühren kann.

„Ich will dich so sehr. Wenn wir erst einmal angefangen haben …"

Ich presse meine Lippen auf seine. „Es wird alles gut gehen. Es ist unsere Bestimmung."

Er küsst mich leidenschaftlich, und ich lasse mich komplett auf ihn sinken. Jacob kommt mir mit einem Ruck entgegen und dringt so tief ein, dass mich eine Welle der Glückseligkeit überkommt.

Ich schreie auf und küsse ihn heftig, damit er weiß, dass es ein Laut der Lust ist. Unsere Hüften kreisen aneinander und treiben ihn tiefer in mich hinein, während die berauschende Hitze meinen ganzen Körper ausfüllt.

Irgendwo hinter mir knallt ein weiterer loser Gegenstand gegen eine Wand. Jacob zischt, und seine Finger graben sich in meinen Oberschenkel.

Als er den Winkel verändert, dringt sein Schwanz so perfekt in mich ein, dass ich ein Stöhnen nicht unterdrücken kann. Sein Griff treibt mich weiter an, während seine andere Hand über mein Haar streicht. Mein Zopf hat sich längst gelöst.

Ich weiß genau, wo er mich berührt. Seine Finger brennen auf meiner Haut. Doch Augenblicke später erreicht der Eindruck der Berührung auch andere Teile meines Körpers, als hätten weitere Hände nach mir gegriffen.

Ein vorsichtiger Druck streichelt meine Brüste. Ein ähnliches Gefühl läuft meinen Rücken hinunter und über meinen Bauch.

Mein Atem stockt vor Überraschung, und Jacob gräbt seine Zähne in meine Kieferbeuge.

„Ich möchte, dass es unvergesslich für dich wird“, raunt er. „Ich weiß, wo es sich gut anfühlen sollte, aber du musst mir zeigen, wenn ich es richtig mache.“

Er streichelt mich sowohl mit seiner Kraft als auch mit seinem Körper. Ich bin zu verloren in dem wachsenden Strudel der Lust, um zu begreifen, was er mit „zeigen“ meint, bis sich der Druck um einen Nippel steigert, als würde er mit einer Zange hineinkneifen.

Meine Nerven kribbeln, und ich wiege mich schneller im Rhythmus seiner Stöße. Ein bedürftiger Laut entweicht meinen Lippen.

„Gefällt dir das?“, murmelt Jacob in meinem Nacken.

Meine Antwort besteht aus einem Wimmern, und er wiederholt die Geste und zwickt mit seiner telekinetischen Begabung gleichzeitig in meine beiden Nippel. Der Rausch der Glückseligkeit lässt mich schneller zucken.

Meine Stimme ist heiser. „So gut. Mehr.“

Jake stößt ein raues Glucksen aus. „Du fühlst dich so verdammt gut an, Wildkatze. Ich werde dich nie wieder im Stich lassen. Ich werde nie aufhören, dir diese fantastischen Gefühle zu bereiten."

Die unsichtbare Berührung massiert meinen Hintern und streichelt mein Haar, spielt mit meinen Nippeln und legt sich um meinen Oberkörper. Ich sporne seine Zuwendungen mit Keuchen und Stöhnen an, während er jede Stelle liebkost, die mich in Wallung bringt.

Dann senkt sich der Druck bis zu der Stelle, an der wir miteinander verbunden sind, um meinen Kitzler zu reizen.

Lust flackert in mir auf, und ein lautes zustimmendes Stöhnen entweicht meiner Lunge.

Jacob knurrt und stößt härter und schneller in mich hinein.

Ich möchte mich in ihm vergraben und ihn verschlingen. Am besten alles gleichzeitig.

Er stößt in mich hinein, während er mit seiner Kraft alle erogenen Zonen stimuliert, und mein Höhepunkt schwappt über mich hinweg. Meine Nerven brutzeln, als sich meine rauchige Essenz mit seiner verbindet.

Die Welle der Glückseligkeit vernebelt mir die Sicht, und meine Krallen schießen aus meinen Fingerspitzen.

Jacob stößt einen Fluch aus und zuckt mit den Armen, um die Giftstacheln, die gerade aus seiner Haut geschossen sind, von mir fernzuhalten.

Mit einem Stöhnen, das im Wagen widerhallt, stößt er noch einmal in mich hinein. Der Laut treibt mich auf eine neue Ebene der Ekstase.

Ich klammere mich an ihn, reite auf der Welle und zittere angesichts der Intensität des Augenblicks. Ich spüre, wie sein Herz im Takt mit meinem schlägt. Unsere Atemzüge vermischen sich mit unserem Keuchen.

Wir sind eins. Für immer.

Das Kribbeln rast durch meinen ganzen Körper, doch ich weiß, dass es sich auf meiner oberen Brust verdichten wird. Diesmal erschrecke ich nicht, als ich mich über ihn beuge und einen daumengroßen blauen Fleck auf seinem Brustbein entdecke.

Auf meinem linken Schlüsselbein hat sich ein ähnlicher Fleck neben dem gebildet, der entstand, nachdem ich mit Andreas geschlafen habe.

Immer noch keuchend berührt Jacob das Mal sanft und mit ehrfürchtiger Miene.

„Ich habe dich markiert. So wie Drey und Dom es getan haben.“

„Natürlich. Wir sind vom gleichen Blut. Unsere Schatten *wollen* miteinander verschmelzen.“ Ich strahle ihn an. „Und jetzt wissen wir immer, wie wir einander finden können, egal, was zwischen uns kommt.“

Er stößt ein zittriges Glucksen aus. „Ich war mir nicht sicher, nach allem, was passiert ist …“

„Du gehörst mir“, teile ich ihm mit, für den Fall, dass ihm das noch nicht klar war. Als ob er *mir* das in den letzten Wochen nicht immer wieder gesagt hätte. Ein Schwall von Emotionen unterbricht meine Stimme für eine Sekunde, bevor ich hinzufügen kann: „Und ich gehöre dir.“

Ohne sich aus mir herauszuziehen, drückt Jake mich an sich und legt seinen Kopf auf meine Schulter. „Solange du willst, Riva.“

Er erschaudert, doch es fühlt sich anders an als die Schauer, die ihn zuvor durchzuckt haben. Energiegeladener und weniger angespannt.

Er neigt meinen Kopf und küsst mich erneut. Dann fällt sein Blick wieder auf meine Brust, aber nicht auf das Mal auf meiner blassen Haut.

Jacob greift vorsichtig nach dem Katzen-Garn-Anhänger

um meinen Hals, den mir sein Zwillingsbruder vor all den Jahren geschenkt hat.

Er hebt seinen Blick, um mir in die Augen zu sehen. „Wir werden auch das in Ordnung bringen. Es muss einen Weg geben, und ich werde ihn finden."

Er hat den Anhänger von einem Schattenwesen reparieren lassen, doch ich weiß, dass er nicht die Kette meint, sondern Griffin.

Ich denke an den Moment, als er mir seine Gefühle gestand und die Tatsache akzeptierte, dass auch sein Bruder etwas für mich empfand, und ein Kloß bildet sich in meiner Kehle. Jacob dachte, er könne mich nie haben, weil er sich nicht zwischen mich und Griffin stellen wollte.

Ich streiche mit dem Daumen über seine Wange. „Ich weiß. Wenn es einen Weg gibt, wirst du ihn finden. Doch ich brauche ihn nicht mehr als dich, Jake. Ich liebe ihn nicht mehr als dich. Ich wollte *dich*."

Jacobs Mundwinkel verziehen sich zu einem leichten Lächeln. Er umarmt mich erneut. Ich schmiege mich in seine Arme und genieße die kurze Zeit, die uns bleibt, bevor wir uns wieder auf unsere Mission konzentrieren müssen.

Bald müssen wir wieder in unseren neuen Käfig zurückkehren, so golden er auch sein mag.

ZEHN

Dominic

Ich strecke meine Beine auf der Rückbank des Wagens aus, bevor ich mich in den Schneidersitz setze und so tue, als würde ich die nervösen Blicke nicht bemerken, die mir unser örtlicher Kontaktmann zuwirft. Er sitzt auf dem Fahrersitz und schaut abwechselnd durch die Fenster hinaus und zu mir nach hinten.

Ich weiß, dass ich im Moment nicht besonders ansehnlich bin. Die Trainingsjacke, die Clancy mir gegeben hat, ist noch dünner als die Trenchcoats, unter denen ich meine Tentakel bisher versteckt habe.

Da mir die Jacke nur bis zur Hüfte reicht, musste ich meine Tentakel mehrmals einrollen. Ich nehme an, dass es sich bei der Jacke um eine Maßanfertigung handelt, denn innen sind Schlaufen aus weichem Stoff eingearbeitet, die meinen zusätzlichen Gliedmaßen Halt geben.

Mir war nicht klar, dass sie sich weniger belastend anfühlen würden, wenn ihr Gewicht ein wenig verteilt ist.

Der Fremde kann jedenfalls nur sehen, dass mein Rücken seltsam geformt ist. Ich habe die Tentakel stillgehalten und bewege mich kein bisschen, während wir darauf warten, ob den anderen Schattenblütern zu Hilfe kommen muss.

Er reibt sich mit der Hand über die rissigen Lippen und wirft mir einen weiteren Blick zu. „Willst du etwas zu trinken? Ich habe ein paar Wasserflaschen hier.“

Sein Akzent sollte mir eigentlich einen Hinweis darauf geben, wohin Clancy uns geschickt hat, doch alles, was ich mit Sicherheit sagen kann, ist, dass seine Muttersprache nicht Spanisch oder etwas in der Art ist. Vielleicht Dänisch? Oder eine osteuropäische Sprache?

Es könnte auch Schwedisch oder Türkisch sein. Wer weiß, ob ich den Unterschied erkennen würde. Außerdem ist es möglich, dass er noch nicht lange hier wohnt oder vor kurzem aus dem Ausland eingewandert ist.

„Ist schon in Ordnung.“ Ich klopfe auf den Rucksack, der neben mir auf dem Boden liegt. „Ich habe etwas zu trinken dabei.“

Der Fahrer grunzt zustimmend und schaut wieder durch die Fenster, obwohl es in der Nacht nicht viel zu sehen gibt. Das Oberlicht des Vans ist auf die schwächste Stufe gestellt, und die Welt jenseits der Windschutzscheibe sieht für mich völlig schwarz aus.

Ich verstehe, warum Clancy mir diesen Mann zugeteilt hat. Der momentane Anführer der Wärter stand wahrscheinlich mit den Leuten vor Ort in Kontakt, um herauszufinden, was genau uns erwarten würde.

Wenn es ein Problem gibt, ist dieser Mann mit den Straßen und örtlichen Gesetzen besser vertraut als die Wärter. Falls meine Freunde Hilfe brauchen, wird er mich direkt zu ihnen bringen.

Doch zum ersten Mal in meinem Leben wünsche ich mir, dass ich einen Wärter zur Gesellschaft hätte. Jemanden, der von meiner Absonderlichkeit weiß und sich nicht davon beirren lässt.

Was haben sie diesem Kerl erzählt? Was wird er wohl denken, wenn ich meine Tentakel heraushole, um einen anderen Schattenblüter zu heilen?

Gott bewahre.

Ich verlagere mein Gewicht, und mein Herzschlag beschleunigt sich. Ob Riva und Jacob schon im Haus sind?

Wie lange werden sie brauchen, um den gefährlichsten Teil der Mission zu erledigen?

Haben der Mann, der mit mir im Wagen sitzt, und seine Kollegen Clancy genügend Informationen gegeben, um sicherzustellen, dass Riva und Jacob nichts passiert?

Ich streiche mit den Fingerspitzen über die dünnen Blätter des Strauches, der neben mir auf dem Boden steht. Das Gurtzeug liegt bereit, damit ich ihn mir in Sekundenschnelle auf den Rücken schnallen kann, und die Energie, die von ihm ausgeht, beruhigt meine Nerven ein wenig.

Ich habe der Pflanze etwas Wasser aus meiner Feldflasche gegeben, gleich nachdem wir hier, etwa einen Kilometer vom Haus entfernt, angehalten haben – nicht zu nah, um Aufmerksamkeit zu erregen, aber auch nicht zu weit weg, um schnell zur Stelle zu sein, falls ich jemanden heilen muss. Der frische Kräuterduft kitzelt meine Nase.

Ich hoffe, dass ich den Strauch nicht töten muss. Um unser aller willen.

Ich möchte lieber kein Leben mehr zerstören müssen. Nicht einmal das einer Pflanze.

Der Bildschirm auf dem Armaturenbrett des Wagens bleibt leer. Bislang keine Nachrichten.

Ich schließe die Augen und atme den Geruch des

Strauches ein. Meine Gedanken schweifen zurück zu meinem neuen Zimmer in der Inseleinrichtung.

Nach unserer ersten Trainingseinheit habe ich Clancy gefragt, ob ich ein paar Topfpflanzen für mein Zimmer haben könnte. Ich sagte ihm, dass ich mich dadurch heimischer fühlen würde. Schließlich scheint das sein Ziel zu sein.

Ich hatte nicht wirklich geglaubt, dass er damit einverstanden wäre, doch am Abend brachte er mich tatsächlich in ein anderes Zimmer, das wohl in der Nähe des Berghangs liegt. Im Gegensatz zu meinem alten fensterlosen Zimmer verfügt das neue über ein Dachfenster.

Dort, wo die Sonne ins Zimmer scheint, stehen drei verschiedene Sträucher in Töpfen und ein Sortiment von Blumen, wie ein kleiner Garten.

Bei dem Gedanken daran läuft mir ein wohliger Schauer über den Rücken. Das ist zwar nicht das Leben, das ich mir gewünscht habe, und ich weiß immer noch nicht so recht, was ich von Clancy und seinen Plänen halten soll, aber wäre es *möglich*, dass diese neue Einrichtung irgendwann ein richtiges Zuhause sein könnte?

Es fühlt sich schon jetzt mehr wie mein Zuhause an als jeder andere Ort, an dem ich bisher gelebt habe, einschließlich der früheren Einrichtungen und unserer Unterkünfte während unserer Flucht.

Mein Begleiter blickt wieder zu mir. Er deutet mit seinem Kinn auf den Strauch.

„Du kannst mit deiner Kraft also Verletzungen heilen? Aber du brauchst die Pflanze dazu?"

Ich streiche wieder mit den Fingern über die Blätter. „Wenn es eine schlimme Verletzung ist, muss ich die Energie zum Heilen von etwas anderem beziehen. Pflanzen sind am einfachsten."

Bei Pflanzen fühle ich mich nicht ganz so schuldig, wenn

ich ihnen die Lebenskraft entziehe. Ich will nicht, dass der Kerl darüber nachdenkt, woraus ich sonst noch Energie saugen könnte.

Mit einem leisen Brummen verlagert er sein Gewicht auf dem Sitz. Wahrscheinlich ist er ein wenig unruhig, weil er mit einem seltsamen Fremden in diesem Van festsitzt.

Trotzdem ist er neugierig. Vielleicht sollte ich versuchen, diese Gelegenheit zu nutzen.

Nicht nur herumsitzen wie ein Trottel und hoffen, dass ich nichts weiter tun muss.

Auf dem Weg vom Flugplatz hierher habe ich versucht, durch Fragen herauszufinden, wo wir sind. Doch er hat sie schnell im Keim erstickt. Bestimmt hat Clancy ihn angewiesen, uns keine Informationen zu geben.

„Es ist sicherer für uns alle", so hat er es uns Schattenblütern verkauft.

Es könnte allerdings nützlich sein, zu erfahren, wie Clancy an die Leute hier herangetreten ist.

„Der Mann, der diese Mission mit euch organisiert hat", wage ich. „Er hat euch von unseren Kräften erzählt?"

Mein Begleiter zuckt mit den Schultern. „Ein bisschen. Nicht allzu viel. Genug, um sicherzustellen, dass ihr das, was ihr hier tun sollt, auch schafft."

„Und das macht dir nichts aus? Oder wusstest du schon, dass es Leute wie mich und meine Freunde gibt?"

„Es gibt viele unerwartete Dinge auf der Welt. Es ist besser, mit Leuten zusammenzuarbeiten, wenn es einem nützt, als sie abzuweisen oder davonzulaufen."

Er kichert leise, aber sein Blick huscht kurz über meinen Rücken. In seinen Augen liegt das gleiche Misstrauen, das ich schon vorhin bemerkt habe.

Er nimmt unsere Dienste also gerne *in Anspruch*. Das bedeutet jedoch nicht, dass er uns vertraut.

Er verzieht kurz den Mund und dreht sich noch ein wenig

weiter zu mir um. „Deine Freunde werden nichts anrühren, was sie in dem Haus finden, oder? Sie beseitigen nur die Menschen.“

„So lautet unsere Anweisung.“ Ich weiß nicht, ob Clancy Riva und Jacob in letzter Minute andere Befehle erteilt hat. „Ist da etwas Wichtiges drin?“

Der Fahrer winkt abweisend mit der Hand. „Mach dir keine Gedanken. Das ist für uns. Das war die Abmachung.“

Bei seinen Worten läuft mir ein unbehaglicher Schauer über den Rücken. Wen genau meint er mit „uns“? Was für eine „Abmachung“?

Ich dachte, er würde unsere Mission unterstützen, weil er will, dass der Kindersklaverei-Ring zerschlagen wird – zum Wohle seiner Gemeinde. Was hat das mit dem zu tun, was die Täter in ihrem Haus aufbewahren?

Ich versuche, mir einzureden, dass er sich nur auf die Aufzeichnungen der Kinder bezieht, doch ich werde das Gefühl nicht los, dass er etwas anderes gemeint hat. Warum sagt er nicht einfach, was genau er aus dem Haus will?

„Unser Boss nimmt seine Abmachungen sehr ernst“, sage ich vorsichtig und beobachte die Miene des Mannes.

Er stößt ein Lachen aus. „Das sollte er auch, bei dem, was er dafür bekommt.“

Das Kribbeln auf meiner Haut wird stärker.

Ich versuche, meine Stimme ruhig zu halten, aber ich bin mir nicht sicher, ob es mir ganz gelingt. „Was genau bekommt er diesmal für den Deal?“

Jetzt ist der Blick des Mannes nicht mehr auf meinen Rücken, sondern auf mein Gesicht gerichtet. In seinen Augen liegt ein Anflug von Panik, als hätte er gemerkt, dass er etwas gesagt hat, was er nicht hätte sagen sollen. Dann dreht er sich wieder nach vorn.

„Das ist eine Sache zwischen uns und ihm. Das geht dich nichts an.“

Und ob mich das etwas angeht. „Willst du damit sagen, dass ihr ihn *bezahlt* habt, damit er diese Typen beseitigt?"

Das muss nicht unbedingt etwas Schlimmes sein, oder? Es könnte sich um eine Gruppe empörter Bürger handeln, die Geld gesammelt haben, um jemanden zu engagieren, der sich um ein Problem kümmert, das sie selbst nicht lösen konnten.

Doch das Verhalten des Mannes lässt meine Alarmglocken schrillen. Und Clancy hat nie erwähnt, dass er eine Entschädigung erhalten hat oder von den Einheimischen um Hilfe gebeten wurde.

Er ließ es so klingen, als hätte er die Sklavenhändler aufgespürt und beschlossen, sie auf eigene Faust zu beseitigen.

„Ist er zu dir gekommen oder du zu ihm?", frage ich.

Der Mann schüttelt den Kopf. „Das Gespräch ist beendet."

„Ich will nur verstehen, was hier los ist. Schließlich stecke ich auch mit drin."

„Du arbeitest für deinen Boss. Ich arbeite für meinen. Wir bekommen alle, was wir wollen. Mehr musst du nicht wissen."

Das muss ich sehr wohl, wenn jedes Teil, das er dem Puzzle hinzufügt, das Gesamtbild noch bedrohlicher aussehen lässt. Er hat also einen Boss, und bei dieser Mission zu helfen, ist *Arbeit* für ihn?

Ich wünschte, Andreas wäre hier. Er könnte in den Kopf dieses Mannes schauen, um herauszufinden, was darin vor sich geht. Aber er ist nicht hier.

Ich bin allein.

„Bitte", sage ich. „Ich bin den ganzen Weg hierhergekommen. Es ist auch meine Mission. Warum darf ich nicht alles darüber wissen?"

Mein Begleiter schweigt. Er scheint entschlossen zu sein, nichts mehr zu sagen.

Mein altes Ich hätte vielleicht schon aufgegeben. Mein jetziges Ich hingegen hat es mit echten Monstern und mörderischen Killern zu tun.

Dieses Ich hat zugesehen, wie die Frau, die er liebt, in Stücke gerissen wurde, und hat sie wieder zum Leben erweckt.

Wenn hier etwas vor sich geht, von dem wir nichts wissen, muss ich herausfinden, was das ist. Unser aller Leben könnte davon abhängen.

Ich werde nicht der Schwächere sein. Ich kann das nicht auf sich beruhen lassen.

Ich stehe auf und ducke mich, um mir den Kopf nicht an der niedrigen Decke des Wagens zu stoßen. „Inwiefern sind dein ‚Boss‘ und du an der Planung dieser Mission beteiligt? Du musst es mir sagen.“

„Frag deinen Boss, wenn du mehr wissen willst.“

Mir entgeht nicht, dass der Mann zusammenzuckt, als ich einen Schritt auf ihn zumache. Das kann ich für mich nutzen.

Er hat Angst vor mir. Und Angst kann ein unglaublicher Motivator sein.

„Ich brauche dich nicht“, sage ich. „Ich kann den Wagen selbst fahren. Ich könnte meinem Boss sagen, dass du wegen meiner Fähigkeiten ausgeflippt bist und versucht hast, mich zu verletzen. Es war Notwehr.“

Der Mann dreht ruckartig seinen Kopf zu mir. „Wovon redest du?“

Ich hasse es, meine körperliche Andersartigkeit einzusetzen, um jemandem zu drohen, doch ich weiß mir nicht anders zu helfen. Ich ziehe meine Jacke aus und enthülle meine Tentakel auf beiden Seiten meiner Schultern.

Ich blicke unverwandt in die blinzelnden Augen des

Mannes. „Ich kann allen Lebewesen Energie entziehen. Ich kann einen Menschen innerhalb von ein paar Minuten aussaugen. Das weiß ich, weil ich es schon einmal getan habe."

Der Mann windet sich auf seinem Sitz. Als er nach dem Türgriff greift, hole ich mit einem Tentakel aus und schlinge ihn um sein Handgelenk.

„Du gehst nirgendwohin. Sag mir einfach, zu welchen Bedingungen der Deal zustande gekommen ist, und wir können weitermachen, als hätten wir nie darüber gesprochen."

„Nimm dieses Ding *weg*!" Der Mann versucht, seinen Arm wegzuziehen, aber meine Saugnäpfe und die sehnigen Muskeln im Inneren des Tentakels umklammern ihn fest.

„Ich kann sofort anfangen, dir das Leben auszusaugen", warne ich ihn, doch er wehrt sich weiter.

Dann muss ich es ihm wohl beweisen. Ich muss ihn spüren lassen, was er verlieren könnte.

Mein Mund wird trocken. Ich habe es einmal geschafft, einem Fisch nur ein wenig Lebenskraft auszusaugen. Damals auf Rollicks Jacht, als er und seine Leute uns helfen wollten, unsere Fähigkeiten zu kontrollieren. Bei meinen letzten Übungen mit ihm ist es mir einmal gelungen, den intensiven Hunger zu zügeln.

Allerdings nur ein einziges Mal, in einer kontrollierten Situation.

Andererseits verfügt ein Fisch über viel weniger Lebenskraft als ein Mensch.

Ich *kann* das. Ich *muss* es tun, oder warum habe ich diesen Mann sonst überhaupt bedroht?

Ich beiße die Zähne zusammen und gebe meinem Tentakel einen Ruck. Ich spüre den Strom der Lebensenergie, der durch den Körper des Mannes pulsiert.

Der erste Schwall durchströmt mich mit einer

berauschenden Wärme, als würde ich die beste heiße Schokolade der Welt trinken. Ich will mehr – ich will darin ertrinken.

Meine Gedanken überschlagen sich, und für eine Sekunde verliere ich beinahe die Kontrolle.

Dann rufe ich eine Erinnerung an Riva wach. Wie sie mich anlächelt. Wie sie meine Tentakel streichelt und mir sagt, dass ich kein Monster bin.

In ihren Augen bin ich das tatsächlich nicht. Und auch in diesem Moment muss ich es nicht sein.

Ich unterbreche den Energiefluss. Die Schultern des Mannes sacken nach unten, und sein Körper zuckt.

Doch er lebt. Er atmet, wenn auch schnell. Seine Haut hat ihre Farbe nicht verloren.

Ich habe ihm nicht zu viel Lebenskraft ausgesaugt.

Nur gerade so viel, dass er weiß, wie es sich anfühlt. Damit er ein Gefühl dafür bekommt, wie weit ich gehen könnte.

Mir ist flau im Magen, als seine wässrigen Augen zu meinen huschen.

„Es tut mir leid. Ich sollte es niemandem sagen. Es ist ganz einfach. Wir geben ihm das Geld, er beseitigt die Leute in dem Haus und überlässt es uns."

Ich lege die Stirn in Falten, ohne meinen Griff um das Handgelenk des Mannes zu lockern. „Wozu braucht ihr das Haus? Was ist so besonders daran?"

Mein Begleiter macht eine vage Geste mit seiner freien Hand. „Es geht nicht so sehr um das Haus, sondern um die Unterlagen, die Ausrüstung und die Verbindungen. Sie hatten ein gutes Geschäft am Laufen. Wir ziehen ein und übernehmen es. Alle gewinnen."

Ich starre ihn an. „Du wirst das Geschäft übernehmen?"

Der Mann beginnt wieder, sich gegen meinen Griff zu

wehren. „Nicht ich. Mein Boss will expandieren. Das ist alles. Es geht nur ums Geschäft."

Säure brennt in meiner Kehle, und einen Moment lang denke ich, ich müsste mich übergeben.

Für die Kinder, die entführt und verkauft werden, ist es kein Geschäft.

Wir beschützen sie also nicht wirklich. Wenn ich diesen Kerl richtig verstanden habe, wird es nur eine kurze Unterbrechung geben, bevor ein neues Syndikat da weitermacht, wo die Gruppe aufgehört hat, die wir abschlachten sollen.

Und sie haben Clancy für diese Gelegenheit bezahlt. Sie haben ihn dafür bezahlt, dass wir die Drecksarbeit für sie erledigen.

Wie viel weiß er eigentlich über ihr Vorhaben?

Und was für Lügen hat er uns sonst noch aufgetischt?

ELF

Riva

Ich dachte, ich würde mich erleichtert fühlen, wenn wir alle wieder in das Privatflugzeug steigen, das uns zurück auf die Insel bringen wird. Ein Blick in Dominics Gesicht macht jedoch jegliche Freude in mir zunichte.

Im Gegensatz zu Jacob umgibt ihn seine Unzufriedenheit nicht wie eine Sturmwolke. Ich glaube nicht, dass jemand, der ihn nicht gut kennt, seinen Gefühlszustand überhaupt bemerken würde.

Mir entgeht jedoch nicht, wie angespannt sein Lächeln ist, als er mich begrüßt. Ebenso wenig wie seine hängenden Schultern. Es ist beinahe so, als wäre er wieder zu seinem alten, unsicheren Ich zurückgekehrt.

In der alten Einrichtung hat er diese Haltung immer eingenommen, kurz bevor er etwas Unangenehmes sagen musste. Als würde Andreas es mir erzählen, kommt die Erinnerung an das komplexe Strategiespiel hoch, das die

Wärter uns etwa ein Jahr vor unserem Ausbruchsversuch spielen ließen. Sie versprachen uns, dass wir einen ganzen Tag lang draußen trainieren und entspannen könnten, wenn wir gewinnen würden.

Damals sah Dom genauso aus, bevor er uns mit rauer Stimme mitteilte, dass wir einen fatalen Fehler gemacht hatten, der nicht wiedergutzumachen war. Jede Chance, die ersehnte Belohnung zu erhalten, war dahin.

Damals standen meist solche Dinge auf dem Spiel. Heute geht es um viel mehr.

Mein Blick huscht zu den anderen im Flugzeug. Ist einer der jüngeren Schattenblüter verletzt worden? Was, wenn er jemanden nicht retten konnte?

Das kann nicht sein, denn alle vier sitzen dicht gedrängt auf ihren Plätzen und unterhalten sich leise.

„Ist bei euch alles gut gelaufen?", rufe ich ihnen zu und stütze meinen Arm auf die Rückenlehne eines Sitzes.

Celine lacht und schwingt ihren schwarz-roten Pferdeschwanz hin und her. „Es ist nicht mal jemand gekommen. Wir saßen die ganze Zeit nur da."

Einer der Jungs grinst mich an. „Ihr zwei müsst gute Arbeit geleistet haben. Ihr habt es dem Rest von uns leicht gemacht."

Celine lacht noch etwas lauter, und ich muss an ihre früheren Missionen denken, bei denen sie Jagd auf uns gemacht haben.

Ich weiß nicht, ob sie jemals bei einem richtigen Kampf dabei war. Womöglich waren die vergangenen Missionen gar nicht so schlimm für sie gewesen, wie ich angenommen habe.

„Es ist immer gut, Verstärkung zu haben", sage ich, denn ich möchte nicht, dass sie denken, wir wüssten ihre Anwesenheit nicht zu schätzen.

Wenn jemand, der mit den Sklavenhändlern zusammenarbeitet, aufgetaucht wäre, während wir drinnen waren, hätte er die ganze Operation vereiteln können. Und dank der Teenager, die nach Nachzüglern Ausschau hielten, hatten Jacob und ich eine Pause. Und eine vergnügliche obendrein.

„Ihr müsst nicht die ganze Verantwortung auf euren Schultern tragen", sagte Clancy, als wir den Plan durchgingen. „Eine eurer größten Stärken ist, dass ihr euch aufeinander verlassen könnt."

Die Sitze des Privatjets sind in Vierergruppen an einer Seite des Flugzeugs angeordnet. Dazwischen befindet sich ein kleiner Tisch. An der gegenüberliegenden Wand stehen zwei schmale Sofas und ein Vorratsschrank.

Eine Sitzgruppe haben die Teenager für sich beansprucht. Jacob setzt sich auf den Fensterplatz der anderen Gruppe gegenüber von Dominic.

Ich verspüre den Drang, ihm zu folgen und die neue Nähe festzuhalten, die zwischen uns entstanden ist.

Doch Dominics Blick bereitet mir Sorgen.

Ich lasse mich neben ihm nieder und nehme seine Hand. „War bei dir auch alles in Ordnung?"

Sein Lächeln erreicht seine haselnussbraunen Augen nicht. „Ziemlich langweilig, aber das ist mir lieber, als dass ich einen von euch heilen muss."

Er legt seinen Arm um meine Schulter und zieht mich an sich. Instinktiv schmiege ich mich an seine Brust. Seine Lippen streifen meine Wange und wandern zu meinem Ohr, als ob er mich dort küssen wollte.

„Tu so, als würde ich dir nette Dinge sagen", flüstert er, so leise, dass ich mir nicht sicher bin, ob selbst Zian es mit seinem scharfen Gehör hören könnte, wenn er auf dem Sitz mir gegenübersitzen würde. „Ich weiß nicht, wie genau sie uns in diesem Flugzeug überwachen."

Ich drücke seine Hand und ringe mir ein kleines Lächeln

ab, um das mulmige Gefühl in meinem Bauch zu unterdrücken.

Dominic spricht schnell und leise weiter, als hätte er Angst, unterbrochen zu werden. „Clancy hat uns nicht aus reiner Herzensgüte auf diese Mission geschickt. Eine andere Bande hat ihn dafür bezahlt, diese Typen zu erledigen. Und sie haben vor, das Geschäft zu übernehmen. Sie wollten nur die Konkurrenz ausschalten."

Mit jedem Satz spannen sich meine Muskeln mehr an. Es kostet mich all meine Willenskraft, nicht entsetzt das Gesicht zu verziehen.

Um das immer steifer werdende Lächeln nicht länger aufrechterhalten zu müssen, drehe ich mich zu ihm, als würde ich mich an ihn schmiegen. „Bist du sicher?", flüstere ich.

Er nickt, ohne zu zögern.

Ich schließe meine Augen. Die Bilder von unserer Mission tauchen vor meinem geistigen Auge auf: verstümmelte Körper, spritzendes Blut.

Sie haben es trotzdem verdient. Wir haben sie davon abgehalten, furchtbare Dinge zu tun.

Doch was ist, wenn jemand noch Schlimmeres die Lücke füllt?

Wieso sollte Clancy entscheiden, welches Unrecht er beseitigt, nur weil er dafür *bezahlt* wird?

Als ich wieder aufschaue, beobachtet Jacob uns. Seiner gerunzelten Stirn nach zu urteilen, hat er mitbekommen, dass unsere Zärtlichkeiten nur ein Vorwand für ein ernsteres Gespräch sind.

Ich könnte ihm sagen, was Dominic mir gerade erzählt hat, doch ich bin nicht sicher, ob Jake seine Reaktion gut genug verbergen könnte. Sogar mir fällt das schwer.

Wir können das nicht lange für uns behalten. Ich werde

nicht auf eine weitere Mission gehen, ohne zu wissen, was der neue Anführer der Wärter wirklich vorhat.

Allerdings würde ich das lieber nicht Tausende von Metern in der Luft mit seinen Untergebenen diskutieren.

Es ist besser, wenn wir ihn direkt konfrontieren können, ohne dass er weiß, dass wir ihm auf der Spur sind. Dann haben wir das Überraschungsmoment auf unserer Seite und können beobachten, wie er reagiert. Eine spontane Reaktion ist aussagekräftiger als eine einstudierte Rede.

Wir können Jacob zur gleichen Zeit einweihen.

Ich gebe Dom einen Kuss auf die Wange und flüstere: „Mal sehen, was Clancy dazu sagt, wenn wir zurück sind.“

Er nickt und legt seinen Arm um mich, um mich in eine kurze Umarmung zu schließen. Meine Liebe zu ihm pulsiert durch das Mal auf meinem Schlüsselbein.

Nach einigen Minuten wechsle ich den Platz, um mit Jacob zu kuscheln, doch ich raune ihm nur zu: „Da ist etwas, das Clancy uns nicht erzählt hat. Wir werden es mit ihm besprechen, wenn wir ihn sehen.“

Jake schafft es, keine Miene zu verziehen, doch seine Muskeln spannen sich schon bei dieser vagen Aussage an. Er wirft Dominic einen Blick zu, der ihm ein schiefes Grinsen schenkt, und seufzt.

Dann legt er seinen Arm um meine Schultern, als wäre er fest entschlossen, auch in diesem Moment eine Art Schutzschild für mich zu sein. Auch ohne zu wissen, wovor er mich beschützt.

Während des Fluges spiele ich die möglichen Szenarien dutzende Male in Gedanken durch, bis ich in einen Dämmerschlaf falle. Erst als die Räder auf der Landebahn in den Bergen aufsetzen, schrecke ich hoch.

Die Tür öffnet sich, und wir richten uns alle ein wenig erschöpft in unseren Sitzen auf.

Ein Wärter erscheint im Licht der Innenbeleuchtung des

Jets. „Clancy möchte von jedem Team ein Briefing. Jacob und Riva zuerst."

Mein Herz setzt einen Schlag aus. Ich hatte angenommen, dass wir alle zusammen gehen würden und ich die Unterstützung der fünf anderen Schattenblüter haben würde, wenn wir ihm gegenübertreten.

Damit Dominic genau sagen kann, was er herausgefunden hat.

Doch wir haben keine Zeit, einen alternativen Plan auszuarbeiten. Der Wärter winkt uns ungeduldig zu sich.

Ich erhebe mich von meinem Sitz und eile auf ihn zu. Jacob folgt mir dicht auf den Fersen.

Es wird schon gut gehen. Wir beide können dieses Gespräch führen.

Es ist besser, wenn wir das Thema ansprechen, anstatt es Dominic zu überlassen, Clancy allein zur Rede zu stellen.

Außerhalb des Flugzeugs weht eine warme Brise über uns hinweg, und das Zirpen der Insekten erfüllt die Nacht. Die Morgendämmerung beginnt gerade, den Horizont zu färben.

Wir folgen dem Pfad, der von dem Berghang hinabführt, der als Landebahn dient. Unsere Schuhe knirschen auf dem rauen Stein. Unser Begleiter führt uns direkt in Clancys Büro.

Der Leiter der Wärterschaft steht hinter seinem Schreibtisch, um uns zu begrüßen, und wirkt trotz der frühen Stunde hellwach. Hat er geschlafen, während wir im Flugzeug saßen, oder war er die ganze Nacht wach?

Er bedeutet uns, einzutreten, und mein Blick fällt auf die andere Gestalt, die mit ihm wartet.

Griffin sitzt auf einem Stuhl in der hinteren Ecke und beobachtet uns mit seinem leeren Blick. Mein Herzschlag beschleunigt sich.

Was macht er denn hier? Die einzige Erklärung, die mir

einfällt, ist, dass Clancy will, dass er unsere Gefühle liest, um sicherzugehen, dass wir die Wahrheit sagen.

Ich schätze, es ist gut, dass ich mich entschlossen habe, unseren Entführer jetzt zur Rede zu stellen, denn Griffin hätte sicherlich gemerkt, dass ich etwas Wichtiges verschweige, wenn ich mich zurückgehalten hätte.

Als wir vor dem Schreibtisch stehen bleiben, ist Jacobs Blick auf seinen Bruder gerichtet. Sein Kiefer ist verkrampft.

Griffin neigt nur den Kopf zur Begrüßung, als wäre das eine ganz normale Situation. Jake richtet seinen Blick wieder auf Clancy, ohne die Geste zu erwidern.

Trotz all der anderen Sorgen, die an mir nagen, steigt Trauer in mir auf. Haben die Wärter es geschafft, ihre brüderliche Verbindung für immer zu zerstören?

Ich konzentriere mich auf den Mann hinter dem Schreibtisch.

Clancy mustert uns mit einer Intensität, die sich durchdringender anfühlt, als ich es von unseren vergangenen Gesprächen in Erinnerung habe. Als wüsste er bereits, dass wir etwas zu sagen haben, das über die Mission hinausgeht.

Ein erwartungsvoller Schauer läuft mir über den Rücken.

„Wie es scheint, ist alles gut gelaufen", sagt Clancy mit seiner typischen Heiterkeit. „Aber ich würde gerne den vollständigen Bericht von euch hören. Ich hatte den Eindruck, als hätte es gegen Ende im Haus Schwierigkeiten gegeben."

Mein Mund verzieht sich. Er muss an den physiologischen Signalen unserer Fußfesseln gemerkt haben, dass etwas nicht in Ordnung war.

„Der Großteil des Einsatzes verlief völlig problemlos", beginne ich. „Wir haben die ersten Leute, die wir im Haus fanden, ausgeschaltet, bevor sie überhaupt merkten, was los war."

Abwechselnd berichten Jacob und ich, wie wir in das

Haus eingedrungen sind. Wir erzählen von unseren ersten Morden, der Warnung des Küchenpersonals und schließlich unserem endgültigen Sieg.

Mit jedem Wort wird das flaue Gefühl in meinem Magen stärker. Zu diesem Zeitpunkt *fühlte* es sich wie ein Sieg an.

Dominics Enthüllung hat diesem Triumph die ganze Gerechtigkeit entzogen und ihn ausgehöhlt.

Wie konnte ich diesem Mann nur jemals vertrauen? Die Wärter haben nie etwas anderes getan, als uns zu manipulieren und zu hintergehen.

Ich hätte nie glauben dürfen, dass er anders ist, egal was er sagt oder tut.

Doch ich will trotzdem hören, was er dazu sagt. Ich muss wissen, inwiefern er sich der Scheiße bewusst war, in die er uns hineingezogen hat.

Clancy nickt gelegentlich, während er sich unseren Bericht anhört. Als wir fertig sind, betrachtet er uns mit einem zufriedenen Gesichtsausdruck. „Es scheint, als hättet ihr eure Aufgaben bestmöglich erfüllt. Unerwartete Hindernisse können immer auftreten. Es ist unmöglich, sie ganz zu vermeiden."

„Da war noch etwas Unerwartetes", sage ich und wappne mich für das bevorstehende Gespräch.

Clancy zieht leicht die Augenbrauen hoch, beinahe amüsiert. Ich glaube nicht, dass er ahnt, was ich gleich sagen werde. „Ist das so?"

Ich verschränke meine Arme. „Ja. Warum hast du uns nicht gesagt, dass dich jemand dafür bezahlt hat, uns dorthin zu schicken? Es war keine humanitäre Mission."

Der Blick unseres Entführers flackert, und sein Kiefer verkrampft sich kurz. Er hatte keine Ahnung, dass ich dieses Thema ansprechen würde.

Ein schwacher Hauch von Stress-Pheromonen steigt mir in die Nase, doch er flaut schnell wieder ab. „Eine

Organisation dieser Größenordnung benötigt finanzielle Mittel. Unsere Operationen können sowohl humanitär als auch bezahlt sein."

Griffins Blick ist nicht mehr auf uns, sondern auf Clancy gerichtet. Seiner gerunzelten Stirn nach zu urteilen, wusste er offenbar auch nichts von diesem Teil.

Ich hebe mein Kinn. „Sicher. Aber nicht, wenn die Leute, die dich bezahlen, wollen, dass du die Kriminellen beseitigst, nur damit sie das Sklavengeschäft selbst übernehmen können."

„Was?", schnauzt Jacob und sieht Clancy mit zusammengekniffenen Augen an. „Du hast uns angeheuert, um irgendwelchen Kindesentführern zu helfen?"

Clancys Miene ist jetzt vollkommen angespannt. „Ich habe mich nicht nach den Plänen der Gruppe erkundigt, die uns angeheuert hat. Sie wollten eine Gruppe ausschalten, über deren Beseitigung ich froh war. Wenn ihr etwas gehört habt, das euch zu der Annahme verleitet, dass unsere Auftraggeber niederträchtige Absichten haben, irrt ihr euch wahrscheinlich."

Ich schnaube. „Wahrscheinlich? Das weißt du nicht einmal. Ist es dir nicht in den Sinn gekommen zu fragen, warum diese Leute bereit waren, wer weiß, wie viel Geld für mehrere Morde zu bezahlen?"

Dominic hätte es mir nicht mit so viel Gewissheit gesagt, wenn er nicht völlig überzeugt gewesen wäre. Und die Tatsache, dass Clancy zugibt, dass er weder das eine noch das andere wirklich wusste, bestärkt mich in meiner Annahme, dass Dom recht hatte.

„Das spielt keine Rolle", sagt Clancy entschieden. „Ihr habt heute etwas Gutes getan. Ihr habt Menschen beseitigt, die schreckliche Dinge getan haben. Wir können nicht kontrollieren, wer die entstandene Lücke füllt, doch wenn jemand anderes da weitermacht, wo sie aufgehört haben, können wir uns auch um sie kümmern."

Jacob runzelt die Stirn. „Solange dir jemand genug bezahlt?"

Clancy starrt ihn unverwandt an. „Es gibt viel Ungerechtigkeit auf der Welt. Ich sehe keinen Grund, warum wir nicht dagegen vorgehen und gleichzeitig einen Gewinn daraus schlagen sollten."

So vernünftig seine Erklärung auch klingt, sein sachlicher Tonfall jagt mir einen unbehaglichen Schauer über den Rücken.

Schreckliche Dinge zu zerstören, kann auch schrecklich sein, wenn es aus dem falschen Grund geschieht.

Begreift er das denn nicht?

Vermutlich ist ihm das durchaus klar. Es ist ihm einfach scheißegal, solange sein Bankkonto gefüllt wird.

Ich fange Jacobs Blick auf. Wir müssen nichts sagen, um zu wissen, dass wir auf derselben Seite stehen.

Als bezahlte Söldner eingesetzt zu werden, ist etwas völlig anderes als Superhelden zu sein. Das wollen wir nicht.

Doch solange wir unter Clancys Kontrolle stehen, müssen wir entweder seine Missionen ausführen, oder er sperrt uns als Laborratten weg.

Das bedeutet, dass wir von hier verschwinden müssen. Und zwar wir alle, auch die jüngeren Schattenblüter.

Leider habe ich keine Ahnung, wie zum Teufel wir das anstellen sollen.

Clancy kommt um den Schreibtisch herum auf uns zu. Ich mache mich auf eine weitere Rechtfertigung gefasst, doch stattdessen legt er den Kopf schief und lässt seinen Blick über uns gleiten.

„Das ist nicht das einzig Interessante, was passiert ist, nachdem ihr euren Teil des Auftrags erfüllt habt, oder?"

Mein Herz setzt einen Schlag aus. Nach Dominics Bericht habe ich völlig vergessen, dass die Wärter möglicherweise etwas von unseren intimen Aktivitäten mitbekommen haben.

„Ich glaube nicht, dass noch etwas passiert ist, das *dich* etwas angeht", erwidere ich schroff.

Jacob tritt aus Solidarität näher an mich heran. „Du versuchst nur, von deiner beschissenen Aktion abzulenken."

Clancy schnalzt mit der Zunge. „Oder vielleicht versucht ihr, *mich* abzulenken. Mir sind während der Überwachung der Mission einige sehr interessante Dinge zu Ohren gekommen."

Unvermittelt greift er nach dem Kragen von Jacobs sauberem T-Shirt und zieht den Stoff nach unten. Gerade weit genug, um das dunkle Mal zu enthüllen, das sich auf seinem Brustbein gebildet hat.

Jake stößt ihn weg, doch Clancy rechnet mit der Bewegung und weicht mit einem Schritt nach hinten aus. Er wankt nur kurz auf den Füßen, bevor er sich wieder aufrichtet und mich ansieht.

„Dann hast du jetzt wohl drei Male. Wir haben sie schon bei eurer Ankunft bemerkt. Ich wusste nur nicht, dass sie etwas mit euren Kräften zu tun haben."

Mein Herzschlag beschleunigt sich. „Wovon redest du?", platze ich heraus und bete, dass er es nicht wirklich versteht.

Griffin steht auf. „Du regst sie auf." Seine Stimme ist so ruhig wie immer, aber auf seiner Stirn hat sich eine tiefe Furche gebildet.

Clancy ignoriert ihn. „Ich habe wohl nicht erwähnt, dass eure Peilsender auch Ton übertragen. Ich habe alles gehört, was ihr nach eurem kleinen Intermezzo gesagt habt. Durch Sex entsteht eine Verbindung zwischen euch? Ein gesteigertes Bewusstsein füreinander? Das ist faszinierend. Wir dachten nicht, dass so etwas …"

„Halt die Klappe, verdammt!", knurrt Jacob und stürzt sich auf den anderen Mann.

Ich vermute, dass er ihm einen Schlag mit seiner telekinetischen Kraft verpassen will, doch auch diesmal ist Clancy auf den Angriff vorbereitet. Sein Arm holt aus, und das Knistern eines Tasers ertönt, als Jacobs Körper sich verkrampft.

Ein Schrei dringt aus meiner Kehle, als Jake sich schwankend auf die Knie aufrichtet. „Aufhören!"

Ich fahre meine Krallen aus, aber Clancy hebt seine Hand. „Lass mich dich daran erinnern, dass du nicht nur dein eigenes Wohlbefinden aufs Spiel setzt, sondern auch das eurer Freunde."

Ich halte inne, die Vibration eines Schreis brennt in meiner Lunge, und meine Finger krümmen sich.

Ich möchte ihm die Kehle aufschlitzen, so wie ich es mit den Schlägern in der Villa getan habe, in die wir gerade eingedrungen sind. Ich möchte Schmerz durch seine Gelenke schreien, bis sie brechen.

Doch ich weiß nicht, was mit uns passieren wird, wenn ich diesem Drang nachgebe. Ich weiß nicht, wie viel schlimmer unsere Situation werden könnte.

Ohne den Taser zwischen uns sinken zu lassen, rollt Clancy seine Schultern nach hinten. Die Tür klickt, als mehrere Wärter den Raum betreten und uns umzingeln.

„Ich denke, das Gespräch ist beendet", sagt er. „Es wurden lediglich neue Fragen aufgeworfen. Wir werden diesen Prozess genauer untersuchen."

ZWÖLF

Riva

Nadia wippt auf ihren Fußballen im Gras, ihr neustes neonfarbenes T-Shirt leuchtet im Sonnenlicht. „Ich kann es kaum erwarten, auf eine Mission zu gehen. Sie schicken nur Nicht-Erstlinge los, die schon *eine Menge* Feldarbeit absolviert haben."

Ich schaue zu ihr hoch und strecke meine Beine im Gras aus. Die morgendlichen Übungen haben mein Unbehagen nicht gelindert, das seit meinem gestrigen Gespräch mit Clancy anhält.

„Du solltest erst gehen, wenn du wirklich bereit bist", antworte ich. Ich weiß nicht, was ich ihr noch sagen soll.

Du solltest überhaupt nicht gehen wollen. Clancy nutzt uns nur aus, und ich bin mir nicht sicher, wie viel schlimmer es noch werden kann.

Was wären die Konsequenzen, wenn ich erzählen würde, was ich herausgefunden habe? Bevor ich Clancys Büro verließ, hielt er Jacob und mich an, Stillschweigen über die Mission zu bewahren. Wenn nicht, würde er uns die Chance verwehren, mit den anderen Schattenblütern zusammenzuarbeiten.

Ich bin mir sicher, dass seine Wärter uns beobachten. Wie viel könnte ich Nadia oder den anderen sagen, bevor ich weggebracht werde?

Ich muss weiter trainieren, beobachten und mir überlegen, wie ich uns hier herausholen kann. Alles andere ist unwichtig, solange Clancy das Sagen hat.

Schnaubend streicht sich Nadia die kurzen Strähnen ihres dichten schwarzen Haares aus dem Gesicht. „Ich denke nicht. Aber auch wenn es hier schöner ist als in der alten Einrichtung, möchte ich mehr von der Außenwelt sehen."

Ein Kloß bildet sich in meiner Kehle, denn ich kenne diese Sehnsucht nach Freiheit nur zu gut. „Ja. Das wirst du auch."

Und zwar zu meinen Bedingungen und nicht zu Clancys, wenn ich es schaffe.

Die Fotos von den verstümmelten Körpern der letzten Schattenblüter, die wir retten wollten, gehen mir durch den Kopf, und der Kloß in meinem Hals wird noch größer. Meine Bedingungen dürfen diesmal keinen Spielraum für Interpretationen lassen.

Booker, der gerade eine Runde Krafttraining beendet hat, schlendert auf uns zu. „Wenn sie dich auf eine dieser Missionen schicken, musst du die Neonklamotten gegen Tarnkleidung tauschen. Bist du sicher, dass du das schaffst?"

Nadia verdreht die Augen, und ihre Wangen erröten ein wenig. „Vielleicht, vielleicht auch nicht. Schließlich besteht meine Aufgabe darin, zu leuchten."

Ihre Worte wecken meine Neugierde. „Das ist deine Schattenblüter-Kraft?"

Sie nickt und hebt das Springseil auf, das sie für ihr

Aerobic-Training mitgebracht hat. „Ich bin ein menschliches Glühwürmchen. Ich Glückspilz."

Sie wirft das Seil über ihren Kopf und legt einen flotten Rhythmus vor, wobei sie vor und zurück springt, anstatt auf der Stelle. Ein Schimmern erscheint unter ihrer Haut.

Innerhalb weniger Sekunden gelangt das Leuchten an die Oberfläche und strahlt von ihr ab, als würde sie in Flammen stehen.

Booker lacht und klatscht in die Hände. „Wenn du in der Nähe bist, können wir uns im Dunkeln auf jeden Fall nicht verirren."

Ich stehe auf, um noch einmal den Anschleich-Parcours durchzumachen, in der Hoffnung, meine Fähigkeiten zu verbessern, um Clancys Sicherheitssysteme irgendwann umgehen zu können. Booker wirft mir einen Blick zu. „Die Mission ist doch gut gelaufen, oder? Geht es dir gut?"

Ich zögere. Er klingt aufrichtig besorgt.

Wie soll ich darauf am besten antworten? Ich drehe die Worte in meinem Mund hin und her. „Es war ein wenig komplizierter als erwartet. Ich muss erst einmal alles verarbeiten. Warum fragst du? Hast du etwas von Celines Gruppe gehört?"

Haben die jüngeren Schattenblüter, die dabei waren, gemerkt, dass etwas nicht stimmt?

Bookers helles Haar schimmert im Sonnenlicht, als er den Kopf schüttelt. „Nein. Nur so ein Gefühl." Er macht eine vage Handbewegung in meine Richtung. „Ich sehe Auren. Es ist wie eine Art Schleier, der einen Eindruck davon vermittelt, wie es dir körperlich und psychisch geht. Und deine Aura ist irgendwie unruhig."

Oh, Mist. Ich hatte keine Ahnung, dass er meinen inneren Zustand wahrnehmen kann, während ich mich um eine positive Fassade bemühe.

„Ich habe mich nur noch nicht richtig eingewöhnt. Ich hatte nicht vor, auf dieser Insel zu landen.“

Er gluckst erneut. „Ja, ich schätze, das trifft auf uns alle zu.“

Nadia hält in ihrem Seilspringen inne. Booker knufft sie spielerisch und liebevoll in die Schulter. „Ich mache mich dann mal ans Seil-Training. Bis dann, Glühwürmchen.“

Sie sieht ihm nach, während das Seil in ihren Händen schwingt. Ich kenne die Sehnsucht in ihrem Blick nur allzu gut.

„Wart ihr schon einmal in der gleichen Einrichtung?“

Nadia sieht mich verlegen an und presst die Lippen aufeinander. „Ja. Als wir noch Kinder waren. Irgendwann haben sie uns beim Training nach Geschlechtern aufgeteilt. Bis jetzt.“

Ich erschaudere. Das ist möglicherweise unter anderem meine Schuld.

Als meine Jungs und ich das erste Mal versuchten, zu fliehen, sagte einer der Wärter, der mich erwischte, dass es ein Fehler sei, eine „Frau“ in die Gruppe aufzunehmen. Vielleicht dachten sie, dass die emotionale Bindung zwischen uns eine zusätzliche Motivation war, auszubrechen.

Danach wandten sie ihre neuen Prinzipien offenbar auch auf die jüngeren Schattenblüter an.

„Das tut mir leid.“

Nadia zuckt mit den Schultern. „Vielleicht war es besser so. In der Einrichtung, in der wir vorher waren, hätte ohnehin nichts passieren können. Ich meine …“ Sie bricht unbeholfen ab und verkrampft sich. Fast so, als hätte sie Angst, dass ich mich über ihre romantischen Sehnsüchte lustig machen könnte.

Ich bin mir nicht sicher, inwiefern ich ihr einen Ratschlag geben kann. Ich bin nur vier Jahre älter als sie und habe kaum mehr Erfahrung.

Trotzdem möchte ich eine Art Vorbild für sie und die anderen Schattenblüter sein. Wenn die Jungs und ich vom gleichen Blut sind, dann sind wir auch mit den anderen verbunden, wenn auch nicht ganz so eng.

Es gibt niemanden auf der ganzen Welt, der wirklich verstehen könnte, was wir durchgemacht haben.

Ich ringe mir ein Lächeln ab. „Ich verstehe dich. Ich habe das auch schon erlebt. Irgendwann werden wir ein richtiges Leben führen, in dem alles … einfacher ist."

Zumindest hoffe ich das. Vor allem, wenn ich sehe, wie sie mich nach meinen ermutigenden Worten anlächelt.

Ein weiterer Schauer läuft mir über den Rücken. Was, wenn ich sie stattdessen in den Tod führe?

Bevor ich den Gedanken abschütteln und mit dem Parcours beginnen kann, joggen ein paar Wärter die Stufen am Berghang hinunter. Sie rennen so schnell, dass ihre Hosen verrutschen, und zum ersten Mal sehe ich, dass die Männer die gleichen Überwachungsbänder tragen, wie wir während der Mission.

Nach unserer Rückkehr hat Clancy sie uns sofort abnehmen lassen. Die Wärter tragen sie also immer?

Dann trifft mich die Erkenntnis wie ein Schlag ins Gesicht.

Clancy überwacht die Wärter, damit er sofort merkt, wenn einer von uns versucht, sie zu verletzen. Wenn ich hier draußen randalieren und die beiden umbringen würde, ginge zweifellos irgendwo ein Alarm los und das gesamte Gelände würde abgeriegelt werden, bevor ich auch nur einen Schritt weit kommen würde.

Zu wissen, dass es den Wärtern gut geht, ist für ihn nützlicher, als unsere genauen Bewegungen zu verfolgen, wenn wir sowieso im Tal festgehalten werden.

Sie legen uns Schattenblütern keine Fußfesseln an, um uns die Illusion von Freiheit zu geben. Die Wärter brauchen die Illusion nicht, weil sie *wissen*, dass sie tatsächlich frei sind.

Das sind alles nur weitere manipulative Lügen.

Als die beiden Wärter auf mich zuschreiten, zwinge ich mich, meine Hände zu entspannen. Ihre Blicke lassen keinen Zweifel daran, dass ich ihr Ziel bin.

Instinktiv gehe ich ihnen entgegen, bevor sie sich Nadia nähern, obwohl ich mir nicht sicher bin, wovor ich sie schützen will.

Sie und die anderen jungen Schattenblüter haben nicht einmal die Hälfte von dem erlebt, was der Rest von uns durchgemacht hat. Sie mussten nicht *tun*, wozu wir gezwungen wurden, um zu überleben.

Und ich möchte, dass das auch so bleibt.

„Wir haben eine andere Aufgabe für dich. Drinnen", teilt mir eine der Wärterinnen mit und deutet mit dem Daumen zur Einrichtung.

Ich runzle die Stirn. „Jetzt? Ich dachte, ich sollte den ganzen Vormittag hier draußen bleiben."

Der andere Wärter stützt die Hände in die Hüften. Direkt neben seinen elektrischen Schlagstock. „Planänderung. Clancys Anweisung."

Auch wenn mir nicht wohl bei der Sache ist, nicke ich und gehe mit. Mal sehen, was der Mann, der hier das Sagen hat, heute von mir will.

Die Wärter führen mich in einen Teil der Einrichtung, in dem ich bisher noch nie war. In einem kleinen Raum, der ein wenig medizinisch anmutet, muss ich meine Laufschuhe ausziehen.

Dann wickeln sie Manschetten um meine Arme, knapp unter dem Ärmel meines T-Shirts. Das äußere Material fühlt sich wie Fleece an, während darunter etwas Festeres gegen meine Haut drückt.

Als die Manschetten einrasten, bohren sich kleine

Erhebungen mit einem Piksen in meine Haut, das jedoch nicht lange anhält.

Ich betrachte den grauen Stoff misstrauisch. „Wofür ist das?"

„Zur Überwachung", erklärt die Frau. „Dadurch erhalten wir einen genaueren Einblick in deinen inneren Zustand. Du wirst vergessen, dass sie überhaupt da sind."

Das fällt mir schwer zu glauben. Und irgendetwas an ihrer Formulierung lässt in meinem Kopf eine noch lautere Alarmglocke schrillen.

Der Mann öffnet eine Tür auf der anderen Seite des Raums und führt mich in ein etwas größeres Zimmer. Kaum bin ich über die Schwelle getreten, fällt die Tür mit einem Knall zu.

Zian, der mit unsicherer Miene am anderen Ende des Raumes steht, dreht sich um. Das Zimmer ist mit einem Zottelteppich, einer gepunkteten Couch und einem Doppelbett mit zwei Kissen und einer Bettdecke spärlich möbliert. An der Decke befindet sich eine Panelleuchte, die alles in ein sanftes Licht taucht.

Mein ganzer Körper zittert jetzt vor Unbehagen. Irgendetwas an diesem Szenario fühlt sich falsch an.

Als ich Zian ansehe, bemerke ich die gleichen Manschetten um seinen kräftigen Bizeps. „Hast du eine Ahnung, was das soll?"

Er schüttelt den Kopf. „Sie haben mir nichts gesagt. Ich habe keine Ahnung."

Ich frage mich gerade, ob noch jemand aus unserer ursprünglichen Gruppe hergeschickt werden wird, als Clancys Stimme aus einem Lautsprecher in den Wänden tönt.

„Sieht so aus, als wären wir bereit. Warum macht ihr es euch nicht bequem? Ihr könnt in eurem eigenen Tempo loslegen, aber je schneller ihr seid, desto eher könnt ihr zu eurem normalen Alltag zurückkehren."

Ich blicke auf die Steinmauer in die Richtung, aus der die Stimme zu kommen scheint. „Womit loslegen? Was sollen wir denn machen?"

Einen Moment lang herrscht Stille. Ich kann mir vorstellen, wie Clancy sich räuspert, als würde er sich auf eine unangenehme Ankündigung vorbereiten.

„Du hast bereits eine ausgeprägte Bindung zu Jacob, Dominic und Andreas. Wenn wir die Mechanismen des Prozesses studieren wollen, bleibt nur noch Zian übrig."

Mir wird flau im Magen, und Zian erstarrt. Jeder Muskel in seinem Körper spannt sich an, und ein Schauer läuft durch seinen Körper.

Ich starre die Wand böse an, und meine Stimme zittert. „Wir sollen Sex haben? Während du zusiehst? Hast du deinen verdammten Verstand verloren?"

In den letzten beiden Worten schwingt eine Mischung aus Wut und Verzweiflung mit. So weit würde er doch nicht gehen …

Nein, das kann ich nicht mit Sicherheit sagen. Ich habe keine Ahnung, wie verkorkst unser Entführer ist.

Ein kleiner Teil von mir hofft immer noch, dass er kichert und sagt, dass ich seine Anweisungen falsch verstanden habe. Doch so viel Glück habe ich nicht.

„Wir werden nicht zuschauen. In dem Raum sind keine Kameras. Die Manschetten an euren Armen messen die Veränderungen in euren Körpern und eure Schattenblutenergien. Wir sind nur an den Daten interessiert."

Wir werden diesen Prozess genauer untersuchen. Er hat praktisch angekündigt, dass er das tun würde, als er Jake und mich gestern entlassen hat.

Die Tatsache, dass er uns nicht in seinem persönlichen

Porno anleiten wird, macht die Situation nicht wirklich besser. Auch wenn ich ihm glaube, dass wir nicht heimlich aufgezeichnet werden.

Zian weicht vor mir zurück, bis er mit dem Rücken an der gegenüberliegenden Wand steht. Er rutscht an der Wand entlang bis zur Ecke und verkeilt sich dort. Sein massiver Körper zittert.

Als ich sein offenkundiges Unbehagen sehe, wird mir noch schwerer ums Herz.

„Wir werden nichts tun, was du nicht willst", versichere ich ihm. „Wir müssen nicht auf sie hören."

Ich bin mir nicht sicher, ob Zee mich überhaupt hört. Sein Blick hat sich vor Entsetzen verfinstert, und panische Pheromone erfüllen die Luft.

Clancy meldet sich wieder zu Wort, als ob es mich interessieren würde, was er noch zu diesem Thema zu sagen hat. „Wenn ihr es uns erlaubt, den Prozess zu untersuchen, können wir euch helfen zu verstehen, was die Verbindung bedeutet. Welche Vorteile sie haben könnte, die euch selbst möglicherweise noch nicht bewusst sind, und welche Fallstricke es gibt."

Meine Hände ballen sich zu Fäusten. „Erzähl mir nicht, dass du uns unseretwegen zwingen willst, miteinander zu schlafen. Vergiss es. Das ist vollkommen krank."

„Ich werde euch zu gar nichts zwingen. Ihr beide habt Gefühle füreinander, ihr fühlt euch zueinander hingezogen. Das hat Griffin in den letzten Tagen gespürt. Ich kann mir vorstellen, dass dies ohnehin irgendwann passiert wäre."

„Fick dich!", schnauze ich und drehe mich um, als ob ich herausfinden könnte, wo er ist. „Spielst du da etwa auch mit, Griffin? Findest du es in Ordnung, was dieses Arschloch da tut?"

Ich bekomme keine Antwort. Zian wippt zwischen den

beiden Wänden hin und her, und ein leises Knurren dringt aus seiner Kehle.

„Nehmt euch so viel Zeit, wie ihr braucht", sagt Clancy so ruhig, dass ich ihm am liebsten den Kopf abreißen würde. „Ihr werdet so lange in diesem Raum bleiben, bis ihr euch entschließt, diesen Schritt zu tun. Übrigens werden eure drei Freunde genauso lange in Einzelhaft bleiben. Es liegt an euch, wie lange es dauert."

Ein Knistern ertönt, und ich nehme an, dass er das Mikrofon ausgeschaltet hat.

Ich stürze zur Tür, die sich jedoch selbst mit meinen übermenschlichen Kräften nicht öffnen lässt. Sosehr ich mich auch anstrenge, ich kann das Schloss nicht knacken.

„Nein, nein, nein", murmelt Zian in seiner Ecke. Er fährt sich mit den Händen durch sein kurzes Haar, und ich zucke zusammen, als ich die kleinen roten Kratzer bemerke, die seine Krallen auf seiner Haut hinterlassen haben.

Mir ist so flau im Magen, dass es ein Wunder ist, dass ich mein Frühstück nicht schon auf den schönen Teppich gekotzt habe. „Wir können das aussitzen, Zee. Er kann uns nicht zwingen, das zu tun."

Ich gehe ein paar Schritte auf ihn zu und suche nach einer Möglichkeit, ihn zu beruhigen. Er hebt knurrend den Kopf. An den Seiten seines Halses hat sich Fell gebildet, und sein Gesicht ist teilweise zu einer Wolfsmenschenschnauze verzerrt.

„Lass mich in Ruhe!", schreit er mit einer kehligen Stimme, die kaum noch nach dem Zian klingt, den ich kenne.

Ich erstarre und trete zurück. Wenn er Freiraum braucht, werde ich ihm den geben, auch wenn es mich umbringt, seinen Kummer zu sehen.

Das Letzte, was ich will, ist, es noch schlimmer zu machen.

Mit einem Klicken ertönt Clancys Stimme wieder im Raum. „Es gibt keinen Grund, sich so über die Situation aufzuregen. Ihr werdet Spaß haben. Wenn ihr …"

Ich erfahre nicht, welche fantastischen Tipps er für uns hat, denn Zians Gebrüll übertönt die Stimme unseres Entführers. Er stürmt mit einer Wildheit aus seiner Ecke, die mich zusammenzucken lässt.

Sein Gesicht hat sich vollständig in das eines Wolfs verwandelt, und Reißzähne ragen aus seiner Schnauze. Er ist mindestens fünfzehn Zentimeter größer und breiter als normalerweise.

Er stürzt sich auf das Bett und bohrt seine Krallen durch die Bettdecke in die Matratze. Stoff- und Schaumstofffetzen fliegen durch die Luft.

Ich weiche zurück und springe mit rasendem Herzen auf den Sessel. Ich habe Zian noch nie so wild erlebt. Und ich bin die einzige Person im Raum.

Ich kann mir nicht vorstellen, dass er mir etwas antun würde, aber wenn er so aufgebracht ist, weiß er womöglich nicht, was er tut …

Seine Arme schwingen und zertrümmern den einfachen Holzrahmen des Bettes. Splitter fliegen über den Boden.

Als er sich mit einem wilden Heulen zu mir umdreht, bleibt mir fast das Herz stehen. Seine Augen glühen vor Wut und Angst.

Er stürzt nach vorne – und die Tür wird aufgerissen. Mehrere Wärter stürmen in den Raum, zwei schlagen mit Schlagstöcken auf ihn ein, ein anderer rammt ihm eine Spritze in den Hals.

„Tut ihm nichts!", schreie ich krächzend. Tränen brennen in meinen Augen.

Es ist nicht seine Schuld. Sie haben ihn bedrängt, bis er ausgerastet ist.

Als Zian auf dem Boden zusammensackt, erscheint

Clancy selbst in der Tür. Er begegnet meinem Blick mit einem Hauch von Bedauern.

„Es tut mir leid, dass dieser Versuch so schlecht gelaufen ist", sagt er. „Wir bringen dich erst einmal hier raus. Wir können es an einem anderen Tag noch einmal versuchen."

„Bist du *wahnsinnig*?", stottere ich.

Bevor ich etwas anderes sagen kann, spüre ich einen Nadelstich in meiner Schulter. Ich habe den Wärter nicht bemerkt, der hinter mich getreten ist.

Ich zucke zusammen, und der Rest meiner bissigen Worte erstirbt in meinem Mund.

DREIZEHN

Mit schnellen, effizienten Bewegungen erklimme ich den Berghang und ignoriere dabei das Brennen in meinen Armen. Immer wenn das Gelände vor mir so vorhersehbar ist, dass ich es riskieren kann, werfe ich einen schnellen Blick auf meine Umgebung.

Ich habe mir diese Übung für heute ausgesucht, um einen besseren Eindruck von der Insel zu bekommen. Womöglich entdecke ich dabei ja sogar einen Fluchtweg.

Wir können nicht in Clancys Privatjet wegfliegen, da keiner von uns weiß, wie man ein Flugzeug steuert. Doch wenn ich eine offensichtliche Route durch die Berge zu einem Hafen oder irgendein Zeichen menschlicher Zivilisation jenseits der Anlage entdecken könnte …

Die letztere Option erscheint mir immer unmöglicher. Ich könnte mir vorstellen, dass Clancy eine ganze Insel für seine Zwecke gekauft hat, um nicht zu riskieren, dass wir entdeckt werden.

Doch sicherlich gibt es noch *andere* Transportmöglichkeiten als den Luftweg. Er scheint nicht der Typ zu sein, der alles auf eine Karte setzt.

Verdammt, ich wäre sogar bereit, zu versuchen, zum Festland zu schwimmen, falls man es von der Insel aus sehen kann.

Alles, um nicht in seine kranken Pläne hineingezogen zu werden.

Als ich das obere Ende des Kletterpfads erreiche und mich auf den flachen Felsvorsprung hocke, ist die Aussicht allerdings nicht besonders vielversprechend. Es gibt keine einfache Möglichkeit, die letzten fünfzig Meter bis zur Spitze der Klippe zu erklimmen, die wahrscheinlich absichtlich glatt und steil ist, sodass ich nicht auf die andere Seite dieses Gipfels schauen kann.

Vor mir sehe ich nur den dichten Dschungel, der einst so verlockend aussah. Mittlerweile wirkt er eher bedrohlich auf mich.

In den wenigen Minuten, in denen ich mich ausruhen kann, bevor ich mit dem Abstieg beginnen sollte, um keinen Verdacht zu erregen, denke ich nach und kaue besorgt auf meiner Unterlippe. Vielleicht sollten wir versuchen, ein Flugzeug zu entführen und einen der Wärterpiloten zu zwingen, uns von der Insel wegzubringen.

Obwohl, wenn die Jets alle die gleiche Größe haben wie der, mit dem wir zu unserer Mission geflogen sind, bin ich mir nicht sicher, ob wir alle Schattenblüter darin unterbringen können. Es sind mindestens ein paar Dutzend von uns hier, und ich weiß nicht, ob ich überhaupt schon alle kennengelernt habe.

Nicht nur, dass die Trainingszeiten gestaffelt und unvorhersehbar sind, es könnte auch Gefangene geben, die überhaupt nicht herausgelassen werden, weil sie Clancys Bedingungen nicht zugestimmt haben. Oder weil er beschlossen hat, dass sie noch unberechenbarer sind als der Rest von uns.

Außerdem habe ich keine Ahnung, wer von den Wärtern eine Pilotenausbildung absolviert hat, oder wie wir sie dazu bringen könnten, sich zu fügen.

Eine Welle der Hoffnungslosigkeit schwappt über mich hinweg. Ich schließe kurz die Augen, bevor ich mich dazu durchringe, aufzustehen.

Ich beginne mit dem Abstieg und halte das Sicherungsseil locker, weil ich mich dabei hauptsächlich auf meine krallenbewehrten Finger und meine Füße verlasse, die in flexiblen Sportschuhen stecken. Wenn ich mir einen Plan überlege, möchte ich auf alles vorbereitet sein, was er erfordert.

Auf dem letzten kurzen Stück dringen Stimmen durch die Bäume. Celine, Booker und ein paar andere ältere Schattenblüter sind auf dem Pfad durch den Dschungel zur Kletterwand unterwegs.

Die fünf plaudern weiter, während sie ihre Arme und Beine zum Aufwärmen dehnen. Mir wird flau im Magen, als ich sie lächeln sehe und ihren entspannten Tonfall höre.

Ich bin mir nicht sicher, wie leicht es sein wird, die anderen Schattenblüter davon zu überzeugen, dass wir fliehen *sollten*. Sie sind sich der dunklen Seite dieses Ortes nicht bewusst. Und Celine weiß aus erster Hand, wie rücksichtslos die Wärter uns jagen werden, um ihr vermeintliches „Eigentum" zurückzufordern.

Es ist absurd, dass Clancy so verächtlich über die Kinderhändler spricht, während er und seine Kollegen uns wie Sklaven behandeln, seit wir alt genug sind, um zu laufen.

Die Wärter hier tun so, als würden sie uns Freiraum gewähren, doch ich kann ein paar Gestalten ausmachen, die sich zwischen den Bäumen am Rande des Klettergebiets verstecken. Ich kann hier nicht sicher reden.

Doch vielleicht kann ich mir einen Eindruck davon verschaffen, wie zufrieden unsere jüngeren Artgenossen sind.

Nachdem ich das Klettergeschirr abgelegt habe, schlendere ich hinüber zu den Jugendlichen, die sich gerade dehnen. „Heute ist ein guter Tag zum Klettern", sage ich, nur um das Gespräch zu beginnen. „Ausnahmsweise ist es nicht zu schwül."

Eines der Mädchen lacht. „Ich bin einfach froh, dass ich jeden Tag an die Sonne komme. Von mir aus kann es ruhig schwül sein."

Okay, keine Anzeichen von Rebellion. Ich rücke ein wenig näher an Celine heran. „Schade, dass die Wärter euch nicht mehr Zeit geben, um euer neues Leben hier zu genießen, bevor sie euch wieder auf Missionen schicken, was?"

Ich bemühe mich um einen lässigen Tonfall und lasse es eher wie einen Scherz klingen, und nicht so, als würde ich die Wärter kritisieren. Celine kichert kurz und schüttelt energisch den Kopf.

„Ich bin gerne auf Missionen. Dadurch habe ich das Gefühl, etwas Sinnvolles zu tun. Hoffentlich darf ich bei der nächsten Mission mehr machen, als nur im Transporter zu sitzen!"

Sie klingt optimistisch, doch ich nehme auch einen Hauch von Besorgnis wahr. Irgendetwas an dem Thema gefällt ihr nicht.

Ich lehne mich gegen die Klippe, während die ersten Kletterer ihre Ausrüstung anlegen. „Habt ihr jemals darüber nachgedacht, was ihr machen würdet, wenn wir nicht Teil dieses Experiments der Wärterschaft wären? Welchen Job ihr wohl hättet oder wo ihr leben würdet?"

Booker schnippt mit den Fingern. „Verdammt, ja. Was

den Job betrifft, keine Ahnung, aber ich würde definitiv in New York City leben. Von allen Orten, an denen ich war, hat es mir dort am besten gefallen. Es könnte natürlich auch sein, dass es einen Ort außerhalb der USA gibt, der mir noch besser gefällt.“

Als er nachdenklich den Kopf schüttelt, was nicht zu seinem Surfer-Look passt, zuckt Celine mit den Schultern. „Ich weiß es nicht. Bei den Missionen haben wir die Möglichkeit, sämtliche Orte zu sehen.“

„So viel, wie man vom Inneren des Vans aus sieht“, bemerke ich.

Sie kichert wieder. „Nun, ja. Ich bin sicher, dass wir bei anderen Missionen mehr Action haben werden. Und wenn wir uns erst einmal bewährt haben, lässt Clancy uns vielleicht sogar Urlaub machen oder so!“

Sie wünscht sich also auch mehr Freiheit, ob sie nun begreift, wie eingesperrt wir noch sind oder nicht. Das ist ein Anfang.

Und auch Booker scheint trotz seiner lockeren Einstellung Träume zu haben.

„Manchmal denke ich darüber nach“, gibt er mit einem schiefen Grinsen zu, „aber es erscheint mir sinnvoller, mich auf die Gegenwart zu konzentrieren. Vor allem, weil das hier viel besser ist, als alles, was wir je zuvor hatten.“

Ich ringe mir ein Lächeln ab. „Das stimmt.“ Obwohl ich mir nicht so sicher bin, ob ich dem „viel“ zustimmen würde.

Celine wendet sich ab, um ihren Freunden beim Klettern zuzusehen, aber Booker bleibt in meiner Nähe. Seine Haltung ist ungewöhnlich zögerlich. Ahnt er, warum ich ihnen diese Fragen gestellt habe?

Er blickt auf den Boden und dann wieder zu mir. Schließlich fragt er mit leiser Stimme: „Du und Nadia habt euch ein wenig angefreundet, oder?“

Hm. Worauf will er hinaus?

Ich neige den Kopf. „Ja, ich denke schon. Nicht, dass wir die Gelegenheit hatten, uns wirklich gut kennenzulernen."

„Ich habe mich nur gefragt … Vielleicht ist das eine seltsame Frage, also musst du nicht antworten, wenn du nicht willst … Aber hat sie erwähnt, dass ich sie irgendwie verärgert habe?"

Ich blinzle ihn völlig perplex an. Er denkt, Nadia sei *sauer* auf ihn?

Als ich verdutzt schweige, fährt Booker fort. „Es ist nur so, dass ihre Aura irgendwie … seltsam wird, wenn ich in der Nähe bin. Aufgeregt oder so … Aber sie ist immer nett zu mir. Falls ich sie verärgert habe, würde ich mich gern entschuldigen. Ich mag sie sehr."

Er hält inne, und seine Wangen erröten.

Ich hatte nie so etwas wie eine normale Familie, doch in diesem Moment, in dem ich von einem Anflug amüsierter Zuneigung erfasst werde, verspüre ich den Drang, ihm durch die Haare zu wuscheln, als wäre ich die weltgewandte große Schwester in einer Sitcom. Nur dass ich mich dazu strecken müsste, denn er ist fast einen Kopf größer als ich.

Ich kann mir ein Lächeln nicht verkneifen. Ich werde Nadias Geheimnisse nicht verraten, doch es erscheint mir fair, zu sagen: „Ich glaube, das würde sie wirklich gern hören. Sie ist bestimmt nicht böse auf dich."

Booker mustert mich, als würde er versuchen, mehr aus meinen Worten herauszulesen. Dann gluckst er. „Das … Das ist gut zu hören. Tut mir leid, dass ich das angesprochen habe …"

„Nein", sage ich schnell, und ich meine es ernst. „Das ist überhaupt kein Problem. Ich weiß, dass die meisten von uns sich gerade erst kennengelernt haben, aber wir sind schließlich so etwas wie eine Familie, oder? Wir sollten uns gegenseitig helfen, wenn wir können. Zumindest möchte ich das."

„Ja." Er schenkt mir ein zuversichtliches Grinsen. „Danke." Dann geht er zu den anderen am Fuß der Kletterwand hinüber.

Ich beobachte die Jugendlichen einen Moment lang mit einer unbehaglichen Mischung von Zuneigung und Besorgnis.

Vielleicht entwickelt sich zwischen Nadia und ihm auch so eine besondere Verbindung wie zwischen meinen Jungs und mir.

Vielleicht wird Clancy ihre Bindung auch forcieren, wenn er merkt, dass sie aufeinander stehen. Um herauszufinden, ob zwischen ihnen die gleiche Art von Verbindung entsteht wie bei uns.

Mein Kiefer verkrampft sich. Das kann ich nicht zulassen.

Ich weiß nicht, wie wir am besten von hier wegkommen oder wie wir uns schützen können, wenn wir weg sind, doch ich weiß, dass wir hier nicht länger bleiben können.

Da ich noch etwas Zeit habe, bis ich zur Mittagspause wieder in der Einrichtung sein muss, mache ich mich auf den Weg zu meiner anderen geplanten Trainingsaktivität: Schusswaffen. Ich bevorzuge zwar den Nahkampf, bei dem ich meine übernatürliche Kraft und meine Klauen einsetzen kann, doch wenn ich es mit so gut ausgerüsteten Leuten wie den Wärtern zu tun habe, könnten Waffen durchaus nützlich sein.

Und ich möchte alle Waffen in Betracht ziehen, zu denen wir Zugang haben könnten.

Der Schießstand befindet sich in einem höhlenartigen Raum am oberen Ende einer Treppe, die vom Talboden her.aufführt. Ein breiter Wasserfall bedeckt den Eingang und das Rauschen des Wassers übertönt jegliche Geräusche, die aus dem Berg dringen.

Als ich mich am Wasserfall vorbeiducke, sehe ich einen

Wärter auf der anderen Seite des Flurs, der alles im Auge behält. Zweifellos wurde ich auf dem Weg, den ich genommen habe, um hierherzugelangen, auch beobachtet.

Ich könnte sie alle töten, wenn ich wollte. Doch das würde uns nichts nützen. Clancy weiß, dass ich nicht abtrünnig werden werde, solange meine Jungs nicht bei mir sind. Und sobald ich einen seiner Leute angreife, werden ihre Fußfesseln es ihm verraten.

Wir sind immer noch Gefangene, er hat uns nur eine längere Kette gegeben.

Als ich den Schießstand betrete, hebt sich meine Laune ein wenig, als ich Andreas sehe. Er steht neben einem jüngeren Kerl, den ich nicht kenne, und der kleinen Tegan.

Es hat etwas zutiefst Falsches an sich, einer Zwölfjährigen dabei zuzusehen, wie sie eine Pistole hebt und mit vollkommen ausdrucksloser Miene abfeuert.

Andreas lächelt, als er mich sieht, und mein Puls stottert bei dem plötzlichen Gedanken an all die Dinge, die er nicht weiß. Ich habe ihn nicht mehr gesehen, seit ich von meiner Mission zurückgekommen bin.

Seinem Blick nach zu urteilen, hat keiner der anderen Jungs ihn darüber informiert, was er verpasst hat.

Ich schnappe mir Ohrenschützer und betrachte die Auswahl an Waffen, die von einem Wärter bewacht wird. Es gibt einfache Handfeuerwaffen und Gewehre, darunter ein paar mit Scharfschützenzielfernrohr.

Da ich mit dem Schießen auf weite Entfernungen noch nicht viel Übung habe, nehme ich mir eins davon und gehe zu einer langen Bahn mit einem komplizierten Ziel am anderen Ende.

Es ist seltsam, wie vertraut sich das Anlegen des Gewehrs und das Fokussieren des Ziels anfühlen. Ich versinke in denselben konzentrierten Zustand, in dem sich Tegan zu befinden scheint.

Ich drücke den Abzug. Ein, zwei, drei, vier Mal.

Ich verfehle eines der Ziele um einen halben Zentimeter, aber die anderen Kugeln treffen. Das durchlöcherte Blatt schwirrt davon, und ein neues nimmt seinen Platz ein.

Ich habe mich durch fünf von ihnen geschossen, als ich bemerkte, wie Andreas zum Ausrüstungsbereich hinübergeht. Sobald er seine Ohrenschützer abnimmt, lasse ich mein Gewehr sinken.

Ich muss mit ihm reden. Das ist wichtiger als alles andere.

Wir können keinen Plan machen, solange wir nicht auf derselben Seite stehen.

Andreas wartet auf mich und nimmt meine Hand, als wir den Flur hinuntergehen, weg vom Dröhnen der Schießanlage. Wahrscheinlich denkt er, dass wir ins Tal gehen, doch ich halte ihn direkt am Wasserfall auf.

Ich hoffe, dass das Rauschen unsere Stimmen übertönt.

Ich schlinge meine Arme um seinen Hals, als er sich zu mir beugt. Trotz meiner Entschlossenheit kann ich nicht anders, als seinen schlanken, muskulösen Körper kurz an mich zu drücken.

„Hey", murmelt Andreas an meinem Ohr und erwidert meine Umarmung ebenso eifrig. „Ich habe dich auch vermisst."

Ich stoße ein raues Lachen aus, drücke ihn fester an mich und schließe meine Augen gegen den plötzlichen Anflug von Tränen. Kühles Wasser spritzt von dem Wasserfall auf unsere Haut, doch ich blende das Gefühl aus.

Ich lege meinen Kopf an seine Schulter und flüstere ihm ins Ohr, so wie er es damals bei mir getan hat: „Es ist schlimmer, als wir dachten. Dominic hat herausgefunden, dass Clancy für die Missionen bezahlt wird. Und es ist ihm völlig egal, wer ihn bezahlt und warum er den Job erledigen soll."

Drey küsst meine Wange, doch sein Mund ist grimmig verzogen. „Dom hat mir gestern ein bisschen davon erzählt, als ich ihn gesehen habe. Es ist nicht so, wie Clancy es uns verkauft hat, oder?"

„Nein." Ich stoße einen zittrigen Atemzug aus. „Aber da ist noch eine Sache. Er hat von unseren Malen erfahren. Weil Jake und ich … Nach der Mission …"

Ich gerate ins Stocken, aber Andreas gluckst leise. „Du musst dich deswegen nicht schlecht fühlen. Du hast mir von Anfang an gesagt, dass du Gefühle für uns alle hast. Ich bin froh, dass du Jake wieder vertrauen kannst."

Ich schlucke schwer, einerseits erleichtert über seine Antwort und andererseits angewidert von dem Rest, den ich ihm zu sagen habe. „Das ist nicht das Problem. Clancy wusste nicht, dass wir diese Art von Verbindung aufgebaut hatten. Er will untersuchen, wie sie entsteht. Er hat Zian und mich in einen Raum gesteckt und versucht, uns zu einer Demonstration zu zwingen."

Dreys Körper versteift sich. Er zieht sich gerade so weit zurück, dass ich die Wut in seinen dunkelgrauen Augen aufblitzen sehe. „Was soll der Scheiß? Ich bringe das Arschloch um."

Trotz seiner Wut schafft er es, leise zu sprechen, sodass der Wärter am Ende des Flurs nicht reagiert, doch mein Herz macht trotzdem einen Sprung. Ich ziehe ihn wieder an mich, um seinen Gesichtsausdruck zu verbergen.

„Es ist nichts passiert. Nun ja, außer dass Zian vollkommen ausgeflippt ist. Hast du ihn seit gestern Morgen gesehen? Sie haben ihn betäubt."

Andreas hält inne, und seine Muskeln spannen sich an. „Er war heute Morgen beim Frühstück. Er war ruhiger als sonst, aber wir reden eigentlich nie besonders viel."

Meine Besorgnis lässt ein wenig nach. „Okay, gut. Ich denke, Clancy wird es noch einmal versuchen. Nicht auf dieselbe Weise, aber … Er will unbedingt herausfinden, warum sich unsere Kräfte auf diese Weise miteinander verbinden.“

Drey stößt einen Laut aus, der mich an Zians wölfisches Knurren erinnert, und umarmt mich, als würde er glauben, dass Clancy mir nichts tun kann, wenn er mich nur fest genug hält. Wenn unser Entführer in diesem Moment in Sichtweite käme, würde ich es Drey zutrauen, dass er den Kerl tatsächlich umbringt, ohne Rücksicht auf Verluste.

„Wir können hier nicht bleiben“, sage ich. „Leider habe ich keine Möglichkeit gefunden, wie wir uns aus dem Staub machen können, ohne geschnappt zu werden, noch bevor wir das Tal verlassen haben.“

Andreas stößt einen zischenden Atemzug durch seine Zähne aus. „Ich habe die Erinnerungen der Wärter hier und da durchforstet, wenn ich die Gelegenheit dazu hatte. Ich habe nach etwas gesucht, das nützlich sein könnte, falls wir fliehen wollen. Bis jetzt habe ich nichts Brauchbares gefunden, doch ich werde mich noch mehr anstrengen.“

Er krault mein Haar und zieht mich erneut in eine Umarmung. „Wir haben es schon einmal geschafft, Tinkerbell. Wir können es wieder schaffen. Ich werde *nicht* zulassen, dass er dich für Sex-Experimente missbraucht. Wenn du dich wehren musst, dann kämpfe. Mach dir keine Sorgen um den Rest von uns.“

Er drückt mich an seine breite Brust, und ich schlucke die Emotionen hinunter, die in mir aufsteigen. Denn es könnte durchaus dazu kommen.

Und ich möchte mich auf keinen Fall zwischen meiner persönlichen Autonomie und dem Wohlergehen meiner Jungs entscheiden müssen.

VIERZEHN

Als die beiden Wärter, die mir wohl zugeteilt wurden, mich nach dem Abendessen abholen, nehme ich an, dass sie mich in mein Zimmer zurückbringen. Abgesehen von den Mahlzeiten war ich seit meinem Ausraster den Großteil des gestrigen und des heutigen Tages dort eingesperrt.

Doch stattdessen weisen sie mir den Weg zum Eingang der Einrichtung. Zögernd setze ich einen Fuß vor den anderen. Meine Nerven liegen blank.

Was wird Clancy mit mir machen?

Bruchstückhafte Erinnerungen an meinen Wutanfall von gestern flackern in meinem Gedächtnis auf, doch ich tue mein Bestes, um mich nicht darin zu verlieren. Stattdessen konzentriere ich mich auf das, was vor uns liegt.

Wir treten auf den breiten Bergrücken hinaus in die warme Abendluft. Die Sonne ist noch nicht ganz untergegangen, sodass die Landschaft in einen goldenen Dunst gehüllt ist.

Ein paar Schattenblüter trainieren auf dem Feld unter uns, doch ich erkenne keinen von ihnen. Von den Jüngeren habe ich bisher noch nicht viele Namen erfahren.

Ich habe immer ein wenig Angst, dass sie mich als bedrohlich wahrnehmen könnten, wenn ich mich ihnen nähere.

„Hier entlang", weist mich einer der Wärter an. Sie führen mich die Stufen hinunter und einen der Dschungelpfade entlang.

Das Geräusch von plätscherndem Wasser erreicht meine übernatürlich empfindlichen Ohren, lange bevor ich sehe, wo es herkommt. Als wir eine Lichtung zwischen den Bäumen erreichen, bleibe ich stehen.

Eigentlich sollte es ein schöner Anblick sein. Ein Wasserfall, der viel dünner ist als der, der den Schießstand verbirgt, stürzt mehrere Meter den Abhang hinunter in einen klaren Teich, der von geschliffenen Steinen umgeben ist und zum Schwimmen einlädt. Farne und Sträucher mit bunten Blumen säumen den Großteil des Beckens.

Auf der Grasfläche in der Nähe des Ufers sitzt Riva, die Knie an die Brust gezogen und allein.

„Clancy wollte euch nach den gestrigen Ereignissen die Gelegenheit geben, miteinander zu reden", teilt mir der Wärter neben mir mit. „Ihr habt Privatsphäre. Solange ihr euch auf dieser Lichtung aufhaltet, werdet ihr nicht gestört werden. Wenn du bereit bist, kannst du zurück zur Einrichtung gehen – oder wir kommen und begleiten dich, falls du nicht zurückfindest."

Ohne meine Antwort abzuwarten, verschwinden die beiden Wärter in den dichter werdenden Schatten des Weges. Ich bleibe erst einmal stehen und sehe Riva an.

Clancy will, dass wir *reden*? Er lässt uns unsere Privatsphäre?

Das behaupten sie zwar, doch ich sehe die Manschetten an Rivas Oberarmen, die sie uns gestern angelegt haben. Womöglich haben die Wärter sie ihr nie abgenommen.

Meine haben sie jedenfalls nicht entfernt. Ich spüre den schwachen Druck um meinen Bizeps.

Der Stoff ist etwas abgewetzt, weil ich versucht habe, sie abzureißen, nachdem ich in meinem Zimmer aufgewacht bin. Doch das Metall darunter hat nicht nachgegeben.

Sie überwachen uns offensichtlich immer noch. Und ich wette, sie wollen, dass wir mehr tun, als nur zu reden. Das ist nur eine neue Taktik.

Riva dreht sich zu mir um, und ihr Mund verzieht sich zu einem angespannten Lächeln.

Sie deutet mit dem Kinn auf ein paar Körbe, die neben ihr auf dem Boden stehen. „Sie haben uns Badesachen dagelassen, falls wir ins Wasser gehen wollen, und ein paar Snacks, falls wir Hunger bekommen. Ich glaube, das ist Clancys verrückte Vorstellung von einem Date."

Ihr Tonfall ist trocken. Ich würde amüsiert schnauben, wenn ich mich nicht so schlecht fühlen würde.

„Vermutlich", murmle ich.

Rivas Miene wird ernst, und ein mulmiges Gefühl macht sich in mir breit.

Mit sanfter Stimme fragt sie: „Geht es dir gut nach gestern? Sie sind so brutal auf dich losgegangen. Ich habe mir Sorgen um dich gemacht."

Mein Unbehagen wächst angesichts ihrer Formulierung. Als ob das, was die Wärter getan haben, gewalttätiger war als meine Zerstörung des Raumes. Es gab einen Punkt, an dem sich meine ganze Welt in rasende Wut auflöste. Ich wollte Clancys Plan um jeden Preis zunichtemachen.

Ich senke den Kopf. „Nachdem das Beruhigungsmittel

nachgelassen hatte, ging es mir gut. Abgesehen davon, dass ich mich wegen der ganzen Sache schrecklich gefühlt habe. Es tut mir leid, wenn ich dich erschreckt habe.“

Riva gibt einen abweisenden Laut von sich. „Es war nicht deine Schuld. Der Plan war vollkommen psychotisch. Natürlich warst du wütend.“

Sie war auch wütend, aber sie hatte keinen unkontrollierbaren Wutanfall. Ich beiße mir auf die Lippe und ringe mich dazu durch, die Worte auszusprechen.

„Ich kann das nicht. Auch nicht so, ohne eingesperrt zu sein. Selbst wenn er uns immer wieder dazu drängt. Ich *kann einfach nicht*.“

Als ich Riva wieder anschaue, erwidert sie meinen Blick mit großen Augen. „Denk nicht einmal daran“, sagt sie fest. „Selbst wenn du dich dazu durchringen könntest, würde *ich* es nicht wollen. Nicht so. Falls jemals etwas zwischen uns passiert, dann weil *wir* beide es wollen. Nicht, um einen kranken Tyrannen zufriedenzustellen.“

Sie lässt ihren Blick durch den Dschungel um uns herum schweifen und hebt trotzig ihr Kinn, als wolle sie Clancy herausfordern, falls er uns beobachtet.

Die Anspannung, die sich in mir aufgebaut hat, löst sich ein wenig. Endlich kann ich meine Füße dazu bringen, sich wieder zu bewegen.

Als ich Riva erreiche, schiebt sie einen der Körbe zwischen uns. Eine kleine Geste, um sicherzustellen, dass wir uns nicht einmal berühren werden.

Ich entspanne mich noch mehr, lasse mich neben ihr ins Gras sinken und betrachte das kristallklare Wasser im schwindenden Sonnenlicht.

„Es ist schön hier.“

„Ja. Unter anderen Umständen würde ich die Geste zu schätzen wissen.“ Riva lacht und greift in den Korb. „Ich denke, wir sollten das Beste daraus machen.“

Unter der Stoffabdeckung finden wir Himbeer- und Puddingtörtchen, eine Packung Popcorn, kleine Sandwiches und ein paar Flaschen Limonade.

Riva nippt an einer davon und rümpft die Nase. „Nicht sauer genug."

Ich lächle sie an. „Du wirst sie um ein paar Zitronen bitten müssen, damit du deine eigene machen kannst, Shrimp."

„Das wird wohl nicht passieren. Ich glaube, Clancy ist im Moment nicht besonders zufrieden mit mir."

Ich halte inne, und mein Magen verkrampft sich erneut. „Ich habe Dom beim Mittagessen gesehen. Wir haben uns ein wenig unterhalten."

Ich weiß nicht, wie viel ich laut sagen soll, falls Clancy uns beobachtet. Doch Riva scheint aus meiner kurzen Bemerkung zu schließen, dass Dominic mir von der Mission erzählt hat und was sie über Clancys Ansatz für globalen Aktivismus herausgefunden haben.

Sie seufzt und nimmt einen Bissen von einem Törtchen. „Es war von Anfang an zu schön, um wahr zu sein, oder? Uns wird schon etwas einfallen."

Sie schmiedet bereits Pläne. Ich kenne sie gut genug, um das zu erkennen. Sie hat uns schon einmal aus einer Einrichtung herausgeholt.

Allerdings befand sie sich nicht auf einer abgelegenen Insel. Und damals musste sie nur uns vier befreien.

„Zumindest haben wir hier die Möglichkeit, unsere Fähigkeiten zu trainieren und zu verbessern", sage ich. „Ich habe die Übungen gemacht, die Rollick vorgeschlagen hat, um meine Verwandlung zu kontrollieren. Gestern habe ich offensichtlich versagt, aber in weniger angespannten Situationen habe ich Fortschritte gemacht. Bei einigen Dingen hatte er nicht unrecht, auch wenn einiges schiefgelaufen ist."

Ich zucke innerlich zusammen, als mir die Bilder wieder in den Sinn kommen, die Clancy mir gezeigt hat. Da ist definitiv etwas schiefgelaufen. Das lässt sich nicht leugnen.

Riva mustert mich eindringlich. „Du hast gehört, was die Schattenblüter mit den Kindern gemacht haben, die wir befreit haben."

„Ich habe die Fotos gesehen."

Sie gibt ein leises Brummen von sich, sagt aber nichts weiter. Ihr Blick schweift für einen Moment in die Ferne, und ich wünschte, ich könnte ihre Gedanken lesen.

Diese ganze Situation wäre so viel einfacher, wenn wir nur durch Gedanken kommunizieren könnten. Obwohl ich mir nicht sicher bin, ob ich möchte, dass Riva alles sieht, was in meinem Kopf vorgeht.

Sie zieht ihre Laufschuhe und Socken aus und setzt sich auf einen der glatten Steine am Ufer. Nachdem sie ihre Hosenbeine bis zu den Knien hochgekrempelt hat, taucht sie ihre Füße ins Wasser.

„Nicht schlecht." Sie wippt mit den Füßen hin und her. „Nicht so warm, wie ich es mir wünschen würde, doch vermutlich wäre es ein bisschen zu viel verlangt, einen Whirlpool zu erwarten."

Das plätschernde Wasser ist tatsächlich verlockend. Als wir in der Jacht auf dem Ozean waren, hatte ich nicht wirklich die Gelegenheit, schwimmen zu gehen.

Nach einem kurzen Zögern hänge ich meine Füße ebenfalls hinein. Das Wasser, das meine Füße und Waden umspielt, ist genauso warm wie die tropische Luft um uns herum.

Ich werfe Riva einen flüchtigen Blick zu. „Ich weiß nicht, worüber du dich beschwerst. Es ist perfekt."

Diesmal ist ihr Lachen ein wenig authentischer, und der fröhliche Klang jagt mir einen wohligen Schauer über den Rücken. „Niemand hält dich davon ab, hineinzuspringen."

Das stimmt wohl. Ich schaue an mir hinunter und dann zu dem Korb mit den Badesachen. Doch ich will mich nicht vor Riva ausziehen, auch wenn ich weiß, dass sie wegschauen würde.

Ich will mich nicht mit den Gefühlen auseinandersetzen, die in mir aufsteigen würden, wenn ich mich in ihrer Nähe ausziehe.

Allerdings hänge ich nicht besonders an dem Shirt und der Jogginghose, die ich trage. Ohne lange nachzudenken, stürze ich mich mitsamt meiner Klamotten ins Wasser.

Rivas Lachen ist der perfekte Soundtrack zu meiner Freude über das warme Wasser, das meinen großen Körper umspült. Ich stoße mich von einem Ende des Beckens ab und schwimme zum anderen. Da es nur etwa vier Meter lang ist, ist das kein wirkliches Training.

Nun gut. Ich schwimme sowieso nicht gerne.

Ich drehe mich auf den Rücken und spanne meine Muskeln an den richtigen Stellen an, um mich über Wasser zu halten. Mein Körper treibt an der ruhigen Wasseroberfläche.

Einen Moment lang habe ich das Gefühl, als würde ich nichts wiegen.

Ich schließe die Augen und genieße das Gefühl des Schwebens. Als mein Körper auf die Gischt des Wasserfalls zutreibt, rudere ich mit den Armen, um mich abzustoßen.

Dann ertönt ein leises Platschen, und die sanfte Strömung des Wassers verändert sich. Als ich aufblicke, sehe ich, dass Riva sich zu mir gesellt und ebenfalls ihre Klamotten anbehalten hat.

Ihr silberner Zopf treibt hinter ihrem Kopf an der Oberfläche. Sie grinst mich an, während sie durch das Wasser paddelt.

Ich kann nicht anders, als ihren Bewegungen mit meinen

Blicken zu folgen, und bin nicht gewillt, in den meditativen Schwebezustand zurückzukehren.

Ihre schlanken Arme bewegen sich mit Kraft und Anmut durch das Wasser. Das Wasser verdunkelt ihre Wimpern und bringt ihre hellbraunen Augen zur Geltung.

Es dauert nur etwa eine Minute, bis sie zum Ufer zurückpaddelt, wo sie vorhin gesessen hat. Sie klettert aus dem Wasser und trocknet sich kurz mit einem der Handtücher aus dem Korb ab, bevor sie sich wieder an ihren Platz setzt. „Das reicht."

Ihr feuchtes Oberteil schmiegt sich an ihre Kurven. Mein Blick gleitet kurz über sie, bevor ich ihn abwende. Hitze lodert in mir auf und mein Schwanz zuckt in meiner Hose.

Ein Teil von mir möchte zu ihr schwimmen, sie zurück ins Wasser ziehen und meinen Körper an sie pressen. Sie küssen, bis unsere Lippen in Flammen stehen.

Doch bei dem Versuch, das zu tun, würde ich wieder panisch zurückweichen, bevor ich viel mehr tun könnte, als mit meinen Fingern über ihr Bein zu streifen. Ich bin mir nicht sicher, ob ich sie jetzt überhaupt berühren könnte, ohne den instinktiven Schock des Entsetzens auszulösen, den Clancy mit seinem Experiment provoziert hat.

Riva legt ihren Kopf schief, als sie meinen Blick bemerkt. Ich drehe mich um und bin froh, dass man in der Dämmerung nicht sehen kann, dass meine Wangen erröten.

Wie zum Teufel soll sie jemals verstehen, warum ich sie immer wieder wegstoße?

Andreas' Stimme hallt durch meinen Kopf. *Du musst es ihr sagen.*

Jede Faser meines Seins sträubt sich gegen diese Vorstellung. Doch vielleicht hatte er recht, denn sie hat bereits einen falschen Eindruck bekommen.

Sie zieht ihre Beine an den Körper und umarmt ihre Knie. „Es ist in Ordnung, weißt du. Ich will *nicht*, dass du etwas tust, was du nicht willst. Ich liebe dich, Zee, so wie du bist. Was wir haben, reicht mir. Daran wird sich nichts ändern.“

Angesichts der Zuneigung in ihren Worten bildet sich ein Kloß in meiner Kehle. Eine Sekunde lang habe ich Angst zu sprechen, aber ich weiß, dass ich zumindest eine Sache sagen muss.

Die Worte scheinen an meinem Herzen zu zerren, als ich sie hervorpresse. „Ich liebe dich auch.“

Das Lächeln, das ihre Lippen umspielt, könnte mich umbringen.

Ich muss ihr auch den Rest erzählen. Sie *verdient* es, es zu erfahren.

Da ich nicht mit den Beinen im Wasser strampeln will, während ich es ihr erzähle, steige ich in sicherem Abstand zu Riva aus dem Becken und wickle das andere Handtuch um meine breiten Schultern.

Als ich mich so hinsetze, dass der Picknickkorb zwischen uns steht, überschlagen sich meine Gedanken. Ich weiß nicht, wo ich anfangen soll.

Nein, vielleicht stimmt das nicht ganz. Mein Schwanz ist immer noch auf halbmast, und es kostet mich große Anstrengung, meinen Blick nicht wieder über ihren Körper gleiten zu lassen.

Stattdessen richte ich meine Aufmerksamkeit auf das Wasser. „Das Schlimmste ist, dass ich mehr will. Sehr viel mehr. Sogar in diesem Moment. Ich glaube nur nicht, dass ich jemals in der Lage sein werde, dieses Verlangen auszuleben.“

Riva gibt mir einen Moment Zeit, bevor sie die Stille unterbricht. „Die anderen Jungs haben mir erzählt, was die Wärter getan haben, nachdem ich weg war. Von der Frau, die sie euch geschickt haben … Und dass irgendetwas wirklich schiefgelaufen ist.“

Sollte ich froh sein, dass ich das nicht mehr erklären muss? Alles, was ich fühle, ist das Gewicht der Geschichte, das auf meinen Schultern lastet.

„Sie hatte mit Andreas angefangen", antworte ich. „Ich weiß, dass er dir davon erzählt hat. Und ich habe mitbekommen, wie schlecht es ihm danach ging. Als Nächstes kam sie zu mir. Sie lehnte sich zu mir und berührte mich, um mich zu ermutigen, ins andere Zimmer zu kommen, und ich …"

Den Blick weiterhin auf das Wasser gerichtet, halte ich inne, um mich zu sammeln.

Rivas Stimme ist schmerzhaft sanft. „Ist schon gut. Du musst nicht darüber reden, wenn …"

Ich schüttle den Kopf. „Doch, das muss ich. Du musst es wissen …"

Ich atme scharf ein und zwinge mich, fortzufahren. „Ich wollte nie jemand anderen als dich, Riva. Und ich war damals völlig durcheinander, weil es sich so falsch anfühlte. Doch die Wärter hatten uns den ganzen Mist erzählt, dass du dich gegen uns gestellt hast. Ich wusste nicht mehr, was ich für dich fühlen sollte. Und ich war so wütend über alles."

„Das wäre jedem so gegangen."

„Vielleicht, aber nicht jeder hätte …" Ich schließe die Augen und erschaudere. „Als die Frau an meinem Arm zog, um mich mit sich zu ziehen, setzte etwas in mir aus. Der Wolfsmensch kam wutentbrannt an die Oberfläche. Ich wollte nur, dass sie *aufhört*, ich wollte, dass sie verschwindet und uns in Ruhe lässt …"

Meine Stimme verstummt in der Stille um das Wasserbecken. Ich atme röchelnd ein, und mir dreht sich der Magen um, als ich die Erinnerung in Worte fasse, die mich seit fast vier Jahren verfolgt.

„Ich war mir kaum bewusst, was ich da tat. Doch dann

holten mich die Wärter in die Realität zurück, und sie lag da auf dem Boden … zerfetzt und blutüberströmt."

Ich presse meine Hand auf meine Stirn. „Es war nicht ihre Schuld. Sie hatten sie angeheuert, um ihre Befehle auszuführen. Wahrscheinlich hatte sie genauso wenig eine Wahl wie wir."

Mein ganzer Körper ist angespannt. Doch als Riva spricht, ist ihre Stimme ruhig und gelassen.

„Das stimmt. Es war der Fehler der Wärter. Sie hätten dich nie in diese Lage bringen dürfen."

„Ich hätte nicht so ausflippen und die Kontrolle verlieren dürfen." Mein Atem geht stoßweise. „Immer, wenn ich mich jetzt in einer Situation befinde, die mich ein wenig daran erinnert, kommen all die Gefühle wieder zurück. Genauso wie der Ekel, die Wut und das Entsetzen über meine Tat. Und ich habe schreckliche Angst. Wenn ich die Gefühle nicht kontrollieren kann, wie soll ich dann meinen Körper kontrollieren können?"

Es könnte Riva sein, die mit aufgeschlitzter Brust und abgetrennten Gliedmaßen in einer Blutlache liegt. Nicht, weil sie etwas falsch gemacht hat, sondern weil ich einfach zu verkorkst bin, um sie vor mir selbst zu schützen.

Und trotzdem versucht sie immer noch, mir zu helfen. Selbst nachdem ich ihr alles gesagt habe. „Das ergibt Sinn. Natürlich bist du jetzt vorsichtig."

Ich schaffe es, meinen Kopf zu heben und ihr endlich in die Augen zu schauen. „Das ist dir gegenüber nicht fair. Bei dir ist es am schlimmsten, denn selbst eine unschuldige Berührung kann mich aus der Fassung bringen. Und da ich dich wirklich will, trifft es mich sehr. Doch es ist nicht besser geworden. Möglicherweise werde ich für immer so sein."

Rivas Augen schimmern. Womöglich sind es Tränen. Meinetwegen?

„Wenn das so ist, dann ist das so", sagt sie. „Aber du

hattest noch nicht viel Zeit, um herauszufinden, wie wir damit umgehen können, oder? Wir müssen einfach sehen, wie es läuft. Wenn wir das tatsächlich tun können, ohne dass irgendein … Druck auf uns lastet."

Meine Augen brennen, und ich würde sie am liebsten umarmen.

Stattdessen lege ich meine Hand zaghaft auf den Korb zwischen uns.

Riva beobachtet mich und legt ihre Hand ganz vorsichtig nur wenige Zentimeter neben meine. Sie lässt mir die Wahl, ihr Angebot anzunehmen oder auch nicht.

Ich schlucke schwer, während ich versuche, die aufgewühlten Gefühle in meinem Inneren zu sortieren. Dann bewege ich meine Hand das letzte Stück auf sie zu und lege meine Finger um ihre.

Riva drückt sie sanft, was mir einen Stich ins Herz versetzt. Ihr Lächeln ist angespannt, doch ich weiß, dass ihr Schmerz von ihrem Mitgefühl für mich herrührt und nicht von ihrem eigenen Kummer.

„Das ist genug", sagt sie, wie sie es mir schon einmal gesagt hat. „Es wird immer genug sein."

Ich dachte, ich würde sie bereits so stark lieben, wie ein Mensch nur lieben kann, doch in diesem Moment verdoppeln sich meine Gefühle für sie.

Wie kann ich so starke Gefühle für sie haben und trotzdem nicht sicher sein, dass ich sie nicht zerstören werde?

Dunkelheit legt sich über die Lichtung. Die Luft kühlt ab, und ich fröstle in meinen feuchten Klamotten. Ich nehme an, dass es Riva ähnlich geht.

Wir nehmen uns jeder noch ein Törtchen und packen dann die Körbe zusammen. Bevor wir uns auf den Weg zur Einrichtung machen können, leuchten Lichter am Wegesrand auf.

Es ist Clancy mit zwei weiteren Wärtern im Schlepptau. Der eine holt die Körbe ab, während die andere zu Riva geht.

Sie hält Riva einen Poncho hin und nimmt ihr wortlos die Manschetten von den Armen ab.

Während die Wärterin Riva bedeutet, ihr zu folgen, greift Clancy nach meinen Armen. Angespannt warte ich, während er die Manschetten löst.

„Es tut mir leid", sagt er so leise, dass nur ich es hören kann. „Ich wusste von dem Vorfall in der alten Einrichtung, doch mir war nicht klar, wie tief das Trauma sitzt. Ich hätte dich nicht unter Druck setzen dürfen. Es wird nicht wieder vorkommen."

Als ich ihn anblinzle, nickt er mir nachdrücklich zu. Dann schiebt er mich vor sich her den Weg entlang.

Ich folge Rivas glänzendem Haar, während weiterhin Anspannung durch meinen Kummer summt. Kann ich seine Entschuldigung wirklich glauben?

Es ist schwer vorstellbar, dass wir hier einen Sieg errungen haben. Wir können nur abwarten, was Clancy und seine Wärter als Nächstes versuchen werden …

FÜNFZEHN

Andreas

Heute scheint die Sonne, was bedeutet, dass ich die Sonnenbrille tragen kann, die ich mir gewünscht habe, ohne seltsam auszusehen. Ich setze mir das Gestell auf die Nase und lehne mich auf meinen aufgestützten Händen zurück.

Ich mache im Hof gerade eine kurze Pause vom Training. Dank der dunklen Gläser kann ich die Wärter, die unsere Fortschritte überwachen oder sich auf dem Gelände bewegen, im Auge behalten, ohne dass sie den rötlichen Schimmer bemerken, der den Einsatz meiner Kraft verrät. In den letzten Tagen habe ich bei jeder sich bietenden Gelegenheit so viele Erinnerungen wie möglich durchforstet.

Einer von ihnen muss etwas gesehen oder erlebt haben, das uns helfen könnte, die Insel zu verlassen.

Es ist schwer, meine Suche einzugrenzen. Ich habe herausgefunden, dass ich meine Fähigkeit, in die Köpfe der

Menschen einzudringen, nur dann einsetzen kann, wenn ich eine bestimmte Person ins Visier nehme.

Ich begann damit, Erinnerungen auszugraben, die mich oder meine Freunde betrafen. Leider kam ich damit nicht besonders weit. Augenblicke wie das Anlegen von Manschetten um Rivas Arme und das Hineinführen in ein Schlafzimmer, wo sie Zian treffen sollte, lösten lediglich ein Gefühl der Wut und Hilflosigkeit in mir aus.

Clancy konnte seinen Plan nicht in die Tat umsetzen. Riva geht es gut. Aber wenn ich nur daran denke, wozu er sie zwingen wollte, möchte ich ihn schlagen, bis er schlimmer aussieht als die Opfer von Rivas Schreien.

Wer weiß, was für einen verrückten Plan er sich als Nächstes ausdenkt? Wir müssen fliehen.

Ich muss einen Ausweg finden.

Wenn ich aufmerksamer gewesen wäre, wären wir vielleicht gar nicht erst gefangen genommen worden. Hätte ich mir einen Moment Zeit genommen, Griffins Gedanken zu scannen, als der Typ, den ich für Jacob hielt, Dominic und mich in den Flur der Einrichtung winkte …

Ein kurzer Blick hätte gereicht, und ich hätte gewusst, dass er nicht Jacob war. Dass es ein Trick war.

Ich hätte verhindern können, dass wir in diesem Raum gefangen wurden, bevor er die Gelegenheit hatte, zurückzugehen und die anderen auszutricksen. Ich hätte alle warnen können.

Vielleicht wären wir dann entkommen.

Ich bin der Einzige, der über eine Fähigkeit verfügt, die es mir ermöglicht hätte, das Problem zu erkennen, bevor es zu spät war. Ich habe uns alle im Stich gelassen.

Schuldgefühle nagen an mir, als ich meine Position auf dem Rasen verändere. Ich werde nicht noch einmal ein so entscheidendes Detail übersehen.

Mittlerweile bin ich dazu übergegangen, nach

Erinnerungen zu suchen, die mit Clancy zu tun haben. Er erteilt den anderen Wärtern Befehle und hat die meisten seiner Mitarbeiter in diese Einrichtung gebracht.

Er kennt das Innenleben besser als jeder andere, also könnte das, was er seinen Untergebenen erzählt hat, der Schlüssel sein.

Die Erinnerungen des Mannes, die ich gerade heimlich hinter meiner Sonnenbrille durchforste, enthalten zu meiner Enttäuschung nichts wirklich Nützliches. Ich tauche in die Erinnerung an Clancy ein, der ihm sagte, er solle eine Gruppe jüngerer Schattenblüter zum Kletterparcours eskortieren. Anschließend springe ich zu einem Moment, in dem ich Clancy auf der anderen Seite der Kantine sehe, und von da zu einem Gespräch mit Clancy, in dem es um eine Sportmannschaft in der normalen Welt ging.

Mit grimmiger Miene stoße ich mich von dem groben Gras ab, denn ich weiß, dass ich mich nicht lange ausruhen kann, ohne dass mich die Wärter dazu drängen, mein Training fortzusetzen. Als ob ich mich freiwillig für eine ihrer Missionen melden würde, jetzt, wo ich weiß, dass es ihnen mehr um den finanziellen Gewinn geht als darum, die Welt zu einem besseren Ort zu machen.

Doch wir müssen mitspielen, sonst werden wir in unseren Zimmern eingesperrt, ohne die Chance, einen Ausweg zu finden.

Ich bahne mir einen Weg durch die Bäume zum Hochseil-Parcours. Von dort aus kann ich die Wärter unbemerkt beobachten, die das Gebiet überwachen. Außerdem kann es nicht schaden, meine Muskelkraft und meine Beweglichkeit zu trainieren.

Nachdem ich eine der Leitern hinaufgeklettert bin und mich auf die hängenden Bretter zwischen meiner Startplattform und der nächsten begeben habe, taucht unter mir einer der jüngeren Schattenblüter auf. Selbst von oben, im schummrigen Licht des Dschungels, erkenne ich ihn sofort an seiner dunklen, fast schwarzen Hautfarbe.

Ich habe es mir zur Aufgabe gemacht, mich mit allen Schattenblütern zu unterhalten, denen ich beim Training und bei den Mahlzeiten über den Weg laufe. Ich möchte herausfinden, wie ihr Leben aussieht. Und wer weiß, ob ich nicht von einem von ihnen etwas Nützliches erfahre.

Daher weiß ich, dass der Junge da unten Ajax heißt und zur mittleren „Generation" der jüngeren Schattenblüter gehört, die um die vierzehn oder fünfzehn Jahre alt sind. Die wenigen Male, die ich ihn gesehen habe, war er ziemlich ruhig.

Er blickt zu mir auf, streicht sich mit der Hand über die Haarstoppel auf seinem Schädel und geht zu der Leiter an einem Baum vor mir. Er erreicht die Plattform gerade, bevor ich mich vom letzten Brett zu ihm schwinge.

„Hey", sagt er so leise, dass die Wärter auf dem Boden ihn nicht hören können. Er mustert mich vorsichtig, aber eindringlich.

Hat er sich absichtlich so positioniert, weil er mit mir reden wollte?

Ich gehe langsam um die Plattform herum, als würde ich meine Optionen für die nächste Etappe abwägen. „Hey. Alles in Ordnung?"

„Einigermaßen." Ajax stützt sich mit der Hand an einem Baumstamm ab. „Ich habe telepathische Fähigkeiten, wenn auch sehr gering ausgeprägt. Ich kann nicht viel aufschnappen, aber ich bekomme Bruchstücke von Gedanken mit."

Mir läuft ein Schauer über den Rücken, und ich bemühe mich um einen ruhigen, gelassenen Tonfall. „Ach, wirklich? Dann bekommst du sicherlich eine Menge interessanter Dinge mit."

„Nein, das meiste ist ziemlich langweilig. Oder ich

kann mir keinen Reim darauf machen. Deine Gedanken haben mich allerdings neugierig gemacht." Er hält inne und wirft einen kurzen Blick auf die Wärter unter uns. Der Einzige, der in Sichtweite ist, sieht uns im Moment nicht einmal an.

Ajax senkt seine Stimme noch mehr. „Meinst du wirklich, wir könnten von hier weg?"

Ich halte mich an einem der Seile fest, und mein Mund wird trocken. Kann ich diesem Jungen trauen?

Soweit ich weiß, könnte er den Schwanz einziehen und Clancy alles verraten, was ich ihm sage.

Ich wäge meine Worte ab. „Alles ist möglich. Warum? Würdest du das denn wollen?"

Der Junge zuckt kaum merklich mit den Schultern. „Ich weiß, dass es vielen hier gefällt. Doch es gibt da jemanden, der mir sehr viel bedeutet und den ich kaum zu Gesicht bekomme. In der alten Einrichtung waren wir jeden Tag zusammen."

Mein Mund verzieht sich zu einer Grimasse. Ich kann seine Frustration nur zu gut verstehen. „Das ist scheiße."

„Ja. Außerdem nerven mich die Wärter, so wie sie über uns denken."

Ajax hebt den Kopf, und ich schaue in seine dunkelbraunen Augen. „Ich wollte nur sagen … Wenn du einen Weg findest, will ich dabei sein."

Er klingt nicht wie ein Intrigant, der mich zu einem Geständnis überreden will, sondern eher wie ein nervöser, aber hoffnungsvoller Junge.

Ich beobachte ihn einen Moment lang und schlüpfe durch seinen Schädel in seine Erinnerungen.

Ich sehe ihn, wie er allein in einer Ecke sitzt und sich über die Beleidigung aufregt, die aus den Gedanken eines Wärters in seinen Kopf dringt. Ich sehe, wie er einer Gruppe anderer Jugendlicher zum Abschied zuwinkt, die andere

Hand zur Faust geballt, als er aus dem Trainingsraum einer Einrichtung eskortiert wird.

Ich kann keine Gefühle wahrnehmen, zumindest nicht direkt, doch daran, wie sich sein Körper in der Erinnerung anfühlt, merke ich, dass er sehr unglücklich war.

Ich ziehe mich zurück und konzentriere mich wieder auf ihn in der Gegenwart. „Ich wäge nur meine Optionen ab. Aber wenn du irgendwelche Gedanken aufschnappst, die bei diesem Ziel helfen könnten, und sei es auch nur ein bisschen, solltest du mir oder einem der anderen Erstlingen unbedingt Bescheid geben." Ich zögere. „Also allen außer Griffin."

Ajax verzieht das Gesicht. „Er ist sowieso immer mit Clancy zusammen. Welche Rolle spielt er in dem Ganzen?"

Ich wünschte, ich hätte eine bessere Antwort. „Ich weiß es nicht. Früher war er nicht so."

Ich möchte das Gespräch nicht länger fortsetzen, damit die Wärter nicht misstrauisch werden. Ajax wendet sich einer netzartigen Anordnung von Seilen zu, und ich mache mich auf den Weg zu einem anderen Pfad aus Hängebrettern.

Mir ist unbehaglich zumute. Nicht nur Riva und meine Freunde zählen auf mich.

Ich habe dem Jungen gerade einen Grund zur Hoffnung gegeben. Wenn wir uns das nächste Mal unterhalten, muss ich mehr für ihn haben.

Nachdem ich den größten Teil des Parcours bewältigt habe, ruft mir einer der Wärter zu, dass es Zeit für das Mittagessen ist. Ajax ist schon weg, und ich sehe ihn auf meinem Weg zur Bergeinrichtung nicht mehr.

Sie ändern unsere Schichten und teilen uns nie mit, wann wir uns wiedersehen, um es uns zu erschweren, Pläne zu schmieden. Sie verkaufen es als Freiheit, doch in Wirklichkeit ist es nur eine andere Art von Käfig.

Als ich die Stufen am Berghang zum Eingang hinaufsteige, kommt Clancy persönlich heraus. Er nickt mir zu und lässt seinen Blick kurz über das Trainingsgelände schweifen, bevor er wieder hineingeht.

Sobald ich die Einrichtung betrete, muss ich die Sonnenbrille abnehmen, um keinen Verdacht zu erregen, doch ich kann nicht widerstehen, einen Blick in seine Erinnerungen zu werfen, während ich hinter ihm den Flur entlanglaufe. Ich kann mir nur vorstellen, wie viele nützliche Informationen in *seinem* Gedächtnis gespeichert sind.

Leider sehe ich nur ein schickes Abendessen in einem Restaurant Kristallleuchtern und Leuten in Smoking und Abendkleidern, das sich vermutlich nicht in der Nähe der Insel befindet, und dann ein Fragment eines Grundschultests aus seiner Kindheit. Bevor ich noch weiter graben kann, tritt eine Wärterin vor mir aus der Kantine.

Ich wende meinen Blick ab und hoffe, dass sie nicht bemerkt hat, dass ich meine Kraft eingesetzt habe. Als sie nichts sagt, sondern mich nur hineinbittet, atme ich erleichtert aus.

So sinnlos es sich auch anfühlt, ich muss es weiter versuchen. Aufzugeben wird uns definitiv nicht weiterbringen.

So unauffällig wie möglich durchforste ich die Erinnerungen des Wärters, der am Buffet steht, während ich mir einen Hamburger, Pommes und Salat zum Mittagessen hole. Clancy hat ihn einmal angeschrien, weil er zu spät zu seinem Posten gekommen ist, doch ich kann nichts finden, was uns helfen würde.

Versuch es weiter, versuch es weiter, versuch es weiter.

Meine ausbleibenden Fortschritte dämpfen meine Freude darüber, Zian hereinkommen zu sehen. Was bin ich für ein Freund, wenn ich uns der Freiheit nicht näher bringen kann?

Er braucht diese Freiheit sogar noch dringender als ich.

Er schenkt mir ein kleines Lächeln und gibt mir mit einer Geste zu verstehen, dass er sich zu mir setzen wird.

Mein Blick gleitet an ihm vorbei zu dem Wärter, der ihn begleitet hat.

Ich habe ihn schon oft mit Clancy reden sehen.

Vielleicht arbeitet er enger mit ihm zusammen als die anderen.

Leider steht er an der Tür und beobachtet uns. Wenn meine Augen länger als ein paar Sekunden rot aufflackern, wird er es mit Sicherheit bemerken.

Mist. Ich will mir diese Chance nicht entgehen lassen.

„Zee", raune ich meinem Freund zu, der gegenüber von mir Platz nimmt.

„Könntest du den Wärter, der mit dir hereingekommen ist, kurz ablenken? Frag ihn nach deinem Zeitplan für den Rest des Tages oder so."

Zian legt die Stirn in Falten. „Ich kann es versuchen. Ich bin mir allerdings nicht sicher, wie lange ich ihn zum Reden bringen kann."

„Was immer du schaffst, ist gut."

Ohne Fragen zu stellen oder sich zu beschweren, macht er sich auf den Weg. Er vertraut darauf, dass ich ihn nur darum bitten würde, wenn es wichtig ist.

Zian geht von der Seite auf den Wärter zu, sodass sich der Mann zu ihm umdrehen muss.

Seine grimmige Miene deutet darauf hin, dass er nicht viel Geduld für eine Unterbrechung hat.

Ich fixiere ihn und dringe in sein Gedächtnis ein.

Clancy, Clancy, Clancy. Gemeinsames Frühstück, Besprechung der Trainingsfortschritte, tägliche Befehle.

Ich bekomme mit, wie Zian sein Gewicht nervös von einem Fuß auf den anderen verlagert, doch ich zwinge mich, seinen Geist weiter zu durchforsten.

Er gibt sein Bestes, und ich muss es auch tun.

Dann stolpere ich über eine Erinnerung an etwas, das wie ein Kontrollraum in einer Einrichtung aussieht. Die Wände sind aus Stein, so wie auf der Insel hier. Clancy gestikuliert zu einer Reihe von Bedienelementen.

Ein Notfallsystem?, fragt der Wärter, in dessen Kopf ich mich befinde.

Clancy nickt. *Erdbeben sind in dieser Region selten und meist nicht besonders stark, doch wir müssen vorbereitet sein. Wenn ein Beben die Sensoren auslöst, werden die Räume automatisch entriegelt. Dann müssen wir alle Schattenblüter so schnell wie möglich ins Tal bringen. Und zwar mit möglichst geringen Verlusten.*

Der Wärter starrt auf die Scheibe mit dem Zickzack-Symbol, auf die Clancy gezeigt hat. Sensoren, die unsere Zimmer entriegeln können?

Natürlich bräuchten wir dafür ein Erdbeben.

Aber Jacob hat schon mal zwei dreistöckige Gebäude mit seiner Kraft zum Einsturz gebracht. Vielleicht …

Auf seinem Rückweg geht Zian zwischen dem Wärter und mir hindurch. Er unterbricht meine Verbindung und stellt gleichzeitig sicher, dass der Mann das verblassende Rot in meinem Blick nicht sieht. Er setzt sich wieder auf seinen Stuhl und sieht mich neugierig an.

„Und?"

„Ich habe möglicherweise etwas gefunden." Der Anflug eines Lächelns umspielt meine Lippen. „Allerdings könnte ich ein wenig Hilfe gebrauchen. Kannst du mit deinem Röntgenblick durch die Wände schauen? Ich bin auf der Suche nach diesem Symbol."

Ich spritze Ketchup neben meine Pommes und zeichne mit den Zinken meiner Salatgabel das Emblem aus dem Gedächtnis des Wärters hinein, das der Schlüssel sein könnte, den wir so dringend brauchen.

SECHZEHN

Riva

Langsam habe ich genug von den Überraschungen der Wärter. Vor allem von denen, bei denen ich nicht einmal sagen kann, ob sie gut oder schlecht sind, wie zum Beispiel, als ich in einen Raum geführt werde, wo Griffin auf mich wartet.

Ich bleibe in der Tür stehen, und mein Herz macht einen Sprung.

Ist er mein Freund oder mein Feind?

Weiß *er* das überhaupt?

„Hey, Mondstrahl." Griffins leeres Lächeln löst den Drang in mir aus, mir den Klang meines Spitznamens aus dem Trommelfell zu kratzen.

Ich möchte nicht, dass meine Erinnerungen an früher überschrieben werden, als er ihn mit echter Zuneigung sagte. Damals, als er noch er selbst war.

Anstatt zu antworten wende ich meinen Blick von ihm ab, um mich in dem Zimmer umzusehen.

Es ist ein Sammelsurium von Möbeln: An einer Wand steht ein Sofa, an der anderen ein zweckmäßiger Tisch und an einer weiteren hängen ein paar runde Zielscheiben. Als hätte sich derjenige, der ihn eingerichtet hat, nicht entscheiden können, ob hier gefaulenzt oder trainiert werden soll.

Auf dem Tisch liegen mehrere glänzende Messer. Meine Finger zucken an meiner Seite.

Griffin beobachtet mich. „Du hast schon immer gerne mit Wurfmessern geübt. Und ich dachte, du würdest dich wohler fühlen, wenn du Waffen in deiner Nähe hast, während wir uns unterhalten.“

Mein Blick wandert zurück zu ihm. „Hast du vor, etwas zu sagen, das in mir den Wunsch weckt, dich abzustechen?“

Er zuckt leicht mit den Schultern. „Ich hoffe nicht. Aber ich weiß, dass die letzte Woche hier viel anstrengender für dich war, als wir es uns gewünscht hätten. Du hast allen Grund, dich nicht sicher zu fühlen.“

Ich gehe zu dem Tisch und streiche mit den Fingern über die Kante, während ich die Messer betrachte. „Worüber wolltest du mit mir reden?“

„Clancy weiß, dass er es versaut hat. Ich habe ihm gesagt, wie sehr. Er möchte eine praktikable Lösung finden, doch er dachte, du würdest vielleicht lieber zuerst mit mir sprechen, weil du mich besser kennst.“

Ich kenne den Kerl, der mit dieser verstörend ruhigen Stimme spricht, überhaupt nicht.

Trotzdem rede ich *lieber* mit Griffin als mit diesem Arschloch Clancy. Schon allein deshalb, weil es Fragen gibt, die an mir nagen und die mir niemand außer Griffin beantworten kann.

Ich wähle ein besonders dünnes Messer aus, das scharf genug aussieht, um durch Fleisch zu schneiden wie durch Butter. „Du bist also nur seine Marionette? Du sprichst für ihn und nicht für dich selbst?"

Griffin schüttelt den Kopf. „Ich treffe meine eigenen Entscheidungen. Doch ich glaube, dass sein Vorhaben für uns alle das Beste sein könnte."

Ein Vorhaben, das Zian noch mehr traumatisiert hat, als er ohnehin schon war und das Jacob und mich gezwungen hat, eine Bande für eine andere zu ermorden, die noch schlimmer sein könnte …

Mein Kiefer verkrampft sich. Das Messer fest umklammert drehe ich mich zu Griffin um.

„Dann bist du auf seiner Seite. Und ich habe eine Menge Gründe, sauer auf ihn zu sein. Hast du keine Angst, dass ich dich absteche, egal was du sagst?"

Ich könnte ihn wirklich umbringen. Das weiß er. Ein tiefer Schnitt durch seine Kehle würde reichen. Er wäre fast tot, bevor die Wärter Dominic hierherbringen könnten.

Mit meiner übernatürlichen Geschwindigkeit könnte ich einen Schlag ausführen, bevor Griffin mich abwehren kann.

Doch er blickt mich einfach nur ruhig an, ohne das geringste Anzeichen, dass ihn mein Vorschlag beunruhigt.

„So wütend bist du nicht", sagt er. „Du willst mir nicht wehtun."

Ich knirsche mit den Zähnen. Ich bin tatsächlich nicht so mordlustig, doch die Tatsache, dass er meine Gefühle lesen kann, irritiert mich zutiefst.

Vor allem, wenn er nicht im Entferntesten davon betroffen zu sein scheint.

Wie zum Teufel kann ich eine Emotion aus *ihm* herauskitzeln?

Ich umklammere das Messer ein wenig fester und

versuche, mich in einen konzentrierten Zustand zu versetzen, der meine Absichten nicht verrät. Dann stürze ich mich auf Griffin.

Ich stoße ihn gegen die Steinmauer, fest genug, um ihm ein paar blaue Flecken zuzufügen, aber nicht, um ihm die Knochen zu brechen. Dann reiße ich das Messer hoch und halte es ihm an die Kehle.

Griffins Miene verzieht sich bei der Wucht des Aufpralls, doch eine Sekunde später wird sie wieder gewohnt ausdruckslos. Möglicherweise war die Reaktion rein körperlich.

Er blickt mich mit seinen leeren himmelblauen Augen an.

Wenn überhaupt, dann sieht er *neugierig* aus. Weder verunsichert noch verärgert.

„Vielleicht muss ich nicht wütend sein, um zu denken, dass wir besser dran wären, wenn du wirklich tot wärst", schnauze ich. Doch noch während ich die Worte ausspreche, weiß ich, dass sie nicht richtig ankommen werden. Denn allein das Aussprechen löst ein Gefühl der Schuld und des Entsetzens in mir aus, das er zweifellos wahrnehmen kann.

Er hat recht, ich will ihm nicht wehtun, egal, was aus ihm geworden ist.

Griffin legt den Kopf schief und scheint sich nicht darum zu kümmern, dass die Klinge bei der Bewegung in seine Haut schneidet, bevor ich sie ein wenig zurückziehe. „Du bist wütend auf mich, aber nicht auf diese Weise. Warum tust du das?"

Ich sehe ihn grimmig an. „Du tust so, als wäre dir alles egal. Ich versuche herauszufinden, ob dir überhaupt noch *etwas* wichtig ist."

Er hebt seine Hand und legt sie auf meine, die unterhalb seiner Schulter flach auf seinem Oberkörper ruht. Sobald seine Finger meine Haut berühren, schießt ein Kribbeln durch meine Adern.

Die Schatten in meinem Blut erwachen und zittern vor Erwartung. In Griffins Augen flackert etwas auf, das einer emotionalen Reaktion näher kommt als alles, was ich bisher bei ihm gesehen habe.

Hm. Hat meine Berührung die gleiche Wirkung auf ihn wie auf mich?

Ich denke, das würde Sinn ergeben. Die anderen Jungs spüren schließlich auch die magnetische Anziehungskraft zwischen uns und den Drang, uns körperlich zu verbinden und unsere Schatten miteinander verschmelzen zu lassen.

Was auch immer die Wärter mit Griffin gemacht haben, vielleicht konnten sie diesen einen Aspekt seiner Natur nicht auslöschen.

Sein Blick bleibt ein wenig intensiver, ein wenig präsenter, während er seine Finger um meine Hand schlingt.

„Du bist mir wichtig, Riva. Und die Jungs auch. Genauso wie alle anderen Schattenblüter hier."

Der Körperkontakt und unsere Nähe lenken mich mehr ab, als mir lieb ist. Ich stoße mich von ihm ab, reiße meine Hand aus seiner und lasse das Messer sinken.

„Du hast eine komische Art, das zu zeigen. Wir waren endlich frei. So wie wir es immer wollten. Und wir hätten dich auch befreit, wenn wir gewusst hätten, dass du noch lebst. Und du hast den Wärtern geholfen, uns wieder in ein Gefängnis zu bringen."

Ich bereue es, dass ich zurückgetreten bin, als ich sehe, wie sich die Leere in Griffins Gesicht zurückschleicht. Als wäre er für einen Moment wirklich hier bei mir gewesen und jetzt ist er wieder weg.

„Ich habe dir erklärt, warum ich ihnen geholfen habe", erwidert er. „Ihr habt draußen in der Welt viel Schaden angerichtet. Dinge zerstört, Menschen getötet."

„Menschen, die uns angegriffen haben!"

Griffin schweigt einen Moment lang und mustert mich. Dann spricht er mit leiser Stimme weiter.

„Ich habe nicht sofort geholfen. Einige der Wärter kamen zu mir und erzählten mir, was passiert war. Sie zeigten mir Bilder von einer Kampfarena und behaupteten, du hättest all diese Menschen dort ermordet. Ich habe ihnen nicht geglaubt."

Meine Kehle schnürt sich zu. Es dauert einen Moment, bis ich sprechen kann. „Das war nicht … Ich *wollte* nicht das ganze Publikum töten. Ich wusste nicht, dass das passieren würde."

„Genau das ist das Problem, nicht wahr?" Griffins Tonfall ist jetzt wieder beruhigend, als wäre ich ein wildes Tier, das er zähmen will. „Die meisten dieser Leute waren nur zum Zuschauen da. Sie waren nicht diejenigen, die dich kontrolliert haben. Hatten sie es alle verdient, zu sterben?"

Mein ganzer Körper verkrampft sich. „Ich wusste damals nicht, dass ich diese Kraft überhaupt habe. Ich bin dabei, zu lernen, sie zu kontrollieren."

„Es war nicht nur das", sagt Griffin. „Es geht nicht nur um dich." Er hält inne. „Ich habe es nicht geglaubt, bis sie mir das Videomaterial der Überwachungskameras aus Ursula Engels Hütte gezeigt haben. Ich habe gesehen, wie du die Körper verstümmelt hast, genau wie die in der Arena."

„Und da hast du angefangen, uns für sie zu verfolgen", füge ich hinzu. Mein Magen verkrampft sich, als mir die Erkenntnis dämmert.

Nach dem Vorfall in Engels Haus konnten uns die Wärter plötzlich viel schneller aufspüren. Wir konnten nirgendwo länger als einen Tag bleiben, ohne dass sie auftauchten.

Griffin legt den Kopf schief. „Für eine kurze Zeit. Aber

dann, in Miami … hat ihre Strategie nicht funktioniert. Sie konnten euch nicht fassen, und einer der Schattenblüter starb bei dem Versuch. Ich dachte, ich hätte mich vielleicht geirrt. Dass es sicherer wäre, euch gehen zu lassen."

Ich schlucke heftig. „Und dann hast du deine Meinung erneut geändert?"

„Sie haben mir gezeigt, was Jacob in Havanna getan hat. All die Menschen, die *er* getötet und ihnen dann die Hände abgehackt hat …" Griffin zieht die Stirn in Falten, als würde ihn der Gedanke verwirren. „Er wurde immer schlimmer, je länger er draußen in der Welt war. Immer gewalttätiger. Dann kam Clancy zu mir und erzählte mir, wie er die Wärterschaft umstrukturieren und dafür sorgen wollte, dass ihr keine Gefangenen mehr wärt. Dass ihr eure Kräfte einsetzen könntet, um die Welt zu verbessern."

„Und du hast ihm geglaubt."

„Er hat nicht gelogen. Und hier sind wir nun."

Ich drehe das Messer in meiner Hand und schleudere es auf eine der Zielscheiben. Es schlägt direkt in der Mitte ein, doch der Anblick verschafft mir keine Befriedigung.

„Hier sind wir nun", wiederhole ich. „Wir arbeiten als Handlanger für die Kriminellen, die ihn für ihre schmutzige Arbeit bezahlen. Inwiefern ist es besser, Menschen für Geld zu ermorden, als sie umzubringen, um uns zu schützen, Griffin?"

Griffin geht zu dem Tisch mit den Messern und betrachtet sie. Schon in unserem alten Leben hatte er nie viel für Waffenübungen übrig.

„Ich wusste nicht, dass Clancy bezahlt wird. Aber er braucht Geld, um alles am Laufen zu halten – um uns zu unterstützen. Wenn die Aufträge gleichzeitig etwas Gutes für die Welt bewirken, muss das kein Problem sein."

Ich schnappe mir ein kleineres Messer und schleudere es

dem ersten hinterher. Es trifft das Ziel ein paar Zentimeter von der Mitte entfernt.

„Und wie kannst du sicher sein, dass er die Jobs so auswählt und nicht danach, welche ihm das meiste Geld einbringen?"

„Er hat gesagt, dass er die Auftraggeber von jetzt an sorgfältiger prüfen wird."

Ich schnaube. „Komisch. Irgendwie glaube ich nicht automatisch alles, was er sagt."

Griffin antwortet mit einer Geduld, die mich zu Tode nervt. „Ich kannte ihn schon, bevor er uns hierhergebracht hat. Er hat hart gearbeitet, um uns diese Chance zu geben. Und er ist besser als die Wärter, die vorher das Sagen hatten."

„Besser heißt noch lange nicht gut."

„Wenn es keine Möglichkeit gibt, die in jeder Hinsicht gut ist, muss man sich für die bestmögliche entscheiden."

Ich nehme ein weiteres Messer und werfe es von einer Hand in die andere, während ich Griffin mustere. „Und was ist damit, wie er mich und Zian behandelt hat? Inwiefern ist das auch nur annähernd gut?"

Griffins Stimme wird fester. „Das war nicht in Ordnung. Ganz und gar nicht. Mir war nicht klar, dass er so etwas versuchen würde. Aber er hat eingesehen, dass das ein furchtbarer Fehler war. Er hat es doch nicht noch einmal versucht, oder?"

In den letzten vier Tagen habe ich Zian nur zweimal gesehen, und zwar immer während der normalen Trainingseinheiten. Wir wurden nicht einmal gezwungen, zusammenzuarbeiten.

„Trotzdem war es krank, dass er uns überhaupt dazu zwingen wollte."

Griffins Blick schweift von mir ab und wird noch distanzierter als zuvor. „Ich glaube … Die Wärter sind es nicht gewohnt, uns als Menschen und nicht als Testobjekte zu sehen. Selbst diejenigen, die versuchen, das Richtige zu tun. Vielleicht braucht es einfach Zeit."

Ich schlucke ein frustriertes Knurren hinunter. Offensichtlich kann ich Griffin im Moment nicht gegen Clancys Ansatz aufbringen.

Falls sich uns die Gelegenheit bietet, einen Ausbruch zu wagen, indem wir das Notfallsystem benutzen, von dem Andreas mir leise murmelnd beim Abendessen erzählt hat, könnten wir Griffin dann überhaupt mitnehmen? Wäre er bereit, mitzukommen, oder würde er versuchen, uns aufzuhalten?

Doch wenn wir ihn zurücklassen, wird er den Wärtern helfen, uns aufzuspüren, so wie er es schon einmal getan hat, oder?

Ich wechsle das Thema, um an die wichtigsten Informationen zu gelangen, die er mir noch geben könnte. Ich bin mir nicht sicher, ob er mir antworten würde, wenn ich ihn direkt frage, aber das heißt nicht, dass ich mich nicht herantasten kann.

„Wir sprechen von den Leuten, die dich im ganzen Land bluten ließen und unsere Bewegungen verfolgten. Ich bin überrascht, dass du in all der Zeit nicht ausgeblutet bist."

Griffin schenkt mir ein schwaches Lächeln, mit dem er mich möglicherweise beruhigen will. „So war es nicht. Auch meine Kräfte haben sich weiterentwickelt und sind gewachsen."

Ich ziehe eine Augenbraue hoch. „Also haben dich unsere Gefühle zu uns geführt?"

„Sozusagen. Wenn ich mich auf jemanden konzentriere, den ich relativ gut kenne, kann ich seinen Aufenthaltsort auf einer Landkarte ziemlich genau bestimmen. Ich fühle, wo die Person etwas fühlt."

Er kann uns auf einer verdammten Karte lokalisieren? Mir läuft ein Schauer über den Rücken.

Dann würden wir nie weit genug von den Wärtern wegkommen, solange Griffin bereit ist, als Peilsender zu dienen. Selbst den Ozean konnten wir nur überqueren, weil er sich eine Zeit lang weigerte, mit ihnen zusammenzuarbeiten.

Ich habe keine Ahnung, wie ich zu ihm durchdringen soll.

Nein, das stimmt vielleicht nicht. Es gibt da etwas, das eine nahezu echte Reaktion in ihm hervorgerufen hat.

Ich lege das Messer weg und drehe mich zu ihm um. Ich strecke meine Hand aus und nehme eine seiner Hände in meine kleinere.

Der einfache Hautkontakt bringt meine Nerven zum Glühen. Es wird sogar noch stärker, als ich mit den Fingerspitzen über seine Knöchel streiche. Die Schatten in mir flackern auf und wecken das Bedürfnis in mir, noch näher an ihn heranzurücken.

Tatsächlich kann ich das gleiche Verlangen in Griffins plötzlich unsicherem Blick erkennen.

„Du kennst mich so gut", flüstere ich. „Du hast mich immer am besten von allen gekannt. Begreifst du denn nicht, dass ich kein Monster bin, das man in einen Käfig sperren muss? Wir haben unsere Kräfte im Griff. Keiner von uns hätte jemandem etwas getan, wenn man uns in Ruhe gelassen hätte."

Er presst die Lippen aufeinander. „Da bin ich mir nicht sicher. Und ich kann nicht zulassen, dass du wieder die Kontrolle verlierst oder Jacob Amok läuft."

Ich drücke seine Hand, und er legt seine Finger um meine. Ich spüre einen Stich in meiner Brust. „Es wäre nicht deine Schuld. Nichts, was wir getan haben, war deine Schuld."

Griffin lacht. Ein seltsamer Laut nach der unheimlichen Ruhe, an die ich mich gewöhnt habe. Seine Stimme wird leiser, bis sie nur noch ein Flüstern ist. „Du hast keine Ahnung, wie viel davon meine Schuld ist."

Wovon redet er?

In seinen Augen lodert Kummer auf, der jedoch so schnell wieder verschwindet, dass ich nicht weiß, ob ich ihn mir nur eingebildet habe. Ich trete näher und hebe meine Finger zu seinem Gesicht.

Doch Griffin weicht zurück und zieht seine Hand weg.

Jede noch so schwache Verbindung, die ich aufgebaut habe, verschwindet. Er blinzelt, und seine Miene wird wieder ausdruckslos.

Bevor ich es erneut versuchen kann, öffnet sich die Tür hinter ihm. Eine Wärterin streckt ihren Kopf in den Raum.

„Griffin, Riva – da euer Gespräch gut läuft, möchte Clancy, dass ich euch zum Abendessen bringe."

Da euer Gespräch gut läuft. Bei diesen Worten macht es auf einmal klick in meinem Kopf.

Eine entsetzte Gewissheit schießt durch meine Adern, und ich richte meinen Blick wieder auf Griffin. „Verdammt noch mal. Du weißt, was das ist, oder?"

Griffin zieht die Stirn in Falten. „Was *was* ist?"

Ich kann seine Gedanken genauso wenig lesen wie er meine, doch ich glaube, er ist tatsächlich ahnungslos.

Ich trete noch weiter von ihm weg und verschränke abwehrend die Arme vor der Brust. „Du meintest, Clancy hätte aus seinen Fehlern gelernt? Ich würde sagen, er ist nur noch heimtückischer geworden. Das hier ist ein verdammtes *Date.* Er will, dass wir uns wieder anfreunden. Warum ausgerechnet jetzt, nachdem er mich nicht dazu zwingen konnte, mit Zian zu schlafen? Warum sollte es ihn interessieren, wenn nicht aus dem Grund, weil du der einzige andere Kerl von unseren ursprünglichen sechs bist, mit dem ich noch nicht intim war?"

Griffin starrt mich an. Bevor er antworten kann, beschließe ich, dass ich nichts mehr von ihm hören möchte.

Ich gehe zu der Wärterin an der Tür. „Ich würde gerne zu Abend essen, aber nicht mit Griffin. Bring mich in die Kantine. Und zwar *sofort*. Und sag Clancy, dass er sich zum gottverdammten Mond verpissen kann, falls er nicht ohnehin zuhört."

SIEBZEHN

Griffin

Die Melodien von Geige und Klavier hallen durch mein Zimmer. Sie hüllen mich ein, während ich mich in meinem Sessel zurücklehne.

Musik löst in manchen Menschen Emotionen aus. Ich habe Videos gesehen, in denen das Publikum beim Hören dieses Liedes geweint hat.

Doch in meiner Brust regt sich nichts. Mein Herz schlägt im selben gleichmäßigen Rhythmus weiter.

Früher habe ich Musik wie diese aufgelegt, um mich selbst zu testen. Um festzustellen, wie tief die Ausbildung der Wärter reichte.

Dies ist einer der seltenen Momente, in denen ich mir denke, dass es mir vielleicht lieber wäre, wenn es mich ein wenig berühren würde. Wenn ich wüsste, dass die Dinge, die andere Menschen berühren, auch mich berühren können. Zumindest ein wenig.

Ein normaler Mensch wäre verärgert, ja sogar wütend, dass Clancy lange auf sich warten lässt, um mit mir zu sprechen. Ich habe der Wärterin, die Riva und mich zum Essen bringen wollte, in dem entschiedensten Ton, zu dem ich fähig bin, mitgeteilt, dass ich ihn sofort sprechen will.

Allerdings ist das schon … Stunden her? Auf jeden Fall mindestens eine.

Mein Zeitgefühl ist mit dem Abklingen meiner Emotionen vernebelt, als hätten die Gefühle über das, was passiert ist, dazu beigetragen, diese Ereignisse in meinem Kopf zu konkretisieren.

Auf jeden Fall war es nicht *sofort*. Meine Gedanken werden sich erst beruhigen, wenn ich mit ihm sprechen kann.

Und doch schlägt mein Herz mit jeder Minute, die vergeht, im immergleichen Rhythmus weiter. Mein Bauch bleibt entspannt.

Die Anspannung in meinem Kopf dringt nicht über meinen Schädel hinaus.

Vielleicht will er zuerst mit Riva sprechen. Das wäre durchaus möglich.

Bei dem Gedanken an Riva streicht eine meiner Hände unaufgefordert über die andere. Das Streifen meiner Fingerspitzen über die Knöchel löst nicht einmal einen Hauch des Gefühls aus, das ich unbewusst suche. Dafür flackert eine Erinnerung in mir auf.

Ihre Hände, die sich um meine legen. Ihre Finger, die meine Haut streicheln.

Das leichte, heiße Kribbeln, das meinen Puls kurzzeitig in die Höhe schnellen ließ.

Bei der Erinnerung daran regt sich ein leiser Widerwillen. Nein, das sollte nicht passieren. Nein, ich will das nicht.

Die Quelle dieser Reaktion ist inzwischen so tief vergraben, dass sie keine Emotion mehr enthält. Da ist nur noch ein dumpfes Gefühl des Zurückschreckens in meinem Kopf.

Doch wovor schrecke ich zurück? Es war Riva – es war *gut*.

Der Drang, sofort zu ihr zu gehen und es wieder zu spüren, nagt an den Rändern meines Bewusstseins.

Nein.

Selbst Gefühle *wegen ihr* können ein Problem sein. Diese Gefühle könnten das *schlimmste* Problem sein.

Oder?

Ich reibe mir die Stirn, als könnte ich dadurch meine Unsicherheiten beseitigen.

Alles, was ich mit Sicherheit weiß, ist, dass Clancy ein Problem geschaffen hat, das viel größer ist als mein Gefühlschaos. Wie konnte er es für sinnvoll halten, mich zu Riva zu schicken, um Zians Platz in seinem gestörten Plan einzunehmen?

Es sei denn, Riva hat sich geirrt, und das war gar nicht seine Absicht.

Doch warum ist er dann nicht schon längst hergekommen, um mir das zu sagen?

Jacob ist wütend. Ich habe den Zorn meines Bruders gespürt. Er ist stärker als je zuvor.

Und ich habe auch gespürt, dass er gegen mich gerichtet war. Wie soll ich ihm begreiflich machen, dass ich auf meine Weise versucht habe, ihn zu beschützen?

Ich dachte, wenn wir uns wiedersehen würden …

Auf ein klagendes Miauen hin hebe ich den Kopf. Lua pirscht sich mit aufgestelltem Schwanz und gespitzten Ohren an mich heran.

Meine Katze kann zwar nicht sprechen, doch ich merke immer sofort, was sie will. Obwohl ich die Gefühle von

Tieren nicht lesen kann, fällt es mir viel leichter, Lua zu verstehen, als viele Menschen, denen ich begegne.

Als sie ihr Gesicht an meinem Bein reibt, greife ich nach unten und kraule ihr sanft den Rücken. Lua miaut und springt auf meinen Schoß.

Auf ihrem Lieblingsplatz zwischen meinem Oberschenkel und der Armlehne des Sessels legt sie sich auf den Rücken und hält mir ihren weißen Bauch zum Streicheln hin. Schmunzelnd komme ich ihrer Aufforderung nach.

Es ist nicht dasselbe, wie etwas zu fühlen, doch es verschafft mir eine gewisse Befriedigung, zu wissen, dass ich auf ihre Bedürfnisse eingehen und zumindest *sie* glücklich machen kann.

Dass die Leere in mir mich nicht davon abhält, auf meine Weise zu zeigen, dass sie mir wichtig ist.

Als ich Clancy erzählte, dass ich Lua aus der Einrichtung, in der ich zuvor untergebracht war, mitbringen würde, fragte er, ob das wirklich notwendig sei. Als er meinen Blick sah, brach er seine Frage jedoch mitten im Satz ab.

Ich weiß nicht, warum die Wärter in der alten Einrichtung sie mir gebracht haben, aber jetzt gehört sie mir. Sie verlässt sich auf mich.

Und vielleicht brauche ich sie auch ein bisschen.

Als es an meiner Tür klopft, zuckt Lua kurz zusammen, bevor sie weiterschnurrt. Ich hebe sie in hoch und stehe auf, um die Musik auszuschalten.

„Herein.“

Ich weiß, dass es Clancy ist, bevor er die Tür öffnet. Jede Person an diesem Ort hat eine andere Ausstrahlung, und seine Ausstrahlung ist mir vertrauter als die der meisten anderen.

Er bleibt an der Tür stehen und verschränkt die Arme locker vor seiner Brust. Durch den Mangel an eigenen Emotionen bin ich mir seiner doppelt bewusst.

Er ist besorgt, aber auch ruhig und entschlossen. Er ist darauf vorbereitet, dass das Gespräch unangenehm werden könnte, geht aber davon aus, dass sich alles ohne große Schwierigkeiten regeln lässt.

Ich hoffe, er hat recht.

„Ich nehme an, dein Besuch bei Riva ist nicht so gut gelaufen?", fragt er. „Wolltest du deswegen mit mir sprechen?"

Ich mustere ihn und achte auf die äußeren Zeichen seiner Stimmung, während ich sein Inneres analysiere. „Es lief gut, bis sie auf die Idee kam, du würdest hoffen, die Wiederherstellung unserer Freundschaft würde zu mehr führen. War das dein eigentlicher Plan? Dass sie sich so sehr für mich erwärmt, dass sie mit mir schläft, da es mit Zian nicht passieren wird?"

Meine direkte Frage löst bei dem älteren Mann einen Anflug von Unbehagen aus. Als wären seine Absichten besser oder schlechter, je nachdem, wie ich es formuliere.

Er verlagert sein Gewicht. „Mir ist bewusst, dass ich den beiden zu viel Druck gemacht habe. Ich hatte nicht vor, etwas zu erzwingen. Doch wenn wir zu diesem Ergebnis gekommen wären, wäre es ein willkommener Nebeneffekt gewesen, mehr Daten über die Verbindungen innerhalb eurer Gruppe zu erhalten."

„Und hättest du mich ohne diesen möglichen ‚Nebeneffekt' überhaupt zu ihr geschickt?"

Clancy weicht meiner Frage aus. „Griffin, du weißt, wie schwierig unser Unterfangen hier ist. Ich passe auf euch alle auf und suche dabei nach jedem möglichen Vorteil."

Ein Hauch von selbstgerechtem Trotz schwingt in seinen Gefühlen mit. Er ist in der Defensive, weil ich der Wahrheit auf den Grund gehe. Und er will nicht zugeben, dass an seinen Plänen etwas falsch gewesen sein könnte.

Meine Finger streichen weiterhin in gleichmäßigen

Bewegungen über Luas Fell, doch meine Gedanken werden unruhig, als sich die neuen Informationen in mein Bild von der Situation mischen.

Er hat mich benutzt, so wie er es mit Zian versucht hat. Und er hat mir nicht einmal *gesagt*, dass er mich benutzen wollte.

Ich hätte nicht gedacht, dass er so weit gehen würde. Noch vor wenigen Stunden habe ich Riva versichert, er hätte seinen Fehler eingesehen.

Clancy seufzt. „Wenn du noch einmal mit ihr redest, könntest du sie mithilfe deiner Kräfte dazu bringen, sich dir zu öffnen, oder? Ich weiß, dass du bei ihr und Zian nicht viel bewirken konntest, aber dir gegenüber ist sie weitaus weniger … aggressiv in ihrer Zurückhaltung."

Ich schaue ihn stirnrunzelnd an. „Ich habe versucht, Zian während seines Wutanfalls zu beruhigen, weil ich Angst hatte, er könnte jemanden verletzen, und nicht, um die beiden zusammenzubringen. Riva dazu zu bringen, sich in meiner Nähe wohler zu fühlen …"

Das wäre so, als würde ich mich ihr aufdrängen, oder? Und eigentlich wäre es sogar schlimmer, als es körperlich zu tun, denn sie wäre nicht in der Lage, den Angriff zu sehen und ihn abzuwehren.

Ein Schauer durchfährt mich, und meine Gedanken verengen sich zu einer Welle der Ablehnung. „Ich verstehe nicht, warum du mich das fragst. Es wäre furchtbar, ihr das anzutun."

So furchtbar, dass ein Anflug von Übelkeit in mir aufsteigt, als würde ich dieses Grauen nur einen Augenblick lang wirklich spüren.

Clancy schüttelt den Kopf. „Tut mir leid, das war ein reflexartiger Gedanke. Sobald du wieder weg wärst, würde dein Einfluss natürlich schwinden, und das könnte negative

Auswirkungen haben, die jeden Fortschritt zunichtemachen würden."

Negative Auswirkungen? Was ist mit der Tatsache, dass sie eine meiner ältesten Freundinnen ist und ich niemals irgendeine Art von Intimität mit ihr erzwingen würde, selbst wenn es sich nur um eine erneuerte Freundschaft handelt? Das wäre moralisch höchst verwerflich.

Die aufgeflackerten Emotionen sind wieder verschwunden, aber meine Abscheu vor dieser Idee ist geblieben. Ich muss diese Sache ein für alle Mal klarstellen.

Ich richte mich ein wenig auf. „Selbst wenn er nicht schwinden würde, würde ich ihr das nie antun. Sie ist meine *Freundin*. Ich bin hier, um zu verhindern, dass Menschen ausgebeutet werden, nicht um es selbst zu tun."

„Natürlich." Clancy hält die Hände hoch. „Ich werde es nicht mehr erwähnen."

Ihm ist unbehaglich zumute, doch an seinem Blick erkenne ich, dass dies von meiner Reaktion herrührt. Er hat keinerlei Bedenken oder Schuldgefühle wegen der Vorgehensweise, die er gerade vorgeschlagen hat.

Was, wenn Riva auch damit recht hatte? Was ist, wenn ich nicht erkannt habe, wie wenig sich dieser Mann für *uns* interessiert?

Hält er uns immer noch für so unmenschlich, dass er sich nicht einmal für unsere grundlegendsten Bedürfnisse interessiert?

Die anderen Anschuldigungen, die Riva in den Raum geworfen hat, gehen mir durch den Kopf. Ich ertappe mich dabei, wie ich sage: „Weißt du, sie wäre glücklicher – sie alle wären glücklicher, wenn die Wärterschaft ihnen mehr Freiheiten gewähren würde. Wenn sie die Möglichkeit hätten, aus eigenem Antrieb in die Welt hinauszugehen, zu tun, was sie wollen, und zwar nicht nur im Rahmen von Missionen."

Clancy schnaubt. „Gerade du solltest wissen, wie gefährlich das sein kann. Dieses Risiko können wir nicht eingehen, solange wir nicht absolut sicher sind, dass sie ihren gewalttätigen Impulsen nicht nachgeben."

Ich schaue ihn noch eindringlicher an. „Und was ist mit mir? Was ist, wenn ich etwas Zeit für mich haben möchte? Ich habe noch nie jemandem wehgetan. Meine Kräfte können keinen dauerhaften Schaden anrichten."

„Du bist ein wichtiger Teil unserer Operationen, Griffin", antwortet Clancy ohne Umschweife. „Ich hoffe, du lässt uns nicht im Stich. Wir brauchen dich, um sicherzustellen, dass wir unsere Ziele erreichen."

Er weicht der Frage wieder aus. Er hätte sagen können, dass ich einen kurzen Ausflug machen kann, oder dass er in der Zukunft etwas arrangieren wird, doch stattdessen lehnt er es schlichtweg ab und lässt es so aussehen, als würde er vernünftig handeln.

James Clancy ist ein überaus kontrollierter Mann. Ich habe nie gespürt, dass seine Gefühle so überschießen, wie bei Zian oder Jacob.

Doch die Eindrücke, die ich von ihm aufnehme, sprechen Bände. Und in diesem Moment spüre ich nicht nur die Angst davor, was mit der Welt geschehen könnte, wenn sich die Schattenblüter frei bewegen könnten, sondern auch ein ängstliches Stechen des erwarteten Verlustes.

Er will uns nicht gehen lassen. Und zwar nicht, weil er sich so sehr um *uns* sorgt, so viel ist klar.

Wir sind der Schlüssel zu einem großen Plan, den er ohne uns nicht ausführen kann. Wir sind seine Werkzeuge.

Er hat nicht das geringste Interesse daran gezeigt, was ich durchmache, dass ich ihm diese Frage stelle. Kein Anzeichen dafür, dass ihm mein Wohlergehen wichtig ist, abgesehen davon, dass er seine Ziele erreicht.

War ihm das jemals wichtig? War ich einfach so von der

Idee besessen, alles in Ordnung zu bringen, was schiefgelaufen ist, und eine bessere Zukunft für uns alle zu schaffen, dass ich ihm nicht genug Aufmerksamkeit geschenkt habe?

„Ich möchte tun, was für uns alle am besten ist", sage ich, weil ich weiß, dass diese Antwort der Wahrheit entspricht und er sie akzeptieren wird.

Clancy schenkt mir ein angespanntes Lächeln. „Schön, das zu hören. Mach dir keine Sorgen mehr wegen dieser Situation. Oder um Riva. Sie braucht einfach Zeit, um die Zusammenhänge zu begreifen."

Er geht, ohne sich zu erkundigen, ob ich ihn noch etwas fragen wollte. Die Tür schließt sich mit einem Klicken hinter ihm.

Sie schließt sich und wird verriegelt, denn ich darf nie *zu ihm* gehen.

Ein paar Minuten lang bleibe ich einfach sitzen, streichle Luas Rücken und kraule ihr Kinn, während ich die Tür anstarre, ohne sie wirklich zu sehen.

Diese Einrichtung und die Missionen basieren auf Clancys Visionen … doch ohne mich wären sie nicht möglich gewesen. Ich bezweifle, dass die Wärter ohne mich in der Lage gewesen wären, meine ehemaligen Freunde aufzuspüren, geschweige denn sie gefangen zu nehmen.

Damals war ich mir sicher, dass ich die richtige Entscheidung getroffen habe. Dass es das Beste für sie, für mich und auch für ihn war.

Ich habe kein Bauchgefühl, das mich leitet, kein instinktives Gefühl dafür, ob dies die Ergebnisse sind, die ich hätte erwarten sollen, aber verdammt, ich wünschte, ich hätte es.

Was, wenn ich unser Leben erneut ruiniert habe?

ACHTZEHN

Riva

Die tiefe, leise Stimme dringt an meine Ohren, während ich die letzten Teile meiner Kletterausrüstung sichere.

„Riva? Das ist doch dein Name, oder?"

Ich drehe mich im selben Moment um wie Dominic, der ein paar Meter von mir entfernt seine Ausrüstung anlegt. Aufgrund seiner Tentakel ist das bei ihm ein etwas langwierigeres Unterfangen.

Ein schlanker Junge im frühen Teenageralter hat sich uns so leise genähert, dass ich ihn nicht bemerkt habe. Die helle Nachmittagssonne scheint auf sein rundes Gesicht und die Stoppeln seines dunklen Haars.

Sein aufmerksamer Blick ist auf mich gerichtet. Ich habe ihn schon ab und zu in der Einrichtung gesehen, aber wir haben noch nie miteinander gesprochen.

Ich nicke. „Ja, ich bin Riva. Willst du auch klettern? Auf dem Parcours ist Platz für drei."

Mit einem kurzen Blick zu einem der Wärter, die am Rande des Dschungels rund um die Kletteranlage stationiert sind, kommt er näher. Er spricht so leise, dass seine Stimme nur noch ein Murmeln ist.

„Andreas meinte, ich solle den Erstlingen Bescheid geben, wenn ich etwas aufschnappe, das uns helfen könnte, hier rauszukommen. Ich habe beim Frühstück mitbekommen, dass heute nach dem Abendessen ein Frachthubschrauber ankommt."

In meinem Kopf macht es Klick: Das ist der Junge, von dem Drey mir erzählt hat. Er kann Gedanken lesen. Ajax, so heißt er.

Ich ringe mir ein Lächeln ab, um vor den Wärtern so entspannt wie möglich zu wirken. „Danke! Vielleicht sehen wir uns den Parcours an, wenn wir hier fertig sind."

Ein leichtes Lächeln umspielt Ajax' Lippen. „Ich dachte mir schon, dass euch das interessieren würde", sagt er und wendet sich zum Gehen.

Ich begegne Dominics Blick, der noch nachdenklicher ist als sonst. Er hält kurz inne und nickt dann zu den Klippen vor uns. „Wir sollten lieber klettern gehen."

Wir können nicht wirklich reden, während wir die felsige Oberfläche erklimmen. Ich klettere schneller als sonst, sowohl in Erwartung des bevorstehenden Gesprächs als auch um das Brennen der Anstrengung zu nutzen und meine Gedanken zu fokussieren.

Das bedeutet natürlich, dass ich den Vorsprung auf halber Höhe der Klippe lange vor Dominic erreiche. Ich lehne mich gegen den Felsen und lasse meine Schultern kreisen, während ich auf ihn warte.

Die Wärter werden es nicht seltsam finden, wenn wir

hier eine kurze Pause machen. Aus diesem Grund haben sie den Vorsprung eingebaut.

Außer Atem und mit einem erschöpften Lächeln gesellt sich Dominic zu mir. „Ich glaube, du bist noch schneller geworden."

Ich schenke ihm ein schiefes Grinsen. „Ich hatte die richtige Motivation."

Er klettert auf den Vorsprung und schlingt einen Tentakel um mein Handgelenk, eine monströse Art des Händchenhaltens. „Was hältst du von den Neuigkeiten?"

Ich beiße mir auf die Lippe und blicke auf den Dschungel unter uns, wo ich die Wärter kaum noch erkennen kann. Hier oben können sie uns auf keinen Fall hören.

Der Wind weht über mich hinweg, während ich über meine Antwort nachdenke, und peitscht den Zopf in meinem Nacken umher. „Ich weiß es nicht. Ich nehme an, ein Frachthubschrauber ist ziemlich groß. Aber groß genug für uns alle?"

Dominic streicht mit der Spitze seines Tentakels beruhigend über meine Handfläche. „Vielleicht können wir nicht *alle* auf einmal rausholen. Ich weiß nicht einmal, wie viele Schattenblüter hier leben."

Ich auch nicht, aber jede Faser meines Körpers sträubt sich gegen seine Andeutung, dass wir vielleicht nicht alle mitnehmen können. Ich verdränge den Gedanken für den Moment. „Wir müssen uns auch überlegen, wie wir zum Hubschrauber *kommen* und ihn übernehmen, ohne dabei erwischt zu werden."

„Ja." Dominics Mund verzieht sich. „Wir wissen nicht genau, ob Jake das Notfallsystem überhaupt auslösen kann. Und wir haben nur eine Chance, es zu versuchen."

„Er muss dafür sorgen, dass es sich wie ein Erdbeben anfühlt. Ein *heftiges* Erdbeben."

Das ist viel verlangt, selbst für Jacob. Ich habe gesehen, wie er zwei dreistöckige Gebäude auf einmal zum Einsturz gebracht hat, doch einen ganzen Berg zu erschüttern, ist eine völlig andere Nummer.

Dominic gluckst. „Du weißt, dass er es versuchen wird, selbst wenn er dabei sein Leben riskieren müsste. Er ist in den letzten Jahren in der alten Einrichtung oft bis an die Grenzen seiner Belastbarkeit gegangen. Als ob er dachte, er müsste etwas beweisen …"

Ein melancholischer Ausdruck huscht über sein Gesicht. Ich frage mich, wie oft Dom Jacob zusammenflicken musste, nachdem er sich überanstrengt hatte.

Ein Anflug von Inspiration durchfährt mich. Wahrscheinlich sollten wir wieder weiterklettern, doch zuerst muss ich meine Idee loswerden.

„Dom … Du kannst doch Lebewesen Energie entziehen, auch wenn du sie nicht zum Heilen benutzt, richtig? Du wirst dadurch stärker, so wie ich bei meinem Schrei."

Dominics Schultern spannen sich an, und ich greife nach seiner Hand, um ihm zu zeigen, dass ich die Frage nicht abwertend gemeint habe.

„Ja", antwortet er leise. „Warum?"

„Ich dachte nur … Wenn du Energie an jemand anderen weitergeben kannst, um ihn zu heilen, kannst du sie vielleicht auch weitergeben, um ihn zu stärken, wenn derjenige nicht verletzt ist."

Dominic blinzelt mich mit einer seltsamen Mischung aus Hoffnung und Entsetzen an, bevor Verständnis auf seinem Gesicht dämmert. „Du meinst, ich könnte Jacobs Kräfte stärken?"

„Es könnte einen Versuch wert sein. Wenn du damit einverstanden bist."

Er drückt ein letztes Mal liebevoll meine Finger und mein Handgelenk, bevor er sich wieder der Klippe zuwendet. „Ich würde alles versuchen, um von hier wegzukommen.“

Die zweite Hälfte des Aufstiegs gehe ich langsamer an und passe auf, dass ich Dominic nicht zu weit voraus bin. Trotzdem erreiche ich den oberen Felsvorsprung ein paar Minuten vor ihm.

Ich strecke meine Arme aus und blicke über die zerklüftete Landschaft in Richtung der Einrichtung. Die Landebahn, auf der das Privatflugzeug gestartet und gelandet ist, mit dem wir zu unserer Mission geflogen sind, befindet sich oberhalb davon. Wahrscheinlich landet dort auch der Frachthubschrauber.

Ich nehme an, dass regelmäßig Vorräte angeliefert werden müssen. Vermutlich wird dies nicht unsere einzige Gelegenheit sein.

Ich bin mir nur nicht sicher, wie viel besser wir vorbereitet sein könnten. Oder wie viel schlimmer unsere Umstände werden könnten, je länger wir zögern.

Als Dominic mich erreicht und meine nachdenkliche Miene bemerkt, legt er seinen Arm um mich. Ich umarme ihn, schmiege meinen Kopf an seinen Hals und atme seinen vertrauten würzigen Duft ein, der durch den Schweiß noch intensiver geworden ist.

„Wir werden eine Lösung finden“, raunt er mir zu. „Auf die eine oder andere Weise. Früher oder später.“

Ich wünschte, ich könnte dieselbe Zuversicht fühlen, die in seiner Stimme mitschwingt.

Er streichelt meine Wange und bringt meinen Mund an seinen. Meine Haut erwärmt sich von Kopf bis Fuß, als sich unsere Atemzüge vermischen.

Seit meinem Intermezzo mit Jacob im Van, habe ich keinen meiner Jungs richtig geküsst. Der sanfte, aber entschlossene Druck von Dominics Lippen auf meinen bringt alle meine Nerven zum Kribbeln und weckt das Verlangen nach mehr in mir.

Er zieht sich nur so weit zurück, dass er seine Stirn an meine lehnen kann. Seine Stimme ist ungewöhnlich heiser.

„Ich habe es vermisst, dir so nahe zu sein."

Ein Kloß bildet sich in meiner Kehle. „Ich auch."

„Eine Sache mehr, auf die wir uns freuen können, wenn wir das hier überstanden haben, Süße."

Der Kosename heizt mir noch mehr ein. Ich kann nicht widerstehen, ihn noch einmal zu küssen, bevor wir den Abstieg antreten.

Unten angekommen legen wir unsere Ausrüstung ab, um sie den drei Schattenblütern zu geben, die zum Klettern gekommen sind, und machen uns auf den Weg zur Einrichtung. Meine Gedanken überschlagen sich.

Dominic drängt nicht auf weitere Antworten. Er weiß, dass dieses Vorhaben sorgfältig durchdacht werden muss.

Wir betreten die Lichtung unterhalb der Einrichtung gerade rechtzeitig, um zu sehen, wie sich eine Reihe Menschen den gewundenen Pfad oberhalb des Eingangs entlangschlängelt.

Ich bleibe stehen und betrachte die Gestalten, die den Gipfel dieses Abschnitts der Bergkette erklimmen. Mein Herzschlag beschleunigt sich, doch ich kann keinen meiner Jungs erkennen. Und auch die anderen Schattenblüter kommen mir nicht bekannt vor.

Ich sehe das rötliche, kurzgeschnittene Haar des Mannes am Ende der Schlange. Ich würde diese Farbe und den selbstbewussten Gang überall erkennen.

Clancy führt eine Gruppe von Schattenblütern irgendwo hin.

„Eine neue Mission?", murmelt Dominic neben mir.

„Vermutlich." Mit einem flauen Gefühl im Magen frage

ich mich, in welchen Schlamassel er sie diesmal hineinziehen wird.

Dom zögert, bevor er wieder spricht. „Das bedeutet, dass einige der Schattenblüter nicht hier sein werden … er allerdings auch nicht. Und beim letzten Mal hat er auch ein paar Wärter mitgenommen. Ihr wart bis zum nächsten Tag unterwegs, oder?"

Das flaue Gefühl wird noch stärker. „Ja."

Ich weiß, worauf er hinauswill. Die Mission verschafft uns einen zusätzlichen Vorteil.

Der Leiter der Einrichtung wird nicht hier sein, um Befehle zu erteilen, wenn die Lieferungen eintreffen. Und es sind weniger Wärter vor Ort, um eine Rebellion in Schach zu halten.

Wie viele *solcher* Gelegenheiten werden wir noch bekommen?

Eine Wärterin schreitet auf uns zu. „Riva, du isst jetzt zu Mittag. Dominic, du hast noch eine Stunde Training."

Sie trennen uns, so wie immer. Sie wollen nicht, dass wir zu viel Zeit auf einmal miteinander verbringen.

Außer wenn sie wollen, dass ich einen der Jungs ficke.

Ich nehme Dominics Hand und drücke sie kurz. Er überrascht mich, indem er mich direkt in eine Umarmung zieht.

Die Freude über seinen Kuss mischt sich mit Besorgnis. Bisher haben wir es vermieden, vor unseren Entführern Zärtlichkeiten auszutauschen.

Doch bei dieser Geste geht es nicht wirklich darum, herumzuknutschen. Als Doms Lippen meine Wange streifen, dringt ein leises Flüstern an meine Ohren.

„Es ist deine Entscheidung. Ein Wort, und wir sind bei dir."

Als die Wärterin sich räuspert, tritt er zurück. Ich

schenke ihm ein nervöses Lächeln und eile die steinernen Stufen zur Einrichtung hinauf.

Der Knoten in meinem Magen fühlt sich jetzt wie ein Felsbrocken an. Warum ist das meine Entscheidung?

Doch ich kenne die Antwort bereits. Ich habe den Anstoß zu unserer letzten Flucht gegeben und zu dem Versuch, die jüngeren Schattenblüter aus einer anderen Einrichtung zu befreien.

Ich habe das größte Bedürfnis, von hier zu fliehen, und habe Clancy am meisten unter Druck gesetzt.

Meine Männer wollen mich nicht in einen Plan hineinziehen, mit dem ich nicht einverstanden bin. Sie vertrauen darauf, dass ich beurteilen kann, wann das Verhältnis von Chance und Risiko stimmt.

Leider bin ich mir nicht sicher, ob ich mir selbst vertraue. Unsere letzte Flucht hat mit einer weiteren Gefangenschaft geendet.

Und zu diesen blutigen Fotos geführt, die Clancy mir gezeigt hat.

Wir werden definitiv nicht alle mitnehmen können. Nicht, wenn ein paar von ihnen auf einer Mission sind. Möglicherweise hat Clancy einen meiner Jungs mitgenommen, und ich habe ihn nur nicht gesehen. Ich kann spüren, dass Andreas und Jacob in der Nähe sind, aber bei Zian kann ich es nicht sagen.

Benommen gehe ich in die Kantine, und eine Welle der Erleichterung durchströmt mich, als ich Zee an der Essensausgabe stehen sehe. Er bemerkt mich im selben Moment und schenkt mir ein strahlendes und gleichzeitig schüchternes Lächeln, bei dem mir warm ums Herz wird.

Ich eile zu ihm, um meinen Teller neben ihm zu füllen, wobei ich darauf achte, ihn nicht zu berühren. Er neigt sich ein wenig zu mir, als er mit einer Zange eine Enchilada von einer Platte nimmt.

„Ich habe Jake gestern Abend gesehen. Ich habe ihm erzählt, wo ich die Markierungen des Notfallsystems entdeckt habe, die Drey mir gezeigt hat."

Mein Puls stottert angesichts dieser Information, die sich in meinem Kopf zu der Frage „Was soll ich bloß tun?" gesellt. Alles weist auf eine Schlussfolgerung hin, die ich nicht ignorieren kann.

Es ist keine wirklich spontane Entscheidung. Wir haben uns seit Tagen auf einen solchen Moment vorbereitet.

„Gut", murmle ich und lege ebenfalls eine Enchilada auf meinen Teller.

Als ich gerade etwas Salat hinzufüge, macht Zian einen Schritt zur Seite, um einem jüngeren Schattenblüter Platz zu machen, der sich auf den Nachtisch stürzt. In seiner Eile streift Zees Ellbogen meinen Unterarm.

Sein Arm zuckt sofort zu seiner Brust, als hätte er sich verbrannt. Einen Moment lang huscht die vertraute Panik über sein Gesicht und sein Kiefer verkrampft sich.

Ich schlucke schwer und nicke ihm leicht zu, um ihm zu verstehen zu geben, dass alles in Ordnung ist und ich mich durch seine Reaktion nicht beleidigt fühle.

Wut lodert in mir auf.

Die Flammen meiner Wut schwelen, während ich einen Keks auf mein Tablett lege und Zian zu einem der Tische folge. Als ich mich ihm gegenübersetze, sehe ich die Sehnsucht in seinem Blick, bevor er sich über sein Essen hermacht. Das Brennen breitet sich in meinem Unterleib aus.

Es ist schlimmer geworden. Es geht ihm noch schlechter als vorher, obwohl seit Clancys kranker Aktion bereits eine Woche vergangen ist. Der Mann vor mir, der Mann, den ich *liebe*, hat in der kurzen Zeit, in der wir hier sind, noch mehr Schaden genommen.

Wie lange können wir es noch zulassen, dass sie uns manipulieren und benutzen? Wie weit werden sie noch gehen?

Wen werden sie als Nächstes verletzen? Wie vielen der jüngeren Schattenblüter haben sie bereits Schaden zugefügt, ohne dass ich es weiß?

Die Wut verwandelt sich in eine Welle der Entschlossenheit. Wir können nicht länger hierbleiben.

Jeden Tag, jede Stunde, stirbt jeder von uns ein bisschen mehr.

Und es geht nicht nur um mich. Ich gebe vielleicht das Signal, doch wir haben diesen Plan gemeinsam geschmiedet.

Wir alle haben eine Wahl. Meine Jungs, ich und die anderen Schattenblüter, die sich uns anschließen können oder nicht. Wir werden niemanden zwingen.

Ich klopfe mit der Gabel leicht auf meinen Teller, und Zian sieht auf.

Ich forme die Worte „heute Abend" mit meinen Lippen.

Als sein Gesicht sich erhellt, weiß ich, dass meine Entscheidung richtig ist.

Während ich mein Mittagessen verschlinge, ohne es zu schmecken, konzentriere ich mich auf die Male auf meinem Schlüsselbein. Auf mein Gefühl für Jacob und seine gespannte, brutale Energie.

Er ist gerade draußen, aber nicht weit weg. Auf der Lichtung direkt vor der Einrichtung, denke ich.

Ich konstruiere eine Ausrede in meinem Kopf. Als ich vom Tisch aufstehe, klopfe ich demonstrativ meine Gesäßtaschen ab.

Dann jogge ich zur Tür, die wie immer von einem der Wärter überwacht wird. „Ich glaube, ich habe beim Training draußen einen meiner Ohrstöpsel verloren. Kann ich schnell auf der Lichtung nachsehen?"

Der Mann mustert mich, aber ich habe tatsächlich ein tragbares Funkgerät und einen Satz kabelloser Kopfhörer, die mir Clancy gegeben hat. Außerdem war mein Verhalten hier geradezu vorbildlich.

Sie haben keinen Grund, misstrauisch zu sein. Außerdem werden sie mich ohnehin beobachten.

„Du hast fünf Minuten", teilt mir der Wärter schroff mit. „Danke!"

Ich flitze durch den Eingang und hinunter auf die Lichtung. Jacob ist in der Nähe der Bäume und stemmt Gewichte. Als er mich sieht, ist seine gesamte Aufmerksamkeit auf mich gerichtet.

Um meine wahren Absichten nicht zu verraten, schleiche ich mich am Rand des Dschungels zu dem Pfad, der zum Kletterbereich führt. Einen Moment später stößt Jake zu mir.

„Was gibt's?"

Ich bemühe mich um einen lässigen Tonfall. „Ich habe etwas verloren. Hilfst du mir suchen?"

Ich gehe in die Hocke, als würde ich das Unterholz absuchen. Jacob bückt sich neben mir, wobei seine Schulter die meine streift.

„Heute Abend", flüstere ich ihm zu. „Nach dem Abendessen. Dom kann dir vielleicht helfen."

Jacob verzieht keine Miene, doch seine blauen Augen funkeln. „Alles klar, Wildkatze."

Wir gehen in verschiedene Richtungen, und ich stoße einen frustrierten Laut aus. „Ich werde das nächste Mal, wenn ich draußen bin, im Kletterbereich nachsehen."

Als ich zurück zur Einrichtung schlendere, rast mein Herz. Wir ziehen das wirklich durch.

Meine Hand wandert zu meiner Katzen-Garn-Halskette und streicht über die silberne Oberfläche, ohne sie aufschnippen zu lassen, und ein anderer Gedanke durchfährt mich wie ein eisiger Speer.

Wenn wir hier rauskommen und uns aus Clancys Griff befreien wollen, müssen wir uns mit Griffin auseinandersetzen.

Neunzehn

Riva

Auch wenn wir keine Uhren haben, weiß ich, dass ich in der mittleren Abendessen-Schicht bin. Ein paar Schattenblüter verlassen gerade die Kantine, als der Wärter mich hineinbegleitet, und andere kommen an, als ich hinausgeführt werde.

Zurück in meinem Zimmer fällt die Tür hinter mir zu, und das Schloss rastet ein. Mit rasendem Puls lasse ich mich auf die Bettkante sinken.

Mein Zimmer ist eigentlich nicht schlecht. Es ist dreimal so groß wie die Zellen, in denen wir in der alten Einrichtung eingesperrt waren. Eine sanft getönte Deckenleuchte imitiert das Tageslicht, und es gibt einen Schrank, in dem ich die Sachen aufbewahren kann, die ich tatsächlich behalten darf.

Zum Beispiel die Klamotten zum Wechseln, die ich mir aus der Auswahl, die Clancy uns angeboten hat, ausgesucht habe. Alles praktisch und flexibel, aber das mag ich. Das

Radio, das ich von ihm bekommen habe, ist so programmiert, dass nur Musik läuft und keine Programme, in denen Moderatoren über die Außenwelt sprechen.

Ich habe mir auch ein paar Romane aus der kleinen Bibliothek geholt, wo wir uns Bücher ausleihen dürfen. Als ich versucht habe, zu lesen, um mir die Zeit zu vertreiben, konnte ich mich allerdings nicht richtig auf die Geschichte konzentrieren. Außerdem habe ich Hanteln, Bänder und andere Trainingsgeräte, damit ich zwischen den Trainingseinheiten draußen an meiner Kraft und Beweglichkeit arbeiten kann.

Wie ist es möglich, dass unsere neuen Entführer uns gleichzeitig besser und schlechter behandelt haben als alle anderen zuvor?

Vielleicht ist es deshalb so wichtig, dass wir von hier wegkommen. Die besseren Aspekte haben mich so eingelullt, dass mich die schlechteren überrumpelt haben.

Egal, wie Leute wie Clancy die Situation beschönigen, egal, mit welch großartigen Idealen sie sich brüsten, letztendlich sind wir immer noch Gefangene.

Ich hätte nie dem Glauben erliegen dürfen, dass dies ein gutes Leben sein könnte. Als wäre es unvernünftig, meine eigenen Entscheidungen jenseits der Einschränkungen eines anderen treffen zu wollen.

Ich schalte das Radio ein und stelle auf einen Sender um, der einen sanften, aber gleichmäßigen Rhythmus und leise Melodien spielt. Nichts, was mich zum Tanzen anregt. Ich will mich konzentrieren, ohne abgelenkt zu werden.

Da fällt mir ein, dass es vielleicht klug wäre, ein paar zusätzliche Kleidungsstücke mitzunehmen. Sogar das Radio könnte nützlich sein.

Nur habe ich nichts, worin ich die Sachen transportieren könnte. Und auch wenn sie nicht zu sehen sind, bin ich mir sicher, dass die Wärter den Raum mit Kameras überwachen.

Wie beim ersten Mal müssen wir uns normal verhalten, damit unser Plan nicht auffliegt, bevor wir ihn in die Tat umsetzen können.

Und ich will lieber nicht daran denken, wie schlimm der erste Fluchtversuch geendet hat.

Das Aufflackern der Erinnerung bringt mich zu Griffin zurück, und ein schmerzhafter Stich durchbohrt mein Herz.

Ich wünschte, ich könnte richtig mit den anderen Jungs reden, um eine Strategie zu entwickeln und sicherzustellen, dass wir alle auf derselben Seite stehen. Sobald sich die Türen öffnen, müssen wir uns irgendwie organisieren.

Wenigstens vier von uns können einander durch unsere Male finden.

Doch wir müssen auch Griffin mitnehmen. Entweder das oder wir bringen ihn um. Und ganz gleich, ob er Clancy geholfen oder wozu er sich bereit erklärt hat, alles in mir schreckt vor diesem Gedanken zurück.

Ich nehme an, dass es den anderen genauso geht.

Solange er bei den Wärtern ist, kann er uns nahezu sofort aufspüren. Und die einzige Möglichkeit, um sicherzustellen, dass er das nicht tun kann, ist, ihn mitzunehmen.

Ich bin mir nur nicht sicher, wie wir das bewerkstelligen sollen, denn ich bezweifle, dass er freiwillig mitkommen wird.

Während mir dieser unangenehme Gedanke durch den Kopf geht, vibriert der Boden unter meinen Füßen. Ein Kloß bildet sich in meiner Kehle.

Das muss Jacobs Werk sein. Er fängt an, den Berg zu erschüttern.

Ich konzentriere mich auf meine Male und spüre, dass er mit Dominic zusammen ist, irgendwo in der Nähe des Eingangs der Einrichtung. Ich spüre die Anspannung der beiden.

Sie scheinen sich sehr anzustrengen, auch wenn nur ein

Hauch davon durch unsere Verbindung sickert. Werden ihre Kräfte ausreichen, um das Notfallsystem auszulösen?

Als ich aufstehe, um die Musik auszuschalten, wird das Vibrieren stärker. Das Beben breitet sich vom Boden aus in meine Knochen aus.

Mein Herz klopft schneller. Was, wenn die Wärter merken, was hier vorgeht?

Ein paar Sekunden bleibt die Vibration konstant und wird weder stärker noch schwächer. Dann bebt der Steinboden so stark, dass ich mich mit der Hand an der Wand abstützen muss, um das Gleichgewicht nicht zu verlieren.

Ein dumpfes Ächzen ertönt, gefolgt von einem fernen Alarmton und dem Surren meiner Zimmertür, die sich öffnet.

Adrenalin schießt durch meine Glieder, und ich rase in den Flur. Meine Aufmerksamkeit ist geteilt zwischen möglichen Bedrohungen im Flur und meiner Konzentration auf meine drei Jungs.

Über die Male auf meiner Brust nehme ich wahr, dass Dom und Jake auf mich zustürmen. Andreas ist … im Flur in der entgegengesetzten Richtung, hinter mindestens einer Biegung, aber auch er eilt auf mich zu.

Ein paar verwirrte Gesichter tauchen an den Türen auf. Die jüngeren Schattenblüter wollen wissen, was los ist. Bevor ich auch nur einen Schritt auf sie zugehen kann, stürmen zwei Wärter herbei.

Sie haben ihre Elektrostöcke und Betäubungspistolen dabei, doch ich gebe ihnen keine Gelegenheit, eine der Waffen zu benutzen. Ich fixiere den Mann, der etwas näher bei mir ist, und stoße einen kurzen, scharfen Schrei aus, der möglichst schnell seine lebenswichtigen Organe zerstören soll.

Der Mann bricht zusammen, und die andere Wärterin

knallt mit dem Kopf gegen die Wand. Allerdings nicht meinetwegen. Als sie in einer Blutlache zu Boden sinkt, stürmt Jacob von hinten auf uns zu. Dominic folgt ihm dicht auf den Fersen.

„Kommt schon!", rufe ich den jüngeren Schattenblütern zu, während ich den Flur entlangeile. „Alle raus. Zum Eingang. Wir hauen ab!"

Nadia und Tegan treten mit großen Augen und aufgerissenen Mündern auf den Flur. Andere Kinder verschwinden wieder in ihren Zimmern, als hätten sie mehr Angst zu fliehen, als zu bleiben.

Warum auch nicht? Sie haben keine Ahnung, was uns da draußen erwartet.

Die meisten von ihnen kennen mich nicht einmal richtig.

Andreas und Zian kommen weiter vorn um die Ecke. Erleichterung durchströmt mich, doch nur mit meinen Jungs zu fliehen, ist nicht genug.

„Kommt schon!", rufe ich. „Ihr müsst nicht bei den Wärtern bleiben, die alles kontrollieren, was ihr tut und euch zu Missionen und zum Training zwingen. Wir haben ein besseres Leben verdient."

Meine Jungs spähen in die offenen Zimmer und geben denen, die noch zögern, ein Zeichen. Booker und Ajax müssen sich Andreas und Zian angeschlossen haben, denn ich kann sie nirgends sehen, während immer mehr Schattenblüter in den Flur strömen.

Ein weiterer Wärter stürmt auf uns zu, nur um von einem Stoß von Jacobs Kraft weggeschleudert zu werden. Jake taucht neben mir auf, sein Haar klebt schweißnass in seiner Stirn, und sein Kiefer ist angespannt.

„Wir müssen schnell handeln, solange sie noch verwirrt sind."

„Wir müssen Griffin mitnehmen", erwidere ich.

Jacobs Miene verfinstert sich, und ich weiß, dass er versteht, warum, ohne dass ich es erklären muss. Er hält einen Moment inne, bevor er weiterläuft. „Ich kann ihn finden."

Jakes Gespür für seinen Zwillingsbruder führt ihn um eine Biegung in die entgegengesetzte Richtung. Die anderen folgen uns. Wir weisen jeden Schattenblüter, an dem wir vorbeikommen an, zum Eingang zu laufen, in der Hoffnung, dass sie auf uns hören.

„Wir müssen bereit sein", sagt Jacob. „Ich glaube nicht, dass Griffin mehr als ein oder zwei von uns gleichzeitig mit Emotionen verwirren kann. Wenn ihr mitbekommt, dass er es versucht, reißt ihn weg und unterbrecht seinen Einfluss."

Zians Miene verfinstert sich. „Ich will ihm nicht wehtun."

Mir läuft ein Schauer über den Rücken. „Keiner von uns will das. Doch wir müssen um jeden Preis verhindern, dass er den Wärtern wieder hilft, uns aufzuspüren. Ihn außer Gefecht zu setzen, ist auf lange Sicht für alle besser."

Zwei Wärter tauchen im Gang vor uns auf. Zian stürmt auf sie zu und erledigt einen von ihnen, den anderen strecke ich mit einem weiteren abgemilderten Schrei nieder.

Dann tritt Griffin aus einem Raum hinter den Leichen hervor.

Er wirft erst einen Blick auf die Leichen und dann auf uns, und wie so oft kann ich nicht die geringste Regung in seinem Blick lesen. Er scheint jedoch zu begreifen, was los ist.

„Ihr wollt ausbrechen", sagt er mit seiner leeren Stimme.

Jacob packt den Arm seines Bruders. „Und du kommst mit uns. Los, komm schon!"

Mein ganzer Körper ist angespannt, während ich darauf warte, dass Griffin sich wehrt. Doch nach einer Sekunde des

Zögerns wird seine Miene entschlossen. „In Ordnung. Ich muss nur Lua holen. Ich kann sie nicht hier lassen."

Lua?

Meine kurzzeitige Verwirrung wird durch ein Miauen unterbrochen, das hinter der Tür ertönt. Griffin wirft Jacob einen flehenden Blick zu, und sein Zwilling nickt.

Griffin ist schnell. Er verschwindet rasch in seinem Zimmer und taucht innerhalb weniger Sekunden mit einem Rucksack über der Schulter wieder auf, aus dem ein weißes, pelziges Katzengesicht hervorlugt.

Während wir auf den Eingang zurennen, beobachte ich die anderen Jungs. Ich kann kein Anzeichen dafür erkennen, dass er ihre Gefühle beeinflusst.

Hätte er sein Haustier mitgenommen, wenn er vorhätte, den Spieß im richtigen Moment umzudrehen? Oder will er uns nur dazu bringen, ihm zu vertrauen?

Ich drehe mich mit zusammengekniffenen Augen zu ihm um. „Keine Widerrede? Du schließt dich uns einfach so an?"

Griffin blinzelt mich an. „Ich weiß nicht, ob einfach so der richtige Ausdruck ist, aber mir ist klar geworden, dass es für keinen von uns besser ist, hierzubleiben."

Ach ja? Seit wann?

So gern ich ihn auch mit Fragen löchern würde, jetzt ist nicht der richtige Zeitpunkt.

Ein besonders jung aussehender Junge mit aufgestelltem weißem Haar rennt an uns vorbei zum Eingang. Er scheint kurz innezuhalten, bevor er aus meinem Blickfeld verschwindet und im nächsten Augenblick ein paar Meter weiter wieder auftaucht. Dann entdecke ich Celine, die mit besorgter Miene an ihrer Zimmertür verharrt.

Ich winke ihr im Vorbeigehen zu. „Komm schon. Wir haben genug Platz für alle, die mitkommen wollen."

Zumindest hoffe ich das.

Sie zögert noch eine Sekunde und sprintet dann vor uns

her. Ihr dunkles Haar weht hinter ihr, als sie in ein Zimmer in der Nähe des Eingangs abbiegt, als wir dort ankommen, ist sie jedoch schon wieder zurück.

Ich vermute, dass sie wie Griffin etwas geholt hat, das sie nicht zurücklassen wollte, auch wenn ich nicht sehen kann, was es ist.

Ein gutes Dutzend jüngerer Schattenblüter hat sich auf dem dämmrigen Vorsprung vor dem Eingang versammelt. *Sind das alle?,* murmelt eine Stimme in meinem Hinterkopf, doch ich lasse mich nicht von meiner Enttäuschung ablenken.

Wir müssen die Jugendlichen, die fliehen wollen, so schnell wie möglich von hier wegbringen. Das ist alles, was zählt.

Vor allem, weil in den Gängen hinter uns donnernde Schritte herannahen. Bestimmt haben sich die Wärter neu formiert, um uns wieder einzufangen.

Wir haben keine Zeit zurückzugehen und zu versuchen, die anderen zu überzeugen, sich uns anzuschließen, wenn wir entkommen wollen.

„Den Pfad hinauf!", rufe ich trotz meines rasenden Herzens und deute auf den schmalen, dunklen Pfad, der sich über unseren Köpfen den Berg hinaufschlängelt.

Jacob und Andreas drängen sich an die Spitze der Menge und ziehen Griffin mit sich.

„Uns nach!", ruft Jake, und die Schattenblüter strömen hinter ihnen her in die immer dichter werdende Dämmerung.

Das ist gut. Wer auch immer das Plateau zuerst erreicht, wird mit dem Piloten des Hubschraubers fertig werden müssen. Und meine Jungs sind dafür besser gewappnet als die jüngeren Schattenblüter. Diesen Teil hätte ich besser durchdenken sollen.

Leider hatten wir keine Zeit, unsere Köpfe

zusammenzustecken und wirklich zu planen.

Ich dränge mich an das Ende der Gruppe und treibe sie vor mir her. Dominic und Zian flankieren mich auf beiden Seiten. Als der Junge mit den stacheligen Haaren, der mir vorhin aufgefallen ist, stolpert, greift Zee nach seinem Ellbogen, um ihn zu stützen.

Wir laufen nicht schnell genug. Als wir um die erste Kurve biegen, und einige der Kinder langsamer werden, weil der unerwartete Anstieg ihnen schwerfällt, stürmt eine Gruppe Wärter den Pfad hinauf auf uns zu.

Mit einem Schrei wirble ich herum, doch einer unserer Verfolger feuert gleichzeitig eine Waffe ab. Ein Projektil zischt durch die Abendluft und trifft mich in den Hals.

Meine Stimme versiegt in einem Quietschen. Ich versuche, einen weiteren Ton herauszupressen, doch aus meiner Kehle kommt nur ein Krächzen.

Verdammt.

Während mich eine kalte Welle der Panik überrollt, stürzt sich Zian auf die Wärter. Nur einen Augenblick später wird er jedoch nach hinten geschleudert und kann gerade noch einem Stromschlag ausweichen, der aus einem Schlagstock schießt.

„Los, los, los!", brüllt Dominic den Jugendlichen vor uns zu und drängt sie zum Weiterlaufen, doch mir ist mittlerweile flau im Magen.

Weitere Schüsse hallen durch die Nacht. Zian wendet einen Pfeil mit einer Handbewegung ab.

Ein anderer trifft einen Jungen direkt hinter ihm in den Rücken. Der Junge bricht zusammen, und ich stolpere, als ich seinem zusammengesunkenen Körper ausweiche.

Wir können es uns nicht leisten, anzuhalten, um ihn mitzunehmen.

Einer von ihnen muss einen Schalter betätigt haben, denn im nächsten Moment bricht ein Teil des Weges inmitten unserer fliehenden Reihe weg. Drei der jüngeren Schattenblüter stürzen den Berghang hinunter und landen in einem großen Netz.

„Springt!", krächze ich mit dünner Stimme. Zee und ich nehmen Dominic zwischen uns und springen gleichzeitig ab.

Die Lücke ist mindestens eineinhalb Meter breit, aber wir schaffen es. Leider waren die Wärter auch auf diese Möglichkeit vorbereitet.

Einer von ihnen schlägt gegen die Felswand, und ein neuer Vorsprung tritt hervor, um die Lücke zu schließen, sodass sie ihre Verfolgung fortsetzen können. Ein weiterer elektrischer Strahl schießt so dicht an mir vorbei, dass meine Finger zittern.

Ich huste und versuche, einen Schrei auszustoßen, doch meine Kehle pocht noch immer. Das erstickte Geräusch, das aus mir herausbricht, bleibt vollkommen wirkungslos.

Direkt vor uns schwankt Tegan auf ihren Füßen, und ihr rehbraunes Haar klebt in ihrem verschwitzten Nacken. Ihre Atemzüge sind so schwer, dass ich sie über die polternden Schritte um uns herum hören kann.

Ich überlege, ob ich sie huckepack nehmen soll – oder ob ich Zian darum bitten soll – doch in diesem Moment dreht sie sich zu uns um. Ihre Augen sind weit aufgerissen, ihr Mund ist allerdings zu einer entschlossenen Linie verzogen.

„Ich kann sie aufhalten!", ruft sie. „Ich kann euch etwas Zeit verschaffen."

Sie drängt sich zwischen uns, bevor ich ein Wort sagen kann. Als ich mich umdrehe, steht sie den Wärtern bereits gegenüber. Ihr Mund ist weit geöffnet, während sie einen kräftigen Atemzug ausstößt.

Ich habe nie gefragt, was ihre Kraft ist. Doch jetzt erlebe ich es aus nächster Nähe.

Ein Strom aus dunklem Rauch, wie die Schatten, die aus unseren Adern bluten, strömt über ihre Lippen. Die Wolke fegt über die Wärter hinweg, und die panischen Schreie, die daraufhin ertönen, lassen vermuten, dass sie mehr tut, als nur ihre Sicht zu verschleiern.

„Tegan!", rufe ich und gehe einen Schritt auf sie zu, doch Zian zerrt mich in die entgegengesetzte Richtung.

„Lass sie. Sonst schaffen wir es vielleicht nicht."

Er hat recht. Trotzdem wird mir schwer ums Herz, als wir unseren Weg zum Gipfel der Klippe fortsetzen.

Wir biegen um eine weitere Kurve, um die letzten Meter nach oben zurückzulegen. Dominic keucht. Ich bin mir nicht sicher, wie lange er dieses Tempo noch durchhalten kann.

Aber wir sind angekommen. Wir stürmen auf die Landebahn, umgeben von der Gruppe jüngerer Schattenblüter, die es bis hierher geschafft haben und Jacob anstarren. Erleuchtet vom Scheinwerferlicht presst er seine Hand gegen die Windschutzscheibe des Hubschraubers.

Er ist riesig mit einem Propeller am Heck und einem über der langen Hauptkabine. Der Pilot starrt uns aus dem Inneren des Hubschraubers erschrocken an, während Jake ihm mit seiner Kraft die Kehle zudrückt.

„Mach die verdammten Türen auf!", knurrt Jacob.

Griffin tritt neben ihn. Seine Ruhe ist seltsam inmitten des ganzen Tumults. „Es funktioniert nicht. Lass es mich versuchen."

Jake sieht seinen Zwilling mit zusammengekniffenen Augen an. „Du …"

Andreas legt ihm eine Hand auf die Schulter und unterbricht ihn.

Doch Griffin scheint dem ohnehin nicht viel Aufmerksamkeit zu schenken. Er blickt durch das Fenster auf den Piloten, und meine Haut kribbelt, als ich die Macht spüre, die von ihm ausgeht.

Der Gesichtsausdruck des Piloten verändert sich und

wird lockerer, abgesehen von einem Rest von Besorgnis. „Was brauchst du? Wie kann ich dir helfen?"

Auf Griffins Gesicht breitet sich der Hauch eines triumphierenden Lächelns aus. „Öffne die Türen und lass uns einsteigen."

Die Luke auf halber Höhe des Hubschrauberkörpers öffnet sich. Ich winke die Schattenblüter an Bord.

Ist Griffin wirklich in der Lage, diesen Kerl so zu manipulieren, dass er alles tut, was wir wollen? Können wir überhaupt darauf vertrauen, dass Griffin auf unserer Seite ist?

Doch wie sollen wir sonst von hier wegkommen? Jacob und Zian können den Kerl nicht in die Unterwerfung prügeln und dann erwarten, dass er den Helikopter steuert.

Wenn sich während des Fluges herausstellt, dass etwas nicht stimmt, ... dann müssen wir uns eben darum kümmern.

Wir zwängen uns in den schummrigen, metallisch riechenden Raum neben mehreren Plastikkisten und Pappkartons, in denen sich vermutlich die Vorräte befinden, die die Wärter erwartet haben. Griffin betritt das Cockpit und lehnt sich gegen die Rückenlehne des Pilotensitzes.

Jacob tritt direkt neben seinen Bruder, bereit, einzugreifen, falls es Ärger gibt.

„Bring uns in die Luft", weist Griffin den Piloten an, und seine Stimme ist beinahe hypnotisierend. „Wir müssen hier weg."

Er hätte den Piloten genauso gut hypnotisiert haben können, so schnell wie der Mann seine Anweisung befolgt.

Als sich der Hubschrauber mit surrenden Rotorblättern in die Luft erhebt, dreht Griffin sich zu mir um. Sein Rucksack wackelt, als sich seine Katze darin bewegt.

„Wo soll er uns hinbringen?"

Gute Frage! Im Moment kann ich nichts außer Dunkelheit hinter der Windschutzscheibe sehen.

Ich erstarre, unsicher, was ich sagen soll, und weil ich nicht weiß, ob meine Stimme überhaupt laut genug ist, dass Griffin mich hören kann.

Dominic nimmt meine Hand und antwortet für mich. „Die nächstgelegene Großstadt auf dem Festland. So schnell wie möglich."

Griffin nickt dem Piloten zu. „Du hast ihn gehört."

Schwankend hebt der Hubschrauber ab. Ich halte mich an der Ecke einer Kiste fest, um das Gleichgewicht nicht zu verlieren, und schaue mich nach den anderen Ausbrechern um.

Ein paar der Jugendlichen, die ich kenne, haben es geschafft: Nadia und Booker, Celine und Ajax. Auch der Junge mit den stacheligen Haaren ist hier. Und dann noch ein paar andere, die mir vorher nicht aufgefallen sind.

Sie sitzen zusammengekauert auf dem Boden. Booker hält Nadias Hand, so wie Dominic meine, doch sie sieht zu verängstigt aus, um die Geste der Zuneigung zu würdigen. Ajax hat seinen Arm um einen etwa gleichaltrigen Jungen gelegt. Seinem dunklen Haar, der braunen Haut und seinen Gesichtszügen nach zu urteilen, nehme ich an, dass sein genetisches Erbe aus dem Nahen Osten stammt.

„Und jetzt?", fragt Celine, die an einem Kistenstapel lehnt. Ihre sonst so muntere Stimme zittert.

Ich schlucke und merke, dass ich etwas lauter sprechen kann. „Ich würde sagen, das entscheiden wir, sobald wir in der Stadt sind", krächze ich.

Ich könnte Rollick kontaktieren, ohne ihm zu verraten, wo wir sind. Vielleicht kann er uns sagen, was genau nach unserem Einbruch in der anderen Einrichtung passiert ist.

Zian versteift sich abrupt. „Peilsender."

Ich starre ihn an, und mein Magen verkrampft sich.

Richtig. Bei unserem ersten Fluchtversuch hat er

herausgefunden, dass wir alle Peilsender in unseren Zähnen hatten.

Wir sind sie losgeworden, indem wir uns die Backenzähne herausgerissen haben. Bei denjenigen von uns, die nicht genug Kraft dafür hatten, hat Zian das erledigt. Der Gedanke, dass all diese Kinder das Gleiche tun sollen, bereitet mir Unbehagen.

Doch wenn wir sie nicht schnell beseitigen, könnten uns die Wärter auch ohne Griffins Hilfe finden.

Celine ist ebenfalls erstarrt. „Was?"

Andreas tritt neben mich und legt seine Hand auf meinen Rücken. „Wir hatten alle Peilsender in unseren Zähnen. Wir sind unsere schon losgeworden, ihr habt sie wahrscheinlich noch. Wir müssen sie entfernen."

„Und wie?", fragt Booker misstrauisch, ohne Nadias Hand loszulassen.

„Zian hat jedem von uns den Zahn gezogen", erklärt Dominic. „Es ist nicht besonders angenehm, aber ich kann euch alle wieder heilen, sobald es erledigt ist."

Celine erschaudert und der Junge in Ajax' Armen zuckt zusammen. Ajax schaut auf seinen Freund hinunter, bevor er seinen Blick auf mich richtet.

„Devon könnte es auf eine andere Weise machen. Die Sender sind doch aus Metall, oder? Er kann Hitze erzeugen. Da die Peilsender so klein sind, sollte er in der Lage sein, die Schaltkreise mit seiner Kraft zu schmelzen."

Er wirft dem anderen Jungen einen liebevollen, aber besorgten Blick zu, der mich vermuten lässt, dass er sein *fester Freund* ist. „Meinst du nicht auch? Natürlich nur wenn du es versuchen willst."

Devon stößt einen zögernden Seufzer aus und lächelt schief. „Ich schätze, das ist besser, als die Zähne gezogen zu bekommen. Woher wissen wir, welcher Zahn es ist?"

Zians Schultern sacken erleichtert nach unten, als er

hört, dass es eine Alternative gibt und er diesen Jugendlichen keinen Zahn ziehen muss. Er geht zu dem jungen Paar hinüber. „Ich kann ihn finden. Wir fangen mit euch beiden an. Mal sehen, ob es funktioniert."

Während der nächsten fünfzehn Minuten blitzen Zians Augen immer wieder auf, während er seinen Röntgenblick einsetzt, um die Peilsender zu lokalisieren und sich dann zu vergewissern, dass Devons Kraft sie geschmolzen hat. Das flaue Gefühl in meinem Magen lässt allmählich nach.

Vielleicht haben wir tatsächlich eine Chance. Vielleicht haben wir das Schlimmste überstanden.

Es spielt keine Rolle, dass das Funkgerät immer wieder knistert und Fragen über den Verbleib des Piloten gestellt werden. Jacob bringt das Gerät mit einem Schlag seiner Kraft zum Schweigen.

Es macht nichts, dass ich mir nicht sicher bin, was wir nach der Landung tun werden. Darum werden wir uns kümmern, wenn es so weit ist.

Diesmal haben die Wärter Griffin nicht als Ass im Ärmel. Sie haben uns schon einmal ohne seine Hilfe aufgespürt, allerdings erst, nachdem wir eine Woche am selben Ort verbracht haben.

Zian tritt von Celine weg, nachdem ihr Peilsender deaktiviert wurde, und zeigt mit dem Finger auf Griffin. „Was ist mit ihm? Er hat bestimmt auch einen Peilsender, oder? Er ist noch nie weggelaufen."

Wir schauen alle zu den Zwillingen hinüber. Jacob wirft seinem Bruder einen grimmigen Blick zu.

„Sie hat recht. Wir müssen deinen auch zerstören."

Als Zian und Devon auf Griffin zugehen, der nicht protestiert, zieht Booker die Augenbrauen hoch. „Sind wir sicher, dass wir diesen Kerl überhaupt mitnehmen sollten? Er hat Clancy geholfen."

„Wenn wir ihn zurückgelassen hätten, könnte er den

Wärtern helfen, uns aufzuspüren", erkläre ich mit rauer Stimme.

Griffin dreht sich zu Booker um. „Ich möchte lieber hier bei euch sein. Clancy hat auch mich getäuscht. Ich entschuldige mich für alles, woran ich beteiligt war und was euch geschadet hat."

„Du *klingst* nicht so, als täte es dir leid", murmelt einer der anderen Jungs.

„Ich … Ich arbeite daran."

Griffin öffnet seinen Mund weit, damit Zian und Devon ihre Arbeit machen können. Booker beobachtet sie und steht dann plötzlich auf.

Womöglich ist er nicht mit Griffins Antwort zufrieden. Ich glaube, das bin *ich* auch nicht.

Was auch immer seine Absichten sind, die Bewegung scheint Griffin abzulenken, denn gerade als Devon sich abwendet, zerrt der Pilot an den Kontrollen.

„Was zum Teufel machst du da?", fragt Jacob und dreht sich um.

Der Junge, der Griffins Tonfall kritisiert hat, springt auf. „Er hat nur so getan, als wäre er auf unserer Seite, und jetzt lässt er zu, dass die Wärter uns wieder erwischen!"

Der Pilot hält sich ein Telefon ans Ohr, von dem ich nicht wusste, dass er es hat. „Ja", keucht er. Seinem verzweifelten Ton nach zu urteilen, weiß er, dass seine Zeit begrenzt ist. „Sie haben mich …"

Ich weiß nicht wirklich, wer für das verantwortlich ist, was als Nächstes passiert. Jacob dreht sich zu dem Piloten um und lässt das Telefon aus seiner Hand fliegen. Im selben Moment stürzt sich der Junge mit den stacheligen Haaren auf das Cockpit und schreit: „Ich werde ihn aufhalten!"

Er verschwindet und taucht etwas weiter vorn wieder auf, so wie vorhin im Flur. Dabei knallt er jedoch gegen den Sitz des Piloten und trifft ihn mit einem Schlag gegen den

Hinterkopf, der nicht so aussieht, als wäre er beabsichtigt gewesen.

Der Junge schreit auf, und der Kopf des Piloten prallt gegen die Steuerung.

Der Hubschrauber schlingert, und diejenigen von uns, die noch stehen, prallen gegen die Wände und Kisten.

Griffins gleichmäßige Stimme durchschneidet das Chaos aus Keuchen und Ausrufen. „Halte den Hubschrauber ruhig."

Der Pilot hat sich ein wenig aufgerichtet und stößt einen gequälten Schrei aus. Blut rinnt ihm über die Stirn und aus der Nase.

„Ich kann nicht … Ich kann nichts sehen … Er ist kaputt."

„Versuch es. Gib dein Bestes. Du machst das sehr gut."

Leider fühlt es sich überhaupt nicht so an, als ob es gut laufen würde. Beim nächsten Ruck falle ich auf die Knie.

„Haltet euch fest!", rufe ich den anderen heiser zu.

Das Gefühl des Absinkens vermischt sich mit der Vorwärtsbewegung, und der dunkle Himmel hinter den Fenstern kippt.

Wir stürzen ab, und Äste schlagen gegen die Fenster.

Dann ertönt ein lauter Aufprall, und wir kommen abrupt zum Stillstand.

ZWANZIG

Riva

Mein Kopf knallt gegen die Kiste, neben der ich kauere. Ein paar Sekunden lang dreht sich mein schmerzender Kopf.

Etwas knarrt. Keuchen und Schluchzer erfüllen die Luft um mich herum, zusammen mit einem panischen Katzenjaulen.

Ich spähe durch die Dunkelheit. „Geht es allen gut?"

Ich kann nicht sagen, ob meine Stimme immer noch von dem Ding in Mitleidenschaft gezogen ist, das die Wärter mir in die Kehle geschossen haben, oder ob das Krächzen von dem Schock über unseren Absturz herrührt. Im schwachen Mondlicht, das durch die Fenster scheint, kann ich vage die jüngeren Schattenblüter inmitten der umgestürzten Kisten ausmachen.

Ein Sack Reis ist heruntergefallen und aufgeplatzt, und

die weißen Körner sind überall auf dem Boden verstreut. Celine hat ihre Hand auf ihre Stirn gepresst, und ein Blutrinnsal sickert unter ihrer Handfläche hervor.

„Dominic!", rufe ich automatisch, bevor ich seine Hand auf meiner Schulter spüre.

Er blinzelt mich im Halbdunkel an und berührt die Stelle an meinem Kopf, an der ich mich gestoßen habe. Ich zucke zusammen, doch ich spüre kein Blut.

„Mir geht's gut. Die anderen …"

„Ich bin schon dabei", murmelt er und geht mit leicht schwankenden Schritten in den Frachtraum des Hubschraubers. Ich frage mich, ob es ihm wirklich gut geht.

„Riva!"

Jacobs Stimme ist angespannt und stockend.

Ich drehe mich zum Cockpit um, wo ich ihn zuletzt gesehen habe. „Ich bin hier. Ich habe mir den Kopf gestoßen, aber nicht allzu schlimm."

Zian richtet sich neben mir taumelnd auf. Andreas hält meinen Arm fest, und seine Finger schlingen sich um meinen Ellbogen.

Jacob, dessen Silhouette sich im schwachen Licht der zerbrochenen Windschutzscheibe abzeichnet, macht einen eiligen Schritt auf mich zu und blickt dann zu Griffin zurück. Sein Kiefer verkrampft sich.

Er lässt seinen Bruder noch immer nicht aus den Augen. Und auch ich bin mir nicht sicher, ob ich ihm vertraue.

Stattdessen gehe ich zu ihnen. „Der Pilot …"

Die Worte bleiben mir im Halse stecken. Nach ein paar Schritten sehe ich das volle Ausmaß des Absturzes.

Der vordere Teil des Hubschraubers ist gegen einen dicken Baumstamm geprallt. Direkt vor dem Pilotensitz sind das Metall und das Glas nach innen gedrückt.

Man kann nicht erkennen, dass die Nase des Mannes

vorher geblutet hat, denn jetzt ist sein ganzer Körper bis zur Unkenntlichkeit entstellt.

Übelkeit steigt in mir auf.

Griffin starrt den Piloten von hinten an, während aus einer Schnittwunde auf seinem Handrücken Blut sickert. Vielleicht hat er sich an einem Glassplitter aufgeschnitten. Er drückt seinen Rucksack und die zitternde Katze darin an seine Brust und blinzelt zu uns herüber.

„Ich wollte nicht … Ich hatte gehofft, dass wir noch richtig landen können."

„Ist schon gut", sagt Andreas mit seiner beruhigenden Stimme. „Der Absturz hätte viel schlimmer sein können."

Jacobs Miene verfinstert sich. „So wissen wir wenigstens, dass er nicht zu den Wärtern zurückkehren wird."

Mit einem Fingerschnippen ruft er das Telefon zu sich, das er dem Piloten vor wenigen Minuten aus der Hand gerissen hat. Während seine Kraft es durch die Luft zu uns befördert, wird seine Miene noch finsterer.

Der Bildschirm ist gesprungen, und als Jacob den Einschaltknopf drückt, bleibt das Display schwarz.

Zian sieht sich um. „Wo sind wir?"

Durch die Fenster sind nur die schemenhaften Umrisse weiterer Bäume zu erkennen. Ich kann kein Zeichen von Zivilisation ausmachen und auch kein künstliches Licht in der Ferne.

„Auf dem Navigationsbildschirm ist nichts zu sehen", antwortet Jacob. „Allerdings hatten wir Kurs auf eine Stadt genommen, wie Dominic ihn angewiesen hatte. Ich habe in der Ferne einen großen Fleck mit Lichtern gesehen."

Andreas nickt. „Nordwestlich. Rechts von dort, wo die Sonne unterging."

Ein Hoffnungsschimmer flackert in meiner Brust auf. „Wie weit?"

Jacob schüttelt den Kopf. „Ich weiß es nicht. Es war nicht *in der Nähe*."

„Wir werden nicht wissen, in welcher Richtung Nordwesten ist, bis die Sonne wieder aufgeht", sagt Zian.

Griffins Stimme klingt ruhig, aber unsicherer als sonst. „Ich weiß, wo die Stadt ist."

Die Blicke aller richten sich auf ihn.

Jacob kneift die Augen zusammen. „Wie?"

Sein Zwillingsbruder sieht ihn unverwandt an. „Dort sind viele Menschen. Eine Menge Emotionen. Ich nehme nur einen allgemeinen Eindruck wahr, und er ist schwach. Aber wahrscheinlich ist sonst nichts in der Nähe, denn er kommt hauptsächlich aus dieser Richtung."

Er deutet durch die Windschutzscheibe in den Dschungel hinaus.

Zian stößt ein raues Lachen aus. „Griffin kann unser Kompass sein."

Jacobs Miene nach zu urteilen, ist er von dieser Idee nicht begeistert. Doch in unserer Lage können wir nicht wählerisch sein.

„Er hat uns bei der Flucht geholfen", erinnere ich Jake. „Und wir müssen uns so schnell wie möglich in Bewegung setzen. Wir haben den letzten Peilsender erst kurz vor unserem Absturz deaktiviert. Die Wärter könnten uns hier finden, wenn wir die ganze Nacht im Hubschrauber bleiben."

Jacob stößt einen frustrierten Seufzer aus, widerspricht aber nicht. Er wirft seinem Bruder nur einen weiteren strengen Blick zu.

Ich klettere zurück in den Frachtraum, wo Dominic sich um die Verletzungen der jüngeren Schattenblüter kümmert. Devon und der Junge mit den Stachelhaaren, der den Piloten geschlagen hat, wurden durch den Aufprall nach hinten geschleudert und hocken jetzt auf gegenüberliegenden Seiten der Ladefläche.

Devon zuckt kurz zusammen, als Dom seine heilende Hand um seinen Knöchel legt. Der stachelhaarige Junge, der nicht älter als zwölf sein kann, sieht mit großen Augen zu.

Als sein Blick auf mich fällt, zieht er den Kopf zwischen die Schultern. „Es tut mir leid. Ich wollte ihn nicht schlagen. Ich wollte überhaupt nicht zu ihm nach vorn hüpfen. Das passiert einfach, wenn ich gestresst bin."

Ich werde niemanden dafür kritisieren, dass er seine Kräfte nicht unter Kontrolle hat.

Ich gehe vor ihm in die Hocke. „Hüpfen – so nennst du es, wenn du verschwindest und woanders wieder auftauchst?"

Er nickt. „Die Wärter nannten es Teleportation. Sie waren immer sauer, dass ich nicht weiter kam."

Natürlich waren sie das. Ein paar Meter zu überspringen, macht bei einer Mission keinen großen Unterschied.

„Wir sind jetzt hier", sage ich ihm. „Und wir werden weiterziehen. Wie heißt du?"

Er streicht sich mit der Hand über die Augen, als wolle er Tränen wegwischen, bevor sie sich überhaupt gebildet haben. „George."

Als ich mich umdrehe, ist Dominic mit Devons Heilung fertig, und Ajax ist herübergekommen, um seinem Freund auf die Beine zu helfen. Booker und Nadia stehen dicht nebeneinander. Seine Hand liegt auf ihrem Rücken, und ihr Gesicht ist angespannt vor Sorge.

Booker fährt sich mit den Fingern durch sein helles Haar, und mit seiner ernsten Miene sieht er auf einmal überhaupt nicht mehr wie ein Surferboy aus. „Was jetzt? Können uns die Wärter hier finden?"

„Ich weiß es nicht", gebe ich zu. „Deswegen ziehen wir weiter. Aber …"

Mein Blick wandert über das Sammelsurium an

Vorräten, und ich ringe mir ein Lächeln ab. „Wenigstens müssen wir uns keine Sorgen machen, zu verhungern. Lasst uns schnell die Fracht durchsuchen und alles mitnehmen, was leicht zu tragen ist und nicht gekocht werden muss."

Ein Mädchen, dessen Namen ich nicht kenne, zeigt auf den hinteren Bereich des Hubschraubers. „Da hinten sind ein paar Rucksäcke. Darin könnten wir die Sachen transportieren. Ich glaube, eigentlich sind es Notfallschirme, aber wir könnten die Fallschirme herausreißen."

Celine, deren Kratzer an der Stirn versiegelt ist, stößt ein schallendes Lachen aus, das jedoch nicht aufrichtig amüsiert ist. „Wenn wir überhaupt sehen können, was wir hier drinnen machen."

Nadia richtet sich auf, und zum ersten Mal, seit wir zum Hubschrauber gerannt sind, schwindet die Anspannung aus ihrem Gesicht. „Endlich ist es Zeit für mich zu glänzen! Buchstäblich."

Als sie grinst, leuchtet ihre braune Haut so auf, wie sie es mir schon einmal gezeigt hat.

Im Tageslicht auf der Lichtung war es schwer zu erkennen, wie hell sie von innen heraus leuchtet. Jetzt erhellt der warme Schein das gesamte Innere des Hubschraubers, als wäre eine Deckenlampe eingeschaltet worden.

„Wow", sagt Booker mit unverhohlener Bewunderung. „Du bist wirklich etwas Besonderes, Glühwürmchen."

Während wir uns alle an die Arbeit machen und die Kisten durchwühlen, wird Dominic nachdenklich. „Kannst du die Stärke des Lichts einstellen? Damit du dich nicht überanstrengst und wir nicht von oben zu sehen sind?"

„Oh, sicher." Nadia hält inne, und ihr Leuchten wird schwächer, als hätte sie einen Dimmschalter gedrückt. „So?"

Andreas stößt die Luke auf und blickt in den Dschungel hinaus. „Ich denke, das sollte reichen. Die Bäume hier sind ziemlich dicht."

Am Ende tragen wir sechs „Erstlinge" den Großteil der Vorräte in den wenigen behelfsmäßigen Rucksäcken. Ich habe meinen mit Crackern, Käse, Äpfeln, Karotten und ein paar Saftkanistern vollgestopft.

Wir werden uns wohl darauf verlassen müssen, um unseren Durst zu stillen, denn wir konnten kein Wasser finden und womöglich finden wir unterwegs kein Trinkwasser.

Die jüngeren Schattenblüter binden sich ebenfalls jeweils ein kleines Bündel aus einem Stück Fallschirmstoff auf den Rücken. Als wir bereit sind, werfe ich noch einmal einen Blick auf unsere bunt zusammengewürfelte Gruppe und klammere mich an den Funken Hoffnung, der in mir aufgeflammt ist, als Jacob sagte, er habe eine Stadt gesehen.

„Sind alle bereit?"

Alle nicken und murmeln. Sie klingen nicht gerade enthusiastisch. Andererseits glaube ich nicht, dass einer von uns diesen Weg antreten würde, wenn wir die Wahl hätten.

Wir wissen nur, dass es besser ist als die Alternative.

Nadia geht mit ihrem inneren Leuchten voran, Booker bleibt dicht an ihrer Seite, während Zian sie von der anderen Seite flankiert, für den Fall, dass wir auf Bedrohungen stoßen. Der Rest von uns Erstlingen verteilt sich in der Gruppe, um die Teenager auf Anzeichen von Schwächen zu überwachen.

Ich positioniere mich ganz hinten und passe auf, dass niemand zurückbleibt. Andreas lässt sich neben mir zurückfallen, während wir zwischen den Bäumen hindurch über den unebenen Boden laufen, und über hervorstehende Wurzeln klettern.

„Wir werden das nicht die ganze Nacht durchhalten können", murmelt er. „Wir haben alle seit gestern nicht geschlafen."

Die Strapazen der Flucht haben mich so ausgelaugt, dass

die Erschöpfung bereits an den Rändern meines Bewusstseins zerrt. „Ich weiß. Aber wir müssen uns so weit wie möglich von der Absturzstelle entfernen."

„Ja, mal sehen, wie sie sich schlagen. Ich denke, wir kommen mit einer kurzen Pause aus und ziehen bei Tagesanbruch weiter. In der nächsten Nacht können wir eine längere Pause einlegen. Nadia sollte sich nicht zu sehr verausgaben, und im Dunkeln werden wir schwerer zu finden sein."

Ich weiche einem Busch mit Wachsblättern aus und reibe mir die Arme. Eine Fliege schwirrt um mich herum und landet auf meinem Ellbogen, bevor ich sie wegschlagen kann.

Obwohl die Dschungelluft feucht und warm ist, jagt mir die Angst einen kalten Schauer über den Rücken.

Ich habe den Jugendlichen versprochen, dass wir sie an einen besseren Ort bringen. Dieses Mal muss ich mein Versprechen einhalten.

Wir bahnen uns einen Weg durch das Unterholz, und die Sterne funkeln durch die kleinen Lücken im Blätterdach über uns.

Von Zeit zu Zeit erhebt Andreas seine Stimme in der Tonlage eines Geschichtenerzählers. Denn natürlich hat er zu dieser Wanderung passende Geschichten parat.

„Einmal bin ich einer Frau begegnet, die von einer Küste der USA zur anderen gewandert ist", erzählt er. „Ganz allein. Sie war wochenlang unterwegs, und die meiste Zeit tat ihr etwas weh, und sie hatte Appetit auf Essen, das sie nicht mitnehmen konnte. Doch als sie zurückkam, sagte sie, das Schlimmste sei die Einsamkeit gewesen. Sie meinte, mit der richtigen Gesellschaft würde sie es noch einmal tun."

Er schenkt uns ein erschöpftes, aber aufrichtiges Lächeln. „Es ist nicht mehr weit, und wir haben einander. Wir schaffen das."

Seine Zuversicht gibt mir Kraft, und ich hoffe, dass das auch bei den jüngeren Schattenblütern der Fall ist.

Doch selbst meine übernatürlich starken Beine brennen, als der Aufstieg immer steiler wird. Ich bemerke, dass George und Devon leicht schwanken.

Sind wir schon weit genug vom Hubschrauber entfernt, dass es sicher ist, eine Pause zu machen? Woher soll ich das wissen?

Meine Frage wird von einem Plätschern beantwortet. Zian dreht seinen Kopf in die Richtung, er hört es zweifellos viel deutlicher als ich.

„Ich glaube, da ist ein Wasserfall", bemerkt er. „Fließendes Wasser ist doch sicherer als stilles, oder?"

Dominic nickt. „Schauen wir ihn uns an und entscheiden, ob wir es riskieren wollen. Auf jeden Fall wäre jetzt ein guter Zeitpunkt, um ein Lager aufzuschlagen. Der Aufstieg ist sicherlich angenehmer, nachdem wir uns ein wenig ausgeruht haben."

Ich höre die erleichterten Seufzer unserer Schützlinge. Ja, es ist definitiv Zeit für eine Pause.

Wir gehen in die Richtung des rauschenden Wassers und halten inne, als Nadias Licht auf einer etwa einen Meter breiten Strömung aufleuchtet, die einen steileren Abschnitt des Hügels hinunterplätschert. Während sie sich mit Dominic und Andreas auf den Weg macht, um das Wasser zu untersuchen, kauern wir anderen uns zwischen den Bäumen zusammen.

„Nehmt euch einen Snack, wenn ihr Hunger habt, und dann macht es euch einigermaßen bequem", weise ich die Jugendlichen an. Wenigstens ist es im Moment warm und einigermaßen trocken.

Ich will lieber nicht daran denken, was wir machen, wenn es anfängt zu regnen.

Unsere drei Wasseranalytiker kommen mit unsicheren

Mienen zurück. „Bis auf ein paar Schmutzpartikel sieht es ziemlich sauber aus", verkündet Andreas. „Ich habe einen Schluck genommen. Wenn es mir morgen noch gut geht, können wir alle davon trinken." Er stupst Dominic an. „Ansonsten verlasse ich mich darauf, dass Dom mich heilt."

Ich finde es nicht gut, dass er sich selbst als Testperson benutzt, allerdings haben wir wohl kaum eine andere Wahl. „Dann gibt es heute Abend Saft für alle, die durstig sind."

Celine streckt eine Hand aus. „Ich habe Durst!"

Während sie trinkt, geht Griffin neben mir in die Hocke und beobachtet sie mit einer Eindringlichkeit, die ich nicht verstehe. Ich warte darauf, dass er einen Kommentar abgibt, um sich zu erklären, doch er sagt nichts, auch nicht, nachdem Celine den Saft an Ajax weitergereicht hat.

Einen Moment später greift er in seinen alten Rucksack und holt die weiße Katze und eine Dose Katzenfutter heraus. Er öffnet den Deckel und Lua schnuppert vorsichtig daran, bevor sie ein paar Bissen nimmt.

Ich habe während der Wanderung regelmäßig getrunken, sodass meine Kehle nicht allzu ausgedörrt ist, aber meine Haut fühlt sich unangenehm schmierig an. Ich stehe auf und werfe einen kurzen Blick auf meine Jungs. „Ich werde mich ein wenig waschen, bevor ich schlafen gehe."

Bis zum Wasserfall und dem gewundenen Bach ist es nur eine Minute Fußweg. Der Abhang dort ist felsiger, bis auf einige Erdklumpen zwischen den Steinen.

Ich kann verstehen, warum die Jungs Bedenken hatten, das Wasser zu trinken, das über diese Felsen fließt. Doch mir das Wasser ins Gesicht zu spritzen, sollte kein Problem sein.

Ich befeuchte nicht nur mein Gesicht, sondern auch meinen Hals und meine Achseln. Als ich meine Hände ein letztes Mal abspüle, höre ich ein Rascheln hinter mir.

Mit einem Blick über die Schulter entdecke ich Griffin,

der neben mir an das felsige Ufer tritt. Mit ihm hätte ich nicht gerechnet.

Ein flaues Gefühl macht sich in meinem Magen breit. Es fühlt sich falsch an, so befangen in seiner Nähe zu sein, nachdem ich ihm einst mehr vertraute als jedem anderen auf der Welt ... Leider ist es absolut notwendig.

„Hey", sage ich leise und richte mich auf. „Der Bach gehört dir."

Griffin hält mein Handgelenk fest, bevor ich mich mehr als ein paar Zentimeter erheben kann. Sein Griff ist fest, aber vorsichtig. „Ich bin nicht wegen des Wassers gekommen. Ich wollte mit dir reden."

Ich gehe wieder in die Hocke und mustere sein Gesicht im Halbdunkel. Wie immer kann ich seine Absichten nicht erkennen, doch dieses eine Mal sieht er aufrichtig besorgt aus. „Worüber?"

Griffin blickt auf den Boden und dann wieder zu mir, ohne mein Handgelenk loszulassen. „Es tut mir leid, dass ich in der Einrichtung dafür gesorgt habe, dass ihr gefangen genommen wurdet. Dafür muss ich mich bei euch allen entschuldigen. Genauso wie dafür, dass ich versucht habe, euch zu überzeugen, mit Clancy zusammenzuarbeiten. Mir war nicht klar, was er vorhatte."

Er sagt die richtigen Worte, doch ich höre keinen Schmerz in seiner Stimme.

Ich runzle die Stirn. „Sagst du das, weil du es wirklich so meinst, oder weil du weißt, dass ich möchte, dass es dir leidtut?"

„Ich meine es ernst. Ich ..." Er holt tief Luft und presst die Lippen aufeinander. Sein Daumen gleitet über die Unterseite meines Handgelenks, und ein Kribbeln schießt durch meinen Arm.

„Ich fühle nicht sehr viel", gibt er leise zu. „Ich nehme nur wahr, was andere fühlen, aber *ich selbst* habe seit Jahren nichts mehr gefühlt. Die Wärter entschieden, dass mich die Emotionen, die ich aufnahm, zu sehr beeinflussten, und beschlossen, dieses Problem zu beheben. Eine Zeit lang hielt ich das auch für besser."

Meine Kehle ist wie zugeschnürt. „Nichts zu fühlen könnte niemals besser sein. Was haben sie getan?"

Griffin schüttelt den Kopf. „Das spielt keine Rolle. Der Punkt ist … Ich fühle etwas, wenn wir uns berühren. Ich weiß nicht warum, aber der Körperkontakt zu dir scheint etwas zu wecken, das sie nicht völlig unterdrückt haben."

Er streicht wieder über mein Handgelenk und löst damit ein noch stärkeres Kribbeln aus.

„Du hast dich schon einmal von mir entfernt", sage ich, als ich mich an unser Gespräch im Trainingsraum erinnere.

Griffins Finger verharren mitten in der Bewegung. „Ich war mir nicht sicher, ob das gut war. Es ist lange her. Ich habe mich daran gewöhnt, einen klaren Kopf zu haben."

Er hält inne. „Dabei weiß ich gar nicht, ob er jemals wirklich klar war. Mir hat die ganze Zeit etwas gefehlt. Langsam glaube ich, dass ich nur aufgrund von Informationen und ohne Emotionen nicht die richtigen Entscheidungen treffen kann."

Ich schlucke schwer. „Ich glaube, jeder braucht beides."

„Ich muss ein gutes Gleichgewicht finden. Ich muss aufpassen." Eine Furche bildet sich zwischen seinen Augenbrauen. Dann streicht er mit seiner Hand meinen Arm hinauf, vom Handgelenk bis zum Ellbogen, und eine starke Hitze flammt in mir auf.

Als Griffin mir wieder in die Augen schaut, sehe ich einen Hauch von Sehnsucht in seinem Blick. Dies ist das deutlichste Gefühl, das ich bei ihm beobachtet habe, seit wir uns wiederbegegnet sind.

„Ich werde nichts von dir verlangen", sagt er. „Du bist wütend auf mich und verwirrt, und das ist absolut verständlich. Aber jedes Mal, wenn wir uns berühren, fühle ich mich dem Ziel ein Stück näher. Also … Wenn du meine Hand halten willst, oder dich neben mich setzen willst, dann hoffe ich, dass du es tust."

Plötzlich brennen Tränen in meinen Augen. Ich *bin* wütend und verwirrt, aber trotzdem kann ich in seinem stockenden Geständnis den Jungen hören, den ich so geliebt habe.

Griffin ist genauso ein Opfer der Wärter wie der Rest von uns. Vielleicht sogar noch mehr, wenn sie es irgendwie geschafft haben, dem einst so mitfühlenden Menschen seiner Emotionen zu berauben.

Ich zögere kurz, doch dann kann ich nicht anders, als mich zu ihm zu beugen, meine Arme um seine schlanken, kräftigen Schultern zu legen und ihn fest zu umarmen.

Mit einem zittrigen Atemzug erwidert Griffin meine Umarmung. Sein nackter Unterarm liegt in meinem Nacken, und seine Hand streicht über den Streifen Haut, wo mein T-Shirt an der Taille hochgerutscht ist.

„Es tut mir leid", flüstert er wieder, und dieses Mal fühle ich es.

Ich lehne meinen Kopf an seinen, lausche dem Rhythmus seines Atems und genieße die Wärme seines Körpers. „Die Leute, die es wirklich bereuen sollten, werden es nie tun. Also müssen wir nur dafür sorgen, dass sie nie wieder jemandem von uns wehtun können."

„Ja." Sein Atem kitzelt mein Ohr, als er mich ein wenig fester an sich drückt. „Seit dem Tag mit den Wurfmessern habe ich von der Nacht unseres Ausbruchs geträumt. Von unserem Kuss."

Ich zucke innerlich zusammen. „Als sie auf dich geschossen haben. Das muss eine schreckliche Erinnerung sein."

„Nein. Ist es nicht. Ich wünschte, danach wäre alles

anders verlaufen, doch die Qualen, die ich durchgemacht habe, sind nichts im Vergleich zu der Freude davor. Damals habe ich mich so gut gefühlt wie nie zuvor in meinem Leben. Und ich habe jahrelang nicht einmal mehr daran gedacht. Selbst das haben sie mir weggenommen."

Meine Augen füllen sich erneut mit Tränen. Ich bin zu durcheinander, um zu sprechen.

Meine Hand hebt sich wie von selbst zu Griffins Kinn. Und in diesem Moment könnte sich nichts richtiger anfühlen, als mit meinen Lippen über seine zu streichen.

Der Kuss bleibt schmetterlingszart. Griffin scheint kaum zu atmen, und er zittert leicht, als er den Kuss so zärtlich erwidert, dass ich in seinen Armen dahinschmelze.

Trotzdem bin ich mir nicht sicher, ob ich ihm schon ganz vertraue.

Und bevor ich mich entscheiden kann, zieht er sich zurück und dreht den Kopf. Ich folge seinem Blick.

Jacob steht zwischen den Bäumen, nur ein paar Schritte vom Wasserfall entfernt. Er beobachtet uns, und trotz der Dunkelheit kann ich die Besorgnis in seinen Augen erkennen.

Griffin lässt mich los, und wir richten uns auf. Er schenkt seinem Bruder ein schiefes Lächeln.

„Ich will mich nicht, zwischen Riva und dich drängen. Oder einen der anderen Jungs und sie. Wenn sie wählen müsste, würde sie sich sowieso nicht für mich entscheiden."

Damit hat er wahrscheinlich recht. Dennoch denke ich mit einem Anflug von Unbehagen an Jakes Worte zurück. Daran, dass er sich zurückgehalten hat, damit sein Bruder mit mir glücklich sein konnte und dass er glaubte, dass es mir lieber gewesen wäre, er wäre an Griffins Stelle gestorben.

„Jake", beginne ich, ohne wirklich zu wissen, was ich sagen soll. Der Frieden, den wir in den letzten Wochen geschlossen haben, fühlt sich plötzlich unglaublich zerbrechlich an.

Jacob unterbricht mich, bevor ich mehr sagen kann. „Ist schon in Ordnung. Ich bin nur gekommen, um mich zu vergewissern, dass es dir gut geht. Ich werde eine der ersten Wachen übernehmen. Alle, die schlafen gehen, sollten zusammenbleiben.“

Ich nicke. „Wir kommen.“

Obwohl Griffin mich auf dem Weg zurück zum Lager nicht mehr berührt, spüre ich den ganzen Weg Jacobs Blick im Nacken.

Einundzwanzig

Jacob

Ich fand es schon auf der Insel verdammt heiß, doch irgendwie ist der Dschungel, in dem wir abgestürzt sind, noch schlimmer.

Die verschlungenen Äste und das Blätterdach über uns halten zwar das direkte Sonnenlicht ab, aber die Luftfeuchtigkeit ist unerträglich. Das Gehen fühlt sich eher wie Waten an.

Käfer schwirren durch die Luft, und einige von ihnen halten inne, um uns zu stechen. Ich nehme an, dass die Brise auf der Insel sie von der Einrichtung ferngehalten hat.

Wir laufen an einer Gruppe Farne vorbei, und die Blätter kitzeln meine Arme. Ich wische mir den Schweiß aus dem Nacken und schaue mich um.

Ich mochte die Erkundungstouren durch den Wald außerhalb der Einrichtung, die uns die Wärter gelegentlich erlaubten. Der Anblick der Blätter und die wilden Düfte lösten ein Gefühl von Freiheit in mir aus.

Ich bin mir nicht sicher, ob ich mich in diesem Dschungel jemals genauso fühlen werde. Nach unserem Training auf der Insel und dieser Wanderung werde ich die dichte Vegetation und die Wärme wohl immer eher mit Einschränkungen und Gefahren als mit Frieden assoziieren.

Wir sind seit Sonnenaufgang unterwegs, und haben nur eine kurze Snackpause am Vormittag und eine etwas längeren Mittagspause vor ein paar Stunden gemacht. Während die schwüle Hitze den Jüngeren in unserer Gruppe zuzusetzen scheint, halten die Älteren sie relativ gut aus.

Nun, sie haben dieselbe brutale Ausbildung durchlaufen wie wir alle. Mit siebzehn sind sie praktisch erwachsen.

In diesem Alter unternahmen wir unseren ersten Fluchtversuch.

Bei diesem Gedanken schweift mein Blick wieder zu meinen Freunden.

Andreas läuft so schnell wie möglich durch das dichte Unterholz. Er zeigt keine Spur von Übelkeit durch das Dschungelwasser, das er letzte Nacht getrunken hat. Wir haben am Wasserfall noch zwei leere Saftpackungen aufgefüllt, bevor wir unseren Lagerplatz verlassen haben.

Er hat eine Schnur, die er irgendwo gefunden hat, um eine Hand gewickelt. Auf den leichteren Abschnitten des Geländes macht er immer wieder Knoten hinein und löst sie wieder, so wie er es manchmal in der alten Einrichtung getan hat. Vielleicht hilft es ihm, sich zu konzentrieren.

Zian drängt sich an die Spitze der Gruppe, knickt Äste ab und zertritt Sträucher, um uns den Weg zu erleichtern. Wahrscheinlich erschreckt er auch alle wilden Tiere, sodass sie einen großen Bogen um uns machen.

Abgesehen von den verdammten Käfern.

Dominic bleibt in der Mitte der Gruppe und hebt in regelmäßigen Abständen den Kopf, um die Umgebung zu scannen. Jedes Mal, wenn sich einer der jüngeren Schattenblüter auch nur den Zeh stößt, ist er zur Stelle und saugt das Leben aus einem Zweig oder einer Wildblume, um sie zu heilen.

Sein kurzer Pferdeschwanz klebt feucht in seinem Nacken. Ich hoffe, er denkt genauso an sein eigenes Wohlergehen wie an das der anderen.

Riva bleibt meist hinten, um die ganze Gruppe im Blick zu haben, und auch ich habe mich zurückfallen lassen. So bin ich in der Nähe, falls sie im Gebüsch stolpern sollte, obwohl sie sich trotz ihrer zierlichen Statur bisher ganz gut schlägt.

Außerdem kann ich von hier aus meinen Bruder im Auge behalten.

Griffin verändert seine Position innerhalb der Gruppe relativ häufig. In der einen Stunde ist er eher links, in der nächsten rechts. Manchmal drängt er nach vorne, bis er direkt hinter Zian ist, dann wird er wieder langsamer und läuft neben Riva her.

Als das geschieht, greift sie nach seiner Hand. Obwohl sie nicht miteinander sprechen und nur einen kurzen Blick austauschen, entspannt sich seine Miene, als sie ihre Finger um seine legt.

Er sieht beinahe wieder aus wie mein Bruder.

Kann ich diesem Eindruck trauen? Kommt er tatsächlich zur Vernunft und erwacht aus dem abgestumpften Zustand, in den ihn die Wärter versetzt haben?

Oder versucht er einfach nur, uns einzulullen, um uns zu verraten, sobald sich ihm eine günstige Gelegenheit bietet?

Ich kann die Antworten weder in seinem Gesicht noch an seinem Verhalten erkennen. Und das Wissen, dass er mein Unbehagen spürt, ohne es aktiv zu versuchen, nagt an mir.

Wir hielten Griffin immer für den Schwächsten von uns,

zumindest was die Kampffähigkeiten angeht. Doch zu wissen, was seine Feinde fühlen und diese Emotionen nach seinem Willen lenken zu können, …

Ich hätte es lieber mit einem Kerl wie mir zu tun, mit telekinetischen Talenten und Giftstacheln, als mich mit meinem Bruder anzulegen.

Zumindest habe ich keine Anzeichen dafür gesehen, dass er uns manipuliert. Anscheinend hat er gestern Abend etwas zu Riva gesagt, dass sie dazu ermutigt hat, ihn zu küssen. Doch trotz dieser Geste der Zuneigung ist ihr Blick wachsam, wenn sie ihn ansieht.

Sie scheint auch nicht vollkommen überzeugt zu sein, dass er wirklich auf unserer Seite ist. Und wenn er mit jemandes Gefühlen spielen würde, dann vermutlich mit meinen oder ihren.

Die Jugendlichen vor uns klettern über einen umgestürzten Baum, der mir bis zu den Oberschenkeln reicht, und ich strecke automatisch meine Hand aus, um Riva zu helfen, darüberzusteigen. Sie nimmt die Hilfe mit einem sanften Lächeln an, das ein Kribbeln in mir auslöst, und drückt meine Hand, bevor sie mich auf der anderen Seite loslässt.

Selbst wenn wir uns nicht berühren, fühlt es sich so an, als wären wir durch das Mal auf meinem Schlüsselbein miteinander verbunden. Ich spüre immer, wo sie ist.

Ich werde sie nie wieder verlieren.

Trotzdem scheint selbst das nicht genug zu sein. Ich kann mich des vagen Eindrucks nicht erwehren, dass ich noch mehr tun sollte. Allerdings habe ich keine Ahnung, was das sein könnte.

Es stellt sich heraus, dass nicht alle wilden Kreaturen von Zians Macht abgeschreckt wurden. Wir bahnen uns gerade einen Weg durch die niedrigen Äste eines von Ranken umwucherten Baumes, als eine dieser „Ranken" mit einem bedrohlichen Zischen ihren Kopf hebt.

Der Kopf der Schlange bewegt sich auf Riva zu, und ich feuere panisch einen Energiestoß auf sie ab, der die Schlange nach hinten drückt, sie aber nicht von ihrem Platz vertreibt.

Bevor ich zu einer aggressiveren Verteidigung übergehen kann, legt Riva ihre Hand auf meine Schulter und spitzt ihre Lippen. Das Geräusch, das daraus entweicht, erinnert an das Zischen der Schlange mit einem Hauch ihres tödlichen Schreis.

Die Schlange zuckt zurück und schlängelt sich weiter den Baum hinauf.

Riva lächelt mich an. „Danke für deine Hilfe, aber ich wollte sehen, ob das funktioniert. Ich möchte lieber kein Tier töten, wenn es nicht sein muss."

Sie sieht zufrieden aus, sowohl mit der Kontrolle, die sie über ihre Kräfte erlangt hat als auch darüber, dass sie das Tier verschont hat, das ich in Stücke gerissen hätte. Bei ihrer Miene wird mir warm ums Herz.

Ich widerstehe dem Drang, sie zu packen und meine ganze Bewunderung in einem Kuss zum Ausdruck zu bringen. Wir müssen beide wachsam bleiben.

Doch die Sehnsucht hält an, während wir weiterwandern.

Der nervöse Junge mit dem hellen stacheligen Haar macht einen seiner Teleportationssprünge und fällt fast mit dem Gesicht nach vorn, als er wieder auftaucht. Riva stürzt schnell auf ihn zu und ergreift ihn fest, bevor er auf den Boden fällt.

Sie läuft neben ihm her und beginnt ein gemurmeltes Gespräch mit ihm. Am liebsten würde ich zu ihr aufschließen, um ihr, wenn nötig, zu helfen. Obwohl mir natürlich klar ist, dass sie sich selbst helfen kann. Außerdem weiß ich, dass sie möchte, dass wenigstens einer von uns am Ende der Gruppe bleibt, um alle im Blick zu behalten.

In diesem Moment lässt sich Griffin wieder zurückfallen und läuft neben mir her. Wieder verspüre ich das seltsame Unbehagen, das mich in der Gegenwart meines Zwillingsbruders jedes Mal überkommt.

Es fühlt sich falsch an, ihn zu betrauern, wenn er *hier* ist. Allerdings ist er das nicht wirklich. Damit habe ich mich nach wie vor nicht abgefunden.

„Vermisst du die Annehmlichkeiten der Einrichtung schon?", höre ich mich sagen, bevor ich richtig nachgedacht habe. Doch eigentlich ist das keine schlechte Frage. Sofern er sie ehrlich beantwortet.

Griffin schüttelt, ohne zu zögern, den Kopf. „So viele Annehmlichkeiten gab es genau genommen gar nicht, meinst du nicht? Ich denke, ich war einfach nur ein wenig voreingenommen."

Ich schätze, das ist seine Art zu sagen, dass er uns verarscht hat.

Als hätte er diesen Gedanken und meine Gefühle gelesen, blickt er zu mir herüber. „Es tut mir leid. Ich habe Fehler gemacht. Ich habe die Situation falsch eingeschätzt. Ich hoffe, dass keiner von uns Menschen so verletzen muss, wie du es tun musstest, aber ich kann verstehen, warum du das Gefühl hattest, keine andere Wahl zu haben."

Ich schaue ihn an und mein Blick wird härter. „Bei jedem, den wir verletzt haben, wollten wir sicherstellen, dass sie uns nicht töten. Oder uns wieder versklaven."

„Ich weiß. Ich weiß, dass ihr euer Bestes gegeben habt."

Er hält inne, und eine Furche bildet sich auf seiner Stirn, als wüsste er nicht, was er als Nächstes sagen soll. Er stößt sanft den Atem aus.

Seine Stimme wird leiser. „Es tut mir auch leid, dass ich nicht da war. Es schien mir immer … falsch, von euch getrennt zu sein. Besonders von *dir*. Ich habe versucht, es den Wärtern zu sagen, sie zu überzeugen. Wir haben uns gegenseitig auf eine Weise unterstützt, die sie nicht zu verstehen schienen. Und ich wusste nicht, wie sich meine Abwesenheit auf euch auswirkte, aber es hat mich beunruhigt, also konnte es nicht gut sein."

Eine weitere Pause entsteht, und er legt den Kopf schief. „Ich bin mir allerdings nicht sicher, ob es wirklich besser gewesen wäre, wenn sie mich in meinem jetzigen Zustand zu euch hätten zurückkehren lassen."

„Natürlich wäre das besser gewesen", stoße ich hervor. „Dann hätte ich nicht denken müssen, dass du wegen eines Plans ermordet wurdest, an dem ich beteiligt war. Und sie hätten uns nicht weismachen können, dass es Rivas Schuld war."

Ich werfe meinem Zwilling einen finsteren Blick zu. „Dir ist klar, dass das der Hauptgrund ist, warum sie uns getrennt haben, oder? Es war ein einfacher Weg, uns zu belügen und uns noch mehr zu ruinieren, als sie es ohnehin schon getan haben."

„Ich wusste nicht, was sie euch gesagt hatten", sagt Griffin. „Sonst hätte ich mich wohl mehr angestrengt, um zu euch zurückzukehren. Womöglich hätte ich Clancy nicht vertraut, obwohl er so getan hat, als wolle er nichts mit der Gruppe zu tun haben, die sich seit der Flucht um mich gekümmert hat."

Ich kann mir nicht vorstellen, wie unser Leben ausgesehen hätte, wenn Griffin zurückgekommen wäre, ob in seinem jetzigen Zustand oder anders, bevor Riva wieder in unser Leben kam. Möglicherweise wäre alles anders gekommen, wenn wir gewusst hätten, dass die Wärter uns über sein Schicksal belogen haben und damit wahrscheinlich auch über ihres.

Die Vorstellung, wie es hätte sein können, lastet schwer auf mir.

„Die Vergangenheit lässt sich nicht mehr ändern. Die Zukunft schon." Griffin wirft mir einen zögernden Blick zu. „Du wirst noch lange wütend auf mich sein, genau wie die anderen, und das nehme ich dir nicht übel. Aber ich gebe mir wirklich *Mühe*, um eine bessere Richtung einzuschlagen. Und wenn ich dich irgendwie unterstützen kann … Ich will für dich da sein. So gut ich kann."

Ich kann nicht sagen, wie ernst er es meint, da nur der geringste Hauch von Emotion in seinem Tonfall mitschwingt, doch bei seinen Worten bildet sich ein Kloß in meiner Kehle.

Mich unterstützen? Ich habe mich immer als denjenigen gesehen, der ihn unterstützt hat. Wenn das Training besonders hart war und die Wärter kein Erbarmen mit uns hatten.

Doch ich weiß, dass das nicht stimmt. Sein verständnisvoller, mitfühlender Blick und die Leichtigkeit seiner Worte haben uns früher immer beruhigt und ermutigt. Er war unser Ruhepol.

Wo ist dieser Kerl jetzt?

Bevor ich mich entscheiden kann, was ich antworten soll, gleitet der Blick meines Bruders nach vorn zu Riva, die dem Jungen mit der Teleportationsfähigkeit beruhigend die Schulter tätschelt.

„Sie liebt dich sehr, weißt du", sagt er. „Sie will, dass du glücklich bist. Was auch immer dich in Bezug auf sie beunruhigt, ich glaube, das muss es nicht."

Dann beschleunigt er sein Tempo und lässt mich mit gemischten Gefühlen zurück.

Riva hat mir gesagt, was sie für mich empfindet. Ich bin mir nur nicht sicher, ob ich es wirklich geglaubt habe.

Nach allem, was sie meinetwegen durchgemacht hat …

Auch wenn ich Griffin nicht vollkommen vertraue, haben seine Worte meine Sorgen ein wenig gelindert.

Vielleicht hat er seine Eigenschaft als Ruhepol doch nicht ganz verloren.

Als Riva wieder zu mir nach hinten kommt, mustert sie mich neugierig. „Ist zwischen Griffin und dir alles in Ordnung?"

Ich reibe mir über den Mund, während ich über meine Antwort nachdenke. „Ich weiß es nicht. Aber vielleicht irgendwann."

Am Nachmittag zieht sich unsere Pause etwas länger hin als die am Morgen. Einige der jüngeren Schattenblüter massieren ihre Waden und dehnen ihre Arme, um die Anspannung zu lindern.

Etwa eine Stunde nachdem wir wieder aufgebrochen sind, lichtet sich der Wald, und wir schöpfen neue Hoffnung.

Zian wagt sich vorsichtig vor, und seine Schultern spannen sich an, während er seinen Blick umherschweifen lässt. Der Rest von uns folgt ihm.

Als ich über den grasbewachsenen Boden laufe, bemerke ich schwache Erhebungen in der Erde. Kieselsteine knirschen unter der Sohle meines Schuhs.

„Hier war eine Straße." Dominic kommt etwas schneller zu demselben Schluss wie ich. „Nur eine kleine, ein Privatweg oder so. Und offensichtlich wurde er schon lange nicht mehr benutzt."

Andreas blickt in die Ferne. „Das muss bedeuten, dass irgendwo in der Nähe Menschen sind."

Er wendet sich zu Griffin um, dessen Blick noch trüber ist als sonst. Vermutlich zapft er gerade seine empathischen Fähigkeiten an. Mein Zwilling presst die Lippen aufeinander.

„Außer unserer Gruppe kann ich niemanden in der Nähe wahrnehmen. Nur die große Bevölkerung nordwestlich von hier. Das bedeutet aber nicht, dass niemand hier ist. Auf größere Entfernungen kann ich Emotionen nur wahrnehmen, wenn sich viele an einem Ort konzentrieren, es sei denn, es ist jemand, den ich kenne."

Riva legt den Kopf schief, und ihre Augen glänzen, als wäre ihr eine Idee gekommen. „Kannst du sagen, wo Clancy ist?"

Griffin konzentriert sich wieder. „Nicht in unserer Nähe. Irgendwo im Süden. Ich bräuchte eine Karte, um ihn zu lokalisieren."

„Nicht in unserer Nähe klingt gut genug für mich." Ich deute auf den überwucherten Straßenabschnitt, der ungefähr in dieselbe Richtung führt, in die wir bereits unterwegs waren. „Wir können genauso gut auf diesem Weg gehen, solange er uns dorthin bringt, wo wir hinmüssen, oder? Ohne Hindernisse kommen wir schneller voran."

„Ich werde auf jedes Anzeichen achten, dass wir uns den Einheimischen nähern", sagt Zian, und sein Gesicht verzieht sich zu einer Maske der Konzentration.

Es überrascht mich nicht, dass keiner der jüngeren Schattenblüter widerspricht. Einige wirken sogar beschwingter, als wir uns auf das leichtere Terrain begeben.

Ich beginne, an meinem Vorschlag zu zweifeln, als es bergauf geht. Aber wenn wir nicht ein oder zwei zusätzliche Tage lang den vor uns liegenden Hügel umrunden wollen, ist das wohl unsere einzige Möglichkeit.

Die Sonne ist bereits unter die Baumkronen gesunken, als Zee uns mit einem leisen Schrei warnt und stehenbleibt.

„Da oben steht ein Gebäude", sagt er und blinzelt durch die Bäume. „Ich kann einen Teil des Daches sehen."

Wir versammeln uns alle um ihn herum. Ein paar wippen nervös auf ihren Füßen.

„Irgendwelche Anzeichen von Menschen?", fragt Riva.

Zian schüttelt den Kopf. „Nein, aber ich kann von hier aus nicht viel erkennen."

Griffin folgt Zians Blick. „Ich glaube, ich würde es spüren, wenn dort jemand wäre. Ich nehme keine emotionalen Eindrücke wahr, die stark genug wären, um von einem Gebäude in dieser Nähe zu kommen."

Andreas tritt an die Spitze unserer Gruppe. „Ich schaue mich mal kurz inkognito um."

Er senkt den Kopf und verschwindet mit einem Wimpernschlag aus dem Blickfeld.

Der schlaksige, blonde Junge neben mir – ich glaube, er heißt Booker – schnappt überrascht nach Luft. Ein erschrockenes Raunen geht durch die jüngeren Schattenblüter.

Ich habe vergessen, dass die meisten von ihnen nicht mit unseren Kräften vertraut sind. Ich glaube nicht, dass ich in nächster Zeit meine Stacheln herausholen werde.

Zian geht ein Stück weiter, um die Gegend abzusuchen, während der Rest von uns stehenbleibt und wartet. Riva holt etwas Wasser aus ihrem Rucksack und reicht es herum, während sie sich vergewissert, dass es allen gut geht. Dominic bleibt dicht an ihrer Seite, damit er sofort zur Tat schreiten kann, falls jemand verletzt ist.

Als ich sehe, wie sie sich um die Kinder kümmert, durchfährt mich ein wohliger Schauer. Ich verspüre eine ungewohnte Wärme, die jedoch nicht ganz so intensiv ist wie das, was ihr Lächeln in mir auslöst.

Sie war so besorgt über ihre Kräfte und darüber, Zerstörung anzurichten. Sie hat sich selbst als Monster gesehen. Ist ihr überhaupt klar, wie fürsorglich sie sich um diese Jugendlichen kümmert?

Sie ist eine knallharte, brillante Superheldin, aber ich wette, sie wäre eines Tages auch eine fantastische Mutter. Falls sie das sein möchte.

Ob ich ein guter Vater wäre …

Bei diesem Gedanken überkommt mich Unsicherheit, und ich konzentriere mich schnell wieder auf die Gegenwart.

Andreas taucht in den länger werdenden Schatten auf und grinst. „Sieht aus, als wäre es mal eine Art Ökohotel gewesen. Auf dem Dach sind Solarzellen, und es gibt eine Zisterne zum Auffangen von Regenwasser. Es steht schon eine Weile leer und ist ziemlich zugewuchert, aber die Leitungen funktionieren und es gibt Strom. Und richtige Betten.“

Instinktiv sträube ich mich gegen die Vorstellung, irgendwo zu übernachten, wo wir Menschen begegnen könnten, doch als ich die erleichterten Gesichter der jungen Schattenblüter sehe, halte ich den Mund.

Dominic denkt ohnehin schon für uns alle. „Meinst du, es ist von oben zu sehen?“, fragt er.

Andreas macht eine Geste in unsere Richtung. „Ihr könnt es euch ansehen. Das Dach ist größtenteils von Bäumen bedeckt. Und es ist nur zwei Stockwerke hoch. Ich glaube nicht, dass wir die Lichter anlassen sollten, wenn es dunkel wird, aber ansonsten wird es kaum auffallen.“

Nach ein paar weiteren Minuten Fußweg kommt das Hotel vor uns in Sicht.

Die Bäume sind an den Mauern hinaufgewachsen und ragen an manchen Stellen durch Fenster oder abgebrochene Teile des Strohdachs. Sie versperren den Ausblick auf den Hang, der sicherlich einmal sehr eindrucksvoll war. Gleichzeitig bieten sie eine gute Tarnung, die meine schlimmsten Befürchtungen beseitigt.

Wir betreten den schmutzigen Hartholzboden der ehemaligen Lobby. Die Bretter ächzen unter unseren Füßen.

Eine Ranke hat sich über den Empfangstresen und um ein paar durchhängende Sessel geschlängelt, und ein Äffchen flitzt kreischend durch ein kaputtes Fenster hinaus.

Dadurch wird der Raum belüftet und es riecht nicht

muffig. Stattdessen liegt der schwache Duft von Dschungelblumen in der Luft.

Andreas führt uns in die Küche, die sich weiter im Inneren des Gebäudes befindet und von den Einflüssen des Dschungels weitgehend unberührt geblieben ist. Als er an einer Armatur dreht, sprudelt klares Wasser aus einem Wasserhahn.

„Die Öfen haben Strom." Er deutet auf die Herdplatten. „Und in der Speisekammer sind Vorräte. Reis, Bohnen und Linsen. Ich glaube nicht, dass sie wirklich verderben."

Das große Mädchen, das uns den Weg durch die Nacht geleuchtet hat, stößt ein leises Glucksen aus. „Ich hätte nichts gegen ein richtiges Abendessen einzuwenden."

Riva nimmt den Raum mit nachdenklicher Miene in Augenschein und nickt kurz. „Ich denke, wir sollten hier übernachten. Wir sollten uns richtig ausruhen, bevor wir unseren Weg fortsetzen. Trotzdem sollten wir abwechselnd Wache halten, nur für den Fall."

Zian rückt näher an sie heran, und seine Miene wird schlagartig grimmig. „Die Wärter werden uns nicht noch einmal in die Finger bekommen."

Mir stockt der Atem, als Riva ihn voller Zuneigung anstrahlt. Und sogar noch mehr, als Zee ihr Lächeln zögerlich erwidert. Er hebt die Hand, als wolle er sie kurz berühren, nur, um den Arm in letzter Sekunde wieder sinken zu lassen.

Ich brauche Griffins Kraft nicht, um zu wissen, wie sehr er sie will … Oder wie schwer es ihm fällt, dieser Sehnsucht zu widerstehen. Mein Magen verkrampft sich vor Mitgefühl, und ich muss an Griffins Bemerkungen im Dschungel denken.

Er hat versucht, es mir leichter zu machen, Rivas Zuneigung anzunehmen. Um uns beiden zu helfen, uns gegenseitig zu verstehen.

Sie will, dass ich glücklich bin, und ich möchte das Gleiche für sie. Für alle meine Freunde, sogar für Zian, der große Schwierigkeiten hat, dieses Glück zuzulassen.

Doch es würde nicht reichen, ihm zu sagen, wie sehr er Riva am Herzen liegt. Ich bin mir ziemlich sicher, dass er es schon weiß. Das ist nicht das Problem.

Ein Teil meiner Aufmerksamkeit bleibt auf Zian gerichtet, während ich den anderen helfe, die Küchengeräte zu sortieren. In meinem Kopf dreht sich alles.

Vielleicht muss ich nicht nur der Typ sein, der sich in einen Kampf stürzt und jede mögliche Bedrohung niederschlägt. Diese Impulse haben weder meinen Freunden noch der Frau, die ich liebe, in letzter Zeit viel gebracht.

Vielleicht könnte ich so großzügig sein, wie es Griffin zu sein schien. Vielleicht könnte ich die Lücke füllen, die Zian hinterlassen hat.

Ich muss nur herausfinden, wie. Sowohl ihm als auch ihr zuliebe.

Zweiundzwanzig

Riva

Das Gemisch aus Reis, Linsen und den wenigen Gewürzen, die wir aufgetrieben haben, schmeckt vielleicht nicht wie im Fünf-Sterne-Restaurant, doch nachdem wir uns vierundzwanzig Stunden nur von Crackern, Hartkäse und Trockenobst ernährt haben, muss ich mich zurückhalten, um nicht den Teller abzulecken, als ich fertig bin.

Die große Küche, in der wir sitzen, ist einer der saubersten Räume des verlassenen Hotels. Die Terrasse auf der anderen Seite des Flurs, die aussieht, als hätte sie als Hauptspeisebereich gedient, ist vom Dschungel überwuchert: Äste ragen durch das zerbrochene Geländer und Ranken winden sich um die Tischgarnituren.

Die Sonne ist schon fast untergegangen, und als ich meinen Blick über meine Mitschattenblüter schweifen lasse, sehe ich, dass mehrere von ihnen gähnen.

Ich erhebe meine Stimme. „Wir sollten uns etwas ausruhen, solange es dunkel ist. Es wäre sowieso nicht sicher, in der Nacht Lichter einzuschalten. Sobald die Sonne aufgeht, brechen wir auf."

Zustimmendes Gemurmel ertönt und Dominic erhebt sich mit der Entschlossenheit, die ihm mittlerweile in Fleisch und Blut übergegangen ist.

„Weiter hinten sind mehrere Schlafzimmer", teilt er der Gruppe mit. „Sucht euch eines aus. Und geht mindestens zu zweit zusammen, damit ihr nicht allein seid, wenn es ein Problem gibt. Den zweiten Stock sollten wir meiden, denn das Dach ist offensichtlich in keinem guten Zustand."

„Und wascht euch, wenn ihr wollt", füge ich hinzu. „Das fließende Wasser sollte uns nicht verraten, und wir wissen nicht, wann wir das nächste Mal die Gelegenheit dazu haben werden."

Nach einem weiteren anstrengenden Tag juckt meine Haut vor Schmutz und getrocknetem Schweiß.

Ein paar der jüngeren Schattenblüter verlassen den Raum. Darunter auch Ajax und Devon, die Händchen halten. Celine steht mit einem Schwung ihres Pferdeschwanzes auf und lächelt ein wenig müde.

„Ihr Erstlinge solltet euch eine Pause gönnen. Ihr habt euch die ganze Zeit um uns gekümmert und den Plan für unsere Flucht geschmiedet. Wir können die erste Wache übernehmen."

Sie deutet auf sich selbst, Booker und Nadia – die Ältesten, die mit uns geflohen sind. Nadia nickt, ohne zu zögern, aber mir ist trotzdem nicht ganz wohl dabei.

„Ich glaube, mindestens einer von uns …", beginne ich.

Griffin unterbricht mich so sanft, dass es mir kaum unhöflich vorkommt, und schaut auf, während er Luas Fell streichelt. „Ich kann in der ersten Schicht auf die jüngeren

Schattenblüter aufpassen. Ich glaube, ich könnte sowieso noch nicht schlafen."

Ich zögere erneut. Auch wenn ich sein Angebot zu schätzen weiß, bin ich mir nicht sicher, ob das eine gute Idee ist. Wenn Griffin tatsächlich über seine Absichten gelogen hat, wäre dies eine perfekte Gelegenheit, zu einem Schlag gegen uns auszuholen.

Mein Instinkt sagt mir, dass er gute Absichten hat. Doch was, wenn ich mich irre?

Ich dachte auch, Rollick würde die Jugendlichen beschützen, die wir befreit haben.

Andreas tritt dicht an mich heran und senkt seinen Kopf an mein Ohr. „Ich habe Ajax beauftragt, Griffins Gedanken zu überwachen. Er hat mir versichert, dass er nur Gedanken aufgeschnappt hat, die seine Geschichte bestätigen. Ideen, wie er helfen könnte, Sorgen, wie seine vergangenen Taten uns geschadet haben könnten."

Ich atme langsam aus, und die Anspannung, die mich verfolgt, seit wir von der Insel geflohen sind, lässt ein wenig nach. Ich glaube nicht, dass Griffin geschickt genug ist, um jeden verdächtigen Gedanken zu verbergen, sofern er überhaupt gemerkt hat, dass Ajax in seinen Geist eingedrungen ist.

Nachdem mein Bauchgefühl von außen bestätigt wurde, beruhige ich mich ein wenig.

„Okay." Ich schenke Griffin ein leicht schuldbewusstes Lächeln wegen meiner anfänglichen Unsicherheit, bevor ich Celine zunicke. „Danke. Ihr werdet in ein paar Stunden abgelöst. Ihr solltet euch aufteilen, damit ihr das ganze Hotel im Auge behalten könnt."

Booker salutiert spielerisch. „Alles klar, Boss. Keine Sorge, wir haben unser ganzes Leben lang dafür trainiert."

Andreas' Lippen zucken angesichts seines ironischen Tonfalls. „Hoffentlich können wir etwas Besseres mit unserem Leben anfangen, wenn wir aus dem Dschungel heraus sind.“

Celine legt den Kopf schief, ihr Tonfall ist nach wie vor heiter. „Denkst du, wir sollten zu den Monstern gehen, um zu sehen, ob sie uns helfen, so wie ihr es schon mal getan habt?“

Ich zögere, denn ich bedaure meine vergangenen Entscheidungen nach wie vor. „Da bin ich mir noch nicht sicher. Wir können *niemandem* vertrauen, ohne wirklich vorsichtig zu sein.“

Sie nickt und wendet ihren Blick ab. Ich hoffe, dass meine Ungewissheit nicht zu den Sorgen beiträgt, mit denen sie sich ohnehin herumschlagen muss.

Die meisten der Jugendlichen haben die Küche bereits verlassen, und wir Erstlinge gehen hinter ihnen den Flur entlang.

Ich bin mir nicht sicher, wonach wir suchen. Wir gehen an den ersten Räumen vorbei, in denen es sich bereits einige der jüngeren Schattenblüter bequem gemacht haben, und schauen dann wahllos in die Zimmer.

Ich komme an einem mit einem großen Wasserfleck an der Decke vorbei und an einem anderen, in dem eine Dschungelkreatur durch das Fenster gestürzt zu sein scheint und das Bett als Nest benutzt hat. Dann stößt Zian weiter hinten im Flur einen erschrockenen Laut aus.

Der Rest von uns eilt zu ihm.

Er steht in einer großen Suite, die wohl für Paare in den Flitterwochen und besondere Gäste gedacht war. Das schwache Mondlicht scheint durch die großen Fenster auf das größte Himmelbett, das ich je gesehen habe, und die Bettdecke sieht beinahe unberührt aus.

Ein Fenster hat einen Sprung, und eine Ranke schlängelt sich bis zum Boden, der nur mit einer dünnen Schicht

Schmutz und Staub bedeckt ist. Der Spiegel auf dem verzierten Waschtisch glänzt noch.

Doch Zians Aufmerksamkeit gilt der Badewanne.

Gegenüber von dem Bett steht ein riesiger Jacuzzi, der halb in den Holzboden eingelassen ist. Die weißen Wände sind schmutzig, aber Zee starrt das Ding an, als wäre es das Herrlichste, was er je gesehen hat.

Ein liebevolles Grinsen umspielt meine Lippen. Bei den seltenen Gelegenheiten, die wir hatten, ins Wasser zu gehen, hat er sich immer besonders wohlgefühlt.

Ich erinnere mich daran, wie er im Dschungelteich in der Nähe der Inseleinrichtung schwimmen gegangen ist. Er sah so zufrieden aus. Zumindest für diese wenigen Minuten.

Ich gehe auf die Wanne zu und drücke die Knöpfe am Rand. „Ich wette, wir können sie reinigen und dann mit Wasser füllen. Du darfst zuerst rein, Zee.“

Als ich den Hahn aufdrehe, strömt Wasser aus mehreren Düsen und spült den Schmutz in Strudeln den Abfluss hinunter. Nachdem ich ein paar Mal über die glatte Oberfläche gewischt habe, kommt das Weiß wieder zum Vorschein.

Als ich aufschaue, sieht Zian mich an, nicht das Wasser. Sein Blick weckt andere Erinnerungen an jene Nacht am Teich.

Sehnsucht schimmert in seinen Augen, und seine Miene ist unsicher. Als ich seine innere Zerrissenheit bemerke, bildet sich ein Kloß in meiner Kehle.

„Wir lassen dir natürlich deine Privatsphäre“, sage ich und beuge mich vor, um den Stöpsel in den Abfluss zu drücken, damit sich die Wanne füllt. „Es gibt viele andere Räume, in denen wir …“

Jacob räuspert sich und unterbricht mich mitten im Satz. „Ich habe eine bessere Idee.“

Wir schauen alle zu ihm hinüber, und er schenkt uns ein

ungewöhnlich sanftes Lächeln. „Die Wanne ist groß genug für uns alle, meint ihr nicht auch?"

Er schaut mich einen Moment lang hoffnungsvoll an und wendet sich dann mit einem Anflug von Sorge Zian zu. Jake scheint ebenso gut wie ich zu wissen, dass Zee sich wohl am ehesten gegen die Idee sträuben wird.

Zian verlagert sein Gewicht von einem Fuß auf den anderen. Er blickt auf das Wasser und dann auf die Gruppe. Während sein Blick auf mir verweilt, wird die Mischung aus Sehnsucht und Unbehagen stärker.

Ich halte inne. „Wir müssten uns nicht ganz ausziehen. Und ich bleibe auf der anderen Seite der Wanne."

Andreas klopft mit seinen Fingerknöcheln gegen Zees Arm. „Wir werden einfach nur das Wasser genießen. Kein Druck, keine Erwartungen."

Zian zögert noch ein paar Sekunden, dann strafft er die Schultern. „Ja. Warum nicht?"

Jetzt lächelt auch Dominic. „Warum steigst du nicht zuerst ein, damit du die Wanne einen Moment für dich allein hast, bevor wir uns zu dir gesellen? Wir sollten sowieso ein paar Handtücher auftreiben."

Wir lassen Zian beim Whirlpool zurück, um den Rest des Zimmers zu durchstöbern. Dominic sucht das eigentliche Badezimmer ab und kommt mit einem Stapel weicher beiger Handtücher heraus, der er ausschüttelt, um sie vom Staub zu befreien.

Andreas und ich machen dasselbe mit dem Bett, indem wir die Bettdecke abziehen und sie ausschütteln. Die Laken darunter sehen fast makellos aus.

Am liebsten würde ich mich sofort hinlegen, aber dann würde *ich* sie schmutzig machen.

Auch Jacob kehrt mit einem zufriedenen Blick von seiner Suche im Badezimmer zurück. „Biologisch abbaubare Badeöle. Jetzt leben wir in echtem Luxus."

Er trägt die glänzenden grünen Fläschchen zur Wanne, wo Zian sich bis auf seine Boxershorts ausgezogen hat und ins Wasser steigt. Sein muskulöser Körper passt gerade so hinein, ohne gegen den Rand zu stoßen, und treibt im Wasser.

Der Wasserspiegel hat inzwischen fast den Überlaufabfluss erreicht. Zee dreht an einem der Regler, woraufhin die Düsen zu arbeiten beginnen und Dampf in die Luft steigt.

Er streicht sein kurzes Haar zurück und grinst Jake an, der jetzt, wo er im Wasser ist, viel entspannter aussieht. „Gut, dann rein damit. Wir sollten das volle Erlebnis haben."

Als Jacob das Öl in die Wanne gibt, bildet sich Schaum auf der Wasseroberfläche. Andreas zieht sein Shirt und seine Jogginghose aus und gleitet direkt neben Zian in den Jacuzzi.

Ich nehme an, wir gehen jetzt alle rein. Alle vier Jungs haben mich zumindest teilweise entkleidet gesehen, und es ist so dunkel, dass ohnehin nicht viel von mir zu sehen sein wird. Trotzdem bin ich ein wenig befangen.

Die Jungs setzen mich nicht unter Druck. Wegen seiner Tentakel braucht Dominic ein wenig länger, um sein Shirt auszuziehen. Er schaut dabei nicht einmal in meine Richtung. Jake schlüpft unterdessen leichtfertig aus seiner Hose, als wäre es keine große Sache.

Da mir keiner von ihnen besondere Aufmerksamkeit schenkt, entspanne ich mich ein wenig und ziehe mein T-Shirt und meine Hose aus. Meine Halskette behalte ich wie immer an. Die Luft ist so warm, dass ich in meinem Sport-BH und meiner Unterhose nicht friere.

Es ist, als hätte ich einen Bikini an und würde in einen Pool springen.

Keine große Sache.

Wie ich Zian versprochen habe, steige ich auf der anderen Seite in die Wanne. Wir bilden einen Kreis, und meine Wade streift Andreas' Bein, während sich einer von Dominics Tentakeln unter dem Schaum um meinen Ellbogen schlängelt.

Zee hat die Temperatur auf angenehm warm eingestellt. Ich stoße einen Seufzer aus und lasse mich ein wenig tiefer ins Wasser sinken, bis der Schaum mein Kinn kitzelt.

„Vielleicht ist die morgige Wanderung nach diesem Bad nicht ganz so anstrengend", sagt Jacob und streckt erst den einen und dann den anderen Arm vor sich aus.

Zian lehnt sich mit dem Rücken gegen die glatte Wand. „Gibt es hier noch andere Wege, die nicht so zugewuchert sind? Falls sie Fahrzeuge zurückgelassen haben …"

Drey schüttelt den Kopf. „Ich habe eine Runde um das ganze Hotel gedreht, als ich es das erste Mal inspiziert habe. Es gibt noch eine andere Straße, die etwas breiter ist als die, über die wir gekommen sind, aber sie ist genauso zugewachsen. Autos habe ich nicht gesehen."

Dominic brummt vor sich hin. „Wir könnten morgen den anderen Weg nehmen und sehen, wohin er uns führt."

„Das ist eine ganz andere Richtung als die, in die wir vorher gegangen sind", gibt Andreas zu bedenken. „Ich glaube nicht, dass er in die Stadt führt."

Ich lehne meinen Kopf zurück und tauche meinen Zopf ins Wasser, während ich über die Möglichkeiten nachdenke. „Griffin hat keine größeren Menschenansammlungen in der Nähe der Stadt geortet. Und eine kleine Stadt verfügt vielleicht nicht über die Ressourcen, die wir für unsere Flucht brauchen."

Wie auch immer das genau ablaufen wird, wenn wir erst einmal wissen, welche Mittel uns dort zur Verfügung stehen.

Drey zupft an meinem Zopf. „Du hast uns bis jetzt gut geführt, Tinkerbell. Ich vertraue deinem Urteil."

Die Berührung seiner Fingerspitzen an meinem Hals entfacht eine Hitze in mir, die viel intensiver ist als die des

Wasserdampfs. Als mein Gesicht errötet, fährt er mit seinen Fingern über meine Wange.

Pheromone der Begierde erfüllen die Luft um mich herum, und ein Schauer des Verlangens durchfährt meinen Körper und bringt die Schatten in meinem Blut zum Zittern.

Ich war zu lange von meinen Jungs getrennt, von der konkretesten Manifestation unserer Verbindung. Und ich merke, dass sie das auch spüren.

Nur einer von ihnen ist nicht bereit, diesem Verlangen nachzugeben.

Zian scheint dieser Umschwung nicht zu entgehen. Er richtet sich auf, und ein Schwall Wasser schwappt aus der Wanne. Selbst im Halbdunkel erkenne ich, dass seine pfirsichfarbene Haut einen rötlicheren Farbton angenommen hat, was nicht nur an dem warmen Wasser liegen dürfte.

„Ich kann *euch* etwas Privatsphäre lassen", sagt er mit rauer Stimme und dreht sich um, um aus der Wanne zu steigen.

Jacob legt eine Hand auf seinen Arm, um ihn aufzuhalten. Seine blauen Augen blitzen auf.

„Was wäre, wenn du auch dabei sein könntest? Und zwar, ohne zu riskieren, wovor du dich fürchtest?"

Zians Blick huscht zu ihm, und seine Augen weiten sich. „Wovon redest du?"

Jake hält inne, als müsste er selbst noch darüber nachdenken. Er wirft mir einen so hitzigen Blick zu, dass meine Nerven kribbeln.

Dann wendet er sich wieder an Zee. „Benutze uns. Wir können deine Hände und dein Mund sein. Sag uns, was du mit ihr machen willst, und wir tun es für dich. Als ob du durch uns handeln würdest. Das könnte funktionieren, ohne etwas in dir auszulösen, oder?"

Eine weitere Hitzewelle durchströmt mich bei dieser Vorstellung.

Zian holt tief Luft, und seine Pupillen weiten sich vor Lust. „Das würde … Ich meine …“

Er sieht mich durchdringend ein. „Wärst du damit einverstanden?“

Jeder Nerv in meinem Körper zittert vor Erwartung. Ich war schon mal mit Dominic und Andreas gleichzeitig zusammen, aber nur ein einziges Mal. Und nie mit mehr als den beiden.

Die Möglichkeiten, die mir durch den Kopf schießen, lösen ein Feuer der Lust in mir aus.

„Ja. Wenn ihr das auch möchtet.“

Zians nächster Atemzug ist zittrig. Die anderen schweigen. Andreas' Hand liegt immer noch auf meiner Wange, und wir alle geben Zian den nötigen Freiraum, um seine Entscheidung zu treffen.

Er befeuchtet seine Lippen, und das Glühen in seinen dunklen Augen wird intensiver. Dann nickt er Drey zu.

„Küss sie. Küss sie, bis sie sich windet, weil sie mehr will.“

Ein verschmitztes Grinsen umspielt Andreas' Lippen, und er hebt mein Kinn an, um seine Lippen auf meine zu pressen.

Es braucht nicht viel, damit er mir ein bedürftiges Wimmern entlockt. Er verschlingt meinen Mund mit einer Leidenschaft, die sich wochenlang aufgestaut hat und die keiner von uns beiden herauslassen konnte.

Ich greife in sein zerzaustes Haar und erwidere seinen Kuss heftig. Meine Lippen öffnen sich augenblicklich, als seine Zunge dagegen stößt.

Durch das heftige Donnern meines Pulses dringt Zians raue Stimme an meine Ohren. „Dominic, du weißt doch auch, wie du sie dazu bringen kannst, sich zu winden, oder? Berühre sie. Überall, wo es ihr gefällt.“

Dominic gluckst leise und drückt mir einen Kuss auf die

Schulter. Dann gleiten seine Tentakel um mich herum, einer über meinen Rücken, der andere über meinen Bauch, und seine Saugnäpfe streicheln meine Haut wie eine Vielzahl von Küssen.

Gleichzeitig gleitet seine Hand über meine Brust. Als er mit einem Daumen über meinen Nippel streicht, stockt mein Atem an Dreys Mund.

Während ich mich Doms Berührung entgegenwölbe, gibt Andreas einen lüsternen Laut von sich und vertieft unseren Kuss. Unsere Zungen verschlingen sich miteinander, und Glückseligkeit durchströmt mich, als unsere Münder miteinander verschmelzen, während Dominic mich streichelt.

Dom massiert meine Brust und reizt meinen Nippel mit seinem Daumen, bis die harte Spitze gegen den Stoff meines BHs drückt. Das wachsende Verlangen zwischen meinen Schenkeln entlockt mir ein Knurren.

Ich löse meinen Mund von Andreas' Lippen und schaue Zian in die Augen. Ich hoffe, dass ich ihm mit meinem hitzigen Blick zu verstehen geben kann, wie glücklich ich wäre, wenn er richtig mitmachen würde.

Dann kann ich nicht anders, als Dominics Lippen zu suchen und ihn fester an mich zu ziehen.

Jacob hat sich noch nicht auf mich zubewegt, aber seine Worte dringen mit einem leisen Schnurren über das Wasser, das die Schatten in meinen Adern doppelt so stark erzittern lässt. „Sieh nur, wie sehr sie es genießt, Zee. Du hast drei Münder, mit denen du arbeiten kannst. Sechs Hände. Und obendrein noch zwei Tentakel."

Er hält inne, und seine Stimme wird noch leiser. „Warum holen wir sie nicht aus dem Wasser, damit du sehen kannst, wie gut sie darauf anspricht?"

„Ja", stimmt Zian zu. „Bringt sie zum Bett."

Ich leiste nicht den geringsten Widerstand, als Dominic

und Andreas mich zwischen sich hochheben. Sie setzen mich auf den Wannenrand, bevor sie selbst aus dem Wasser steigen. Dann tritt Jake hinter mich und hebt mich in seine Arme.

„Ich bin dran", sagt er, und blaues Feuer lodert in seinen Augen.

Ich umfasse seinen Kiefer und erinnere mich an das Unbehagen, das von ihm ausging, als er mich beim Küssen mit Griffin erwischte. Außerdem ist er nach wie vor sehr bestrebt, das wiedergutzumachen, was ich ihm bereits verziehen habe.

„Ich brauche dich genauso sehr", sage ich leise.

Seine Arme legen sich fester um mich, und während er auf das Bett zuschreitet, senkt er seinen Kopf, um mich erneut zu küssen.

Jacobs heißer, fordernder Kuss könnte mich versengen. Ich spüre seine Lust wie einen Elektroschock, der mich bis in die Fingerspitzen und Zehen durchzuckt.

Er legt mich auf das Laken und löst seine Lippen von mir, ohne von meiner Seite zu weichen. Das Wasser auf meiner Haut sickert in den seidigen Stoff.

Dann gesellen sich Dominic und Andreas zu uns. Dominic setzt sich zu mir, während Andreas sich neben meinem Knie niederlässt. Ihre Augen schimmern intensiv in dem schwachen Mondlicht, das durch die Fenster dringt.

Das Wasser plätschert, als Zian aus dem Whirlpool steigt. Er geht an dem Stapel Handtücher vorbei und stellt sich ans Fußende des Bettes, ohne sich um das Wasser zu kümmern, das über seine wohlgeformten Muskeln läuft.

Am liebsten würde ich die Tropfen von seiner Haut lecken, doch ich unterdrücke den Drang und blicke stattdessen in sein Gesicht.

„Was möchtest du jetzt mit mir machen?"

Seine Finger krümmen sich, als würde er sich vorstellen,

wie sie über meinen Körper streichen. Er beobachtet, wie Dominic seine Hand über die Träger meines BHs gleiten lässt.

„Zieh ihn ihr aus, Dom", befiehlt er heiser. „Ich will sie sehen. Und dann berühre sie. Du auch Jake. Küsst ihre Brüste."

Ich drücke mich ein wenig nach oben, damit Dominic und Jacob mir gemeinsam den Sport-BH über den Kopf ziehen können. Sobald ich mich wieder in die Laken sinken lasse, senkt Jake den Kopf und saugt einen Nippel in seinen Mund.

Ich keuche auf, während Dom den anderen Nippel zwischen Daumen und Zeigefinger zwirbelt, bevor er einen Tentakel darüber gleiten lässt.

Jeder Saugnapf, der meinen Nippel berührt, drückt ihn fest zusammen. In Sekundenschnelle stöhne ich vor Lust auf.

Zians Blick auf mir zu spüren, fühlt sich wie eine weitere Liebkosung an. Wird es ihm helfen, wenn er sieht, dass er mein Vergnügen lenken kann, ohne dass eine Katastrophe über uns hereinbricht?

Ich hoffe, er genießt den Moment wenigstens halb so sehr wie ich.

Meine Schenkel haben von selbst begonnen, sich aneinander zu reiben, um das Verlangen dazwischen zu lindern. Andreas streicht mit seinen Fingern an meinem Bein auf und ab.

„Ich glaube, sie braucht mehr, Zee."

Zian gibt ein ersticktes Stöhnen von sich. „Zieht sie ganz aus. Und dann … Macht sie an. Tut, was immer sich für sie am besten anfühlt … Hände, Mund …"

Als er mit einem weiteren angestrengten Laut abbricht, reißt Drey mein Höschen herunter. Er streicht mit seinen Fingern über meinen Kitzler und meine feuchten Falten darunter.

Mein Kopf sinkt in das Kissen zurück, und mir kommt ein leiser Schrei der Lust über die Lippen. Das vertraute Brennen des Verlangens durchströmt meinen ganzen Körper. Meine Nerven und meineSchatten bilden einen Chor, der nach mehr schreit.

Andreas massiert meine Muschi, bis ich mich im gleichen Rhythmus mit seinen Bewegungen wiege. Mit einer Hand greife ich in Jacobs Haar, mit der anderen umklammere ich Dominics Arm. Als Drey zwei Finger in meinen Schlitz schiebt, läuft mir ein wohliger Schauer über den Rücken.

Er stößt sie ein paar Mal in meine feuchte Muschi und zieht sie wieder heraus, bevor er Zian seine Finger hinhält, an denen meine Erregung glänzt. „Du kannst sie schmecken", raunt er mit heiserer Stimme.

Zian erstarrt, aber nur für einen Augenblick. Er rennt die letzten paar Schritte zum Fußende des Bettes und beugt sich vor, um Dreys Angebot anzunehmen.

Der Anblick, wie er mit seiner Zunge über Andreas' Finger fährt und meine Lust ableckt, entlockt mir ein Keuchen. Zians zwiegespaltene Miene bringt meine Nerven zum Kribbeln.

„Koste sie noch mal", sagt er. „Direkt an der Quelle. Bis sie kommt."

Andreas folgt der Anweisung, ohne zu zögern. Er beugt sich herunter und bearbeitet meine Mitte mit seinem Mund.

Oh, verdammt. Ein Schwall von Gefühlen durchflutet mich zusammen mit der Lust, die Jacob und Dominic in meinem Körper hervorrufen.

In diesem Moment umschließt Dom meine Brust mit seinem Mund. Ich werde von drei Seiten verschlungen. Die Lippen und Zungen und das vorsichtige Schaben von Zähnen spielen eine Symphonie der Glückseligkeit auf meinem ganzen Körper.

Dann schiebt Andreas seine Zunge direkt in mich hinein,

und meine Hüften wölben sich ihm entgegen. Als er meine empfindlichste Stelle liebkost, geht mein Keuchen in ein Wimmern und dann in ein noch lauteres Stöhnen über.

Jacob hebt seinen Kopf und streichelt meine Wange. „Du solltest besser nicht zu laut sein, Wildkatze. Wir wollen doch nicht, dass die anderen mitbekommen, was wir hier treiben. Beiß zu, wenn es sein muss."

Er schiebt seine Finger an meinen Lippen vorbei zwischen meine Zähne, um meinen nächsten Schrei zu dämpfen.

Eigentlich wollte ich seinen Vorschlag nicht befolgen, doch er kneift immer fester in meinen Nippel, während Dominics Tentakel meine andere Brust bearbeiten und mir einen Lustschauer nach dem anderen über die Haut jagen.

Dann saugt Drey so heftig an meinem Kitzler, dass es sich anfühlt, als würde eine Flutwelle der Ekstase einen Damm durchbrechen, von dem ich nicht wusste, dass er sich in mir aufgebaut hatte.

Ein gedämpftes Stöhnen vibriert in meiner Kehle, und mein Kiefer verkrampft sich um Jacobs Hand. Der Geschmack von Blut auf meiner Zunge verstärkt den Rausch meiner Erlösung tatsächlich.

Ich zucke an Andreas' Mund und gebe mich dann den sanften Wellen des Nachglühens hin. Als Jacob seine Hand zurückzieht, bemerke ich den scharlachroten Abdruck meiner Zähne auf seiner Haut.

Schuldgefühle überkommen mich. „Dom, du musst Jacob heilen …"

„Ist schon gut", unterbricht mich Jacob und sein zufriedener Tonfall lässt keinen Platz für Zweifel. Er grinst so wild und hingebungsvoll auf mich herab wie in der Nacht, als er die abgetrennten Hände meiner Feinde auf das Fußende meines Bettes warf. „Ich hoffe, es bleibt eine Narbe zurück. Ein weiteres Mal von dir."

Zian stöhnt und hält sich mit einer Hand am Bettpfosten fest, die andere ist auf die Beule in seiner Boxershorts gepresst.

„Sie muss jemanden in sich haben", röchelt er. „Sie muss noch mal kommen."

Ich habe keine Ahnung, wie die Jungs diese Entscheidung treffen, und vielleicht wissen sie es selbst nicht genau. Wie ein einziges Wesen versammeln sie sich um mich herum, und Dominic platziert sich zwischen meinen gespreizten Beinen.

Er sieht mich fragend an, und mein Herz schwillt vor Zuneigung an, als ich in seinem Blick das gleiche Verlangen sehe, das ich auch empfinde. Ich fahre mit meinen Fingern durch die rotbraunen Strähnen, die sich aus seinem feuchten Pferdeschwanz gelöst haben, und strahle ihn an.

„Bitte."

Während er seine Boxershorts auszieht, küsst Jacob mich, und Andreas wendet sich mit seinen Lippen meiner Brust zu.

Ich bin ganz in ihrer Umarmung gefangen. Ihre Arme sind um meinen Körper geschlungen, und Dominics Tentakel streichen an den Seiten meines Oberkörpers entlang.

Jake löst seinen Mund von meinen Lippen, als Dom in mich eindringt. Bei dem Gefühl, vollkommen ausgefüllt zu sein, bleibt ein Stöhnen in meiner Kehle stecken.

Automatisch heben sich meine Knie, um seine Hüften zu umschließen und ihn tiefer in mich aufzunehmen. Er beugt sich über mich, während die beiden anderen Jungs sich zurückziehen, um Platz zu machen und gleichzeitig ihre Liebkosungen fortzusetzen.

„Ich liebe dich", murmelt Dominic, und als er tiefer in mich eindringt, stößt er einen Atemzug aus, der mir ein Keuchen entlockt. „So sehr."

Freude durchströmt meine Brust, obwohl ich diese Worte

schon mehr als einmal von ihm gehört habe. „Ich liebe dich auch." Ich lasse meinen Blick zu den anderen Jungs um uns herum schweifen. „Euch alle. Für immer."

Andreas knabbert an meinem Ohrläppchen und haucht mir zu: „Du bist alles, was ich mir jemals wünschen werde."

„Ich werde weiterhin alles tun, was ich kann, um mir deine Liebe zu verdienen, Wildkatze", murmelt Jacob und drückt kurz meine Finger, bevor er wieder meine Brust umfasst.

Zians Stimme dringt vom Ende des Bettes zu mir. „Riva …", krächzt er.

Er hat seine Hand auf die Beule in seinen Boxershorts gepresst, und Verlangen steht ihm ins Gesicht geschrieben. Als Dominic wieder in mich eindringt und mich einem weiteren berauschenden Höhepunkt entgegentreibt, schaffe ich es, Zees Blick standzuhalten.

„Kommst du mit mir?"

Er stößt einen Fluch aus, und jeder Muskel in seinem Körper spannt sich an. Dann lässt er seine Hand unter den Saum seiner Boxershorts gleiten und reibt seine Erektion.

Das Geräusch, wie er seinen Schwanz bearbeitet, vermischt sich mit dem Rhythmus von Dominics Stößen und unseren keuchenden Atemzügen. Ein Wirbelwind der Lust rast durch meinen Körper. Obwohl er mich nicht berührt, fühlt es sich in diesem Moment so an, als wäre er genauso dabei wie die anderen.

Der Gedanke lässt die Flammen in mir erneut auflodern, und eine Welle der Glückseligkeit breitet sich in mir aus, bis die Schatten in meinen Adern tanzen, und mein Körper zittert.

Ich drücke mich an Dominic, um ihn noch tiefer in mich aufzunehmen. Gleichzeitig neige ich meinen Kopf, um Drey aufzufordern, mich zu küssen. Ich streiche mit meinen Fingern über Jacobs Brust.

Und dann komme ich im selben Moment mit Zians letztem Stöhnen.

Während ich zwischen den anderen drei Jungs zittere, ergießt sich unser Dirigent auf die Matratze. Seine Schultern zucken.

Dann senkt er seinen Kopf noch ein wenig weiter und drückt mir einen vorsichtigen Kuss auf den Fußballen, den ich gerade auf der Matratze abgelegt habe.

Sie sind alle hier bei mir. Da, wo sie hingehören.

Trotzdem wird meine Freude von einem mulmigen Gefühl durchdrungen.

Ich muss herausfinden, wie ich sicherstellen kann, dass sie dieses Mal bei mir bleiben und sich keiner der Schurken jenseits dieser Mauern jemals wieder zwischen uns drängen kann.

DREIUNDZWANZIG

Zian

In dem Hotel auch noch ein Fahrzeug zu finden, wäre wohl zu viel verlangt gewesen.

Stattdessen machen wir uns wieder zu Fuß auf den Weg durch die dichte Dschungelvegetation, wehren Käfer ab und stoßen uns die Zehen an Steinen, die im Unterholz auf den ersten Blick nicht zu sehen sind.

Ich gehe voran, da ich aufgrund meiner Größe und Kraft höhere Hindernisse leichter überwinden kann als die anderen. Das bedeutet allerdings auch, dass ich nicht mitbekomme, was hinter mir passiert.

Mein übernatürlich scharfes Gehör ist mehr auf mögliche Gefahren aus der Ferne konzentriert als auf die gemurmelten Gespräche und müden Seufzer unserer Gruppe.

Deswegen bekomme ich nicht mit, dass Georges Teleportationsfähigkeit versagt, bis er einen Schritt vor mir auftaucht und prompt über eine Baumwurzel stolpert. Er schnappt erschrocken nach Luft und stößt einen Fluch aus, den Zwölfjährige wahrscheinlich nicht kennen sollten.

Ich reiche ihm die Hand, um ihm aufzuhelfen. „Geht es dir gut?"

Er fährt sich mit der Hand durch sein seltsames weißes Haar. „Ja. Ich wollte das nicht. Es passiert einfach, wenn ich mich schneller bewegen will."

Sein Gesicht glänzt vor Schweiß, sein Haar, das normalerweise stachelig von seinem Kopf absteht, ist durch die Luftfeuchtigkeit zusammengefallen, und sein T-Shirt klebt stellenweise an seinem mageren Körper.

Nach einem kurzen Blick auf ihn beschließe ich, dass ich mich noch ein wenig mehr anstrengen kann, ohne dass meine Ausdauer allzu sehr darunter leidet. „Gönn dir ruhig eine kleine Verschnaufpause."

Ich hebe ihn huckepack auf meine Schultern, sodass er über meinem Rucksack sitzt. Er ist so schmächtig, dass ich das zusätzliche Gewicht kaum spüre.

„Du musst das nicht tun", sagt er, während ich weitergehe. „Ich schaffe das schon."

Ich zucke vorsichtig mit den Schultern, um ihn nicht aus dem Gleichgewicht zu bringen. „Ich auch. Pass nur auf deinen Kopf auf, ein paar der Äste hängen ziemlich niedrig."

George hält sich vorsichtig an meinem Kopf fest, und sein leiser Seufzer verrät mir, dass er für die Pause dankbarer ist, als er zugeben möchte. Ich glaube, er ist der Jüngste hier. Kein Wunder, dass er am schnellsten erschöpft ist.

„Nur für ein paar Minuten. Ich komme schon klar, wirklich", flüstert er so leise, dass ihn niemand anderes hört.

Sein Tonfall versetzt mir einen Stich ins Herz. Ich wünschte, ich könnte sein Gesicht sehen. Auch wenn ich nicht der Beste im Lesen von Gefühlen bin.

„Das ist kein Problem für mich", versichere ich ihm. „Ich könnte stundenlang so weiterlaufen."

Er beugt seinen Kopf zu mir herunter. „Du solltest das nicht tun müssen. Es ist meine Schuld, dass wir überhaupt hier sind.“

Ich reiße ein paar Ranken ab, die uns den Weg versperren, und runzle die Stirn. „Warum sagst du das?“

„Wir wären nicht abgestürzt, wenn ich den Piloten nicht so hart getroffen hätte. Weil ich diesen dummen Hüpfer gemacht habe, obwohl ich es gar nicht wollte. Ich baue oft Mist, aber dieses Mal habe ich es für alle vermasselt.“

Oh. Vermutlich haben mir die Emotionen in seiner Stimme deshalb einen Stich ins Herz versetzt, weil sie mir so unangenehm vertraut sind.

Doch mit dem Wiedererkennen kommt ein unerwartetes Gefühl der Gewissheit. Meine nächsten Worte kommen mir ohne jegliches Zögern über die Lippen.

„Ich glaube, wir alle hatten Probleme, unsere Kräfte zu kontrollieren. Die Wärter haben uns nie wirklich beigebracht, wie man sie richtig einsetzt.“

Clancy hat zwar mit uns trainiert, aber nur, um seine Missionen zu erfüllen. Ich weiß nicht, ob er sich überhaupt mit diesem Jungen befasst hat.

George stößt ein leises Schnauben aus. „Ja, aber niemand sonst hat den Hubschrauberabsturz verursacht.“

Ich denke über seine Aussage nach. „Nein, aber ein paar von uns hätten es tun können. Und andere könnten auf andere Weise Mist bauen, der genauso schlimm sein könnte. Solange wir *versuchen*, Leuten zu helfen, anstatt ihnen zu schaden, denke ich, dass wir am Ende mehr Gutes als Schlechtes tun werden. Die Bilanz wird mehr richtig als falsch sein.“

Der Junge schweigt für einige Sekunden. „Bist du dir sicher? Denn ich versuche es wirklich.“

„So sicher, wie ich mir nur sein kann“, versichere ich ihm und während ich das sage, wird mir klar, wie wahr das ist.

Zum ersten Mal mache ich mich bei dem Gedanken an meine eigenen Fehler nicht sofort fertig.

Ich bin nicht glücklich darüber und wünschte, ich könnte den Schmerz zurücknehmen, den ich unverdienterweise verursacht habe.

Allerdings habe ich nicht um diese Macht gebeten oder um die heftige Abwehrhaltung, die damit verbunden ist. Ich kann mehr Gutes in die Welt bringen als Schmerz, nicht wahr?

Genau das tue ich jetzt, indem ich diesem Jungen helfe. Und vielleicht nicht nur, indem ich ihm im wahrsten Sinne des Wortes etwas Gewicht abnehme.

Ein Lächeln huscht über mein Gesicht, und für eine Weile fühlen sich meine Schritte leichter an.

Die Richtung, die wir aufgrund von Jacobs Beobachtungen aus dem Cockpit vor dem Absturz und Griffins emotionalem Kompass eingeschlagen haben, führt uns zu einer Reihe hoher Hügel. Möglicherweise handelt es sich bei den grün bewachsenen Gipfeln, die ich durch die Blätter erkennen kann, sogar um kleine Berge.

Die Atemzüge meiner Begleiter werden rauer, als wir mit dem Aufstieg beginnen. Wie hoch werden wir dieses Mal klettern müssen?

Wir können uns nicht darauf verlassen, dass wir auf ein weiteres verlassenes Hotel stoßen.

Ich gehe um mehrere Felsbrocken herum, während die anderen mir folgen, und bahne mir einen Weg durch ein Dickicht aus aufkeimenden Schösslingen. George schaukelt auf meinen Schultern.

Meine Waden kribbeln bereits vor Anstrengung. Ich werde ihn bald absetzen müssen.

Ich werfe einen Blick auf die Sonne, die gerade ihren Höhepunkt überschritten hat und durch die dünne Wolkenschicht hindurch brennt. Dann schaue ich wieder zu den anderen. „Sind wir sicher, dass wir diesen Weg weitergehen wollen? Habe ich uns nicht vom Kurs abgebracht?"

Dominic blickt ebenfalls zur Sonne auf. „Ich glaube, wir laufen immer noch Richtung Nordwesten."

Griffin nickt mit seiner unnatürlich vagen Mimik. „Ich habe das Gefühl, dass wir in die richtige Richtung gehen, wenn wir die größte Stadt in der Gegend erreichen wollen."

Dann laufen wir wohl einfach so lange weiter, wie es dauert.

Ich wende mich wieder dem Dschungel zu und überlege, ob ich George noch eine Weile tragen kann oder ob ich meine Kräfte schonen und ihn absetzen sollte. Das Mädchen mit dem mausbraunen Haar, das ich auf etwa vierzehn schätze und dessen Namen ich nicht kenne, war während der gesamten Wanderung sehr still.

„Ich, ähm", murmelt sie und senkt schüchtern den Kopf. „Ich glaube, ich weiß einen Weg, auf dem wir leichter vorankommen können."

Dieses Angebot werde ich nicht ablehnen. Ich lächle auf sie hinab, um meine imposante Größe zu kompensieren, falls sie das nervös macht. „Und zwar?"

Sie wringt nervös die Hände vor ihrem Körper. „Na ja … Meine Fähigkeiten haben mit der Erde zu tun. Und ich habe bemerkt, dass ich den Boden um uns herum *spüren* kann. Wo er steiler ist oder … nicht so steil. Wo mehr oder weniger Wurzeln sind."

„Weniger Wurzeln bedeuten weniger Pflanzen, durch die man sich schlagen muss", meldet sich Booker. „Hört sich gut an."

Jacobs Stimme klingt ungeduldig. „Wir sollten nicht zu weit vom Weg abkommen. Ein einfacher Weg könnte noch länger dauern, wenn wir in die falsche Richtung laufen."

Das Mädchen sinkt vor meinen Augen in sich

zusammen. Wie zuvor schon Georges Schuldbekenntnis versetzt mir dieser Anblick einen Stich ins Herz.

Sie versucht, uns zu helfen. Jake ist nur von Natur aus skeptisch.

„Kannst du ungefähr einschätzen, wie weit wir gehen müssen, um zu den besseren Pfaden zu gelangen?", frage ich sie. „Um sicherzugehen, dass der Umweg nicht zu lang ist?"

Sie blickt zu mir auf und beißt sich auf die Lippe. „Ja. Ich kann sowieso nichts fühlen, was weiter entfernt ist. Es gibt eine Stelle ganz in der Nähe, die wir ausprobieren könnten."

„Wir können es ja mal versuchen", sagt Andreas in seiner lockeren Art. „Vor allem, wenn man bedenkt, wie viel wir noch zu Fuß vor uns haben."

Ein zustimmendes Gemurmel geht durch die Gruppe, und ich tätschle dem Mädchen sanft die Schulter.

„Warum übernimmst du nicht für eine Weile die Führung? Klingt so, als wüsstest du besser als ich, wohin wir gehen müssen."

Allein für das breite Grinsen, das sie mir zuwirft, hat sich der Versuch schon gelohnt. Sie läuft ein Stück vor mir her und bahnt sich so geschickt ihren Weg durch das Gelände, dass mein Vertrauen in sie sofort wächst.

Ich schaue hinter mich, um mich zu vergewissern, dass alle an Bord sind, und mein Blick begegnet dem von Riva. Sie schenkt mir ein breites Lächeln, das meinen Puls auf die bestmögliche Art und Weise in die Höhe treibt.

Sie hat sich für die Nachwuchs-Schattenblüter eingesetzt, seit sie von ihrer Existenz erfahren hat. Aber sie muss damit nicht allein sein.

Sie muss generell nicht allein sein. Bei der Erinnerung an die letzte Nacht – an ihren Geschmack auf meinen Lippen, ihr vor Glückseligkeit gerötetes Gesicht – durchströmt mich ein heißer Schauer.

Ich habe meinen Teil dazu beigetragen, ihr diese Lust zu bereiten, und ich musste dabei nicht zu sehr an meine Grenzen gehen. Selbst wenn dies das Beste ist, was ich ihr jemals bieten kann, ist es mehr, als ich dachte.

Das schüchterne Mädchen führt uns auf einen schmalen Trampelpfad, den vermutlich Tiere benutzen, um den Dschungel zu durchqueren. Meine Schritte werden länger, als wir ihn entlanglaufen, und meine Anspannung lässt nach.

„Das ist großartig", sage ich zu ihr, woraufhin ihr Lächeln ein wenig breiter wird.

„Ich glaube, dieser Pfad führt uns zwischen den Hügeln hindurch", sagt sie. „Wir müssen also keinen davon erklimmen."

Nadia stößt einen anerkennenden Ruf aus. „Das klingt gut! Ohne Fleiß kein Preis ist definitiv nicht meine Philosophie."

Dank unseres schnellen Tempos sind wir innerhalb von ein paar Stunden von den aufragenden Gipfeln umgeben. Wir haben zwar noch etliche Hügel vor uns, aber ich bin guter Dinge.

Natürlich brauchen die anderen trotzdem ihre Pausen. Als wir auf ein paar umgestürzte Bäume stoßen, die uns als Bänke dienen können, ruft Andreas zu einem Boxenstopp auf. Riva und er verteilen Getränke und Snacks, während Dominic alle auf Verletzungen untersucht.

Griffin holt seine Katze aus dem Rucksack und krault sie, während sie sich auf seinen Schoß kuschelt. Als ich ihn beobachte und mich frage, was wohl in seinem Kopf vor sich geht, richtet er seinen Blick auf Celine.

„Ich glaube, wir kennen jetzt alle eure Fähigkeiten, außer deine, Celine", sagt er ruhig. „Welche Kräfte hast du? Es wäre gut, das zu wissen, falls sie uns nützlich sein könnten."

Sie kichert und legt schüchtern den Kopf schief. „Das ist

hier draußen wohl eher unwahrscheinlich. Die Wärter meinten, meine Fähigkeiten hätten etwas mit Magnetismus zu tun … Ich kann bestimmte Metalle manipulieren, und manchmal empfange ich Radiowellen oder Handysignale … Seit wir aufgebrochen sind, habe ich allerdings nichts wahrgenommen."

Mit einem schiefen Grinsen deutet sie auf die Wildnis um uns herum.

Nadia gibt ihr einen neckischen Stups. „Sobald wir in der Stadt sind, wird es genug für dich zu tun geben."

„Dort könnte deine Fähigkeit durchaus nützlich sein." Jacob streckt seine Arme über den Kopf und richtet seinen Blick auf das Mädchen, das die Beschaffenheit der Erde spüren kann. „Kannst du uns vielleicht sagen, wie weit wir noch gehen müssen, bevor es wieder bergab statt bergauf geht?"

Angesichts seines fordernden Tonfalls zieht sie leicht die Schultern hoch. „Meine Kraft reicht nicht so weit in die Ferne, also ist es auf jeden Fall noch ein Stück. Mehr als zehn Minuten, würde ich sagen."

Andreas legt den Kopf schief und betrachtet die Gipfel links und rechts von uns. „Ich würde schätzen, dass es nur noch ein paar Stunden sind. Vor Einbruch der Dunkelheit werden wir es nicht auf die andere Seite schaffen, doch es wäre gut, wenn wir bis zum höchsten Punkt gelangen könnten. Vielleicht können wir von dort aus die Stadt sehen. Das wird uns etwas Motivation verschaffen, bevor wir wieder aufbrechen."

Riva streckt die Arme vor sich aus und ihre Augen glänzen. „Unser Ziel vor Augen zu haben, wäre toll."

Sobald wir die Zivilisation erreicht haben, können wir herausfinden, wo wir sind und von da aus weiterplanen. Womöglich finden wir sogar noch mehr Verbündete.

Mein Herzschlag beschleunigt sich voller Erwartung,

obwohl diese Ereignisse noch mindestens einen Tag in der Zukunft liegen. Dann verweilt mein Blick auf Riva.

Sie hat sich ein paar Meter von Griffin entfernt hingesetzt und seine Hand genommen.

Als er sie mit einem stummen Lächeln ansieht, stellen sich meine Nackenhaare automatisch auf.

Er hat uns bei der Flucht geholfen. Seit wir aus der Einrichtung geflohen sind, hat er mir keinen Grund gegeben, ihm zu misstrauen.

Allerdings hat er sich auch nicht wirklich erklärt. Er hat sich nicht dafür gerechtfertigt, dass er sich mit Clancy und den anderen Wärtern gegen uns verschworen hat.

Er hat Clancy bei seinem Plan geholfen, Riva und mich zusammenzubringen. Und er hat ihm einige meiner und ihrer intimsten Gefühle verraten.

Ein Knurren bildet sich in meiner Kehle.

Es ist mir egal, ob Riva ihm vertraut. Er muss sich *beweisen*. Und zwar uns allen. Oder zumindest meinen drei Freunden, die über ihre Male so eng mit ihr verbunden sind, wie man es nur sein kann. Möglicherweise werde ich nie eines dieser Male auf meiner Haut haben.

Vielleicht ist es nicht seine Schuld. Es könnte sein, dass die Wärter ihn auf alle möglichen Arten gequält haben, von denen wir nichts wissen.

Trotzdem müssen wir es hören.

Es war gut, dass ich ihr den ganzen Mist aus meiner Vergangenheit gebeichtet habe.

Er sollte das Gleiche tun. Um unser aller willen, aber auch um seinetwillen.

Ich stehe abrupt auf, und der Wolf in mir drängt darauf, aus meiner Haut hervorzubrechen. Ich werde ihn nicht bedrohen, so gern ein Teil von mir das auch tun würde.

Als die anderen zu mir aufblicken, drehe ich meinen Kopf nach links. „Ich kann irgendwo in dieser Richtung einen Bach hören. Diejenigen mit den leeren Saftkanistern sollten nachsehen, ob wir sie dort auffüllen können."

Das bedeutet wir Erstlinge. Wir tragen die schwersten Rucksäcke auf unseren Schultern. Und jeder von uns hat mindestens einen leeren Kanister.

Wir müssten eigentlich nicht alle gehen, doch Dominic nickt mir nachdenklich zu und richtet sich auf. Bestimmt vermutet er, dass mein Vorschlag nur ein Vorwand ist. Jacobs Augen blitzen wachsam, und Andreas' leichtes Grinsen verblasst.

Riva lässt ihren Blick über die Jugendlichen schweifen. „Kommt ihr ein paar Minuten allein zurecht?"

„Hey, wir sind keine Kleinkinder", erklärt Nadia in einem Tonfall, der verrät, dass sie nicht beleidigt ist. Sie streicht sich die Fransen ihres dunklen Pixie-Haarschnitts aus der feuchten Stirn. „Und ich glaube nicht, dass jemand etwas gegen einen ausreichenden Wasservorrat einzuwenden hat."

Griffin ist auf dem Baumstamm sitzen geblieben und streichelt seine Katze. „Ich werde hier bei ihnen bleiben."

Ich fixiere ihn mit einem durchdringenden Blick. „Du solltest deinen Kanister auch auffüllen, wenn es eine gute Quelle ist. Komm schon."

Griffin sieht mich an, und ich weiß, dass er die leichte Aggression und Entschlossenheit hinter meiner Forderung lesen kann.

Ein leiser Laut dringt aus Rivas Kehle, als wolle sie etwas sagen, aber dann steht Griffin auf. Er lässt die Katze aus seinen Armen springen und schnappt sich seinen leeren Kanister.

„Kein Problem. Ich will auch helfen."

Natürlich muss ich vorangehen, da ich derjenige bin, der angeblich das Plätschern hört. Als ich mich vergewissere, dass die anderen hinter mir sind, hat Riva ihre Finger wieder mit Griffins verschränkt.

Meine Krallen kribbeln in den Fingerspitzen. Ich gehe so weit, bis das Geschnatter der jüngeren Schattenblüter völlig im Rascheln der Blätter und dem Summen der Dschungelinsekten untergegangen ist.

Wenn meine wölfischen Ohren sie nicht hören können, hören sie uns bestimmt auch nicht.

Ich drehe mich zu den anderen um und verschränke die Arme vor der Brust. „Es gibt keinen Bach – zumindest habe ich keinen gehört. Ich dachte nur, wir sollten uns unterhalten. Wir sechs, allein."

Riva runzelt die Stirn. „Worüber?"

Ich kann meine Freunde und sie mit mehr als meiner brutalen Kraft beschützen. Zum Beispiel vor Geheimnissen, die uns nicht verfolgen dürfen.

Ich deute mit meinem Kinn auf Griffin. „Ich denke, es ist an der Zeit, dass du uns genau erzählst, was in den letzten vier Jahren mit dir passiert ist … und warum wir dir jetzt vertrauen sollen."

VIERUNDZWANZIG

Riva

Ein leichtes Knurren schwingt in Zians Stimme mit. Instinktiv mache ich einen Schritt auf Griffin zu und lege meine Finger um seine.

Ich weiß nicht, inwiefern er die Gelegenheit hatte, mit den anderen zu reden und sich zu entschuldigen oder zu erklären. Hat Zian überhaupt eine Ahnung, warum Griffin sich auf die Seite der Wärter geschlagen hat anstatt auf unsere?

Doch andererseits kann *ich* seine Argumentation auch nicht ganz nachvollziehen, oder? Ich war bereit, alles zu tun, um den Jungen, den ich kannte, in dem roboterhaften Wesen zu erkennen, das er geworden ist, doch ich würde mein Leben nicht in seine Hände legen.

Nicht jetzt. Noch nicht.

Griffins blondes Haar glänzt im Schein der Sonnenstrahlen, die durch das Blätterdach über uns dringen.

Obwohl er vollkommen ruhig neben mir steht, nehme ich einen Hauch von nervösen Pheromonen wahr.

Wovor hat er Angst?

Sollte ich mir Sorgen machen, oder mich freuen, dass er überhaupt in der Lage ist, Angst zu empfinden?

Sein Blick ist auf Zian gerichtet, obwohl wir ihn jetzt alle fünf anstarren. „Ich habe versucht, es zu erklären. Clancy hat so getan, als wolle er die Wärterschaft in eine neue Richtung lenken. Es klang so, als wäre es für uns alle das Beste. Bei eurer Ankunft auf der Insel habt ihr das auch für möglich gehalten.“

Er hat nicht unrecht, aber Jacobs Miene verfinstert sich. „Ich hätte nicht zugelassen, dass meine Freunde wieder gefangen genommen werden, nachdem sie sich befreit hatten, egal, was ich für ‚möglich‘ halten würde.“

„Damals hat es Sinn ergeben. Ich wusste nicht, was ich von all dem halten sollte, was er mir gezeigt hat. Von euren Taten und davon, dass ihr Menschen verletzt habt. *Wie* ihr sie verletzt habt. Ich war verwirrt und wusste nicht mehr, wer ihr seid. Ich hatte euch schon so lange nicht mehr gesehen.“

„Aber du *kanntest* uns“, beharrt Zian. „Riva hatte uns vier Jahre lang nicht gesehen, und sie hat alles getan, um uns zu helfen, obwohl wir uns ihr gegenüber wie Arschlöcher verhalten haben.“

Griffin schluckt hörbar. „Das ist nicht dasselbe. Ich weiß nicht, wie ich es beschreiben soll. Es war ein Gefühl der Leere, und alles war verschwommen …“

Er bricht ab, und seine traurige Miene versetzt mir einen Stich ins Herz. Offensichtlich will er nicht darüber reden, wie er zu seinem jetzigen Zustand gelangt ist, doch ich bin mir nicht sicher, ob es einen anderen Weg gibt, die Spannung zwischen uns aufzulösen.

Ich streiche mit dem Daumen über seine Fingerknöchel, um ihn zu beruhigen. „Wie haben die Wärter dir deine

Gefühle genommen, Griffin? Was haben sie mit dir gemacht?"

Sein Mund verzieht sich, und er umklammert meine Hand fester. Meine Frage scheint ihm Schmerzen zu bereiten, dabei wollte ich ihm nie wirklich wehtun.

Möglicherweise merkt er das und weist mich deshalb nicht zurück.

Sein Blick schweift über die Wildnis um uns herum, als würde es ihm leichter fallen, sich zu erinnern, wenn er uns nicht ansieht. „Sie nannten es ‚Desensibilisierung'. Der Grundgedanke schien darin zu bestehen, das Fühlen schlimmer zu machen, als nichts zu fühlen."

Dominic streicht einen Farn beiseite, der seinen Arm streift, und seine haselnussbraunen Augen verdunkeln sich. „Wie haben sie das gemacht?", fragt er leise.

Griffins Haltung versteift sich mit jedem Wort ein wenig mehr. „Sie haben klein angefangen. Sie zeigten mir Videoclips, die bei den meisten Menschen bestimmte Emotionen hervorrufen würden: ein Kind, das eine fröhliche Geburtstagsparty feiert, eine spannende Verfolgungsjagd, solche Sachen. Sie schlossen mich an eine Maschine mit Sensoren an. Anhand meiner Herzfrequenz, meiner Atmung, und wer weiß woran sonst noch, konnten sie feststellen, dass ich eine emotionale Reaktion hatte, und haben diese überlagert."

Jacobs Haltung ist starr geworden, als würde er das Unbehagen seines Zwillings nachempfinden. „Überlagert *womit?*"

Griffins Mundwinkel zucken. „Mit körperlichem Schmerz. Elektroschocks oder Chemikalien, die verschiedene Arten von Schmerzen oder Verbrennungen auslösten."

Andreas' Augen weiten sich. „Scheiße."

Griffin blinzelt heftig, und ein Schauer durchzuckt seinen Körper. Ich lege meine freie Hand auf seinen Arm, etwas oberhalb unserer verschränkten Hände, und tue mein Bestes, um ihn zu beruhigen.

„Es war ein langer Prozess", sagt er mit dünner Stimme. „Sie haben mir einen Clip gezeigt, meine Reaktion eingefangen und mich gequält, wenn Gefühle in mir aufstiegen. Dann haben sie denselben Clip noch einmal abgespielt. Immer und immer wieder, bis mein Körper einfach … nicht mehr registrierte, was zuvor ein Gefühl in mir ausgelöst hatte. Als wäre eine Verbindung unterbrochen worden. Dann gingen sie zum nächsten Clip über."

Jacobs Finger krümmen sich. Über ihm knackt ein Ast und peitscht gegen den Stamm eines Baumes.

„Diese verdammten Wichser", schimpft er. In seinen blauen Augen brennt mehr Wut, als ich seit Wochen gesehen habe.

Auch ich bin wütend auf die Wärter, doch was mir den Atem raubt, ist vielmehr ein starker Schmerz. „Das muss ziemlich lange gedauert haben."

„Ja." Griffin schluckt erneut, und seine Augen werden noch trüber, als würde er sich in seinen Kopf zurückziehen. „Sie mussten jede Möglichkeit bis zum intensivsten Punkt durcharbeiten und auch diese automatischen Reaktionen zerstören. Ich hatte kein wirkliches Zeitgefühl. Weder währenddessen noch danach. Es hat definitiv länger als ein Jahr gedauert."

Über ein Jahr ständiger Qualen für jedes Gefühl, das in ihm aufstieg. Meine Augen füllen sich mit Tränen.

„Ich verstehe immer noch nicht, warum sie das überhaupt getan haben", sage ich heiser.

„Damit ich die Gefühle, die ich bei anderen wahrnehme, nicht mit meinen eigenen Emotionen verwechsle. Damit ich nicht beeinflusst werde."

Jacob runzelt die Stirn. „Und deine Gefühle sind einfach weg? Du kannst sie nicht zurückbringen?"

Griffin zuckt unbeholfen mit den Schultern. „Ich wüsste nicht einmal, wie ich es versuchen sollte. Am Ende hatte ich keine Ahnung mehr, wie es überhaupt ist, etwas zu fühlen." Er hält inne. „Und dann dachte ich, dass sie vielleicht recht hatten. Dass es womöglich besser so ist."

„Was?", fragt Zian fassungslos. „Inwiefern könnte Folter gut sein?"

Ich spüre, wie Griffin sich versteift. Ein Hauch von Beklemmung steigt mir in die Nase.

Sein Kiefer verkrampft sich, und er sieht uns nacheinander an, was ihn offensichtlich Mühe kostet. „Sie haben uns erwischt, weil ich meine Gefühle nicht unter Kontrolle hatte. Beim ersten Mal. Ich habe unsere Fluchtpläne verraten."

Eine Furche bildet sich zwischen Andreas' Augenbrauen. „Wie meinst du das?"

Griffins Stimme wird heiser. „Sie haben mir ein Überwachungsvideo von uns gezeigt. Am Nachmittag, bevor wir ausbrechen wollten, kurz bevor wir in unsere Zellen zurückkehrten. Ich habe wohl daran gedacht, freizukommen, und habe euch angelächelt. So heiter, dass sie es nicht übersehen konnten."

Ich schüttele den Kopf. „Ein einziger Moment kann nicht alles verraten haben."

Griffin lässt den Kopf hängen. „Sie sagten, sie hätten bereits vermutet, dass wir etwas planten. Möglicherweise waren die Gespräche, die wir geführt haben, schwer zu verbergen, egal wie vorsichtig wir waren. Doch erst als sie das sahen, kamen sie auf die Idee, dass wir bereit waren, tatsächlich etwas zu unternehmen. Wahrscheinlich habe ich normalerweise immer traurig ausgesehen, wenn wir uns verabschieden mussten."

Seine freie Hand verkrampft sich, dann hebt er sein Kinn. „Es tut mir leid. Es tut mir so verdammt leid. Ich kann nicht einmal … Ich kann nicht einmal fühlen, wie leid es mir tut, aber ich habe alles ruiniert, und die Dinge wären niemals so schiefgelaufen, wenn meine Gefühle nicht so offensichtlich gewesen wären, und …"

Ein Schluchzen bricht aus meiner Brust, und ich ziehe Griffin in eine feste Umarmung. Er neigt seinen Kopf neben meinem, sodass sein Kiefer meine Wange berührt.

„Sie haben bestimmt gelogen", sage ich mit zitternder Stimme. „Sie können sich nicht so sicher gewesen sein, nur weil du *gelächelt* hast. Und selbst wenn, war es nicht deine Schuld. Du warst eben glücklich."

„Nun, sie haben dafür gesorgt, dass ich es nie wieder sein würde. Ich sollte nicht mehr glücklich oder traurig oder wütend oder sonst was sein."

„Und das ist definitiv nicht besser. Das bist nicht *du*. Wenn wir nicht fliehen konnten, ohne dass du dabei Schaden nimmst, dann war es nicht der richtige Zeitpunkt für die Flucht. Du warst nicht das Problem."

Andreas räuspert sich. „Falls es nicht klar ist, in diesem Punkt sind wir uns alle einig. Ich hätte dir nie die Schuld gegeben, Griffin."

Zians Fuß scharrt über den unebenen Boden. „Es tut mir leid, dass ich so hart zu dir war. Mir war nicht klar …"

„Ist schon gut." Griffin weicht ein paar Zentimeter vor mir zurück, wobei seine Hände auf meinen Unterarmen zum Liegen kommen. „Ich war mir nicht sicher, ob ich darüber reden sollte. Wenn ihr mir verzeiht, dann nur, weil ich es *jetzt* wiedergutgemacht habe, und nicht, weil ihr euch schlecht fühlt wegen dem, was mir widerfahren ist."

Jacobs Augen glühen weiterhin vor Wut, doch ich glaube nicht, dass diese Wut noch immer gegen seinen Bruder gerichtet ist. „Können wir das in Ordnung bringen?" Er blickt zu Dom. „Kannst du heilen, was auch immer sie mit ihm angestellt haben?"

Vorsichtig streckt Dominic einen Tentakel nach Griffins Ellbogen aus und hält inne. „Ich kann keine körperlichen Schäden feststellen. Es ist keine normale Verletzung."

Ich drehe meine Hände und umfasse Griffins Arme, so wie er meine hält. „Du hast gesagt, dass du allmählich wieder etwas fühlst."

Er nickt und blickt auf mich herab. „Ja, aber nur, wenn du bei mir bist. Es ist ein wenig beunruhigend nach all der Zeit, und ich bin immer noch dabei herauszufinden, wie ich all die Empfindungen sortieren soll, aber ich denke, es ist besser, als gefühllos zu sein."

Es ergibt Sinn, dass erst die Anziehung zwischen unseren schattenhaften Essenzen zu ihm durchdringen konnte. Ich habe noch nie so etwas wie dieses dringende Verlangen in meinem Blut erlebt, außer wenn ich diesen fünf Männern körperlich nahe bin.

Die Wärter hätten dieses Gefühl niemals in ihm hervorrufen können, um es aus ihm herauszufoltern.

Wenn ich mir vorstelle, wie sehr sie ihn gequält haben, wird mir flau im Magen. „Lösen die Gefühle, die zurückkommen den gleichen Schmerz aus, den die Wärter dir zugefügt haben?"

Er muss vollkommen durcheinander sein.

Griffin ringt sich ein Lächeln ab, das nur ein wenig angestrengt ist. „Das ist ein Teil dessen, womit ich mich auseinandersetzen muss. Ich muss damit fertig werden, bevor es besser werden kann. Du hast mir sehr geholfen. Fühl dich nicht schlecht deswegen. Ich will alles, was du bereit bist, mir zu geben."

Er klingt so überzeugt, dass ich nur eine Sekunde zögere, bevor ich dem Drang nachgebe, der mich bei seinen Worten durchströmt. Ich stelle mich auf die Zehenspitzen und drücke meine Lippen auf seine.

Als er meinen Kuss erwidert, legt er eine Hand in meinen

Nacken. Das Streicheln seiner Finger über meine Haut lässt Lust in mir aufflackern, auch wenn dies nicht der richtige Moment ist, um ihr nachzugeben.

Als wir uns voneinander lösen, sehe ich in den Gesichtern der anderen Jungs keine Spur von Missbilligung.

Jacob wippt auf seinen Füßen und geht dann auf seinen Bruder zu. Als Griffin sich zu ihm umdreht, zieht Jake ihn in eine Umarmung.

„Ich hätte bei dir sein sollen", murmelt er. „Ich hätte alles getan, um sie aufzuhalten."

Griffin drückt ihn fest an sich. „Ich weiß. Ich kann spüren, wie wütend du meinetwegen bist. Ich habe es dir nicht übel genommen, dass du anfangs wütend auf mich warst, Jake. Ich hatte es verdient."

„Verdammt, die Wärter haben es verdient."

„Sie sind jetzt weg. Ich weiß nicht einmal, ob sie noch mit der Wärterschaft zusammenarbeiten. Laut Clancy waren ihre Methoden barbarisch." Griffins Miene verfinstert sich, als er sich von seinem Bruder abwendet. „Vielleicht hat er das nur gesagt, um mein Vertrauen zu gewinnen."

„Das spielt keine Rolle", sage ich. „Wir haben inzwischen genug andere Gründe, ihm nicht zu trauen. Und wir werden nichts mehr mit ihm zu tun haben, außer um die anderen Schattenblüter zu befreien."

Zian streckt die Hand aus und drückt Griffins Schulter. „Danke, dass du uns alles erzählt hast, auch wenn ich dich sozusagen dazu gezwungen habe. Ich schätze, wir sollten zurück zu den anderen gehen … und erklären, warum wir kein Wasser dabeihaben."

Andreas winkt abweisend mit der Hand. „Wir sagen ihnen, dass es zu schlammig aussah. Ganz einfach."

So gern ich auch unseren Wasservorrat aufgefüllt hätte, meine Laune hat sich gebessert, als wir zurück zum Pfad gehen. Die unterschwellige Spannung zwischen meinen

Jungs ist verflogen, und die Stimmung zwischen uns ist fast so kameradschaftlich wie damals, als wir noch Teenager waren.

Wir schließen uns den jüngeren Schattenblütern gerade noch rechtzeitig an, um zu sehen, wie Celine zwischen den Bäumen auf der anderen Seite hervortritt und auf die Gruppe zugeht.

Griffin wirft ihr einen spitzen Blick zu, auf den ich mir keinen Reim machen kann. „Wo warst du denn ganz allein?"

Sie lacht und zupft an ihrer Kleidung. „Ich musste auf die Toilette."

Griffin wirkt immer noch nachdenklich, dann wandert sein Blick über die Gruppe, und seine Augenbrauen ziehen sich zusammen. „Wo ist Lua? Meine Katze?"

Booker, Nadia und Devon, die weiter vorn auf dem Weg stehen, schauen zu uns herüber, und alle haben den gleichen schuldbewussten Ausdruck im Gesicht.

„Es tut mir leid." Nadia lässt die Schultern sinken. „Wir haben sie gestreichelt, bis sie plötzlich ausgeflippt ist. Ihr Fell hat sich gesträubt, und sie hat uns angefaucht. Sie ist in diese Richtung gerannt."

„Es ist erst ein paar Minuten her", fügt Booker hinzu. „Vielleicht hat sie etwas gesehen oder gerochen, das sie erschreckt hat, und kommt zurück, wenn sie merkt, dass keine Gefahr besteht."

Zian dreht ruckartig den Kopf, als hätte er etwas wahrgenommen, das ich nicht bemerkt habe. „Es sei denn, es besteht tatsächlich Gefahr. Bleibt alle, wo ihr seid."

Wir erstarren, und unsere Stimmen verklingen in der feuchten Luft. Mein Herz klopft so laut, dass ich das Vogelgezwitscher über mir kaum hören kann.

Dann nehme ich eine kleine Bewegung zwischen den Bäumen wahr. Ein gestreiftes, muskulöses Wesen schleicht nur wenige Meter vom Weg entfernt durch den Dschungel.

Wir haben einen katzenartigen Begleiter, allerdings ist es nicht Griffins kleine Hauskatze. Kein Wunder, dass Lua in Panik geraten ist.

Ich werfe den Jungs einen Blick zu und weiß nicht, was ich sagen soll. Wie geht man mit einem Tiger um, der auf der Jagd ist?

Ich will ihn nicht verärgern und ihn zum Angriff verleiten.

„Lasst uns weitergehen, ganz langsam und ruhig", sagt Dominic. „Bleibt dicht beieinander und …"

„Was ist da?", unterbricht ihn ein Mädchen. Ein nervöser Schauer durchzuckt ihren Körper, als sie ihren Blick über den Dschungel schweifen lässt. Dann stößt sie ein Quietschen aus und läuft weiter den Pfad hinunter.

Als hätte sie die jüngsten Schattenblüter mit ihrer Angst angesteckt, rennen Ajax, Devon, George und ein paar andere hinter ihr her, wobei George alle paar Schritte verschwindet und ein paar Meter weiter vorn wieder auftaucht. Allerdings ist das eindeutig die falsche Reaktion.

Raubtierpranken donnern über den Boden, als der Tiger durch den Dschungel auf die fliehenden Teenager zustürmt.

„Nein!", schreie ich und stürme ihnen hinterher.

Die Raubkatze ist ihnen dicht auf den Fersen und bevor ich darüber nachdenken kann, steigt ein Schrei in meiner Kehle auf.

Der Körper des Tigers verkrampft sich, als meine Kraft aus meiner Lunge strömt und jeden Nerv und Knochen in seinem imposanten Körper erfasst.

Ich habe schon einmal ein Schattenwesen zerschmettert. Eine sterbliche Dschungelkreatur ist nichts dagegen.

Die Energie vibriert durch meinen Körper, während der Schrei immer lauter wird. Diese Bestie wollte den Schattenblütern etwas antun, die ich geschworen habe zu beschützen.

Ich kann nicht zulassen, dass er noch eine Chance bekommt.

Die Beine des Tigers knicken mit einem schmerzerfüllten Laut ein.

Sein Schwanz bricht, der Rücken verdreht sich und sein Kiefer bricht auf.

Das Knacken seines Schädels hallt mit einem Rausch der Kraft durch meine Adern. In diesem Moment fühle ich mich, als wäre ich gerade eben aufgewacht und hätte noch keinen einzigen Schritt getan.

Schlaff und vollkommen entstellt sackt die pelzige Kreatur mitten auf dem Weg zusammen.

Die jungen Schattenblüter drängen sich aneinander und starren erst den Tiger und dann mich an. Mit einem mulmigen Gefühl im Bauch schaue ich hinter mich in die schockierten Gesichter der älteren Teenager.

Sie hatten zwar eine Ahnung, wozu ich fähig bin, doch sie haben noch nie das volle Ausmaß meiner Kraft miterlebt.

Sie haben noch nie gesehen, wie sadistisch sie ist, oder wie viel Befriedigung ich aus den Qualen ziehe, sosehr ich mir auch wünsche, dass es nicht so wäre.

Keiner von ihnen hat eine solche Fähigkeit. Sie können nicht darauf vorbereitet gewesen sein.

Jacob legt seine Hand auf meinen Rücken und erhebt seine Stimme. „Du hast es gerade noch rechtzeitig geschafft, Riva. Das Ding hätte sie alle niedergemäht, wenn du nicht so schnell zugeschlagen hättest."

Sein stählerner Blick ist eine stumme Warnung an alle, die sich über meine Methoden beschweren wollen.

„Packen wir unsere Sachen und machen wir uns auf den Weg", fügt Andreas schroff, aber freundlich hinzu. „Wir haben uns lange genug ausgeruht."

Und wir wollen nicht, dass die Jugendlichen den verstümmelten Körper des Tigers noch länger anstarren.

Ajax strafft seine Schultern und sieht mir in die Augen. „Danke, Riva.“

Das Mädchen, das als Erste weggelaufen ist, nickt zittrig und umklammert Georges Arm. „Danke.“

Doch als wir den zerschmetterten Körper des Tigers umrunden, scheint sich eine Düsternis über unsere Gruppe gelegt zu haben, die nicht einmal der Schein der späten Nachmittagssonne vertreiben kann.

FÜNFUNDZWANZIG

Riva

Unsere Pfadfinderin, die uns endlich verraten hat, dass sie Lindsay heißt, hebt in der Dämmerung abrupt den Kopf.

„Ich kann es fühlen. Direkt vor uns fällt das Gelände wieder ab. Und es sieht so aus, als würde es so weitergehen."

In der letzten Stunde hat sie schon mehrmals unsere Hoffnungen geweckt, doch es waren immer nur kleine Senken. Dieses Mal klingt sie jedoch zuversichtlicher als zuvor.

Ein paar der jüngeren Schattenblüter werfen ihr skeptische Blicke zu, woraufhin sie trotzig ihr Kinn hebt. „Es ist klarer als beim letzten Mal. Außerdem *sollten* wir mittlerweile fast am höchsten Punkt angelangt sein, oder?"

Nadia unterdrückt ein Gähnen. „Das hoffe ich doch."

Zian und Lindsay stapfen an der Spitze der Gruppe

weiter. Andreas lässt sich ein wenig zurückfallen, um neben Jacob und mir das Schlusslicht zu bilden.

Drey betrachtet die zusammengewürfelte Truppe, bevor er sich mit leiser Stimme an uns wendet. „Ich denke, wenn wir den Gipfel noch nicht erreicht haben, sollten wir unser Lager trotzdem aufschlagen. Alle werden langsam müde."

„Ja", stimme ich zu.

Vor etwa einer Stunde haben wir eine weitere kurze Pause eingelegt, nachdem Lindsay uns auf einen anderen Weg bergauf geführt hatte, um einer Tierspur auszuweichen. Inzwischen hat Dominic etwa ein halbes Dutzend Zweige getötet, um Blasen zu heilen.

Meine Schultern schmerzen unter den Riemen meines Rucksacks. Viel schlimmer ist jedoch das stechende Gefühl in meiner Brust, das nichts mit der Anstrengung der Wanderung zu tun hat.

Wir haben den ganzen Saft ausgetrunken, und das Wasser wird knapp. Die Wolken, die nachmittags am Himmel waren, haben sich wieder verflüchtigt, ohne dass es geregnet hat.

Im Moment würde es mich tatsächlich nicht stören, nass zu werden, wenn wir dafür etwas Wasser auffangen könnten.

Und natürlich ist da auch noch die Erinnerung an die entsetzten Blicke der jungen Schattenblüter, nachdem mein Schrei den Tiger niedergestreckt hat.

Jacob runzelt die Stirn. „Sie werden sich besser ausruhen können, wenn sie wissen, dass das Ziel in Sicht ist."

Ich schlucke die Sorge hinunter, die ich wahrscheinlich lieber nicht aussprechen sollte. Nämlich, dass unser Ziel vielleicht gar nicht in Sicht ist. Dass die Möglichkeit besteht, dass wir am Kamm dieses Hügelabschnitts nichts weiter als Dschungel sehen werden.

Und was dann?

„Wenn wir sie an den Rand der totalen Erschöpfung bringen“, murmelt Andreas, „dann wird es nur …“

Er wird von Zians freudigem Ausruf und Lindsays lautem Quietschen unterbrochen.

„Das müsst ihr euch ansehen“, ruft er uns zu.

Wir eilen alle vorwärts, wobei die jüngeren Schattenblüter sich atemlose Worte zurufen. Mein Herz rast, was unter anderem an der Vorfreude liegt, die von der Gruppe ausgeht.

Zian und Lindsay sind vor uns zum Stehen gekommen und haben sich in die dichtere Vegetation zurückgezogen, um dem Rest von uns Platz zu machen. Das Keuchen und die Ausrufe unserer jüngeren Gefährten vertreiben den größten Teil der Düsternis, die sich über mich gelegt hatte.

Wir drei folgen ihnen, und für einen Moment verschlägt es mir den Atem.

Die Landschaft unter uns ist in dieselbe Dunkelheit gehüllt wie der finstere Dschungel um uns herum – bis auf einen großen Fleck mit leuchtenden Lichtern, die die Nacht durchdringen. In der Dunkelheit kann ich nicht sagen, wie weit sie von den Hügeln entfernt ist, aber es ist *definitiv* eine große, pulsierende Stadt.

Wir werden auf die eine oder andere Weise an Nahrung und Wasser kommen können. Wir werden Zugang zu Fahrzeugen und Telefonen haben.

Der schlimmste Teil des Weges liegt fast hinter uns.

Die Jugendlichen stoßen leise Jubelschreie aus und umarmen sich vor Erleichterung. Andreas schenkt mir ein Grinsen.

„Ich schätze, wir müssen uns doch keine Sorgen machen. Lasst uns einen guten Platz für die Nacht finden und festlegen, wer die erste Wache übernimmt.“

„Ich kann mich um die erste Schicht kümmern“, biete

ich automatisch an. „Ich bin sowieso zu aufgedreht, um gleich zu schlafen.“

Jacob nickt. „Dann schließe ich mich dir an. Und wir holen noch einen der älteren Teenager dazu. Das sollten genug Augen sein.“

Das Aufschlagen des Lagers ist eine chaotische Angelegenheit. Wir verteilen ein wenig mehr Essen aus unseren Vorräten und versuchen sicherzustellen, dass jeder ein Fleckchen Erde hat, auf dem er es sich bequem machen kann.

Wir haben nur ein paar Laken aus dem Hotel mitgebracht, da richtige Decken zu schwer gewesen wären. Sie legen ein paar davon als dünne Kissen zusammen und decken sich mit den anderen zu.

Der Dschungelboden ist alles andere als gemütlich. Das weiß ich noch aus unserer ersten Nacht.

Doch alle machen das Beste daraus, ohne sich zu beschweren, und träumen vielleicht davon, morgen Abend wieder richtige Betten zu haben.

Ich suche mir einen Sitzplatz auf einem Baumstumpf mit Blick auf die andere Seite des Hügels und die darunter liegende Stadt. Jacob streift immer noch durch die Umgebung um unser Lager herum, um nach unmittelbaren Bedrohungen Ausschau zu halten. Ich vermute, dass er sich zu mir gesellen wird, sobald er fertig ist.

Als ich ein Rascheln im Gebüsch höre, drehe ich den Kopf. Es ist Nadia, die sich auf mich zubewegt, wobei ihre statuenhafte Gestalt einen schwachen Schein abgibt, der ihren Weg erhellt.

„Hey“, sage ich, plötzlich zögernd. In den letzten Tagen habe ich mich mit Nadia angefreundet, doch ich habe keine Ahnung, was sie jetzt von mir denkt. „Willst du die erste Wache übernehmen?“

Sie reibt sich den Mund. „Ja. Ich werde die andere Seite des Lagers im Auge behalten, sobald sich alle hingelegt haben. Ich wollte mir nur vorher noch mal die Stadt ansehen."

Ich kann mir ein Lächeln nicht verkneifen. „Klar, das verstehe ich. Wenn du diesen Posten übernehmen willst, kann ich die andere Seite im Auge behalten und ..."

Nadia unterbricht mich mit einem Kopfschütteln. „Nein. Ich werde zu sehr abgelenkt, wenn ich die ganze Zeit diese Aussicht vor mir habe. Aber ... danke."

Sie klingt ein wenig unsicher. Schweigend betrachten wir die dunkle Landschaft. Ich versuche, mir den Weg einzuprägen, obwohl das unmöglich ist, da ich die Bäume in der Dunkelheit nicht einmal richtig erkennen kann.

Nach ein oder zwei Minuten holt Nadia hörbar Luft. „Die anderen Erstlinge ... Habt ihr alle solche Fähigkeiten? So starke, meine ich?"

Oh. Ja, es ergibt Sinn, dass sie sich diese Frage stellt. Ihre Altersgenossen haben vermutlich nie etwas dergleichen bewirkt.

„Wir haben unterschiedliche Kräfte", antworte ich vorsichtig. „Aber sie sind alle ziemlich stark. Nur deswegen haben wir es geschafft, zu fliehen. Letztes Mal und jetzt. Jacob musste im Grunde ein Erdbeben auslösen, um uns zu befreien, weißt du."

„Wow." Ihr Blick verweilt noch einige Augenblicke auf den Lichtern der Stadt, dann sieht sie mich an. „Keiner von uns anderen kann so etwas tun. Zumindest habe ich noch nie einen Schattenblüter in meinem Alter oder jünger getroffen, der auch nur annähernd so etwas zustande gebracht hat."

Sie hat nicht direkt eine Frage gestellt, aber sie schwingt in ihren Worten mit. Ich überlege, wie viel ich ihr sagen soll.

Sie verdient die Wahrheit genauso sehr wie wir, oder?

Ich schlucke meine Zweifel hinunter. „Als wir das erste Mal geflohen sind, haben wir eine der Gründerinnen der Wärterschaft aufgespürt. Die Frau hat mit Clancys Eltern zusammengearbeitet. Sie hat das Verfahren zur Verschmelzung von Menschen mit den sogenannten Monstern entwickelt. Als sie sah, wie wir – die Erstlinge – uns entwickelten, kam sie zu dem Schluss, dass sie einen Fehler gemacht hatte. Sie wollte uns umbringen."

Nadia zieht die Augenbrauen hoch. „Trotzdem haben sie mehr von uns gemacht."

„Es scheint, als wären die anderen Gründer und wer auch immer zu diesem Zeitpunkt das Sagen hatte, nicht ihrer Meinung gewesen. Sie schlossen sie mehr und mehr aus."

Ich lege den Kopf schief und denke an den Laptop, den wir aus ihrem Haus in der kanadischen Wildnis gestohlen haben und der sich entweder noch in Rollicks Händen befindet, oder im Müll, falls er sich nicht die Mühe gemacht hat, unsere Rucksäcke aufzubewahren.

„Wir haben einige Aufzeichnungen über ihre Arbeit gefunden", fahre ich fort. „Wir haben nicht viel davon verstanden, aber soweit wir wissen, waren sie unvollständig. Vielleicht hat sie gehofft, dass die anderen Wärter es ohne eine genaue Anleitung nicht hinbekommen. Und tatsächlich scheinen die späteren Schattenblüter deutlich weniger ‚monströse' Eigenschaften zu haben."

Nadia brummt vor sich hin. Dann stößt sie zu meiner Überraschung ein trockenes, bellendes Lachen aus. „Tja, scheiße."

Jetzt ziehe ich die Augenbrauen hoch. „Hättest du lieber mehr Macht?"

„Klar." Sie fährt sich mit den Händen durch ihr dichtes, kurzes schwarzes Haar. „Im Moment kann ich nur ein bisschen leuchten. Wenn ich eine Solarbombe oder so zünden könnte ... Dann könnten wir uns besser vor den Wärtern schützen, meinst du nicht?"

Es war mir gar nicht in den Sinn gekommen, dass sie so denken könnte.

„Es ist nicht immer ein gutes Gefühl", muss ich betonen. „Ich sehe nicht gerne, was ich getan habe, selbst wenn es uns hilft."

„Trotzdem würdest du die Macht nicht aufgeben, wenn du die Wahl hättest, oder?"

Ich öffne meinen Mund und schließe ihn wieder.

Es gab eine Zeit, in der ich gehofft hatte, die echten Monster, die Schattenwesen, könnten uns verraten, wie wir unsere monströsen Anteile loswerden können. Das war, bevor ich von all den jüngeren Schattenblütern wusste, die unsere Hilfe brauchen.

Bevor ich begriff, wie weit der Einfluss der Wärterschaft reichte.

„Nein", gebe ich zu. „Momentan nicht. Nicht, solange sie uns noch nützlich sein könnten."

Ich schrecke auf, als Ajax' gedämpfte Stimme hinter uns ertönt. „Ich wünschte, ich könnte mehr Gedanken lesen. Selbst wenn ich dann wahrscheinlich auch einige verstörende Dinge sehen würde."

Ich drehe mich zu ihm um und schimpfe mit mir selbst, weil ich so in das Gespräch vertieft war, dass ich ihn nicht kommen gehört habe. Bestimmt hat er das gleiche Training wie der Rest von uns absolviert, also ist es vielleicht nicht völlig meine Schuld.

Anscheinend habe ich die jüngeren Schattenblüter doch nicht verschreckt, zumindest nicht alle.

„Vielleicht wirst du noch stärker", sage ich und lasse meinen Blick zwischen ihm und Nadia hin und her wandern. „Wir sechs haben im Laufe der Zeit unsere Kräfte erweitert, vor allem, seit wir erwachsen sind. Ich wusste bis vor ein paar Monaten nicht, dass ich so schreien kann.“

Nadias Stimmung hebt sich sichtlich. Sie reibt ihre Hände aneinander, und ein hinterhältiges Lächeln umspielt ihre Lippen. „Vielleicht finden wir heraus, wie wir unsere Fähigkeiten weiterentwickeln können, wenn wir selbst entscheiden können, wie wir trainieren wollen.“

Das ist gut möglich, obwohl ich mir vorstellen kann, dass die Wärter den jüngeren Schattenblütern schon das maximale Ausmaß ihrer Fähigkeiten entlockt haben. Ich halte es für besser, diesen Gedanken erst einmal für mich zu behalten.

„Man kann nie wissen.“

Ajax gähnt und lässt uns wieder allein. Nach einem letzten sehnsüchtigen Blick auf die Stadt folgt Nadia ihm.

Als sich ihre Schritte durch den Dschungel entfernen, gesellt sich Jacob zu mir. Er legt seine Hand auf meinen Hinterkopf. Nach allem, was wir durchgemacht haben, ist die Geste zaghaft, und ich lehne mich in seine Berührung.

„Sie kommen schon klar“, sagt er. „Wir alle. Dank dir.“

Ich weiß nicht, was ich darauf antworten soll. Glaube ich überhaupt, dass das wahr ist?

Doch als ich auf die beleuchtete Stadt schaue, nach der wir uns so sehr gesehnt haben, fällt es mir ein bisschen leichter, das zu glauben.

Ich wache auf meinem unbequemen Bett aus Erde und herabgefallenen Blättern auf und höre ein klagendes Miauen, das durch das Unterholz dringt.

Als ich mich aufrichte, bahnt sich Griffin bereits einen Weg durch das Gebüsch. „Lua?“

Die Katze miaut erneut, und einen Moment später dreht

er sich mit seinem Haustier auf dem Arm um. Ihr weißes Fell ist schmutzig, und sie schmiegt sich mit einem so lauten Schnurren an seine Brust, das ich es selbst aus zwei Metern Entfernung hören kann.

Griffin lächelt auf sie hinab, und bei seinem zärtlichen, liebevollen Blick setzt mein Herz einen Schlag aus. Er kommt wirklich allmählich zu uns zurück, so wie Lua ihren Weg zu ihm zurückgefunden hat.

Die anderen Schattenblüter rühren sich in unserem Lager. Dominic geht zu Griffin, wobei sich seine Tentakel entfalten, die auf seinem Rücken eingerollt waren.

„Soll ich sie untersuchen? Womöglich hat sie Kratzer oder Verstauchungen, die auf den ersten Blick nicht zu sehen sind."

Griffin zögert und ich bin mir nicht sicher, ob es daran liegt, dass er sich nicht von ihr trennen will, oder dass er weiß, was die Heilung Dom kostet. Möglicherweise ist es eine Mischung aus beidem.

Dann macht er einen Schritt auf Dominic zu. „Ja, gute Idee."

Ich stehe auf, sammle meine spärlichen Habseligkeiten zusammen und erhebe meine Stimme, damit sie im Dschungel um mich herum zu hören ist. „Lasst uns schnell frühstücken und dann losgehen. Wir sind fast da!"

Auf meine Aufforderung folgt energisches Gemurmel. Ich schlängle mich durch die Bäume zurück zu dem schmalen Pfad und schaue wieder den gegenüberliegenden Hang hinunter.

Bei Tageslicht hebt sich die Stadt nicht so sehr vom Grün des Dschungels ab. Aber sie ist unbestreitbar da, und jetzt, da ich echte Gebäude erkennen kann, wirkt sie sogar noch greifbarer.

Vielleicht gibt es eine Autobahn, die parallel zu den

Hügeln durch die Bäume führt? Wenn wir sie erreichen könnten, wäre es noch einfacher, dorthin zu gelangen.

Erleichtert wende ich mich wieder dem Lager zu … Und schrecke auf, als ein gleichmäßiges Surren an meine Ohren dringt.

Weiter vorn ist Zian bereits erstarrt. Er legt den Kopf schief und runzelt die Stirn.

„Das hört sich an wie …"

Ein großer Militärhubschrauber kreist um einen der höheren Gipfel in der Nähe. Und dem anschwellenden Lärm nach zu urteilen, ist er nicht allein.

„Schattenblüter", dröhnt eine Stimme aus einem Lautsprecher. „Bleibt, wo ihr seid, und macht euch bereit, abgeholt zu werden."

„Was zum Teufel?" Booker starrt auf den sich schnell nähernden Hubschrauber.

Griffin wirbelt mit Lua in seinen Armen herum. Sein Blick bleibt an … Celine hängen.

Seine Stimme klingt ruhig und sicher, aber ein wenig zittrig. „Du. Du hast sie hierhergeführt. Du bist *froh*, dass sie hier sind."

Ein mulmiges Gefühl macht sich in meinem Magen breit. Griffin hat Celine von Anfang an im Auge behalten und ihr gelegentlich Fragen gestellt.

Hat er etwas Verdächtiges in ihren Gefühlen wahrgenommen? Offenbar war sein Misstrauen nicht stark genug, dass er sich getraut hätte, dem Rest von uns davon zu erzählen, bis jetzt.

Celine starrt ihn an. Ihre Hände sind zu Fäusten geballt, und ihr übliches heiteres Lächeln ist verschwunden. Stattdessen sind ihre Lippen zu einer schmalen Linie zusammengepresst.

„Wie soll das besser sein als das, was wir vorher hatten?", stößt sie mit einer wütenden Geste in Richtung des

Dschungels um uns herum hervor. Sie deutet mit einem Finger auf mich. „Sie will uns wieder zu den verdammten *Monstern* bringen, wie sie es schon einmal getan hat. Ich habe gesehen, was diese Dinger anrichten können."

Das mulmige Gefühl in meinem Bauch wird stärker. „Das würde ich nicht. Es war nur eine Möglichkeit. Wir wären vorsichtig gewesen."

Celine sieht mich mit zusammengekniffenen Augen an. „Mit diesen Wesen kann man nicht vorsichtig sein. Ich habe gesehen, was sie mit einer Freundin gemacht haben, als wir den Wärtern geholfen haben, euch zurück nach Miami zu bringen. Ich habe Bilder von den Dingen gesehen, die sie den Schattenblütern angetan haben, die ihr ‚gerettet' habt. Das sind psychotische Bestien."

Oh, nein. Das Bild des Mädchens, das in einer Blutlache in dem Parkhaus lag, in dem wir angegriffen wurden, schießt mir durch den Kopf.

Ich wollte nicht, dass das passiert. Als wir Rollick und seine Leute um Hilfe baten, die Wärter zurückzudrängen, hielt ich sie an, keinem der Teenager etwas anzutun.

Doch sie haben es trotzdem getan. Und ich kann ihr nicht einmal sicher sagen, ob es unvermeidlich oder ein Versehen war, denn ich weiß es selbst nicht.

Ich weiß nicht einmal, welches der Schattenwesen sie getötet hat.

Nadia starrt das andere Mädchen an. „Willst du mich verarschen, Celine? Wir sind den ganzen Weg hierhergekommen ..."

Celine funkelt sie an. „Wir wurden von einem Tiger angegriffen, hätten beinahe nicht genug Wasser gehabt und schlafen im Dreck – und wozu? Vielleicht ist die Einrichtung nicht der beste Ort der Welt, aber wenigstens sind wir dort in Sicherheit."

Sie läuft auf die Kuppe des Hügels zu und hebt die Arme,

um den zwei Hubschraubern zuzuwinken, die mittlerweile in Sichtweite sind.

„Celine!", rufe ich, obwohl ich mir nicht sicher bin, was ich tun soll, und stürze ihr hinterher.

Aus dem näheren Hubschrauber schallt ein *Knall* durch die Luft. Eine unsichtbare Kraft trifft mich mitten im Sprung und schleudert mich gegen einen Baumstamm.

SECHSUNDZWANZIG

Dominic

Als das donnernde Geräusch durch die Luft schallt, werfe ich mich zwischen zwei dicke Baumstämme. Das könnte der einzige Grund sein, warum ich nicht von den Füßen geschleudert werde.

Ich schwanke kurz und halte mich an einem Ast fest, um das Gleichgewicht nicht zu verlieren. Schreie und Grunzen hallen aus allen Richtungen durch die Luft.

Das Mal an meinem Brustbein kribbelt vor Schmerz. Riva ist irgendwo da draußen gestürzt.

Mein Herz rast. Ich laufe um die Bäume herum und halte in dem Durcheinander Ausschau nach ihrer schlanken Gestalt.

Mein Blick fällt zuerst auf Jacob. Er liegt mitten auf dem Pfad, die Hände erhoben und das Gesicht vor Wut verzogen.

Mit seiner telekinetischen Kraft zielt er auf den

Hubschrauber. Doch im selben Moment, in dem mir das klar wird, wirft der Hubschrauber etwas ab.

Ein seltsames, glänzendes Netz fällt auf den Weg. Es ist groß genug, um Jake und einige der jüngeren Schattenblüter einzuhüllen. Ein elektrisches Zischen durchfährt die metallischen Stränge, und ihre Körper zucken.

Verdammt. Er wird die Hubschrauber nicht wegschleudern können, wenn er Stromschläge bekommt.

Wo ist Riva? Ich habe keine Ahnung, ob es ihr gut geht.

Wenn sie einen Schrei auf die Wärter richten könnte …

Ich stolpere durch den Dschungel und entdecke sie weiter vorn in der Nähe des Hügelkamms. Sie ist auf allen vieren, richtet sich jedoch gerade schwankend auf.

Zian hat sie bereits erreicht. Er ergreift ihren Ellbogen, um sie zu stützen, während der Hubschrauber ein weiteres glänzendes Netz abwirft.

Riva und Zian versuchen, aus dem Weg zu springen, schaffen es aber nicht ganz. Ein elektrischer Stoß schießt durch ihre Körper, und ich spüre den stechenden Schmerz, der sie durchzuckt.

Der Hubschrauber zieht einen Kreis, und Clancys Stimme dröhnt aus den Lautsprechern. „Bleibt, wo ihr seid. Wir holen euch ab. Es gibt keinen Grund für einen Kampf."

Mein Kiefer verkrampft sich. Er hat bereits einen Kampf angefangen.

Doch wie zur Hölle sollen wir zurückschlagen, wenn die mächtigsten Schattenblüter durch Elektronetze außer Gefecht gesetzt sind?

Ich krieche durch das Unterholz auf Riva zu, wobei ich darauf achte, in Deckung zu bleiben, um zu verhindern, dass auch ich von einem Netz erwischt werde. Sie zappelt und versucht, sich zu befreien.

Doch in dem Moment, in dem sie eine Schulter unter den verschlungenen Seilen hervorzieht, durchzuckt ein weiterer elektrischer Schlag ihre Glieder. Ihr Schrei versetzt mir einen Stich ins Herz.

Sie sackt neben Zian zusammen, dessen Kopf benommen nach vorn gefallen ist.

Ich muss ihr helfen. Ich muss allen helfen. Doch was kann ich tun, ohne zu riskieren, dass ich auch geschockt und betäubt werde?

Ich drehe mich um und überprüfe hastig, wer nicht gefangen wurde.

Oben am Kamm hat sich Griffin in den Schutz der Bäume auf einer Seite des Weges zurückgezogen. Celine steht ihm gegenüber, etwa drei Meter von mir entfernt. Ihr Blick ist auf die beiden Hubschrauber gerichtet, die nach einem Landeplatz suchen.

Sie wird offensichtlich keine Hilfe sein. Ihretwegen haben uns die Arschlöcher überhaupt erst gefunden.

Ajax und Devon kauern tiefer im Dschungel hinter Griffin, doch keiner von ihnen verfügt über eine Fähigkeit, die einen Hubschrauber zerstören oder ablenken könnte. Als ich den Weg weiter hinunterschaue, sehe ich Andreas einige Meter hinter mir, der seine Arme ausbreitet, als wolle er George schützen, der neben ihm gelandet ist.

Drey starrt zu den Hubschraubern hinauf, bevor er seinen Blick auf mich richtet. Seine Miene ist angespannt.

„Ich kann keinen von ihnen sehen, um sie zu verwirren. Ich kann keine Erinnerungen projizieren, wenn ich mein Ziel nicht sehe.“

Vielleicht muss er das auch gar nicht. Wenn die Hubschrauber hier nirgends landen können, schaffen wir es vielleicht, uns aus dem Staub zu machen.

Kaum habe ich diesen Gedanken gedacht, ertönt ein weiterer erderschütternder Knall von einem der Hubschrauber. Mit einem beunruhigenden Ächzen fallen mehrere Bäume in Griffins Nähe weiter hinten am Hügelkamm um.

Mit einem weiteren donnernden Aufprall geschieht das Gleiche hinter Celine. Sie schwankt auf ihren Füßen, dreht sich aber mit einem erleichterten Lächeln zu dem Geräusch um.

Die Hubschrauber landen gleichzeitig auf den provisorischen Landeplätzen, die sie sich offenbar selbst geschaffen haben. Mein Herz pocht wie wild.

Wer weiß, womit uns die Wärter noch attackieren werden, wenn sie erst einmal auf dem Boden sind.

Uns läuft die Zeit davon. Ich muss *etwas* tun.

Ich muss *meine* Kräfte nutzen, so gut ich kann.

Ich habe mir noch keinen Plan zurechtgelegt, bevor ich auf Celine zustürme.

Sie hat sie hergebracht. Sie ist Clancy gegenüber loyal.

Wer wäre als Druckmittel besser geeignet als sie?

Meine Tentakel schnellen über meine Schultern nach vorn, doch bevor ich sie erreichen kann, zuckt Celine zusammen.

Im selben Moment trifft mich ein Schwall berauschender Energie.

Ich stolpere. Habe ich ihr gerade etwas Lebenskraft ausgesaugt, ohne sie zu berühren?

Wenn meine Kräfte aus der Ferne wirken … Ich weiß nicht, wie ich mit der Mischung aus Ehrfurcht und Abscheu umgehen soll, die angesichts dieser Möglichkeit in mir aufsteigt.

Allerdings habe ich keine Zeit, darüber nachzudenken. Ich bewege einen Tentakel in die Richtung des Hubschraubers, spüre aber nichts.

Es funktioniert also nur über eine Entfernung von ein paar Metern. Das ist in einem Kampf nicht besonders nützlich …

Und eine Geiselnahme funktioniert nur, wenn die Bedrohung offensichtlich ist.

Als Celine schwankt, rase ich die letzten paar Schritte auf sie zu und strecke meine Tentakel nach ihr aus.

Ich schlinge einen um ihre Kehle und fixiere mit dem anderen ihre Arme seitlich an ihrem Körper.

Dann ziehe ich sie zu mir heran und bleibe in Sichtweite des Hubschraubers, der gerade hinter ein paar Bäumen gelandet ist. Ich will nicht riskieren, dass sie eines dieser Netze auf mich schleudern.

Celine keucht und zappelt, während ich meinen Tentakel so fest um ihren Hals schlinge, dass sie kaum sprechen kann. Ich widerstehe dem Drang, ihr noch mehr Energie zu entziehen.

„Bleib ruhig und wir kommen alle hier weg", sage ich mit tiefer Stimme, die rauer ist, als mir lieb ist. Selbst bei diesem Schritt ist mir unbehaglich zumute.

Sie mag uns verraten haben, aber sie ist trotzdem nur ein junges Mädchen. Ich kann es ihr nicht verdenken, dass sie Angst hat, nach allem, was sie erlebt hat.

Doch mir fällt keine andere Möglichkeit ein, um uns aus dieser Pattsituation herauszuholen. Oder um uns zumindest genug Zeit zu verschaffen, dass einer der anderen sich etwas einfallen lassen kann.

Das Dröhnen der Rotoren verstummt, und ich erhebe meine Stimme so laut wie möglich.

„Kommt nicht näher! Ich bringe sie um, wenn ihr versucht, uns mitzunehmen."

Celine fängt wieder an, sich zu winden, und ich senke meine Stimme, sodass nur sie meine nächsten Worte hören kann. „Sie wollen nicht, dass einer von uns stirbt. Wenn du zu ihnen zurückkehren willst, nachdem der Rest von uns entkommen ist, werde ich dich nicht aufhalten."

Die Wärter haben in der Vergangenheit immer auf

Angriffe verzichtet, bei denen wir sterben könnten. Immerhin sind wir wertvoll.

Da es nur wenige von uns gibt, wollen sie uns nicht verlieren. Vor allem keine Schattenblüterin, die sowohl ihre Loyalität zu ihnen bewiesen hat, als auch gezeigt hat, dass ihre Fähigkeiten in der Praxis von großem Nutzen sind.

Celine scheint mir allerdings nicht zu glauben, denn sie wehrt sich weiter gegen meinen Griff, woraufhin ich noch mehr Druck mit meinen Tentakeln ausübe.

Clancys Stimme ertönt aus seinem Lautsprecher. „Ich glaube nicht, dass du das tun willst, Dominic."

Von meiner Position aus kann ich nur die vordere Hälfte des Hubschraubers sehen, die Scheiben sind getönt, sodass ich niemanden darin erkennen kann. Selbst wenn Andreas zu mir käme, könnte er mir nicht helfen.

„Ich will nicht, dass ihr uns zurück auf die Insel bringt", rufe ich. „Wenn du versuchst, einen meiner Freunde mitzunehmen, kannst du dich vom Rest deiner Schattenblüter verabschieden."

Er weiß nicht, wozu ich fähig bin. Nicht wirklich. Manchmal bin ich mir *selbst* nicht einmal sicher, was ich tun könnte.

Celine gibt einen erstickten Laut von sich, und ich unterdrücke einen Schauer.

Die Wärter müssen sich zurückziehen. Sie müssen …

Clancy durchbricht meine verzweifelten Gedanken. „Wenn das der Preis ist, den du zahlen willst, dann ist das deine Sache. Ihr sechs seid diejenigen, auf die es ankommt."

Das Knarren eines Scharniers und das Stampfen mehrerer Füße durchdringen die Luft. Mein Herz rast.

Es ist ihm egal. Sind die jüngeren Schattenblüter wirklich entbehrlich für ihn?

Celine wimmert in meinem Griff, und ein

hoffnungsloser Blick tritt in ihre Augen. Offenbar hat sie seine Aussage auch so verstanden.

Sie denkt, dass ich sie tatsächlich umbringen werde.

Mein Schachzug war nicht überzeugend. Er fordert mich heraus. Und ich bin mir nicht sicher, ob es uns etwas bringen würde, sie umzubringen, selbst wenn es kein Bluff wäre.

Ein leises Flüstern in meinem Hinterkopf fragt mich, ob ich es vielleicht herausfinden sollte. Ich habe noch nie einem Menschen die gesamte Lebenskraft ausgesaugt.

Doch dieses Mädchen hat uns schon einmal hintergangen. Soll ich ihr die Chance geben, es noch einmal zu tun?

Ich schrecke vor dem Impuls zurück und reiße meine Tentakel zurück, als mir der kalte Schweiß auf dem Rücken ausbricht.

Nein. *Nein*. Ich bin kein verdammter Mörder, egal, was die Wärter aus mir gemacht haben.

Im selben Moment tritt Griffin vor, sodass er von beiden Hubschraubern gesehen werden kann. Sein Blick ist beunruhigend intensiv.

Anscheinend hat er seine Katze irgendwann abgesetzt. Seine Arme sind leer, und er presst eine Hand dicht an seine Seite, als würde er etwas verbergen.

„Hören wir auf, uns zu wehren", sagt er gelassen, aber laut genug, dass alle ihn hören können, auch Clancy. „Ihr hättet wissen müssen, dass ihr den Wärtern nicht entkommen könnt. Ich habe euch schon einmal zu ihnen geführt, und diesmal habe ich sie zu euch geführt."

Ich starre ihn fassungslos an. Aber er hat doch gesagt, dass Celine sie hierhergeführt hat. Und sie hat es *zugegeben*.

Er war wütend auf sie. Sie ist losgerannt, um die Hubschrauber auf uns aufmerksam zu machen.

Und jetzt sagt er …

Celine dreht sich zu ihm um. „Du Verräter! Du hast alles ruiniert."

Wut schwingt in ihrer heiseren Stimme mit und die Erkenntnis trifft mich wie ein Schlag ins Gesicht.

Griffin wendet seine Kraft auf sie an. Er macht sie wütend auf ihn. Trickst er die Wärter aus, damit sie ihm vertrauen und nicht ihr?

Oder hat er seine Fähigkeit benutzt, um sie vorher zu manipulieren, als sie gestanden hat, und die ganze Zeit darauf hingearbeitet, uns zurück in die Einrichtung zu bringen?

Nach allem, was Griffin uns erzählt hat und wie gut ich ihn einst kannte, würde ich diesen Gedanken am liebsten sofort verwerfen. Doch ich habe keine Ahnung, was er vorhat.

Ich hätte nie gedacht, dass er sich überhaupt einmal gegen uns wenden würde.

Das Einzige, was ich mit Sicherheit weiß, ist, dass die Wärter unsere größte Bedrohung sind. Ich gehe einen Schritt zurück in die Bäume, beobachte, ob sie sich nähern, und mache mich darauf gefasst, sie notfalls abzuwehren, so gut ich kann.

Celine marschiert auf Griffin zu und bleibt dann schwankend stehen. „Du bist so ein verdammtes Arschloch!"

„Ich habe getan, was ich tun musste", entgegnet Griffin so ruhig, dass man sich kaum vorstellen kann, dass er die ganze Wut, die sie zum Ausdruck bringt, in sich tragen könnte. „Jetzt ist es Zeit, nach Hause zu gehen."

„Mit *dir* gehe ich nirgendwohin."

Als Clancys Stimme wieder durch den Dschungel schallt, kommt sie nicht aus einem Lautsprecher. Er ist ganz in der Nähe.

„Lasst uns ruhig bleiben und die Situation rational

durchdenken. Wir können alle in die Einrichtung zurückkehren. Und keiner wird bestraft."

Griffin nickt zustimmend. „Das ist für alle das Beste."

Celine gibt einen knurrenden Laut von sich. Dann hebt sie einen Stein vom Boden auf, der so groß ist, dass sie ihre Finger nicht ganz darum schließen kann.

„Du denkst nur an dich selbst. Du hast uns diese ganze Scheiße durchmachen lassen und jetzt hintergehst du uns."

Mein Puls beschleunigt sich. Soll ich versuchen, meine Kraft einzusetzen?

Ich drehe meine Tentakel und teste die Atmosphäre um mich herum, doch niemand ist nahe genug, um mich an seiner Energie zu bedienen. Vielleicht lockt Griffin Clancy nahe genug heran, damit ich ihn ausschalten kann?

Doch wenn Griffin das vorhat, funktioniert es nicht.

„Es war dumm von dir zu glauben, du könntest deinen Willen durchsetzen", sagt Griffin zu Celine.

Mit einem wortlosen Schrei der Wut stürzt sie sich mit dem Stein auf ihn.

Griffin hebt ruckartig seine Hand, und eine Klinge blitzt im Sonnenlicht auf.

Er hat ein kleines Messer, vielleicht aus der Hotelküche. Und er ist bereit, sie damit zu erstechen und es wie Notwehr aussehen zu lassen.

Aber das ist es nicht wirklich, wie mir mit erschreckender Gewissheit bewusst wird. Er hat sie im Grunde direkt auf die Klinge zugetrieben.

Ist das eine Art Rache für ihren Verrat? Oder …

„Griffin!"

Jemand läuft über den Pfad auf ihn zu. Dunkle Brandmale bedecken seine blasse Haut und sein helles Haar.

Jacob hat es geschafft, sich aus dem Netz zu befreien und seinem Zwilling zu Hilfe zu eilen.

Die Wucht seiner Kraft trifft Celine, bevor Griffins

Messer sie erreicht. Ihr Körper wird nach hinten geschleudert, und ihre Wirbelsäule knackt, als ihr Kopf zur Seite gerissen wird.

„Jake", sagt Griffin mit schmerzerfüllter Stimme. Seine Augen sind vor Schreck geweitet.

Jacob fällt auf die Knie. „Ich konnte nicht zulassen, dass sie …"

Dann trifft mich ein Elektroschock in den Rücken, und meine Sicht wird schwarz.

SIEBENUNDZWANZIG

Riva

Als die Wärter uns zurück in die Inseleinrichtung bringen, behalte ich Griffin genau im Auge. Seit ich mit gefesselten Handgelenken und einer Klammer um den Hals neben meinen Schattenblüter-Kollegen im Hubschrauber aufgewacht bin, begleitet mich ein mulmiges Gefühl.

Griffin war als Einziger nicht gefesselt und schreitet jetzt neben Clancy und den Wärtern her, als wäre er einer von ihnen. Sein Kopf ist hocherhoben, und sein Blick entschlossen.

Da die Elektroschocks des Netzes meinen Geist vernebelt haben, sind meine Erinnerungen an den Angriff der Wärter verschwommen und bruchstückhaft. Ich bekam mit, dass Griffin behauptete, er habe Clancy zu uns geführt und wie Celine sich wutentbrannt auf ihn stürzte.

Ich hatte ihr geglaubt, als sie uns zuvor gestand, dass sie

es gewesen war. Wie hat er diese konkreten Einzelheiten über das Mädchen, das sie sterben sah, und ihre Angst vor den „Monstern", die ich um Hilfe bitten könnte, aus ihr herausbekommen?

Könnte es sein, dass er einfach den richtigen emotionalen Knopf gefunden hat, um sie dazu zu bringen, einen Verrat zuzugeben, den sie nicht begangen hat? Oder hat er sie manipuliert, um selbst die Lorbeeren für den Verrat einzuheimsen?

Selbst wenn Letzteres der Fall wäre, … Warum hätte er das tun sollen?

Er hatte ein Messer parat. Und ich vermute, dass er sie unter dem Vorwand der Notwehr getötet hätte, wenn Jacob sich nicht zuerst auf sie gestürzt hätte.

Nichts davon ergibt einen Sinn. Alles, was ich weiß, ist, dass mir das Netz so starke Elektroschocks versetzt hat, dass meine Sicht verschwamm.

Dann spürte ich einen Stich in meinem Nacken, und alles wurde dunkel, bis der Hubschrauber kam.

Offenbar haben die Wärter die Schattenblüter überwältigt, die sich aus den Netzen befreit hatten. Unsere gesamte Gruppe ist in Handschellen neben mir – alle außer Celine natürlich.

Ich weiß nicht, was mit ihrer Leiche geschehen ist, doch ich glaube nicht, dass Clancy sie als Beweisstück zurückgelassen hätte.

Obwohl die Wahrscheinlichkeit groß ist, dass sie diejenige ist, die unsere Chance auf Freiheit ruiniert hat, überkommt mich ein Gefühl der Schuld, als ich an ihren verzweifelten Blick denke und daran, wie Jacob ihr mit seiner Kraft das Genick gebrochen hat.

Sie wollte nicht mit uns dort sein. Wenn ich nicht darauf gedrängt hätte, alle aus der Einrichtung mitzunehmen … Wenn ich ihren Widerwillen früher bemerkt hätte …

Dafür ist es jetzt zu spät. Ein weiterer Tod, den ich zumindest teilweise auf dem Gewissen habe.

Jacob schwankt vor mir und schüttelt den Kopf, als ob er versuchen würde, klarzudenken. Bestimmt haben sie ihn betäubt, um ihre Kräfte in Schach zu halten, so wie damals nach unserem ersten Fluchtversuch.

Andreas haben sie die Augen verbunden, damit er niemand mit projizierten Erinnerungen beeinflussen kann. Er wird von Dominic geführt, der einen Tentakel um seine Hand geschlungen hat.

Da Zian hinter mir ist, kann ich sein Gesicht nicht sehen, doch seinem trüben Blick im Hubschrauber nach zu urteilen, haben sie wohl auch ihn betäubt. Es gibt nicht viele Möglichkeiten, seine Kombination aus Muskeln und monströser Kraft zu bändigen.

Dabei sind die Handschellen an sich schon ziemlich solide. Die Wärter hatten viel Zeit, mit Möglichkeiten zu experimentieren, um uns Schattenblüter zurückzuhalten. Ich spüre zwar nichts von der Wirkung einer Droge, aber meine heimlichen Tests haben ergeben, dass ich die Kette nicht sprengen könnte.

Clancy bleibt auf halbem Weg durch den Eingangsbereich stehen, gleich hinter der Tür zur Kantine, und der Rest unserer Prozession hält mit ihm an. Dort steht ein älterer Mann, der unsere Reihe von Gefangenen mit einer mürrischen Miene betrachtet, die perfekt zu seinen erschlafften Gesichtszügen und seiner Körperhaltung passt.

Trotz seiner kraftlosen Erscheinung ist seine Stimme klar und fest. „Sind das alle?"

Clancys Haltung ist aufrecht und zuversichtlich, als hätten ihn die Ereignisse der letzten Tage nicht im Geringsten beunruhigt. „Wir haben eine Schattenblüterin der zweiten Generation verloren. Ihre Kraft war nicht besonders wertvoll."

Der ältere Mann gibt ein Brummen von sich, und seine Miene verfinstert sich. „Darüber unterhalten wir uns später noch. Du solltest sie lieber wegschließen, bevor sie wieder abhauen."

„Wenn sie das tun, sammeln wir sie einfach wieder ein", antwortete Clancy, ohne den geringsten Hauch von Besorgnis in der Stimme.

Ich knirsche mit den Zähnen. Er hätte uns *nicht* einfach wieder eingesammelt, wenn Celine – oder Griffin – ihn nicht zu uns geführt hätte.

Doch wie wahrscheinlich ist es, dass wir noch einmal eine so gute Gelegenheit bekommen, wie die, die wir gerade verloren haben? Bestimmt hat er herausgefunden, dass wir das Notfallsystem ausgelöst haben, und wird dafür sorgen, dass wir nicht noch einmal auf diesen Trick zurückgreifen können.

Zweifellos wird jede Hubschrauberlieferung von nun an schwer bewacht werden.

Wir hatten unsere Chance, die bei Weitem beste Chance, die wir jemals bekommen könnten, und sie wurde uns entrissen.

Die Wärter führen uns den Gang entlang und halten gelegentlich inne, um einen der Jugendlichen in sein Zimmer zu führen. Ich glaube, wir sind an meinem vorbeigegangen, obwohl es schwer zu sagen ist, da die felsigen Wände alle ähnlich aussehen.

Unbehagen steigt in mir auf, als die Tür mit einem Knall hinter der letzten jüngeren Schattenblüterin, Lindsay, zuschlägt.

Jetzt sind nur noch wir sechs „Erstlinge" übrig. Hat Clancy etwas anderes mit uns vor?

Die meisten der Wärter haben sich mittlerweile von unserer Gruppe entfernt. Nur vier sind bei Clancy geblieben, zwei vorne bei Griffin und ihm und zwei weitere als Schlusslicht.

Sie alle halten die pistolenähnlichen Waffen in der Hand, die Stromstöße abfeuern können, so wie in diesem Geisterjägerfilm, den wir alle vor Jahren gesehen haben. Nur dass die knisternden Stöße eher unsere Körper als unsere Geister außer Gefecht setzen.

Das Endergebnis ist jedoch das Gleiche: Wir sind gefangen und unter ihrer Kontrolle.

Ich hätte nie gedacht, dass ich mich einmal mit Geistern identifizieren würde.

Clancy führt uns in einen etwas größeren Raum mit einer Reihe von fünf Stühlen, die in der Mitte des Raumes weit auseinanderstehen. Die Wärter führen jeden von uns zu einem Stuhl und positionieren sich anschließend zwischen uns.

Unsere Zusammenarbeit war immer das, worüber Clancy sich am meisten Sorgen gemacht hat. Er geht kein Risiko ein.

Wird er uns nach diesem Vorfall überhaupt wieder gleichzeitig in einem Raum sein lassen?

Meine Sorgen bilden einen pulsierenden Schmerz in meinem Magen. Ich schlucke gegen die Halsklammer an und zucke angesichts des Würgereizes zusammen.

Clancy schreitet zum vorderen Teil des Raumes, wo ein großer Bildschirm mit einem Durchmesser von etwa eineinhalb Metern an der Wand hängt. Er nimmt eine Fernbedienung von einem kleinen metallenen Beistelltisch und schreitet an dem Bildschirm vorbei.

Griffin bleibt am Beistelltisch zurück und schaut zu. Sein Gesicht ist genauso ausdruckslos wie bei unserer ersten Begegnung hier.

Ich kann nicht sagen, ob er noch etwas fühlt.

Selbst wenn sein Trick mit Celine dazu gedacht war, uns zu helfen, könnte der chaotische Kampf seine Fortschritte zunichtegemacht haben? Wurde er in seinen verschlossenen Zustand zurückversetzt, in dem jedes Aufflackern von Gefühlen automatisch unterdrückt wird?

Clancy drückt eine Taste, und der Bildschirm leuchtet auf. Im Moment ist nur ein blasses Grau zu sehen. Er dreht sich zu uns fünf um.

„Ihr habt euch nicht an unsere Abmachung gehalten. Ich habe euch die Möglichkeit geboten, eure Kräfte für etwas Konstruktives zu nutzen und dabei zu lernen, wie man sie am besten einsetzt, und ihr habt meine Großzügigkeit in den Wind geschlagen."

Die Würgemanschette unterdrückt mein spöttisches Lachen.

Großzügigkeit? Er hat uns benutzt, um sein Bankkonto zu füllen.

Clancys Miene nach zu urteilen, ist er sich seiner Heuchelei nicht bewusst. Er klopft leicht mit der Fernbedienung auf seinen Oberschenkel und betrachtet uns alle wie ein Professor, der über den Rauswurf einer Gruppe aufmüpfiger Studenten nachdenkt.

„Ich hoffe, euch ist mittlerweile klar, dass es unmöglich ist, auf eigene Faust loszuziehen", fährt er mit einem herablassenden Tonfall fort, bei dem ich noch nervöser werde. „Ihr seid nicht für ein normales Leben bestimmt. Ihr seid nicht normal. Doch wenn wir zusammenarbeiten, könnt ihr etwas schaffen, das besser ist als das, was euch jede andere Einrichtung der Wärterschaft bieten würde."

Erwartet er darauf wirklich eine Antwort?

Jacob und Zian starren ihn verständnislos an. Andreas kann ihn aufgrund der Augenbinde nicht sehen.

Dominic sitzt auf dem Stuhl neben mir. Seine Tentakel zucken, und seine Lippen sind zu einer dünnen Linie verzogen. Sein Blick schweift durch den Raum, wobei ich mir nicht sicher bin, wonach er sucht.

Und ich kann ohnehin nicht antworten, selbst wenn ich es wollte.

Mit einer herrischen Miene strafft Clancy seine Schultern. „Ich hoffe, dass ihr eure Lektion gelernt habt und wir wie geplant weitermachen können. Doch ich werde keine weiteren Fehltritte dulden. Ich habe eine Mission, auf die ich einige von euch schicken werde, und ihr solltet genauso daran interessiert sein, sie zu erfüllen, wie ich. Ihr könnt entweder kooperieren, oder ihr werdet weiteren Tests unterzogen, bis wir einen effektiven Weg gefunden haben, um eure Kräfte zu nutzen und sicherzustellen, dass ihr euch fügt.“

Nun, *das* klingt ominös. Ich unterdrücke einen Schauer.

Jacob schafft es, seinen Kopf mit einem Anflug von Misstrauen zu neigen. Doch als er spricht, lallt seine Stimme immer noch ein wenig. „Was für eine Mission?“

Clancy drückt eine Taste auf der Fernbedienung, und ein Bild erscheint auf dem Bildschirm. Es ist ein Video von einem heruntergekommenen Dorf mit baufälligen Hütten und ein paar alten Autos. Das Einzige, was darauf hindeutet, dass es aus der heutigen Zeit stammt, ist der Hightech-Panzer, der in der ersten Einstellung am Straßenrand zu sehen ist.

Die Szene ist größtenteils braun und grau, abgesehen von den rötlichen Flecken auf dem Boden … und den herumliegenden Leichen. Sie scheinen noch nicht lange tot zu sein, denn aus einigen Wunden sickert noch Blut.

Männer. Frauen. Kinder. Sie alle tragen einfache T-Shirts oder Hemden, zerschlissene Jeans oder Leinenhosen.

Trotz meines Widerstands gegen alles, was Clancy uns zeigen will, steigt Entsetzen in mir auf.

Clancy deutet auf das Video. „Die nationale Regierung des Landes, in dem dieses Gemetzel stattfand, kämpft seit mehreren Jahren gegen eine große Gruppe feindlicher

Aufständischer. Die Gruppe hat ein ganzes Dorf auf dem Land als Geisel genommen und die Zivilisten einen nach dem anderen getötet, um die Regierung dazu zu bringen, ihren Forderungen nachzukommen. Als das Militär versuchte, einzugreifen, haben die Aufständischen die Dorfbewohner als Schutzschilde benutzt, und die meisten sind ungeschoren davongekommen. Sie haben keine Überlebenden zurückgelassen."

Er mustert uns mit gelassener Miene. „Einige Regierungsbeamte haben sich an mich gewandt. Sie haben von meinen Diensten gehört und gehen aufgrund früherer Verhaltensmuster davon aus, dass die Terroristen innerhalb einer Woche erneut zuschlagen werden. Um die Sicherheit der Dorfbewohner zu gewährleisten und die Aufständischen zurückzudrängen sowie künftige Angriffe zu verhindern, brauchen sie ein Team mit Fähigkeiten, die über ihre eigenen hinausgehen."

Da kommen wir wohl ins Spiel.

Das Schlimmste ist, dass mich der Anblick des zerstörten Dorfes nicht kaltlässt. Natürlich *möchte* ich die Menschen mit meinen Kräften beschützen.

Doch wie sollen wir Clancy jetzt noch vertrauen? Wer weiß, was für Hintergedanken er diesmal hat?

Diese Politiker bieten ihm wahrscheinlich ein beträchtliches Honorar.

Ist das allerdings wirklich wichtig? Würde ich mich lieber wieder Experimenten unterziehen, in dem Wissen, dass meinetwegen ein Haufen unschuldiger Menschen stirbt, die ich hätte retten können, nur um ihn zu ärgern?

Das ist genau das Dilemma, in das Clancy uns bringen wollte.

Er verschränkt die Arme vor der Brust und mustert mich durchdringend mit seinen blauen Augen. „Ihr müsst diesem Auftrag zustimmen, ohne zu wissen, wer von euch tatsächlich ausgesandt wird. Und ihr müsst euch darüber im Klaren sein, dass eure Freunde leiden *werden*, wenn ihr zustimmt und den Auftrag sabotiert. Es gibt Wege, die ich lieber nicht gehen würde, doch wenn es nötig ist, damit ihr die euch übertragene Verantwortung respektiert, dann habe ich keine Wahl."

Mir bricht der Schweiß unter meinem Shirt aus.

Natürlich will er klarstellen, dass wir alle gequält werden, wenn wir *nicht* zustimmen.

Auch wenn wir uns bisher aus jeder Klemme befreit haben, kann mein benebelter Geist diesmal keinen Hoffnungsschimmer erkennen.

Clancy nickt den Wärtern um uns herum zu. "Ich lasse euch auf eure Zimmer bringen, damit ihr euch ausruhen und darüber nachdenken könnt. Jeder Schaden, den ihr meinen Leuten zufügt, wird doppelt so schlimm auf euch zurückfallen, also seid vorsichtig, wie ihr eure Kräfte einsetzt. Ihr habt vierundzwanzig Stunden Zeit, um eine Entscheidung zu treffen. Wählt weise."

Sein Absatz knirscht auf dem Boden, als er uns den Rücken zukehrt.

ACHTUNDZWANZIG

Andreas

Bei dem Anblick von Riva, die hinten in der Kantine sitzt, springt mir fast das Herz aus der Brust.

Seit Clancys Vortrag vor zwei Tagen habe ich keinen meiner Freunde mehr gesehen. Gestern habe ich mich bereit erklärt, bei seiner Mission mitzumachen.

Die anderen bestimmt auch. Ich kann mir nicht vorstellen, dass sich einer von ihnen freiwillig für die totale Isolation und Folter entschieden hat.

So haben wir wenigstens einen gewissen Spielraum, um über unser Schicksal zu entscheiden.

Langsam fing ich an zu glauben, dass er uns überhaupt keine gemeinsame Zeit mehr gewähren würde. Zumindest nicht auf der Insel.

Riva blickt von ihrem Teller auf, als ich auf sie zugehe, wobei ich dem Drang widerstehen muss, zu rennen, um die

Wärter nicht auf den Plan zu rufen. Ihr Lächeln lässt den Stress der letzten zwei Tage verblassen.

Gleichzeitig zieht sich mein Magen zusammen. Ich sehe mich im Raum um und bemerke die beiden Wärter auf ihren üblichen Posten neben der Tür.

Alles in der Kantine sieht aus wie immer, doch ich kann nicht glauben, dass Clancy uns diese Gelegenheit zum Reden aus reiner Herzensgüte gewährt.

Die Tatsache, dass er zulässt, dass wir uns hier treffen, bedeutet, dass es ihm in irgendeiner Weise nützen könnte. Sicherlich behält er uns noch besser im Auge als vorher.

Wir müssen sorgfältig auf jedes Wort achten und dürfen nicht den geringsten Hinweis auf Rebellion zeigen.

Zweifel regen sich in mir, und kurz überlege ich, ob ich an Rivas Tisch vorbeigehen soll, so gern ich mich auch zu ihr setzen würde. Was, wenn ich die Situation trotz meiner Vorsicht falsch einschätze?

Wäre es nicht verdächtiger, wenn ich *nicht* mit ihr reden würde? Die Probleme in der Vergangenheit hatten nichts damit zu tun, was ich gesagt habe.

Ich schenke ihr ein Lächeln und nicke ihr zu, während ich einen Löffel Chili auf meinen Teller gebe. Der scharfe, würzige Duft trägt nicht gerade zur Beruhigung meiner Nerven bei, als ich mich ihr gegenüber setze.

„Schön, dich zu sehen.“

Riva erwidert mein Lächeln, doch ihre Mundwinkel bleiben angespannt. „Gleichfalls. Alles in Ordnung bei dir?“

Sie ist genauso vorsichtig. Das ist gut.

„Ja.“ Ich stochere mit meiner Gabel in den Bohnen und den Hackfleischstückchen herum. „Ich habe bis jetzt niemanden außer den jüngeren Schattenblütern gesehen.“

„Ich auch nicht.“ Sie nimmt einen Bissen von ihrem fast leer gegessenen Teller und sieht sich misstrauisch im Raum um. „Ich schätze, Clancy hat entschieden, dass es für *alle* hier besser ist, wenn wir noch etwas Kontakt haben."

Für „alle" bedeutet auch für ihn. Ja, sie ist definitiv zu den gleichen Schlussfolgerungen über seine Beweggründe gekommen wie ich.

„Er will wohl nicht, dass die Laune zu tief sinkt", sage ich mit gezwungener Ironie.

Riva senkt den Kopf und reißt ein Stück von ihrem Brötchen ab, ohne es zum Mund zu führen.

Sie holt tief Luft. „Ich schätze, wir sitzen hier fest. Also können wir genauso gut das Beste daraus machen."

Die Anspannung in ihrer Stimme und das Unbehagen, das ich über das Mal auf meiner Brust wahrnehme, füllen die Lücken zwischen ihren Worten. Sie hat Angst davor, wie viel Wahrheit in ihren Worten stecken könnte.

In mir herrscht eine ähnliche Hoffnungslosigkeit. Schon seit ich im Hubschrauber auf dem Rückweg hierher wieder zu Bewusstsein gekommen bin, zerbreche ich mir den Kopf darüber, wie wir noch einmal entkommen sollen.

Mir ist kein brillanter Plan eingefallen. Oder auch nur ein mittelmäßiger Plan, was das betrifft.

Jede Idee, die in meinem Kopf aufflackert, verpufft, bevor ich sie auch nur ansatzweise weiterspinnen kann.

Clancy hat zu viel Macht. Er wird alle Schwachstellen der Einrichtung bewachen, die wir entdeckt haben.

Und allein die Tatsache, dass wir uns auf einer Insel befinden, die wir nicht verlassen können, schränkt unsere Möglichkeiten ein.

„Wir werden das Beste daraus machen", stimme ich zu und versuche, ein wenig Energie in die Worte zu legen. Einen Hauch von Zuversicht, dass wir eine Möglichkeit finden werden, diese Situation zu ändern.

Riva schenkt mir ein weiteres Lächeln, und ich nehme an, dass ich es geschafft habe, sie zumindest ein wenig aufzuheitern. Sie schiebt sich das Brötchen in den Mund und kaut nachdenklich. „Hast du noch etwas über Clancys Mission erfahren oder darüber, was er genau vorhat?"

Ihre Wortwahl und ihr Tonfall vermitteln mir den Eindruck, dass sie sich damit nicht nur auf herkömmliche Methoden bezieht. Sie will wissen, ob ich etwas Interessantes in seinen Erinnerungen gefunden habe.

Doch seit wir zurück sind, habe ich es nicht gewagt, einen Blick in den Kopf des Leiters der Einrichtung zu werfen. Außerdem habe ich ihn nur kurz gesehen, als er gestern zu mir kam, um meine Antwort zu erfahren.

Ich schüttle den Kopf. „Nein. Ich habe nicht mit ihm gesprochen."

Sie brummt vor sich hin, und ihr Blick schweift kurz in die Ferne. „Ich habe mich gefragt, wer der ältere Mann war, der mit ihm gesprochen hat, als wir zurückgebracht wurden. Es hörte sich so an, als hätte er ein Mitspracherecht bei den Missionen." Sie hält inne. „Ich schätze, du hast ihn nicht gesehen, da deine Augen verbunden waren."

„Nein." Aber sie hat mein Interesse geweckt. Ich habe mitbekommen, wie Clancy mit einem Mann mit einer heiseren Stimme gesprochen hat, die ich nicht zuordnen konnte.

Gibt es jemanden, dem Clancy unterstellt ist? Könnte es in der Hierarchie der Wärter vielleicht eine Schwachstelle geben?

„Ich bin mir nicht sicher, ob ich ihn wirklich beschreiben könnte", fährt Riva in einem beiläufigen Ton fort. „Ich war noch nie so gut darin, Erinnerungen zum Leben zu erwecken, wie du."

Sie wirft mir einen vielsagenden Blick zu, und ich beginne zu verstehen. Wenn ich die Erinnerungen der anderen Wärter nach diesem Mann durchsuchen will, könnte ich mir einen Eindruck von ihm verschaffen, indem ich zuerst einen Blick in *Rivas* Geist werfe.

Meine Stimmung hebt sich, trotz des Anflugs von Unbehagen, der in mir aufsteigt. Offensichtlich gelingt es mir nicht, es zu verbergen, denn Riva runzelt besorgt die Stirn. „Was ist los?"

„Ich …" Ich ringe nach Worten und beschließe, dass es keine Rolle spielt, ob ich dieses Bedauern ausdrücke. Clancy kann nicht erwarten, dass ich mich darüber *freue*, dass unser Fluchtversuch gescheitert ist.

Ich schlucke schwer und begegne Rivas Blick. „Ich ärgere mich, weil ich nicht rechtzeitig erkannt habe, was mit Griffin los war. Ich *hätte* es erkennen müssen. Ich dachte, ich wäre gut darin, Menschen zu lesen. Wie konnte ich etwas so Wichtiges übersehen?"

Als Clancy uns das erste Mal gefangen nahm, habe ich nicht bemerkt, dass Griffin sich als Jacob ausgab. Und dieses Mal habe ich nicht mitbekommen, was Griffin erkannt hatte: Nämlich, dass Celine nicht wirklich glücklich darüber war, ihre Freiheit zu erlangen.

Dass sie plante, den Wärtern ein Zeichen zu geben und uns zu hintergehen.

Als ich die Gelegenheit dazu hatte, durchsuchte ich *seine* Erinnerungen nach Anzeichen dafür, dass er nicht aufrichtig war und seine Bemühungen, uns zu helfen, nur gespielt waren. Durch meine Schuldgefühle wegen meines früheren Fehlers bin ich zwar wachsamer geworden, … aber leider den falschen Leuten gegenüber.

Ich weiß, dass er am Ende, als sie uns erwischten, wirklich eine Show abgezogen hat. Die Behauptung, er habe sie zu uns geführt, war seine einzige Lüge während unserer Flucht.

Doch ich war so darauf konzentriert, seine Loyalität zu prüfen, dass es mir gar nicht in den Sinn gekommen war, mich um die jüngeren Schattenblüter zu kümmern. Ich wurde wieder einmal fehlgeleitet, und jetzt plagen mich heftige Schuldgefühle.

Hätte ich mich früher auf die Teenager konzentriert, hätte ich Celines Unwohlsein bemerkt, und wir wären vielleicht in der Lage gewesen, sie aufzuhalten, bevor sie Clancy alarmierte. Womöglich hätten wir es sogar bis zur Stadt geschafft.

Riva widerspricht mir nicht, als ich impliziere, dass Griffin derjenige war, der uns verraten hat. Vielleicht hält sie das sogar für möglich. „Die Situation war chaotisch, und wir hatten eine Menge um die Ohren. Wir alle hätten bemerken können, dass etwas nicht stimmt, und keiner von uns hat es getan. Du kannst nicht die gesamte Verantwortung dafür übernehmen."

Darum geht es mir eigentlich gar nicht. Vielmehr quält mich die Angst, dass ich ein weiteres entscheidendes Detail übersehe, wenn ich versuche, uns aus diesem Schlamassel herauszuholen.

Doch als Riva mich mit ihren hellbraunen Augen traurig ansieht, lodert ein Gefühl der Entschlossenheit in meiner Brust auf.

Es ist besser, es zu versuchen, als aufzugeben, oder? Die Köpfe in den Sand zu stecken, wird uns definitiv nicht weiterbringen.

Ich möchte die Traurigkeit in Rivas Blick in Hoffnung verwandeln.

Ich nehme ihre Hand und lehne mich näher an sie heran, damit es so aussieht, als wolle ich sie küssen. In Wirklichkeit will ich jedoch nur verhindern, dass Außenstehende den rötlichen Schimmer in meinen Augen bemerken, als ich in ihre Erinnerungen eindringe.

Da sind nicht allzu viele Bilder von Clancy, wenn man bedenkt, dass wir erst seit ein paar Wochen hier sind und er sich nur sporadisch blicken lässt. Ich überfliege die Bilder, die nicht von unserer gestrigen Ankunft stammen, und zucke innerlich zusammen, als ich einen Blick auf ein Schlafzimmer erhasche, in dem Zian verstört in einer Ecke hockt.

Da. Wir gehen in einer Reihe den Flur hinunter, Clancy an der Spitze, und ich mit einer Augenbinde.

Ich verweile in der Erinnerung und konzentriere mich auf den grimmigen weißhaarigen Mann, der mit Clancy spricht. Seine teigigen Gesichtszüge prägen sich in mein Gedächtnis ein.

Ich muss seinen Namen nicht kennen, um ihn in einem anderen Gedächtnis wiederzufinden. Ich muss nur einen klaren Eindruck von ihm bekommen.

Als ich sicher bin, dass ich mir jedes Detail eingeprägt habe, ziehe ich mich aus Rivas Erinnerungen zurück und drücke ihre Finger. Sie erwidert die Geste und mustert mich.

„Wir haben einander", sage ich. „Das ist das Wichtigste."

Und wir werden weiter versuchen, von Clancy wegzukommen. Ich hoffe, sie versteht meine stumme Botschaft, die ich mich nicht laut auszusprechen traue.

Clancy lässt sich den Rest des Tages und auch am nächsten Tag nicht mehr blicken. Als ich am Abend in mein steingemauertes Schlafzimmer geführt werde, zieht sich mein Magen mit einer ungeduldigen Anspannung zusammen.

Er wollte uns innerhalb einer Woche auf seine neue Mission schicken. Damit wäre jetzt fast Halbzeit.

Wie kann ich einen Blick in seinen Geist werfen, ohne dass er merkt, dass ich etwas im Schilde führe? Wenn er mich dabei erwischt, habe ich keine Ahnung, wie er mich bestrafen wird … oder die anderen, denn das wäre noch schlimmer für mich.

Ich strecke mich auf meinem Bett aus und denke über das Problem nach. Ich gehe eine Möglichkeit nach der anderen durch, wie ich ihn zu mir bringen und ablenken könnte, damit er nicht mitbekommt, wie ich seine Erinnerungen durchforste. Wenn ich es richtig machen will, muss ich sicherstellen, dass ich jeden Aspekt berücksichtige.

Nach ein paar Stunden kommt mir eine Idee, die ich nicht sofort wieder verwerfe. In Gedanken spiele ich alle möglichen Szenarien durch.

Es ist bei Weitem die beste, die mir eingefallen ist. Das bedeutet allerdings nicht, dass sie gut ist.

Verdammt, ich wünschte, ich könnte mit Dominic oder Jacob darüber reden.

Doch selbst wenn ich mit ihnen zusammen wäre, könnte ich nicht darüber sprechen. Es liegt also an mir.

Ich nehme ein paar langsame, tiefe Atemzüge und denke an Riva, um mich daran zu erinnern, warum es so wichtig ist, das zu tun.

Dann lege ich meinen Arm um meinen unteren Bauch und drehe mich auf dem Bett um.

Ein falsches Stöhnen entweicht meinem Mund. Ich wälze mich zitternd umher, als wäre mir übel.

Meine schauspielerischen Künste reichen nicht aus. Ich brauche einen Hauch von Realität, um meine Vorstellung glaubhaft wirken zu lassen.

Ich habe meinen Freunden Dutzende von Geschichten aus den Köpfen erzählt, in die ich im Laufe der Jahre, während unserer ersten Missionen, eingetaucht bin. Dabei habe ich immer die lustigsten oder interessantesten Geschichten ausgewählt.

Doch es gab auch dunklere Erinnerungen, über die ich lieber nicht nachdenken, geschweige denn sie jemandem erzählen wollte.

Momente der Gewalt und des Grauens, zu denen Menschen genauso fähig sind wie Monster.

Sie verweilen in meinem Hinterkopf, wo ich sie so tief wie möglich vergraben habe. Jetzt hole ich einen der schlimmsten Momente wieder hervor und drücke meinen Bauch fester zusammen.

Blut.

Röchelnde Schreie. Messerhiebe. Hervorquellende Eingeweide …

Ich lehne mich über die Bettkante und übergebe mich auf den Boden. Die Säure versengt meine Kehle, während ich würge und spucke.

Natürlich haben mich die Wärter beobachtet. Ich habe kaum Zeit, ein weiteres Stöhnen von mir zu geben, als die Tür zu meinem Zimmer geöffnet wird.

Zwei Wärter heben mich auf eine fahrbare Krankenhausliege und murmeln sich dabei eindringlich zu.

Ich habe die Augen geschlossen und zucke, als hätte ich Schüttelfrost.

Sie bringen mich eilig in einen Raum mit grellem Licht, wo eine Frau meine Temperatur misst und mir Blut abnimmt. Ich dachte mir schon, dass hier irgendwo ein Arzt sein muss.

Schattenblüter werden normalerweise nicht krank.

Unsere verbesserten Körper verfügen über hyperaktive Heilfähigkeiten. Ich kann mich nicht erinnern, als Kind jemals mehr, als einen leichten Schnupfen gehabt zu haben.

Bestimmt wird Clancy kommen, schon aus Sorge um seine „Ressourcen", oder?

Ich liege da und beantworte die Fragen der Ärztin murmelnd. Mit jeder Minute, die vergeht, schwindet meine Hoffnung.

Vielleicht habe ich mich verkalkuliert.

Vielleicht habe ich nichts erreicht, außer mir Bauchschmerzen zu bereiten.

Dann ertönen draußen zügige Schritte. Der Leiter der Einrichtung schreitet in den Raum – und er hat einen Bonus dabei, auf den ich nicht einmal zu hoffen gewagt hatte.

Durch meine gesenkten Wimpern sehe ich Dominic hinter Clancy hereinkommen. Der Blick meines Freundes ist besorgt.

„Schau, ob du irgendwelche inneren Verletzungen spürst", befiehlt Clancy ihm.

Dominic stellt sich neben mich und legt seine Tentakel sanft auf die nackte Haut meines Handgelenks und meines Halses. Ich öffne meine Augen gerade so weit, dass ich Clancy hinter ihm erkennen kann, der mir den Rücken zugekehrt hat und leise mit der Ärztin spricht.

Er ist unaufmerksam und scheint keinen Verdacht geschöpft zu haben. Perfekt.

Ich tippe Dominics Hand leicht an und gebe ihm einen kleinen Schubs nach links, sodass er der Ärztin den Blick auf mein Gesicht versperrt, falls sie zufällig in unsere Richtung schaut. Das ist alles, was nötig ist.

Die Verbindung, die wir alle mit Riva teilen, mag auf unserer Haut zu sehen sein, aber wir fünf – nein, wir sechs – kennen uns in- und auswendig. Besser, als Clancy es sich wohl vorstellen kann.

Dom zieht die Augenbrauen ein wenig hoch und dreht sich wortlos um.

Mit gesenkten Augenlidern starre ich auf Clancys Hinterkopf und dringe in seine Gedanken ein.

Ich konzentriere mich auf das Bild des Mannes, den Riva gesehen hat, und stoße damit den Strudel von Clancys vergangenen Eindrücken an. Eine Erinnerung nach der anderen kommt an die Oberfläche: Er hat per Videochat, persönlich und am Telefon mit dem älteren Mann gesprochen.

Bei allen Gesprächen war Clancy angespannt.

Seine Stimme ist sanft, aber ich spüre den Drang in seiner Kehle, einen härteren Tonfall anzuschlagen.

Er nennt den anderen Mann Richmond. Und Richmond hat ganz genaue Vorstellungen davon, wie Clancy die Einrichtung leiten sollte, wobei er sich oft auf „den Vorstand" der Wärterschaft bezieht, für den er anscheinend spricht.

Ich durchforste seine Erinnerungen weiter, auf der Suche nach etwas, das für unsere aktuelle Situation relevant ist. Schließlich stoße ich auf eine Vision von Clancys höhlenartigem Büro. Richmond trägt dieselbe Kleidung, die Riva vor drei Tagen gesehen hat.

„Trotz all deiner Vorsichtsmaßnahmen haben es dreizehn von ihnen geschafft, von der Insel zu fliehen", sagt Richmond in einem herablassenden Ton. „Darunter die sechs wertvollsten."

Clancy steht steif hinter seinem Schreibtisch. „Ich habe sie alle zurückgebracht, bevor es Ärger gab."

Richmond schnaubt. „Du meinst abgesehen von zwei Toten und dem Einsatz einer Menge Arbeitskräfte. Der Vorstand hat es dir ermöglicht, deinen Ansatz auszuprobieren, aber ein Fehltritt wie dieser stellt das gesamte Unterfangen in Frage. Es ist im Gespräch, dir die Leitung der Wärterschaft abzuerkennen. Du hättest sie ohnehin nie übernommen, wenn Balthazar nicht verschwunden wäre."

Balthazar? Meine Konzentration gerät kurz ins Wanken, doch dann erinnere ich mich daran, wie Riva Clancy nach den drei Gründerfamilien der Wärterschaft gefragt hatte.

Er erklärte ihr, dass einer der drei Gründer sich von den Wärtern zurückgezogen hat. Vermutlich ist das der Mann, von dem Richmond spricht.

Angesichts dieser angedeuteten Drohung versteift sich Clancy noch mehr. Richmond hält sich mit seiner eigenen Meinung absichtlich zurück, doch an seinem Tonfall kann ich hören, dass er an dem von ihm erwähnten „Gespräch" maßgeblich beteiligt war.

„Ich habe gerade einen großen Auftrag an Land gezogen", sagt Clancy schnell. „Jetzt, da ich besser weiß, wie die Schattenblüter arbeiten, kann ich sie in Schach halten und zeigen, wie viel ich mit ihnen erreichen kann. Bitte gebt mir die Chance, es zu beweisen."

Richmond reibt sich das fleischige Kinn. „Ich werde die Angelegenheit mit den anderen besprechen. Wir werden dich genau beobachten. Wenn du …"

Ein Ruck an meinem Arm holt mich in die Gegenwart zurück. Dominic ist über mich gebeugt und mustert mich mit einem eindringlichen Blick.

„Danke", sagt er über seine Schulter.

Clancy kommt mit einem Glas Wasser auf mich zu. In meinem verwirrten Bewusstseinszustand reime ich mir zusammen, was passiert sein muss: Wahrscheinlich wollte Clancy schon vorher zu mir kommen, aber Dominic hat ihn lange genug abgelenkt, um mich aus meinem benommenen Zustand zurückzuholen.

Dom klopft mir auf die Schulter. „Kannst du dich aufsetzen?"

Ich richte mich demonstrativ schwankend auf, um meine Scharade aufrechtzuerhalten, und trinke einen Schluck Wasser. Clancy mustert mich mit seinem durchdringenden Blick.

„Vermutlich hast du etwas gegessen, das dir nicht bekommen ist", sagt er in einem knappen Ton. „Es gibt keine Anzeichen von Krankheit oder inneren Schäden. Du kannst die Nacht hier verbringen, während dein Zimmer sauber gemacht wird."

Mit einem dankbaren Nicken lege ich mich wieder hin, während er Dominic aus dem Zimmer begleitet. Die Gedanken in meinem Kopf sind so laut, dass sie das Summen der Oberlichter übertönen.

Clancy läuft Gefahr, seinen großen Traum zu verlieren. Für ihn hängt viel von der bevorstehenden Mission ab.

Ich bin mir nicht sicher, inwiefern wir das für uns nutzen können, aber es ist ein Anhaltspunkt. Wenn er verzweifelt ist, dann haben wir ein Druckmittel.

Doch wem kann ich das sagen, ohne unseren aufkeimenden Plan zu verraten? Ich kann keinen Coup planen und ihn ganz allein durchziehen.

Ich rolle mich auf der dünnen Matratze auf die Seite und schließe wieder die Augen. Die Antwort kommt zu mir wie ein Geist, der aus dem Grab aufsteigt.

Griffin. Griffin steckt mitten in diesem Schlamassel und steht zwischen Clancys und unseren Zielen.

Er hat gerade seine Loyalität gegenüber den Wärtern bewiesen – zumindest in Clancys Augen.

Ich weiß nicht, was die anderen denken, aber ich habe in den Kopf unseres ehemaligen Freundes geschaut. Ich habe seine Worte und den Rhythmus seiner Stimme verfolgt.

Er versteht uns genauso gut, wie wir uns gegenseitig verstehen. Er gehört zu uns.

Und im Moment ist er der Einzige, an den ich mich wenden kann.

Neunundzwanzig

Riva

Ich höre Nadia, bevor ich sie sehe. Ihr trockenes Lachen dringt zwischen den Bäumen bei den Hürdenlauf-Strecken hervor. Eine Düsternis schwingt darin mit, die vorher nicht da war.

In ihrer schwarzen Jogginghose und dem dunkelgrauen T-Shirt ist sie heute deutlich schwerer zu erkennen, als in ihrer üblichen neonfarbenen Kleidung. Sie steht mit einem der anderen älteren Schattenblüter und Ajax beim Kletterparcours und verschmilzt mit den Schatten zwischen den Bäumen.

Mir wird schwer ums Herz, noch bevor ich mit ihr spreche.

Die drei schauen zu mir herüber, als ich neben der ersten Strickleiter auf die Lichtung trete. Ich nicke ihnen zu, bevor ich mich an Nadia wende.

„Hey. Kein Neon heute?"

Sie reibt verlegen über ihre durchtrainierten Arme. „Mir war in letzter Zeit nicht danach.“

Ihr Mund verzieht sich zu einem halben Lächeln, das jedoch nicht wirklich fröhlich ist. Wenn mein Herz vorher schwer war, fühlt es sich jetzt an, als hätte es sich in einen Bleiklumpen verwandelt.

Ajax fährt sich mit der Hand über die Stoppeln auf seiner dunklen Kopfhaut, doch ihm scheint nichts einzufallen, was er sagen könnte. Nur der dritte Junge, der nicht an unserer Flucht beteiligt war, legt eine gewisse Energie an den Tag.

Er klatscht in die Hände. „Kommt schon! Klettern wir jetzt oder was?“

Eine Wärterin räuspert sich am Rande der Lichtung. „Ihr sollt trainieren, nicht reden.“

Ich verkneife mir ein bitteres Schnauben. Wann haben sie uns jemals die Gelegenheit zum Reden gegeben? Oder generell, um etwas anderes zu tun, als zu trainieren oder körperlichen Notwendigkeiten wie Essen nachzukommen?

Der Kerl, der in die Hände geklatscht hat, geht auf die Leiter zu, und Nadia und Ajax stellen sich automatisch hinter ihm an. Nadias hängende Schultern und Ajax' träge Bewegungen versetzen mir einen Stich ins Herz.

Ich berühre Nadias Arm. „Dein Leuchten hat uns weit gebracht. Vergiss das nicht.“ Dann lege ich meine Hand auf Ajax' Schulter. „Und du hast Dinge gehört, die der Rest von uns nicht hören konnte.“

Ich weiß nicht, wie gut mein Versuch ankommt, ihre Stimmung zu heben. Nadia senkt nur den Kopf, und Ajax wirft mir ein flüchtiges Lächeln zu. Die Stimmung auf der Lichtung bleibt niedergeschlagen.

Was soll ich noch sagen?

Ein seltsames Gefühl von Heimweh durchströmt mich. Ich vermisse die wenigen Tage, in denen wir unsere Freiheit hatten. Nicht, weil ich es so genossen habe, durch den

Dschungel zu stapfen und mich von Keksen zu ernähren, sondern weil wir uns alle gegenseitig geholfen haben.

Nicht nur wir sechs Erstlinge können gemeinsam viel erreichen. Wir Schattenblüter sind alle ein tolles Team.

Wenn wir die Chance dazu haben.

Als ich sehe, wie Nadia und dann Ajax mit sichtlichem Widerwillen die Leiter erklimmen, rutscht mir das Herz in die Hose.

So beschwerlich unsere Flucht auch war, sie war besser als das hier. Wir verdienen es, frei zu sein.

Wir sind nicht die Werkzeuge, die Clancy in uns sieht, oder die Versuchsobjekte, die wir für die meisten der anderen Wärter sind. Wir sind *Menschen*, nicht jemandes Eigentum.

Wir schulden der Wärterschaft sicher nichts nach der Hölle, die wir ihretwegen bereits durchgemacht haben.

Wer wären Nadia und Ajax und all die anderen, wenn sie einfach … nur *sein* dürften? Wenn sie den Raum und die Ruhe hätten, zu entdecken, wie ein normales menschliches Leben zu ihren Bedingungen aussehen könnte?

Ich möchte ihnen das so gern ermöglichen, verdammt noch mal. Ich weiß nur nicht, wie.

Auch wenn ich keine wirkliche Lust auf den Parcours habe, muss ich den Anschein erwecken, als würde ich kooperieren. Als ich gerade nach der Leiter greife, raschelt es hinter mir im Unterholz. „Riva?"

Mein Puls beschleunigt sich, noch bevor ich mich umdrehe. Es ist Griffins ruhige Stimme.

Als ich mich umdrehe, tritt er am Ende des Weges aus dem Gebüsch.

Es ist schwer vorstellbar, dass ich ihn noch vor ein paar Wochen mit seinem Zwilling verwechselt habe. Inzwischen kann ich die Unterschiede deutlich erkennen. Während Griffin struppiges, längeres blondes Haar hat, ist Jacobs Haar glatt und seine Gesichtszüge weicher. Außerdem liegt immer ein ferner Blick in seinen himmelblauen Augen.

Ich unterdrücke den Drang, mich zu umarmen. „Was ist los?"

Seine Lippen verziehen sich zu einem kleinen Lächeln. „Ich hatte gehofft, wir könnten ein wenig Zeit miteinander verbringen. Wir haben uns nicht mehr gesehen seit … allem. Da sind ein paar Dinge, die ich gerne erklären würde."

Ich schaue ihm in die Augen und überlege, was ich antworten soll. Ich bin mir ziemlich sicher, dass er getan hat, was er getan hat, um den Rest von uns zu schützen, nicht weil er der wahre Verräter unter uns war. Doch ich bin mir nicht hundertprozentig sicher.

Wie dem auch sei, ich muss ohnehin *so tun*, als würde ich glauben, dass er uns verraten hat. Welche Reaktion würden die Wärter unter dieser Voraussetzung wohl von mir erwarten?

Ich hebe eine Schulter. „Deine Erklärungen interessieren mich nicht."

Er streckt seine Hand nach mir aus. „Bitte. Um der alten Zeiten willen?"

Habe ich genug Widerstand geleistet, um misstrauisch zu wirken? Schließlich muss ich auch versuchen, zu kooperieren, um zu vermeiden, dass ich oder die anderen bestraft werden.

Ich begnüge mich damit, seine Hand zu ignorieren, auch wenn ich eigentlich danach greifen möchte. Dafür mache ich einen Schritt auf ihn zu. „Na schön. Woran hattest du gedacht?"

Griffin verzieht das Gesicht und lässt seine Hand sinken. Ich bemerke einen Hauch von Unbehagen in seinem Blick, der vor einer Woche vermutlich nicht da gewesen wäre. Die Gefühle, die in ihm erwacht sind, sind also nicht verschwunden.

Er bedeutet mir, ihm zu folgen, und spricht erst wieder,

nachdem wir den schmalen Pfad zurückgelegt haben. „Da dir das Messerwerfen das letzte Mal so gut gefallen hat, habe ich Clancy dazu überredet, uns an den Schießstand zu lassen."

Ich presse mir die Hand auf den Mund, um einen Lachanfall zu unterdrücken. „Und du hast keine Angst, dass du eine Kugel abbekommst?"

Heiterkeit schleicht sich in Griffins Stimme. Es ist nur ein Hauch, aber ich betrachte jede Abweichung von seiner Monotonie als Fortschritt. „Du hast es letztes Mal geschafft, mich nicht abzustechen, also denke ich, meine Chancen stehen relativ gut."

Wir überqueren die Steinbrücke über dem schmalen, tiefen Fluss, der vom Wasserfall wegführt, und steigen die feuchten Steinstufen zu dem versteckten Eingang hinauf. Die kühlen Tropfen, die auf meine Haut spritzen, heben sich scharf gegen die tropische Hitze ab.

Unmittelbar vor dem Eingang zum Schießstand, greift Griffin sanft nach meinem Handgelenk, um mich aufzuhalten, während das Wasser nur wenige Zentimeter entfernt herab rauscht. Er beugt sich vor, sodass ich ihn über das Rauschen des Wasserfalls hinweg hören kann.

„Wir werden hier nicht direkt überwacht. Clancy hat viele Zugeständnisse gemacht, weil er glaubt, dass ich versuche, ihm die Daten zu beschaffen, die er will."

Er schiebt einen Ärmel hoch und enthüllt eine Manschette, wie die Wärter sie Zian und mir angelegt haben, als sie hofften, die Entstehung unserer Male überwachen zu können.

Mein Magen verkrampft sich. „Ich …"

„Ist schon gut", murmelt Griffin. Er nimmt meine Hand, verschränkt seine Finger mit meinen und stößt einen Seufzer aus, der sich anhört, als würden sich darin tagelang aufgestaute Spannungen entladen. „Ich würde ihm sowieso nicht auf diese Weise ‚helfen' wollen. Es verschafft uns nur ein wenig Privatsphäre. Angeblich zeichnet die Manschette nur physiologische Daten auf, keine Stimmen. Aber ich denke, wir sollten trotzdem vorsichtig sein."

Deswegen unterhalten wir uns am Wasserfall. Ich nicke.

Griffin bewegt seinen Kopf dicht an mein Gesicht. „Es tut mir leid. Das ist nicht … Ich wollte nicht, dass wir wieder hier landen. Ich weiß nicht …"

Er bricht ab, aber der Schmerz in seinen Worten ist unüberhörbar. Jegliche Zweifel in mir lösen sich in Luft auf.

Ich mache einen Schritt auf ihn zu und schließe ihn in eine lockere Umarmung. Sein frischer, luftiger Duft strömt in meine Lunge, und die Schatten kribbeln in meinem Blut.

„Warum hast du uns nichts von deinem Misstrauen gegenüber Celine gesagt?"

Griffin seufzt. „Ich konnte nicht sagen, ob es wirklich einen Grund zur Sorge gab, oder ob ich sie falsch eingeschätzt habe. Es war nichts Offensichtliches. Nur gelegentliche Eindrücke, vor allem, als wir im Hubschrauber saßen, bekam ich Gefühlsausbrüche von ihr mit, die sich verärgert oder trotzig anfühlten und nicht zu denen der anderen passten. Ich wollte ihr nichts unterstellen, ohne zu wissen, was mit ihr los war."

„Aber am Ende warst du dir sicher."

„Ja." Er schluckt hörbar. „Sie war so erleichtert und *froh*, als die Hubschrauber kamen. Fast schon triumphierend. Es war offensichtlich, dass sie etwas getan hatte … Ich glaube, sie hatte ein Gerät dabei, mit dem sie unseren Standort übermitteln konnte. Ich habe sie ziemlich genau beobachtet, bevor Zian uns weggebracht hat."

Ich erinnere mich vage daran, dass Celine kurz verschwand, als wir aus der Einrichtung stürmten. Vielleicht hat sie etwas geholt.

Aber ich erinnere mich auch daran, was sie zu mir sagte, als sie ihren Verrat eingestand. „Vielleicht warst es nicht du, der sie vorher abgehalten hat, es zu benutzen. Womöglich war sie sich selbst nicht sicher, bis ich zugegeben habe, dass wir vielleicht die Schattenwesen um Hilfe bitten werden."

„Wie dem auch sei …" Ich spüre, dass Griffin neben mir zusammenzuckt. „Ich wollte nicht, dass sie stirbt. Doch als die Wärter die meisten von euch bereits außer Gefecht gesetzt hatten und Dominics Strategie nicht funktionierte, konnte ich nur daran denken, dass die Wärter uns so oder so zurückholen würden. Und die einzige Möglichkeit, die Dinge wieder in Ordnung zu bringen, war, Clancy glauben zu machen, ich sei noch auf seiner Seite."

„Und das hätte er nicht geglaubt, wenn Celine noch am Leben wäre und ihm gesagt hätte, dass sie ihnen ein Signal gegeben hat", füge ich hinzu.

„Aber vielleicht habe ich mich geirrt. Vielleicht hätten wir noch fliehen können. Ich konnte in diesem Moment keinen klaren Gedanken fassen. Ich bin es nicht mehr gewohnt, etwas zu fühlen. Ich dachte, es wäre unsere beste Chance, also habe ich sie ergriffen, weil ich keinen anderen Weg sah."

Ein Schauer durchzuckt seinen schlaksigen Körper. „Ich werde mich bessern. Ich werde mich daran gewöhnen, beides wieder auszubalancieren. Andreas hat ein paar Dinge herausgefunden und es geschafft, sie mir gestern mitzuteilen. Ich habe einige Ideen, wie wir diese Mission nutzen könnten, um die Dinge wieder zu unseren Gunsten zu wenden."

Hoffnung flackert in mir auf. „Was?"

„Mal sehen, was ich tun kann. Selbst wenn Clancy glaubt, dass ich auf seiner Seite stehe, bedeutet das nicht, dass er auf mich hört." Griffin hält inne. „Ich glaube nicht, dass wir die Sache beenden können, solange *er* noch lebt."

Bei dieser Aussage überkommt mich ein leiser Anflug von Unbehagen.

Der derzeitige Anführer der Wärter wäre bereit, uns zu

foltern, um uns seinem Willen zu unterwerfen. Warum sollten wir uns einen Dreck um sein Wohlergehen scheren?

„Was auch immer du herausfindest, lass mich so viel wie möglich davon wissen", sage ich ihm, und meine Nerven kribbeln bei der Aussicht auf einen neuen Plan.

„Ich werde mein Bestes tun. Er scheint mir immer noch zu vertrauen, aber er ist vorsichtiger, was den Rest von euch angeht." Griffin drückt mir einen zaghaften Kuss auf die Stirn, der meine Nerven auf eine ganz andere Weise zum Flattern bringt, und zieht sich dann zurück. „Wir sollten vielleicht ein bisschen schießen, damit er sich nicht wundert, warum wir diesen Teil komplett übersprungen haben."

Ich lege den Kopf schief. „Damit ich meine Aggressionen herauslassen kann, bevor du versuchst, mich zu verführen?"

Griffin schmunzelt, und seine Wangen erröten. „So ähnlich."

Weiter hinten in der Höhle nehme ich wahllos eine Pistole aus dem Regal, setze mir ein Paar Ohrenschützer auf und feuere mehrere Schüsse auf eine Zielscheibe ab. Griffin geht etwas bedächtiger vor. Er wählt seine Waffe sorgfältig aus und nimmt sich zwischen den Schüssen einen Moment Zeit, um nachzudenken.

Trotzdem sind meine Bullseyes am Ende zerfleddert, während seine Schüsse die beiden inneren Ringe eher zufällig streifen.

Sein Mund verzieht sich, als er das Ergebnis betrachtet. „Dinge zu zerstören war noch nie meine Stärke."

„Wir haben alle unterschiedliche Talente", sage ich mit einem liebevollen Lächeln, um ihm zu verstehen zu geben, dass ich das für etwas Gutes halte.

Er lädt seine Waffe nach und blickt dann auf sie hinunter. „Willst du weitermachen?"

Ich betrachte meine neue Zielscheibe und rümpfe die

Nase. „Ich glaube, ich habe keine Lust mehr, zu schießen. Du bist jetzt definitiv in Sicherheit."

Griffin lacht. „Dann können wir vielleicht noch ein bisschen reden? Wenn du mich etwas fragen willst, dann nur zu."

Mit entgeht nicht, dass er diese Formulierung absichtlich wählt, falls wir von Wärtern belauscht werden. „Ja. Ich würde gern hören, was du zu sagen hast."

Wir legen unsere Waffen und Ohrenschützer ab, bevor wir uns wieder zum Wasserfall begeben. Griffin legt eine Hand auf meine Taille, und sein Daumen streicht über die nackte Haut unter meinem T-Shirt.

„Kann ich dich ein bisschen halten?", raunt er. „Wenn wir uns berühren, fühle ich mich mehr wie ich selbst."

Die Zuneigung in mir schwillt so abrupt an, dass mir der Atem stockt. „Ja, natürlich."

Er senkt seinen Kopf wieder neben meinen, bis sich unsere Wangen berühren, und legt seinen Arm um mich, sodass sein Unterarm auf meinem unteren Rücken ruht, wo mein T-Shirt hochgerutscht ist. Mit seiner anderen Hand streicht er über meinen Arm und umschließt mit seinen Fingern locker meinen Ellbogen.

Seine Wärme umhüllt mich, und jeder Zentimeter meiner Haut kribbelt.

Er seufzt, als hätte er in mir einen Frieden gefunden, nach dem er sich schon lange gesehnt hat. Seine Umarmung wird ein wenig fester.

„Ich habe dich so vermisst. Die ganze Zeit … Ich wusste nicht einmal, wie sehr ich dich vermisst habe, weil ich es nicht *fühlen* konnte. Aber die Gefühle waren die ganze Zeit in mir, und jetzt kommen all diese aufgestauten Emotionen in mir hoch."

Tränen schießen mir in die Augen. „Ich habe dich auch vermisst. Jeden Tag."

„Ich möchte alles sein, was ich früher hätte sein sollen. Ich will dir jetzt geben, was du wirklich gebraucht hast. Ich weiß nicht … Ich weiß nicht, ob ich jemals wieder ganz normal sein werde, aber ich werde es versuchen."

Meine Stimme stockt. „Ich weiß. Du hast schon eine Menge getan. Wir haben alle Fehler gemacht."

Wir alle mussten im Kampf für unsere Freiheit Dinge tun, die wir lieber nicht getan hätten. Ich kann Griffin nicht die Schuld dafür geben, dass er jemandem das Leben nehmen wollte, ohne den Rest von uns dutzendfach zu verurteilen.

Griffins Fingerspitzen zeichnen einen sanften Kreis auf meinem Rücken. „Mein Mondstrahl, der meinen Weg erhellt."

Plötzlich sickern die Tränen über meine Wangen. Ich blinzle heftig und drehe meinen Kopf, auf der Suche nach Griffins Mund.

Unsere Lippen treffen sich, und unser heißer Atem vermischt sich. Er küsst mich erst zärtlich und dann fester.

Als würde er mir auf jede erdenkliche Weise zeigen wollen, dass ich alles von ihm haben kann.

Tief in meinem Bauch flammt Verlangen auf. Ich schlinge meine Arme um ihn, und er lässt uns mit einem unterdrückten Stöhnen nach hinten sinken.

Ich spüre die Steinwand in meinem Rücken, und das lodernde Verlangen in mir vertreibt die Kälte der feuchten Oberfläche.

Ich zwinge mich, meinen Körper gerade so weit zurückzulehnen, dass ich in Griffins Gesicht blicken kann. Er starrt mich mit einem wilden Ausdruck an, wie ich ihn noch nie gesehen habe, weder hier noch in der Vergangenheit.

Die stürmische Bewunderung und der Hunger in seinen Augen überwältigen mich. Mit jeder Berührung, jeder Umarmung bringe ich ihn zu seinem alten Selbst zurück.

Ich will mehr. Ich will sehen, wie jeder Teil des Jungen, den ich verloren habe, durch die erschreckende Leere zum Vorschein kommt.

Ich lege meine Hand auf seine Wange, und meine Stimme ist kaum mehr als ein Flüstern. „Wie viel würdest du jetzt gerne fühlen?"

Griffin befeuchtet seine Lippen, und sein Blick wird noch intensiver. „So viel ich kann."

Ich greife nach seinem Shirt und ziehe daran. Griffin hebt seine Arme, um mir zu helfen, es ihm auszuziehen, während er mich begierig mustert.

Als ich nach meinem Shirt greife, schnappt er nach Luft. „Riva …"

„Wir werden ihm nicht geben, was er will", sage ich mit einem Nicken zu einer der Manschetten, die seine Oberarme umschließen. „Es gibt so viel mehr, was wir tun können."

Ein Hauch von Angst schleicht sich in Griffins Gesicht. Ich zögere, weil ich weiß, dass das Erwachen seiner Gefühle mit Schmerzen einhergeht.

Dann legt er seine Hände auf meine und hilft mir, mein Shirt auszuziehen.

Griffin stößt einen leisen, kehligen Laut aus und neigt den Kopf, um meine Schulter zu küssen. Ich lege einen Arm um seinen schlanken, muskulösen Rücken und fahre mit meinen Fingern durch sein zerzaustes Haar.

Überall, wo sich unsere Oberkörper berühren, sprühen Funken der Glückseligkeit. Die dunkle Essenz, die sich durch meinen Körper schlängelt, tost lauter als der Wasserfall.

Dieser Mann ist für mich bestimmt, und ich für ihn. Genauso wie die anderen.

Vielleicht ergibt es Sinn, dass er der Erste ist, den ich verloren und der Letzte, den ich gefunden habe.

Ich ziehe Griffins Mund wieder auf meinen. Er fährt mit

seinen Fingern über meine Wirbelsäule und um meine Taille herum.

An meinem Sport-BH hält er inne. Ich nehme seine Unterlippe zwischen die Zähne und genieße es, wie sein Atem stockt, bevor ich den BH ausziehe, sodass ich von der Taille aufwärts völlig nackt bin.

Griffin fährt mit seinen Fingern von meinem Unterleib bis zu meinen Brüsten. Vorsichtig umfasst er sie mit beiden Händen.

Ich habe noch nie etwas so Wunderbares gesehen wie das Zusammenspiel der zärtlichen Hingabe und glühenden Lust in seinem Gesicht.

„Ich weiß nicht … Ich weiß nicht genau, was ich tue", gibt er zögernd zu. „Ich habe noch nie … Ich habe es mir vorgestellt, aber das ist alles. Doch ich kann spüren, was dir gefällt."

Es war mir nicht in den Sinn gekommen, dass er noch unerfahrener sein könnte als die anderen Jungs. Natürlich haben die Wärter ihn nicht mit aufreizenden Videos konfrontiert und diese Art von Entspannung gefördert, während sie versuchten, ihm jegliche Emotionen auszutreiben.

Sie brauchten sich nicht die Mühe machen, ihm ein Ventil für seine Triebe zu geben, weil sie ihn seiner Fähigkeit zu Begehren beraubt hatten.

„Dein Ansatz scheint gut zu funktionieren", beruhige ich ihn. „Wir haben es alle nach und nach herausgefunden."

Irgendetwas in uns ruft nach dem jeweils anderen und lenkt unseren Wunsch nach Vollendung. Ich ahne bereits, dass das Schwierigste nicht sein wird, diesen Moment zu genießen, sondern zu vermeiden, dass wir dem Verlangen nach der Vollendung unserer Verbindung nachgeben.

Griffin küsst mich erneut, bis er genau den richtigen Winkel findet, um mehr Druck auszuüben. Als ich an seinen Lippen wimmere, beginnt er, meine Brüste zu streicheln.

Er erkundet jeden Zentimeter mit seinen Handflächen und seinen Fingern. Er streichelt weicher und härter, vor und zurück und in immer schnelleren Kreisen.

Als er einen Nippel zwischen zwei Finger nimmt und zudrückt, kommt ein Keuchen über meine Lippen, das er mit einem Stöhnen erwidert. Er wiederholt die Geste und küsst mich noch leidenschaftlicher, als würde er die Lust aufsaugen, die er in meinem Körper hervorruft.

Meine Hüften bewegen sich wie von selbst auf ihn zu, und Griffin lässt eine Hand sinken, um die Kurve meiner Hüfte nachzufahren.

Seine Stimme ist ein heiseres Murmeln. „Du brauchst mehr. Aber wir können nicht ...“

Er unterbricht sich selbst, als hätte er einen eigenen Entschluss gefasst, und zieht mich an sich, sodass ich zwischen seinem Körper und der Wand eingeklemmt bin. Der raue Stein gräbt sich in meinen Rücken und hinterlässt wahrscheinlich einen Abdruck, doch das interessiert mich nicht, wenn ich dem Mann so nah bin, den ich schon so lange liebe.

Als ich meine Beine um ihn schlinge, sodass unsere Leisten durch die Kleidung hindurch aneinandergepresst werden, steigt eine andere Art von Bedürfnis in mir auf.

Ich küsse ihn erneut. „Ich liebe dich.“

Kaum habe ich die Worte ausgesprochen, werde ich plötzlich verlegen. „Aber das weißt du doch schon, oder? Du hast es immer gewusst.“

Griffin schmiegt sich an meinen Hals, und ich spüre seinen Atem. „Das ist das erste Mal, dass ich es von dir höre. Ich liebe dich auch. Ich glaube, ich weiß noch nicht einmal, wie sehr. Das Gefühl wird immer stärker.“

Ich schließe meine Augen, als sie sich mit bittersüßen

Tränen füllen. Süß vor Freude, wieder bei ihm zu sein, und bitter vor Schmerz, weil ich weiß, dass wir immer noch gefangen sind.

Die Dunkelheit in mir spornt mich an, der Verschmelzung nachzugeben, der ich widerstehen muss. Ich reibe mich an Griffins Erektion, die gegen seine Hose drückt, und er stöhnt leise in mein Haar.

Wir können diese ultimative Verbindung noch nicht vollziehen. Ich bin mir nicht sicher, ob einer von uns beiden schon so weit ist, unabhängig davon, welche Vorstellungen unsere Körper haben.

Doch wir können eine andere Art von Befriedigung erfahren.

Meine Fingerspitzen gleiten über Griffins Rücken. Er bearbeitet meine Brust mit zunehmend selbstbewussten Bewegungen, während er mich mit der anderen festhält.

Wir reiben uns aneinander und küssen uns heftig. Die Reibung an meiner Muschi überflutet mich mit Wellen von schwindelerregender Hitze.

Und Griffin kann jede Woge meiner Lust spüren. Er verändert schrittweise seinen Winkel und findet genau den Punkt, der mich in die Höhe treibt.

Oh, Gott, wie wäre es wohl, diesen Mann wirklich zu *ficken* …

Ich begrabe diesen Gedanken unter dem aufkommenden Wirbelwind der Glückseligkeit. Stöhnend reiben wir uns aneinander und küssen uns leidenschaftlich, während mein Herz in einem verzweifelten Rhythmus pocht.

Meine Essenz schreit nach ihm – und meine Erlösung bricht über mich herein. Ich zittere in Griffins Umarmung und beiße so fest in seine Lippe, dass ich Blut schmecke.

Griffin stößt ein tiefes Knurren aus, und seine Hüften bewegen sich weiter. Dann versteifen sich seine Schultern.

Ein letztes Stöhnen dringt aus seiner Lunge. Er drückt

mich an sich und murmelt eine Litanei der Hingabe in mein Ohr.

„Riva. Ich liebe dich. Ich liebe dich. Mondstrahl.“

Wir bleiben ein paar Minuten lang aneinander gekuschelt und atmen einfach gemeinsam. Ich will ihn nie wieder loslassen.

Doch Griffin zieht sich zurück und wirft einen verlegenen Blick auf den nassen Fleck, der sich auf seiner Hose gebildet hat. „Nun, das ist … eine ziemliche Sauerei.“

Seine Unsicherheit verstärkt die Liebe, die in meiner Brust summt. Ich lächle zu ihm hoch. „Gut, dass hier praktischerweise ein Fluss ist, um uns darin zu waschen, was?“

Er begegnet meinem Blick und beugt sich wieder vor, um seine Stirn an meine zu lehnen.

„Es ist gut. Es ist alles gut. Alles, was du mir gibst.“

Ein Kloß bildet sich in meiner Kehle, und in meiner Brust flackert eine Hoffnung auf, die vorher nicht da war.

DREISSIG

Griffin

Ich wusste nicht mehr, wie viele Gefühle mein Körper empfinden kann. Oder vielleicht habe ich noch nie so viel gefühlt, als unser Leben so streng reglementiert war und sich meine körperliche Interaktion mit Riva auf ein Lächeln und eine gelegentliche Umarmung beschränkten.

Jetzt strahlt meine Bewunderung bis in meine Seele und strömt aus jeder Pore.

Es ist unglaublich und gleichzeitig überwältigend. Ich will sie nie wieder loslassen, nicht einmal auf dem Weg zum Fluss hinunter.

Als ich einen Arm auf ihren nackten Rücken lege, durchfährt mich ein erneuter Schauer. Hier und da durchdringt ein stechender Schmerz die Freude, um mich für meine Hingabe zu bestrafen, doch das heftige Donnern meines Pulses sorgt dafür, dass ich ihn ignorieren kann.

Ich kann dieses ganze Glück nicht für mich behalten.

„Ich liebe dich", murmle ich und küsse ihre Stirn und ihre Wangen. „Ich liebe dich. Ich liebe dich."

Kann ich es oft genug sagen, um die Jahre wiedergutzumachen, in denen ich es ihr nicht sagen konnte? Oder die Zeit, in der ich mit ihr zusammen war, ohne es spüren zu können?

Ich denke an unsere gemeinsame Vergangenheit, an eine jüngere Riva, die sich neben mich auf das Sofa im Aufenthaltsraum der Einrichtung kuschelte und darauf vertraute, dass ich den anderen nichts von der Begierde erzähle, die nur ich spüren konnte. An die temperamentvollen Auseinandersetzungen mit Jacob, die keiner von ihnen damals zu ernst nahm. An die Kraft, die ihren Körper durchströmte, wenn sie die Aufgaben der Wärter erfüllte.

Doch mit jeder Erinnerung werden die Schmerzen schlimmer. Mein Magen beginnt, sich zu verkrampfen.

Mit zusammengebissenen Zähnen versuche ich die Erinnerungen zu unterdrücken, die mir von den Wärtern in mein Gehirn eingebrannt wurden, zusammen mit den Bildern, die emotionale Reaktionen in mir hervorriefen.

Doch jede Erinnerung, seit wir auf der Insel sind, ist sicher. Ich kann in dem Hunger schwelgen, der bei ihrer Berührung durch meine Adern strömt und selbst durch die Intimität, die wir gerade geteilt haben, nicht gestillt wurde.

Ich kann an ihre mitfühlenden Blicke und zärtlichen Küsse denken, nachdem ich ihr gestanden habe, was ihre Berührung für mich bedeutet. An das Blitzen in ihren Augen, als sie Clancy schimpfte, weil er uns für seinen finanziellen Profit ausnutzte.

Ich glaube nicht, dass es etwas gibt, das ich nicht an ihr liebe.

Dasselbe Gefühl strahlt von ihr auf mich ab. Sie hatte recht damit, dass sie nicht sagen muss, was sie für mich empfindet, damit ich es weiß. Doch mein Puls rast trotzdem, als die Worte erneut über ihre Lippen kommen.

„Ich liebe dich auch, Griffin. Jetzt, wo wir alle sechs wieder zusammen sind – wirklich *zusammen* – werden wir sicherlich irgendwann eine Lösung finden."

Ich presse meine Lippen auf ihre und verliere mich in ihrer Sanftheit und Wärme – aber nicht ganz. Ihre letzte Bemerkung hallt in meinem Kopf wider.

Irgendwann ist nicht gut genug. Ich habe es vermasselt. Es ist meine Schuld, dass sie und die anderen in Clancys Gewalt geraten sind.

Ich werde das in Ordnung bringen. Ich war bereit, Celines Leben zu beenden, um uns zu retten, so schlecht ich mich bei *dieser* Erinnerung auch fühle.

Ich würde mein eigenes Leben opfern, wenn es sein müsste. Es gibt kein Opfer, das es nicht wert wäre.

Es ist besser, in dem Wissen zu sterben, dass ich ihnen alles gegeben habe, als mit dem Bewusstsein zu leben, dass ich nichts weiter war als ihr Untergang.

Die verstörenden Gedanken bewegen mich schließlich dazu, sie loszulassen. Was wir hier tun, wird niemanden retten.

Ich trete einen Schritt zurück und ignoriere das Verlangen in mir, das nach mehr schreit. „Ich denke, wir sollten uns waschen gehen."

Rivas Lächeln macht die Unterbrechung unserer Umarmung fast wieder wett. Sie zieht ihren BH und ihr T-Shirt an, und auch ich hebe mein Shirt vom Boden auf und streife es mir widerwillig über den Kopf.

Aber ich habe sie noch nicht verloren. Sie schlingt ihre Finger um meine und geht mit mir den Berghang hinunter.

Die Wärter, die Wache halten, sind so weit im Dschungel versteckt, dass ich mir nicht sicher bin, ob Riva sie sehen wird. Ich kann ihre Anwesenheit spüren, ihre Mischung aus

Langeweile und Besorgnis – und den Ruck der Wachsamkeit, als sie uns in Sichtweite kommen sehen.

Ich gehe geradewegs zum Flussufer am Fuße des Wasserfalls und rutsche über das grobe Gras, bevor ich hüfttief hineinwate.

Riva zuckt zusammen, als sie ihre Füße ins Wasser taucht. Dabei ist auf der Insel nichts wirklich kalt. Es ist eher lauwarm.

Ich wate umher und zupfe an meiner Hose, damit die Strömung das Ergebnis unseres Intermezzos wegspült, während ich versuche, nicht darüber nachzudenken, was genau ich da tue. Rivas Blick folgt mir, und mein Gesicht wird immer heißer, bis ich denke, es könnte verbrennen.

Ich habe sie in der Nacht in dem verlassenen Hotel mit den anderen Jungs gespürt. Ich wollte nicht neugierig sein, doch durch die unsichtbaren Bande zwischen uns ist es schwer, nicht zu spüren, wie es ihnen geht, wenn sie in der Nähe sind.

Ich weiß, wie viel Lust sie ihr bereitet haben und mit wie viel Enthusiasmus sie bei der Sache waren. *Sie* kennen diese Seite von ihr so viel besser als ich, obwohl ich lesen kann, was in ihr vor sich geht.

Wie soll ich das aufholen, wenn ich nicht einmal mehr sicher bin, was ich fühlen soll?

Doch ich weiß auch, dass ihr das egal ist. Als sie mich jetzt ansieht, ist da nichts außer dem warmen Schimmer der Zuneigung und einer leichten Besorgnis um mein Wohlbefinden.

Meine nassen Klamotten kleben an meinem Körper, und ich streiche mir das feuchte Haar aus der Stirn, als ich zu ihr zurückkehre. Ich spüre, wie in ihr dasselbe Verlangen aufflackert.

Sie lässt sich jedoch nichts anmerken und leckt sich nur

kurz mit der Zunge über die Lippen. Die winzige Bewegung wirkt wie ein Magnet, der mich anzieht.

Ohne etwas zu sagen, gehe ich auf sie zu, lege meine Hand auf ihre Wange und küsse sie.

Riva lässt ihre Hände über meine Brust gleiten, ihre Wärme dringt durch den feuchten Stoff meines Shirts. Ich wünschte, ich hätte es nicht wieder angezogen.

Vielleicht gehen Rivas Gedanken in eine ähnliche Richtung. Als sich unsere Münder voneinander lösen, lehnt sie sich dicht an mich und flüstert mir ins Ohr: „Es gibt viele Stellen, wo ich dich noch nicht berühren konnte."

Mein Schwanz steht sofort auf halbmast, als ob er sich freiwillig zum Dienst meldet.

Ich senke meinen Kopf, um an ihrem Kiefer zu knabbern, weil ich weiß, dass ich dort einen Funken der Lust auslösen kann, bevor ich antworte. „Ich dich auch nicht."

„Hmm. Aber bestimmt überwachen uns die Wärter hier draußen."

„Ja." Ich sauge ihre Hitze und den Geschmack ihres Verlangens in mich auf, und ein Impuls überkommt mich, den ich nicht abschütteln kann. „Aber das könnten wir umgehen."

Sie schüttelt den Kopf, doch bevor sie fragen kann, hebe ich sie hoch. Riva stößt ein erschrockenes Lachen aus, als ich durch den Wasserfall laufe und direkt dahinter stehenbleibe.

Ich drücke Riva gegen den nassen Felsen, ohne auf das rauschende Wasser zu achten, das meinen Rücken hinunterfließt.

Ich war ohnehin schon nass. Und hier hinten kann niemand sehen, was wir tun.

Niemand kann hören, wie sie stöhnt, wenn ich mit meinen Fingern über ihre Mitte bis zum Scheitelpunkt ihrer Schenkel fahre.

Als ich über die Stelle streiche, die ich vorhin nur zufällig berührt habe, umklammert Riva mein Shirt. Wenn ich noch Zweifel hatte, ob ihr das zu schnell geht, werden sie zerstreut, als sie meinen Mund auf ihre Lippen zieht.

Ich weiß nicht, wie viel Zeit uns die Wärter noch geben werden. Also werde ich dafür sorgen, dass sie die bestmöglichen Erinnerungen an unsere Begegnung mitnimmt.

Ich schiebe meine Hand unter den Bund ihrer Trainingshose und ihres Slips. Als ich ihre glitschigen Falten spüre, stöhne ich an ihrem Mund.

Sie ist schon einmal für mich gekommen, doch dieses Mal kann ich es noch besser machen. Ich kann sie so nah wie möglich an die totale Vereinigung heranführen, der wir widerstehen, obwohl wir uns so sehr danach sehnen.

Ich streiche mit meinen Fingerspitzen über ihre Mitte, bis ich jede Stelle, die die größten Lustschübe auslöst, genauestens erkundet habe und weiß, wie viel Druck wo am besten wirkt. Auch wenn die genauen körperlichen Empfindungen nicht zu mir durchdringen, kann ich die Intensität der Befriedigung, Erregung und Ungeduld wahrnehmen, die Riva empfindet.

Als mein Selbstvertrauen wächst, schiebe ich zwei meiner Finger direkt in ihre feuchte Hitze. Der physische Beweis ihrer Lust löst in mir ein Kribbeln aus, das fast so intensiv ist wie ihr Verlangen.

„Griffin", murmelt sie und vergräbt ihr Gesicht in meiner Schulterbeuge. Sie bettelt um das, was ich ihr nur zu gern gebe.

Ich küsse ihren Hals und knabbere an den empfindlichsten Stellen, während ich meine Finger in sie hinein- und herausbewege und die Lust durch den rhythmischen Druck meines Handballens steigere.

Riva wimmert und wiegt sich in meinem Griff. Ich spüre nicht einmal mehr den Wasserfall hinter mir.

Ich bin nur auf sie und die berauschende Symphonie unserer Vereinigung konzentriert.

Meine Finger berühren eine Stelle in ihr, die sie aufschreien lässt. Ich streiche erneut darüber und schüre die Flammen, bis sie zittert.

Und dann passiert es. Es ist noch köstlicher als beim ersten Mal. Die Ekstase knistert in ihr und elektrisiert uns beide.

Sie zittert und erschlafft an meinem Körper. Meine Erektion pocht, doch ich will, dass es in diesem Moment nur um sie geht.

Sie soll mit jeder Faser ihres Seins wissen, dass ich auf jede erdenkliche Weise für sie da bin.

„Ich liebe dich", sagt sie wieder, kaum hörbar durch das Rauschen des Wasserfalls. Dann sieht sie zu mir auf, als hätte sie etwas in mir gespürt, von dem ich nicht wusste, dass es offensichtlich war. „Wenn wir hier wieder rauskommen, kommst du mit uns. Das ist es nur wert, wenn wir alle zusammen sind."

Ein Kloß bildet sich in meiner Kehle. „Okay."

Die Dringlichkeit, die mich an den Fluss gebracht hat, durchströmt mich erneut. Ich trage Riva zurück zum Ufer und steige neben ihr aus dem Wasser.

Die Wärter nehmen eine neue Position zwischen den Bäumen ein, machen aber keine Anstalten, uns aufzuhalten, während wir den Pfad entlanggehen.

Niemand tritt hervor, um uns abzufangen, bis wir die Lichtung vor der Einrichtung erreichen. Eine Frau hebt ihre Hand in Richtung Riva.

„Du hast noch Training. In einer Stunde kannst du zum Abendessen gehen."

Riva fängt meinen Blick auf, und ich nicke, obwohl es sich völlig unangemessen anfühlt. Den ganzen Weg hinauf zur Einrichtung und die steinernen Gänge hinunter denke ich an das sanfte Lächeln, das sie mir geschenkt hat.

Ich muss so viel wie möglich über Clancys bisherige Pläne herausfinden. Vielleicht kann ich ihn auf einen Weg lenken, den wir für uns nutzen können. Ich könnte ihm sagen, dass ich etwas Nützliches von Riva erfahren habe. Das wird seine Aufmerksamkeit erregen und das Gespräch in Gang bringen.

Meine Klamotten sind immer noch feucht, doch meine Geschichte wird glaubwürdiger sein, wenn ich direkt zu ihm gehe, anstatt mich vorher umzuziehen. Ich muss ihn überzeugen, dass es wichtig ist.

Als ich sein Büro erreiche, dringt neben dem hastigen Rascheln von Papieren auch ein Gefühl von aufgestauter Spannung durch die Tür. Irgendetwas ist passiert.

„Clancy?" Ich klopfe an.

„Herein."

Sein Tonfall ist schroff. Als ich das Büro betrete, steht er mit starrer Miene an seinem Schreibtisch und tippt auf seinem Laptop.

Selbst wenn ich ihn in diesen Tagen in seiner normalen Stimmung sehe, muss ich mich beherrschen. Ich muss das Aufflackern von Groll und Wut, das seine Anwesenheit auslöst, im Zaum halten.

Er hat mich angelogen, mir Dinge verheimlicht. Er hat mich dazu gebracht, die Menschen, die mir auf der Welt am wichtigsten sind, in diesen Schlamassel hineinzuziehen. Er hat uns die Chance auf Freiheit gestohlen.

Er hat mir nicht einmal erlaubt, Lua zu behalten. Sie bekam Angst, als die Hubschrauber landeten, und lief in den Dschungel. Clancy zwang mich, zum Hubschrauber zu gehen, bevor ich sie holen konnte.

Er sagte, es täte ihm leid, aber er fühlte es nicht. Nichts von alledem tat ihm leid.

Ich war allerdings nicht auf dieses Ausmaß an Aufregung von ihm vorbereitet. Meine verkrampft sich. „Was ist los?"

Clancy sieht mich nicht einmal an. „Ich habe vor fünf Minuten einen Anruf erhalten. Die Aufständischen haben ein weiteres Dorf überfallen. Meine Kunden wollen, dass wir so schnell wie möglich dorthin kommen." Er wirft einen grimmigen Blick auf den Laptop-Bildschirm. „Es sind mehr Kämpfer als sonst, und es ist ein größeres Dorf. Wenn wir sie überwältigen wollen, ohne zu viele Verluste zu erleiden, …"

Auf einmal höre ich Rivas feste Stimme in meinem Hinterkopf. *Das ist es nur wert, wenn wir alle zusammen sind.*

Ich trete an den Schreibtisch heran. „Du hattest vor, nur mit ein paar der Erstlingen loszuziehen, oder?"

Der rothaarige Mann wirft mir einen strengen Blick zu. „Ich kann nicht riskieren, sie alle mitzunehmen. Schon gar nicht nach der Nummer, die sie gerade abgezogen haben. Das weißt du doch."

Ich zucke mit den Schultern. „Sie haben begriffen, wie aussichtslos ein Fluchtversuch ist. Und wir sechs haben bei Weitem die stärksten Fähigkeiten. Es wäre viel einfacher, wenn wir alle helfen würden, zusammen mit einigen der jüngeren Schattenblütern, die du für geeignet hältst."

Ich habe mich um einen gelassenen und sachlichen Tonfall bemüht, als wäre mein Vorschlag völlig logisch, doch ein Anflug von Skepsis – womöglich sogar Misstrauen – mischt sich Clancys Gefühle.

„Oder sie könnten mich verarschen", schnauzt er und wendet sich wieder seinem Computer zu.

Ich überlege, wie ich ihm diese Taktik schmackhaft machen könnte. „Sie müssten nicht alle im Einsatz sein. Du könntest Dominic bei dir behalten, während du die Mission überwachst. Und vielleicht auch Andreas? Er könnte in seinem unsichtbaren Zustand den Schauplatz erkunden, bevor du die anderen losschickst. So werden wir zur Stelle sein, wenn es nötig ist, und du kannst sie gleichzeitig als Druckmittel benutzen, wenn die anderen sich danebenbenehmen. Das wäre eine gute Motivation, sich zu fügen."

Clancy sieht wieder zu mir auf. „Hat Riva dich gebeten, das zu forcieren?"

Verdammt. Wie konnte ich jetzt schon meinen Stand bei ihm verlieren?

„Nein", erwidere ich schnell. „Wir haben nicht über die Mission gesprochen. Ich dachte nur ..."

Ich zögere und spüre, wie sich sein Misstrauen ausbreitet. Mir wird flau im Magen.

Er wird nicht einfach so auf mich hören. Die einzige Chance, ihn umzustimmen, ist, wenn ich ihn *wirklich* umstimme.

Ich habe mich noch nicht getraut, meine Kräfte bei Clancy einzusetzen, weil ich zu viel Angst hatte, er könnte es merken.

Und jetzt, nachdem ich meine Freunde in der Einrichtung auf dem Festland in seine Fallen gelockt und Celine in einen gewaltsamen Tod getrieben habe, wird mir schon bei dem Gedanken übel, die Gefühle von irgendjemandem zu beeinflussen.

Mit jedem Moment der Unentschlossenheit verliere ich an Boden ihm gegenüber. Ich war bereit zu *sterben*, um die anderen zu befreien. Ich muss das tun.

Ich setze eine ruhige Miene auf und richte das kleinste Fünkchen konzentrierter Emotion auf den Mann. Ein Faden der Hoffnung, durchzogen von Zuversicht.

Du erkennst die Logik in meinem Vorschlag. Du weißt, dass ich dich nicht in die Irre führen würde.

Das flaue Gefühl in meinem Magen hält an, aber ich schaffe es, meine Stimme ruhig zu halten. „Ich verstehe, warum du dir Sorgen machst, alle Erstlinge mitzunehmen.

Aber ich glaube, deine Ängste trüben dein Urteilsvermögen. Sie wären nicht einmal *zusammen* oder in Kontakt miteinander. Nur in der Nähe. Und du könntest mindestens zwei von ihnen bei dir behalten, um sie zu bestrafen, sobald einer der anderen aus der Reihe tanzt. Es wäre sogar leichter, als einen Teil von ihnen zurückzulassen.“

Clancy hält inne. Er *hat* Angst, aber es ist eine verzweifelte Angst, wie Andreas anhand seiner Erinnerungen vermutet hat.

Er braucht einen Sieg. Und er will einen klaren Weg sehen, um ihn zu erringen.

Sein Misstrauen hat etwas nachgelassen, ist aber nicht verschwunden. Ich atme langsam ein und erhöhe den Druck auf meine auferlegten Gefühle.

„Du könntest auch ein paar der Jugendlichen mitnehmen. Nicht nur die, die helfen können, sondern auch die weniger nützlichen, die an der Flucht beteiligt waren. Die Erstlinge fühlen sich für sie verantwortlich. Du hättest das perfekte Mittel, um sicherzustellen, dass sie deine Befehle genau befolgen.“

Schließlich will Riva so viele Schattenblüter wie möglich retten.

Clancys Schultern entspannen sich ein wenig. Er reibt sich das Kinn, und die Spannungen in ihm beginnen, sich zu lösen.

„Da hast du möglicherweise recht, Griffin. Es spricht einiges für ein unmittelbares Druckmittel. Und es wäre eine Motivation.“

„Ganz genau.“ Ich schenke ihm ein weiteres Lächeln und bete zu den Göttern, dass ich gerade ein neues Tor zur Freiheit geöffnet habe – und nicht zu unserem Untergang.

EINUNDDREISSIG

Riva

Der Wind weht uns den Sand ins Gesicht. Der Geruch von Rauch und Eisen kitzelt meine Nase und hinterlässt den Eindruck, als hätte ich mir auf die Zunge gebissen.

Wir sind hinter ein paar dürren Sträuchern in Deckung gegangen, und ich blicke den niedrigen Hang hinunter und auf das Dorf aus Lehmziegelgebäuden. Sie werfen lange Schatten im schwachen Licht der Morgendämmerung.

Mein Herz pocht wie wild.

Die Aufständischen haben der Regierung des Landes oder Staates, in dem wir uns befinden, eine Frist von zwölf Stunden gesetzt, um ihre Forderungen zu erfüllen, bevor sie ein regelrechtes Gemetzel veranstalten. Clancy hat elf Stunden gebraucht, um seine Pläne fertigzustellen, uns hierherzubringen und Andreas eine erste Bestandsaufnahme der Lage durchführen zu lassen.

Wir haben nur noch eine, um die Menschen zu retten, die in einem großen Hof am Rande des Dorfes zusammengekauert sind und vor Angst zittern.

So viele von ihnen, wie wir noch retten können. Die Terroristen haben bereits einige ermordet. Ob es daran lag, dass sich die Zivilisten gewehrt haben oder ob sie einfach nur zeigen wollten, dass sie es ernst meinen, weiß ich nicht.

Die Leichen von zwei Männern und einer Frau liegen am Rande des Hofes, und dunkle Flecken färben die Erde um sie herum.

Ich schlucke heftig, was den unangenehmen Geschmack jedoch nicht aus meinem Mund entfernt, sondern nur verstärkt.

Ich möchte nicht hier sein. Ich möchte Clancys Mission nicht ausführen oder ihm Geld und Anerkennung verschaffen.

Doch da unten müssen mindestens hundert unschuldige Menschen sein, darunter viele Kinder oder ältere Menschen, die sich nicht verteidigen können. Ich will auch nicht, dass sie sterben, wenn ich es verhindern kann.

Das ist das Schlimmste an unseren neuen Umständen, oder? Wenn Clancy den Menschen, einschließlich uns Schattenblütern, wirklich aus Herzensgüte helfen wollte, hätte ich mich vielleicht damit abgefunden, das Leben weiterzuführen, das er uns angeboten hat.

Wenn ich wirklich eine Superheldin sein könnte, die den Tag mit Kräften rettet, die eher ehrfurchtgebietend als monströs betrachtet werden, würde ich dann die Gelegenheit ausschlagen, um stattdessen meine Freiheit einzufordern?

Ich glaube nicht. Nicht, wenn es eine Option wäre, die gewisse Freiheiten mit sich bringt.

Clancy weiß das. Deshalb hat er uns sein Angebot auf diese Weise unterbreitet. Und deshalb habe ich mich nicht von Anfang an dagegen gesträubt.

Auf seine eigene Art und Weise hat er unsere Gefühle genauso geschickt manipuliert, wie Griffin es kann. Selbst jetzt sorgt er dafür, dass jeder Versuch von uns, ein eigenes Leben zu führen, den Tod eines anderen nach sich zieht.

Ich bin kein Monster. Trotzdem werde ich nie darauf vertrauen, dass Clancy das Richtige über seine eigenen Interessen stellt. Und auch wenn ich nicht die Absicht habe, nach dem heutigen Tag auf die Insel zurückzukehren, wenn ich es verhindern kann, werde ich alles in meiner Macht Stehende tun, um sicherzustellen, dass jede Geisel da unten den Tag überlebt.

Was danach passiert, liegt in Clancys Hand, nicht in meiner. Er hat die Weichen gestellt. Wir arbeiten nur mit dem Drehbuch, das er uns gegeben hat.

Ich habe vierzehn der Aufständischen rund um das Dorf ausgemacht, überwiegend auf den Positionen, die Andreas uns berichtet hat. Neun stehen in einem losen Kreis um die Geiseln herum und schlendern mit erhobenen Gewehren auf und ab. Fünf andere durchstreifen die umliegende Gegend und halten Ausschau nach Neuankömmlingen.

Ich muss nicht über Griffins besonderes Gespür verfügen, um das Misstrauen in ihrer Haltung zu erkennen. Sie sind sich durchaus bewusst, dass die Beamten, mit denen sie verhandeln, sie lieber umbringen würden, als ihren Forderungen nachzugeben.

Sie sind nur nicht auf die Ressourcen vorbereitet, auf die diese Beamten dieses Mal zurückgreifen.

Sie sind nicht im Entferntesten auf uns vorbereitet.

„Ich kann alle acht Männer sehen, die sich laut Andreas in den höheren Gebäuden um den Hof herum befinden“, flüstert Zian, der neben mir hinter den Büschen hockt. „Ein paar von ihnen sind in anderen Räumen, aber das ist alles. Wenn noch jemand tiefer im Dorf ist, ist er zu weit weg, als dass ich ihn wahrnehmen könnte.“

Auf meiner anderen Seite stößt Jacob einen rauen Laut aus. „Drey hat das ganze Dorf abgesucht. Er hätte es bemerkt, wenn da noch mehr wären. Ich würde mir nur Sorgen machen, wenn du nicht alle finden könntest, die er gesehen hat."

Er hebt den Kopf und betrachtet das Gelände am Hang, das zu den Gebäuden in unserer Nähe und dem Hof führt. „Wir sollten mit den Mistkerlen in den Gebäuden anfangen. Ich kann sie aus der Ferne ausschalten, solange ich weiß, wo sie sind –, und ohne dass die anderen davon etwas mitbekommen."

Ich lächle grimmig. „Je mehr von ihnen wir ausschalten können, bevor sie in die Defensive gehen, desto besser."

Mein Schrei wird der ultimative Schlüssel zu unserem Sieg sein, doch sobald dieser Schrei aus meiner Lunge entweicht, werden sie uns bemerken. Und ich bin mir nicht sicher, ob ich Personen anvisieren kann, die ich nicht einmal sehe, und dabei gleichzeitig meinen Hunger nach Schmerz so weit kontrollieren kann, dass ich keinen der Zivilisten erwische.

Eine kleine Schafherde rührt sich in einem Pferch jenseits des Hofes. Eines der Tiere stößt laut blökend gegen die verwitterten Bretter des Zauns.

Einer der Aufständischen dreht sich um und drückt ab.

Der Knall des Schusses hallt durch die Luft. Ich zucke zusammen, und das Schaf fällt zu Boden.

Hinter mir atmet Griffen zittrig ein. Ein Hauch von nervösen Pheromonen kitzelt meine Nase.

Er war noch nie richtig in einem Kampf wie diesem. Er musste die Gewalt nie aus erster Hand sehen.

Doch seine Stimme ist vollkommen gelassen. „Ich werde dafür sorgen, dass die Angreifer so ruhig wie möglich bleiben. Wenn du denkst, dass eine andere emotionale Wirkung mehr helfen würde, sag mir Bescheid."

Jacob sieht zu Griffin hinüber und nickt. Er ist immer noch etwas angespannt, wenn er mit seinem Bruder spricht, doch er hat mir gegenüber nicht den geringsten Zweifel an der Loyalität seines Zwillings geäußert.

Nach ihrer Versöhnung im Dschungel hat er Griffins Trick mit Celine wahrscheinlich besser durchschaut als jeder andere von uns.

Es ist wieder fast wie früher. Zumindest soweit das möglich ist, solange die seelischen Wunden noch nicht vollständig verheilt sind, und Andreas und Dominic in Clancys mobiler Militärbasis sind, wo er sie mit Folterinstrumenten für jeden Fehltritt unsererseits bezahlen lassen wird. Doch wir sind alle *hier*. Wie die Familie, die wir sein sollten.

Und zwar nicht nur wir sechs.

Ich werfe einen Blick auf die gegenüberliegende Seite des niedrigen Hügels, wo die vier jüngeren Schattenblüter kauern, die Clancy mitgenommen hat. Er hat die ausgesucht, die er für die Mission am nützlichsten erachtete.

Lindsay kann mit ihrer Erdkraft den Boden unter den Füßen unserer Feinde erschüttern und sie aus dem Gleichgewicht bringen.

Sully, einer der älteren Teenager, kann ablenkende Illusionen erzeugen. Ich glaube, wir fünf Erstlinge sind seiner Fähigkeit schon einmal begegnet, als wir auf der Flucht waren und versuchten, einer erneuten Gefangennahme zu entgehen.

George kann nicht nur über kurze Strecken hüpfen, sondern auch durch Wände, falls Zian in einem der Gebäude etwas bemerkt, das wir schnell holen müssen.

Und im schlimmsten Fall kann Tegan alle Angreifer mit dem giftigen Rauch angreifen, den sie aus ihrer Lunge stoßen kann.

Andererseits bedeutet ihre Anwesenheit auch, dass wir

auf mehr Leute aufpassen müssen. Ich kann mich des Verdachts nicht erwehren, dass Clancy sie unter anderem deswegen mitgenommen hat, um sicherzustellen, dass wir unser Bestes bei dieser Mission geben. Die Erwartung, dass sie mit ihren Kräften einen Beitrag leisten können, war vermutlich eher zweitrangig.

Er überwacht uns über die Bänder an unseren Knöcheln. Aus früheren Erfahrungen wissen wir, dass sie auch unsere Stimmen aufzeichnen. Wir müssen vorsichtig sein, was wir sagen.

Ich fange die Blicke der drei Jungs auf. „Wir werden heute alle retten."

Griffin legt den Kopf schief. Seine Züge verhärten sich entschlossen, und für einen kurzen Moment sieht er noch mehr wie Jakes Spiegelbild aus. „*Alle*."

Mit einer schnellen Geste deutet er auf uns vier und die jüngeren Schattenblüter hinter uns.

Einer von Jacobs Mundwinkeln verzieht sich zu einem grimmigen Lächeln. „Und wir beseitigen *alle* Schurken."

Zian fletscht die Zähne. „Wie sie es verdient haben."

Wir sind uns alle einig, dass wir, nachdem wir die Terroristen vernichtet haben, unsere Fähigkeiten gegen die Wärter einsetzen werden, die uns terrorisiert haben. Leider wissen wir nicht genau, wie wir das anstellen sollen. Damit werden wir uns befassen, wenn wir den ersten Teil der Mission hinter uns gebracht haben.

Ich befeuchte meine Lippen, und mein Herzschlag beschleunigt sich. „Okay. Also teilen wir uns jetzt auf? Jake, du könntest mit Zian gehen und die Männer in den Gebäuden ausschalten. Nehmt George mit, falls er in eines der Häuser hineinhüpfen soll. Ich bleibe mit Griffin, Lindsay und Sully weiter hinten und behalte das Gesamtbild im Auge."

Bei dem Gedanken an Tegan zögere ich. Ihre Kraft wird

ihr nichts nützen, wenn sie nicht in der Nähe ihrer Ziele ist. Außerdem ist sie erst zwölf.

Es ist mir egal, wie hilfreich ihre Kraft in einer Notlage sein könnte. Clancy ist verrückt, eine so junge Schattenblüterin hierherzuschicken, die sich in der unmittelbaren Nähe eines mörderischen Angreifers aufhalten muss, um mit ihren Kräften etwas bewirken zu können.

„Sie wird mit uns kommen", beschließt Jacob mit fester Stimme. „Zee und ich werden dafür sorgen, dass ihr nichts passiert."

Ich empfinde es als Erleichterung, dass mir eine Entscheidung abgenommen wird.

Wir eilen zu den jüngeren Schattenblütern und teilen ihnen murmelnd den Plan mit. Sullys Miene verhärtet sich mit einer Entschlossenheit, die erkennen lässt, dass er schon einmal in der Schusslinie stand, während die Jüngeren verständlicherweise nervös aussehen.

„Bleibt dicht bei uns und tut nichts, es sei denn, Griffin oder ich sagen es", murmle ich. „Wenn alles so läuft, wie wir es uns erhoffen, müsst ihr euch vielleicht gar nicht einmischen."

Lindsay ballt die Hände zu Fäusten. „Ich möchte helfen, wenn ich kann." Allerdings sieht sie nicht weniger verängstigt aus.

Ich drücke ihre Schulter. „Ich weiß. Komm schon, wir haben nicht mehr viel Zeit."

Wir schleichen zurück zum Kamm des Hügels, wo wir uns in zwei Gruppen aufteilen. Mit einem mulmigen Gefühl im Bauch sehe ich zu, wie Jacob und Zian sich von uns entfernen, obwohl ich genau spüre, wo Jacob ist, auch wenn ich ihn nicht sehen kann.

Wir können das schaffen. Wir können diese Leute schützen, auch wenn diese Mission darauf abzielt, Clancy für einen Moment in Sicherheit zu wiegen und dann auch ihn anzugreifen.

Die vereinzelten Büsche und knorrigen Bäume bieten uns genug Schutz, um uns ungesehen den halben Hang hinunterzuschleichen, solange wir dicht am Boden bleiben. Wir bewegen uns mit kleinen Schritten. Griffin gestikuliert, wenn die Männer uns den Rücken zuwenden und ihre Vorsicht nachlässt, und hebt die Hand, um uns aufzuhalten, wenn sie sich in unsere Richtung drehen.

Er scannt die Emotionen aller Personen in unserer Umgebung, einschließlich der Aufständischen, die in den zweistöckigen Gebäuden stationiert sind, um einen besseren Überblick über das Dorf und das umliegende Gelände zu haben. Nach ein paar Minuten hält er inne und streckt eine Hand mit einem erhobenen Zeigefinger in meine Richtung.

Jacob hat einen ausgeschaltet. Sieben weitere sind noch übrig.

Jake muss langsam vorgehen. Er muss genau wissen, wo seine Zielpersonen sind, und er darf nicht riskieren, dass sie merken, dass etwas nicht stimmt, bevor er sie in seiner Gewalt hat.

Er muss sich darauf verlassen, dass er sie durch die Fenster sieht. Doch vermutlich halten sie sich ohnehin in der Nähe der Fenster auf, während sie Wache halten.

Wir gehen auf unsere neuen Positionen in der Nähe des Schafstalls, wo der stechende Geruch von Dung die Luft erfüllt. Griffin hebt mehrmals seine Hand.

Zwei erledigt. Drei. Vier.

Ich beobachte die Männer, die um die Dorfbewohner herum stehen. Keines ihrer Gesichter verrät eine gesteigerte Besorgnis.

Einer der Aufständischen, die weiter draußen patrouillieren, schreitet an uns vorbei, nur etwa sechs Meter von der Stelle entfernt, wo wir kauern. Lindsay zittert neben mir.

Ich glaube, ich kann meinen Schrei sowohl auf die Männer richten, die die Geiseln bewachen, als auch auf die fünf, die am Stadtrand patrouillieren, ohne dass mir die Kontrolle entgleitet. Sie sind weit genug von der Hauptgruppe entfernt, dass es nicht allzu schwer sein sollte, sie zu unterscheiden.

Doch wenn Jacob und Zian vorher einige von ihnen ausschalten können, wäre das besser.

Griffin zeigt an, dass fünf erledigt sind, und dann sechs. Als er seine Hand wieder sinken lässt, greift er nach einem Stock und zeichnet ein Z und einen Strich in die Erde.

Wir wagen es nicht, zu sprechen, aber ich verstehe. Zee hat es geschafft, einen der patrouillierenden Männer auszuschalten.

Zwei weitere befinden sich in den Gebäuden in der Nähe des Hofs, vier am Stadtrand, neun umzingeln die Dorfbewohner. Wir kommen unserem Ziel immer näher, und bis jetzt wurde noch kein Alarm ausgelöst.

Von den Geiseln dringt ein Raunen zu uns herüber. Einige der Gestalten am Rande der Ansammlung bewegen sich.

Die Stimmen klingen, als würden sie streiten, und mein Körper spannt sich an. Ich entdecke eine Frau, die sich an den Arm des Mannes neben ihr klammert.

Denkt einer der Dorfbewohner etwa daran, zu rebellieren? Ist ihm denn nicht klar, dass die Aufständischen ihn einfach erschießen werden?

Doch die Einheimischen wissen nicht, dass wir bereits dabei sind, sie zu befreien. Möglicherweise nimmt er an, dass sie ohnehin sterben werden.

Zwei der Terroristen marschieren auf die Gruppe zu.

Einer von ihnen bellt etwas in einer Sprache, die ich nicht verstehe.

Die Dorfbewohner verstummen, doch es ist zu spät. Und was als Nächstes passiert, ist noch schlimmer, als ich erwartet hatte.

Derjenige, der gesprochen hat, greift in die Gruppe und reißt ein Kind am Ellbogen heraus. Der kleine Junge kann nicht älter als fünf oder sechs Jahre sein. Er quiekt vor Angst, während eine Frau die Hände nach ihm ausstreckt. Vermutlich seine Mutter.

Der Aufständische hebt das Kind hoch und zielt mit seinem Gewehr direkt auf das Gesicht des Jungen.

Ein Kloß bildet sich in meiner Kehle, und meine Lippen öffnen sich, bevor ich überhaupt darüber nachgedacht habe. Doch Lindsay ist schneller.

Unter den Füßen des Schützen hebt sich auf einmal der Boden. Er stolpert, verliert das Gleichgewicht, und das Kind entgleitet seinem Griff.

Griffins Gesicht ist vor Konzentration angespannt, zweifellos versucht er, die Gewalt zu zügeln. Sofort stürzen sich die anderen Männer auf den Jungen, und einer greift sich ein weiteres Kind aus der Gruppe.

Der Schrei des Mädchens geht mir durch Mark und Bein. Ich verstehe zwar ihre Worte nicht, doch ihren rauen Stimmen nach zu urteilen, sind sie entschlossen, die Dorfbewohner zu bestrafen, wenn sie auch nur daran denken, Widerstand zu leisten.

Gott weiß, was passieren wird, wenn sie anfangen zu schießen. Vielleicht würden sie die Dorfbewohner einschüchtern, oder sie würden einen größeren Aufstand provozieren und am Ende noch mehr Leute abschlachten.

Der Junge kreischt, als er auf das Gewehr des zweiten Mannes zugetrieben wird, und ich kann mich nicht länger zurückhalten. Der ganze Schmerz, den ich beim Anblick der

Dorfbewohner empfunden habe, entlädt sich in einem monströsen Schrei.

Der Ton schallt aus mir heraus und saust über die Landschaft auf meine Ziele zu. Der Hunger in mir ist begierig darauf, nach Wochen der Unterdrückung gestillt zu werden, doch ich bremse meine Kraft, um nur die neun Bewaffneten zu treffen, die um die Geiseln herumstehen.

Die weiter entfernten Patrouillen kann ich im Moment nicht spüren, und ich habe Angst, meinen Griff zu lockern, um sie zu suchen. Das muss genügen.

Ich hoffe, dass meine Schattenblüter-Kollegen den Rest erledigen.

Meine Macht erfasst alle neun Männer und lässt sie erstarren, doch ich kann nur einen nach dem anderen zerreißen. Ich lasse den Schrei lauter und härter werden.

Meine monströse Kraft weiß genau, wie sie jedes Opfer brechen und zerreißen muss, um maximalen Schmerz zu erzeugen. Mein Schrei zerreißt einen Körper nach dem anderen, zerschmettert Knochen und spaltet Sehnen und Organe.

Die Qualen strömen in mich hinein und überfluten mich mit einer berauschenden Kraft.

Lange Zeit hat mich der Genuss entsetzt, der mit dem Schmerz einherging, den ich verursache. Doch in diesem Moment und in dem Wissen, wie viele Leben auf dem Spiel stehen, gebe ich mich dem Schmerz hin.

Ich brauche die Kraft. Ich brauche jedes bisschen Macht, das ich bekommen kann, um sicherzustellen, dass es zu keinem größeren Massaker kommt.

Diese Männer haben kleine Kinder ermordet. Sie waren bereit, jeden Menschen in diesem Dorf zu töten, um ihre Forderungen durchzusetzen.

Sie haben das Leben nicht verdient, das ich ihnen entreiße.

Meine Finger graben sich in die trockene Erde, und meine Krallen schießen hervor. Ein Körper nach dem anderen bricht in dem Kreis um die Geiseln zusammen.

Aus der Ferne nehme ich Schreie und Rufe wahr, kann allerdings nicht sagen, woher sie kommen, solange ich auf meine Ziele konzentriert bin. Ich muss mich auf meine Freunde und Kollegen verlassen.

Dann ist nur noch einer übrig. Der Mann, der den kleinen Jungen aus der Gruppe gezogen hat, der Mann, den Lindsay zum Stolpern gebracht hat.

Mit einem noch schrilleren Schrei reiße ich ihm die Füße ab und durchtrenne die Sehnen in seinen Kniekehlen. Ich lasse die Zerstörung schnell, aber methodisch durch seinen Körper wandern und trinke die letzte Woge seiner Qual, bevor sein Leben erlischt.

Dann taumle ich vorwärts und der Strom der Kraft rauscht durch meinen Körper. Mein Schrei verklingt in meiner Kehle.

Griffin berührt meinen Rücken und hilft mir, mich zu erden. Seine Stimme ist voller Erleichterung. „Wir haben alle ausgeschaltet. Jake und Zee und die anderen haben die Wachposten erledigt, bevor sie jemanden verletzen konnten. Sully hat sie mit seinen Illusionen abgelenkt. Wir …“

„Da kommt jemand!“ Zians verzweifelter Ruf schallt aus der Ferne zu uns herüber. „Ich kann es hören.“

Kaum hat er die Worte ausgesprochen, höre ich es auch: das Dröhnen von etwa einem Dutzend Motoren. Ich springe auf und denke, es wäre egal, solange wir die Dorfbewohner nur rechtzeitig in Sicherheit bringen können.

Nur weiß ich nicht, *wohin* wir sie bringen könnten. Als ich mich aufrichte, rast eine Reihe brauner Panzerwagen über einen nahe gelegenen Bergrücken auf uns zu.

Haben die Aufständischen doch gemerkt, dass etwas nicht stimmt, und Verstärkung gerufen? Oder waren diese

Männer bereits unterwegs? Gehören sie überhaupt zu den ursprünglichen Terroristen, oder sind sie eine neue feindliche Gruppe?

Eigentlich spielt das keine Rolle. Ein Maschinengewehrhagel fegt über die Landschaft, und ich schaffe es gerade noch, Lindsay mit mir nach unten zu reißen.

Unser Kampf ist noch nicht vorbei. Wie es aussieht, hat er gerade erst angefangen.

ZWEIUNDDREISSIG

Riva

Ich liege flach auf dem Boden, während ein weiterer Kugelhagel auf uns herabprasselt. Der Sand kratzt an meiner Haut.

Reifen knirschen auf der trockenen Erde, als die Fahrzeuge zum Stehen kommen. Stimmen schreien unbekannte Worte.

Dann schießt ein Schmerz durch eines meiner Male.

Jacobs Mal.

Ein kalter Schauer der Angst durchzuckt mich. Er ist ein paar hundert Meter entfernt, weiter unten bei den Gebäuden im Hof – näher bei den Angreifern.

Griffin, der hinter mir auf dem Boden liegt, spricht meine Befürchtung aus. „Jake wurde getroffen. Zian auch. Sie sind noch bei Bewusstsein. Jake ist eher wütend als besorgt, aber Zee ist in Panik."

Scheiße. Mein ganzer Körper verkrampft sich vor Sorge.

Ich wage es, meinen Kopf zu heben, um nachzusehen, was los ist. Ich erkenne mehrere Gestalten mit massiven Gewehren, die in den Hof marschieren, bevor ein paar von ihnen ihre Waffen wieder auf den Hang richten.

Kugeln schlagen in den Boden und die verdorrten Sträucher ein. Stücke von Zweigen und Blättern fliegen um uns herum, und Lindsay stößt einen schmerzerfüllten Schrei aus.

Ich drehe mich zu ihr um, als sie näher an mich heranrobbt. An der Stelle, wo eine der Kugeln sie getroffen hat, läuft Blut über ihren Arm.

Obwohl die Verletzung nicht allzu schlimm aussieht, steigen Schuldgefühle in mir auf.

„Bleib ruhig", murmle ich ihr eindringlich zu. „Es wird alles gut, solange wir nicht noch mehr Aufmerksamkeit erregen."

Das sind definitiv keine Regierungssoldaten, die sich für unsere Dienste bedanken wollen. Sie tragen zwar eine ähnliche Kleidung in Erdtönen, aber keine offizielle Uniform.

Und ich kann hören, wie sie die Dorfbewohner eher feindselig als erleichtert anschreien.

Während Griffin mit einem Verband, den er aus seiner Tasche gezogen hat, näher an Lindsay heranrückt, spähe ich wieder durch das Gebüsch. Ich muss zu Jacob und Zian und mich vergewissern, dass es ihnen gut geht.

Frustration und Angst vermischen sich in meiner Brust. Ich werde all diese Arschlöcher, die hier hereingeplatzt sind, um unseren Sieg zu ruinieren, in Stücke schreien.

Doch als ich es wage, den Kopf erneut zu heben, um in den Innenhof zu blicken, sinkt meine Laune.

Offenbar haben die Neuankömmlinge festgestellt, dass den Aufständischen, die zuerst hier waren, Schlimmes widerfahren ist. Schreiend treiben sie die Geiseln in das größte der zweistöckigen Gebäude rund um den Innenhof. Viele der Dorfbewohner sind bereits drinnen.

Obwohl ich unter Clancys Aufsicht geübt habe, bezweifle ich, dass ich meinen Schrei präzise lenken kann, wenn ich meine Ziele nicht einmal im Auge habe. Womöglich würde ich am Ende auch einen Haufen Unschuldiger zerfetzen.

Scheiße, scheiße, *scheiße*.

Doch wenn diese Männer zu der ersten Gruppe gehören, wie lange werden sie warten, bevor sie zum Vergeltungsschlag ausholen und weitere Geiseln töten? Wir haben keine Zeit, uns einen neuen Plan auszudenken.

Womöglich schlachten sie in diesem Moment weitere Geiseln ab, um ein deutliches Zeichen zu setzen.

Übelkeit steigt in mir auf. Ich muss zu Jacob und Zian, um zu sehen, ob sie Hilfe brauchen.

Was wird Clancy tun, wenn wir uns zurückziehen müssen, um sie zu Dominic zu bringen, damit er sie heilen kann?

Zu viele Gedanken schwirren in meinem Kopf herum. *Geh einfach los, und dann ein Schritt nach dem anderen.*

Ich atme tief ein und sehe Griffin an. „Ich gehe zu den anderen. Sorge dafür, dass die Aufständischen so ruhig wie möglich bleiben.“

„Riva …“

Ich warte nicht, um zu hören, was er sagen wird. Mir läuft die Zeit weg. Vielleicht habe ich schon zu lange gezögert.

Der letzte der bewaffneten Männer verschwindet im Gebäude. Ich krabble den Abhang entlang, wobei ich dem Boden so nah wie möglich bleibe und der Linie der dürren Sträucher folge, die mir Schutz bieten.

Jacob hat sich nicht viel von der Stelle bewegt, an der ich ihn vorhin wahrgenommen habe. Hoffentlich sind Zian und die beiden Jüngeren noch bei ihm.

Für das letzte Stück muss ich von einem Strauch zum Zaun um den Schafstall laufen und von dort zum nächsten Gebäude am Hof. Glücklicherweise bin ich mittlerweile außer Sichtweite des Hauses, in das die Terroristen ihre Geiseln gebracht haben.

Als ich zur Lehmziegelmauer sprinte, ertönt aus der anderen Richtung der Knall eines Schusses.

Ich zucke zusammen und der Schrei schwillt in meiner Lunge an, doch ich habe kein genaues Ziel.

Ich rase um die Ecke des Gebäudes und sehe einen Schuppen, hinter dem ich Jacob erahne. Meine Füße bewegen sich im selben Rhythmus mit dem Pochen meines Herzens.

Ich flitze um den Schuppen herum und erstarre. Mein Magen verkrampft sich.

Jacob lehnt an der Seite des Schuppens und sieht wütend aus, genau wie Griffin gesagt hat. Unter seinem Oberschenkel hat sich eine Pfütze aus Blut gesammelt, das durch den angelegten Verband sickert, der hastig um die Wunde gewickelt wurde.

Vielleicht kann er so nicht einmal laufen.

Zian sieht noch schlimmer aus. Er scheint eine Kugel in die Seite bekommen zu haben – der Saum seines Shirts und die linke Hüfte seiner Hose sind voller Blut.

Tegan kauert dicht neben ihm und hilft ihm, einige Binden auf die Wunde zu drücken, um die Blutung zu stoppen. Sie scheint unverletzt zu sein.

Dafür liegt George auf dem Boden, gleich hinter der Ecke des Schuppens. Sein Hinterkopf ist aufgesprengt, und sein weißblondes Haar ist rot gefärbt.

Als er meinen besorgten Blick bemerkt, sieht Zian noch verärgerter aus. „Ich werde schon wieder", betont er mit einem leichten Knurren. „Aber er … Ich konnte ihn nicht rechtzeitig erreichen …"

Lindsay hebt den Kopf, ihre großen Augen blicken von ihm zu mir und wieder zurück. „Ich glaube, die Blutung lässt langsam nach."

Jacob richtet sich weiter auf. „Das ist die Hauptsache. Ich habe nur einen kleinen Muskelriss."

Er stößt Zian sanft mit dem Ellbogen an, und sein Kiefer verkrampft sich, als sein Blick auf Georges Leiche fällt.

Dann ertönt ein weiterer Schuss und seine Miene verfinstert sich. Er fängt meinen Blick auf. „Sie bringen die Geiseln um?"

Ich nicke und mein Mund ist trocken. „Wahrscheinlich. Ich weiß nicht …"

Ich weiß nicht, was wir jetzt tun sollen. Ich habe nicht die geringste Ahnung, wie wir diese Mission noch retten können.

Wenn wir scheitern und Clancy die Kontrolle über die Wärterschaft verliert, werden die verbleibenden Wärter entscheiden, dass Engel recht hatte, und uns umbringen. Oder Laborratten aus uns machen, wie Clancy es bereits angedroht hat.

Doch wie zur Hölle sollen wir all diese Bewaffneten zur Strecke bringen, wenn nur eine von uns unverletzt ist?

Jacob mustert mich immer noch. „Sag uns, was du brauchst, Wildkatze. Wir werden tun, was wir können."

Keiner von uns kann den Aufständischen etwas anhaben, ohne in das Gebäude zu gelangen. Und ich kann mir nicht vorstellen, dass Jacob oder Zian sich mit ihren Verletzungen in eine wilde Schlägerei stürzen.

Also bleibe nur ich übrig.

Aber wie zum Teufel sollte ich es schaffen, all unsere Feinde in einem geschlossenen Raum auszuschalten, ohne dass sie zuerst auf mich schießen? Ohne gleichzeitig die Unschuldigen mit abzuschlachten?

Selbst wenn ich in dieses Haus käme und jede

übernatürliche Kraft so schnell wie möglich einsetzen würde
…

Der Rausch meines letzten Schreis pulsiert zwar noch durch meine Adern, doch das reicht nicht aus, um es mit einer so großen Gruppe von Terroristen aufzunehmen.

Zumindest nicht allein.

Ein lautes Blöken dringt an meine Ohren, und ich drehe mich ruckartig zum Stall um.

Bei dem Gedanken, der mir gerade in den Sinn gekommen ist, dreht sich mir der Magen um.

Allerdings kann ich die Lösung, die direkt vor mir liegt, nicht verleugnen, egal wie schrecklich ich sie finde. Wenn ich ein noch größeres Monster werden muss, um uns alle zu retten, dann ist das eben so.

Wenn die Mission scheitert, werde ich *niemanden* retten können.

„Ich muss sehen, womit ich es da draußen zu tun habe“, sage ich.

Jacob rappelt sich ohne ein weiteres Wort auf und hält sich an der Schuppenwand fest, um sein verletztes Bein nicht zu sehr zu belasten. Zian taumelt hinter ihm her.

Ich kann mir einen Protest nicht verkneifen. „Ihr solltet …“

Zee schüttelt den Kopf. „Wir ziehen das gemeinsam durch. Wie immer.“

Tegan sieht erschrocken und wütend zugleich aus. „Ich komme auch mit.“

Die Wahrheit ist, egal wie stark ich bin, ich bin mir nicht sicher, ob ich das allein durchziehen kann. Also ergreife ich Jakes Arm, um ihn zu stützen, und wir schlüpfen so schnell wie möglich durch eine schmale Lücke zwischen zwei Gebäuden, bis wir einen Blick in den Innenhof werfen können.

Die Schafe laufen in ihrem Pferch auf und ab. Das Haus mit den Geiseln befindet sich fast direkt gegenüber.

Im zweiten Stock ist ein Fenster ohne Scheibe, das groß genug ist, dass ich hindurchpassen würde.

In dem kurzen Moment, in dem ich mich umsehe, ertönen zwei weitere Schüsse. Mein Kiefer verkrampft sich so abrupt, dass ich mir auf die Lippe beiße.

Ich bin mir nicht sicher, wie gut ich an dieser Wand hochklettern kann, denn sie besteht nicht aus den Ziegelsteinen, mit denen ich es bisher zu tun hatte. Das könnte unseren Feinden genug Zeit geben, um mich zu hören und sofort zu erschießen.

Es gibt aber noch einen anderen Weg, dort hinaufzukommen.

Ich lasse meinen Blick über die Leichen unserer ersten Zielpersonen schweifen, die immer noch im Hof liegen. Neben einem von ihnen liegt ein kleines Gewehr.

Ich berühre Jacobs Arm, um seine Aufmerksamkeit zu erregen. „Du musst die Waffe herholen. Sobald ich sie habe, schleiche ich zu dem Gebäude, in dem sie sich befinden. Kannst du mich dann durch das größte Fenster im zweiten Stock befördern?"

Jake blinzelt mich an, und seine Haltung versteift sich. „Du weißt doch, dass ich meine Kraft bei großer Anstrengung nicht besonders gut im Griff habe. Ich könnte dich verletzen …"

„Das wirst du nicht", unterbreche ich ihn. „Bring mich einfach da hoch, und ich kümmere mich um den Rest. Sobald ich bereit bin."

Zian runzelt die Stirn. „Was hast du vor?"

Ich wage es nicht, ihm zu antworten.

Jacob befördert die Waffe mithilfe seiner Kraft zu uns herüber. Nachdem ich sie aufgehoben habe, renne ich eine staubige Straße entlang, bis ich durch einen Durchgang schlüpfe, durch den ich mich meinem Ziel bis auf wenige Meter nähern kann.

Zwischen zwei Gebäuden bleibe ich stehen, richte meinen Blick auf das Schaf und öffne meinen Mund.

Ein leiser, aber durchdringender Schrei entweicht meiner Kehle. Ich hoffe, die Terroristen haben nichts gehört.

Der gierige Hunger kribbelt in mir, während ich meine ganze Kraft auf das unschuldige Vieh auf der anderen Seite des Hofes richte.

Mein Schrei zerreißt ein Tier nach dem anderen, noch leichter als die Männer zuvor. Dabei beginne ich stets mit den Luftröhren, um jegliches Blöken zu verhindern, das meine nächsten Ziele alarmieren könnte.

Damit bringe ich sie lediglich zum Schweigen, ihr Tod geht mit weitaus mehr Qualen einher, damit sich ich ihr Opfer wirklich lohnt.

Reißen. Durchtrennen. Zerbersten. Knacken. Zerfetztes Fleisch und zertrümmerte Knochen.

Mit jeder vierbeinigen Leiche, die zu Boden sinkt, strömen Schmerzen in meine Brust, die mich auf widerliche Weise stärken. Macht fließt durch meine Glieder und prickelt bis hinauf zu meiner Kopfhaut.

Mehr und mehr und mehr. Ich werde jedes bisschen davon brauchen, wenn ich überhaupt noch eine Chance haben will.

Ich kann mir nur vorstellen, wie die Jungs mich von ihrem Aussichtspunkt aus beobachten. Ich möchte lieber nicht daran denken, was Tegan von dem Gemetzel hält, das ich hier veranstalte.

Blut sickert über den Boden und unter den Zaun des Stalls. Ein paar Schafe stehen noch.

Ich stoße den Schrei aus meiner Lunge und sauge jeden Tropfen des Schmerzes in mich auf. Mein Körper vibriert vor

Erregung, als würde ein elektrischer Strom durch mich hindurchschießen.

Ich hoffe, dass das genug war und sie nicht umsonst gestorben sind.

Das letzte Schaf bricht zusammen. Ich klemme mir das Gewehr unter den Arm und rase auf das Gebäude zu, bevor sich auch nur ein Bruchteil der Kraft verflüchtigen kann, die ich in mich aufgesogen habe.

Meine Füße rasen schneller über den Boden als je zuvor. Der Wind rauscht in meinen Ohren.

Ich starre zu dem Fenster hinauf, und Jake tritt in Aktion. Ich werde von den Füßen gerissen und von einer unsichtbaren Kraft zum Fenster getragen.

Durch meine Geschwindigkeit und seine unsichere Kontrolle streift meine Schulter fast den Rahmen, doch ich drehe mich rasch zur Seite und fliege in dem überfüllten Raum über die Köpfe von Dutzenden sitzenden Geiseln hinweg.

Alle meine Instinkte erwachen mit dem Summen der Kraft, die in meinem Körper gespeichert ist. Ich reiße die Hände hoch, und ein Schrei entweicht meiner Lunge.

Jetzt, wo ich sie sehen kann, ist es nicht schwer zu erkennen, wer meine Ziele sind. Sie sind die Einzigen, die noch stehen. Ich rase quer durch den Raum, wobei ich mit jedem Schritt an Schwung gewinne, und stürme mitten durch sie hindurch.

Die Kugeln aus dem Gewehr, das ich mir geschnappt habe, durchschlagen mehrere Schädel, und die Krallen meiner freien Hand durchtrennen mehrere Kehlen.

Mein Schrei hallt von den Wänden wider und weidet den Rest der Aufständischen aus.

Mehrere Geiseln schreien auf, bleiben aber zum Glück in Deckung. Einer der Terroristen stürzt sich mit erhobener Waffe auf mich, doch ich richte meinen Schrei direkt auf seine Eingeweide. Blut spritzt aus seinem Mund, als er zu Boden geht.

In diesem Moment bin ich ein Geschoss aus Kraft, Geschwindigkeit und Wut. Aber das ist nur die obere Etage. Sobald die letzten Terroristen um mich herum zu Boden gehen, stürme ich zum Treppenhaus.

Der Schmerz, den ich von den letzten Zielen meines Schreis aufgesogen habe, ersetzt die Energie, die ich bei meinem Angriff verbraucht habe. Ich stürme die Treppe hinunter und töte vier weitere Männer mit meinem Schrei und Gewehr, bevor sie auch nur daran denken können, zu reagieren.

Als ich den Abzug erneut betätige und nur ein hohles Klicken ertönt, werfe ich die Waffe beiseite. Mit meinem Schrei reiße ich einem Mann den Kopf vom Leib und schlitze einem anderen den Bauch auf.

Dann wird die Eingangstür aufgerissen.

Zian stürmt mit einem wilden Brüllen und seinem Wolfsgesicht in das Gebäude. Er scheint durch die Verwandlung Kraft geschöpft zu haben, denn innerhalb eines Augenblicks stößt er einen Bewaffneten gegen die Wand und schlitzt einem anderen die Brust auf.

Die meisten der Geiseln schreien jetzt, und ihre Panik versetzt mir einen Stich ins Herz. Ich vermute, dass es Zian genauso geht, doch er stürmt weiter und konzentriert sich auf die Angreifer, die sich um den Eingang versammelt haben.

Sobald er den letzten erledigt hat, lasse ich meinen Schrei gerade lange genug verstummen, um zu rufen. „Raus hier! Versteckt euch in euren Häusern, bis es sicher ist!"

Gleichzeitig gestikuliere ich mit meinen Armen, da ich vermute, dass sie meine Sprache wahrscheinlich nicht verstehen. Zian stolpert zurück in den Innenhof.

Die Geiseln zögern, bis ich einen weiteren monströsen

Schrei auf den letzten verbliebenen Terroristen richte. Dann rennen sie panisch zur Tür.

Die durch den Schmerz ausgelöste Kraft ebbt in meinen Gliedern ab, mein Atem stockt, und ein Zittern durchfährt meine Nerven.

Ich werde diesen Zustand nicht aufrechterhalten können, bis ich wieder bei Clancy bin, doch ich muss ihn auf jede erdenkliche Weise nutzen, solange ich kann.

Ich bücke mich und zerschlage das Überwachungsband an meinem Knöchel mit meiner Faust.

Meine Kraft reicht gerade noch aus, um das Metall zu zerbrechen. Funken sprühen, als ich es zertrete.

Wir können Clancy sagen, dass es bei dem Kampf zerstört wurde. Theoretisch stimmt das sogar.

Ich will nicht, dass er merkt, was in mir vorgeht.

DREIUNDDREIßIG

Riva

Ich springe durch die Tür und schließe mich den anderen an. Die Geiseln haben sich im Dorf verteilt und verschwinden in den anderen Gebäuden. Türen schlagen zu.

Kein einziger weiterer Schuss ertönt. Keine bewaffneten Männer im Hof auf.

Ich warte mehrere Herzschläge lang mit gespitzten Ohren, doch keine weitere Katastrophe bricht über uns herein.

Wir haben es geschafft, wenn auch nicht ohne eine Sauerei anzurichten.

Zian ist auf dem Boden zusammengesackt. Sein Gesicht ist wieder normal und glänzt vor Schweiß, aber ein breites Grinsen umspielt seine Lippen. Jacob humpelt, gestützt von Tegan, zu ihm hinüber.

„Wir müssen von hier weg", sage ich und weiß, dass

meine Stimme durch ihre Fußfesseln dringen wird. Dadurch wird Clancy wissen, dass ich überlebt habe. „Geht zu den Wärtern. Dominic wird auch euch heilen können."

Mit einem erneuten Anflug von Übelkeit halte ich inne. Für George wird es keine Heilung geben.

Ich öffne gerade den Mund, um etwas hinzuzufügen, als ein leises Rascheln an meine Ohren dringt. Noch bevor ich mich umdrehen kann, hat Jacob seinen Arm gehoben.

Die violetten Giftstacheln, die seitlich aus seinem Unterarm ragen, schießen wie Pfeile durch die Luft und durchbohren die Brust des Terroristen, der noch genug Kraft hatte, um sich zur Tür zu schleppen.

Der Mann geht mit glasigen Augen zu Boden. Die Waffe, die er auf mich gerichtet hatte, gleitet aus seiner schlaffen Hand.

Jacob starrt auf seinen Arm. „Ich … Das ist noch nie passiert."

Ich schlucke schwer und denke an die Kraft, die mich vor wenigen Augenblicken durchströmte und stärker war als alles, was ich je zuvor gespürt habe. „Unsere Fähigkeiten entwickeln sich anscheinend weiter."

Jacobs Mund verzieht sich zu einer schiefen Linie, als wäre er sich nicht sicher, was er von dieser Entwicklung halten soll. Dann winkt er mich zu sich heran.

„Du hast recht. Wir müssen von hier verschwinden. Clancys Auftraggeber wollen sicher auch, dass wir weg sind, bevor sie hier auftauchen. Wo ist mein Bruder?"

Während wir über den Hof laufen, halten Jake, Zian und ich kurz inne, um eine Waffe zu konfiszieren. Wir sprechen nicht darüber, da alles direkt an die Wärter übermittelt wird, doch die ernsten Blicke, die wir austauschen, sagen genug.

Uns steht noch ein weiterer Kampf bevor.

Griffin, Sully und Lindsay treten aus dem Gebüsch am

Hang hervor und kommen uns entgegen, als wir auf sie zueilen. Griffin geht schnurstracks auf seinen Zwillingsbruder zu und legt Jacobs Arm um seine Schulter, um ihn zu stützen.

„Ich schaffe das schon", murmelt Jake, doch ich könnte schwören, dass er sich gleichzeitig ein wenig entspannt.

Sully wirft einen Blick auf den Schafstall mit der blutverschmierten Erde und den verstümmelten Kadavern. Er braucht nichts zu sagen.

Meine Schultern spannen sich an. „Ich habe getan, was ich tun musste."

Sein Kiefer verkrampft sich, aber er nickt.

Jacob gibt einen rauen, verächtlichen Laut von sich. „Besser wir als die."

Lindsay lässt ihren besorgten Blick über den Innenhof hinter uns schweifen. „Wo ist George?"

Zian zuckt zusammen. „Er … Als die neuen Angreifer auftauchten und auf uns feuerten, haben wir es nicht rechtzeitig geschafft, in Deckung zu gehen."

Ich hasse den Schatten der Qual, der über ihr Gesicht huscht. Sie schweigt einen Moment lang und fragt dann: „Was ist mit den Geiseln? Geht es ihnen gut?"

Meine Gedanken kehren zu der Szene in dem Gebäude zurück, in dem ich gerade meine Kräfte entfesselt habe. Auch wenn ich überwiegend Terroristen vernichtet habe, waren ein paar Dorfbewohner unter den Toten.

„Den meisten schon", antworte ich nachdenklich. Die Aufständischen haben nicht allzu viele Dorfbewohner gequält, obwohl alles schiefgelaufen war.

Griffin weist uns den Weg zu dem Van, mit dem wir angekommen sind und der etwa einen Kilometer entfernt geparkt ist. „Sie waren gierig. Das habe ich die ganze Zeit gespürt. Ein paar von ihnen waren wütend, als sie sahen, was passiert war, doch die meisten waren weiterhin hoffnungsvoll, hungrig ... Sie wollten, was auch immer sie für die Freilassung der Geiseln gefordert haben.“

„Sie wollten nicht zu viele ihrer Druckmittel verlieren“, ergänze ich mit einem Schaudern.

Zian stößt ein krächzendes Glucksen aus. „Hätten sie nach der ersten Runde aufgegeben, hätten sie auch überlebt. Sie wurden wohl ein bisschen zu gierig.“

„Vielleicht ist es so besser für Clancy. Er wird bekommen, was ihm zusteht.“

Ich bleibe ruhig, doch ich weiß, dass die Jungs die versteckte Bedeutung meiner letzten Worte verstehen. Wir alle wissen, was ihm von unserer Seite zusteht.

Griffin nickt. „Andreas und Dominic werden sich Sorgen um uns machen, aber sie waren auf alles vorbereitet, was passieren könnte. Wenn sie sehen, in welchem Zustand wir sind, werden sie uns helfen.“

Damit will er sagen, dass sie darauf warten, dass wir bei unserer Rebellion gegen Clancy die Führung übernehmen, und sich uns anschließen werden. Das ergibt Sinn.

Immerhin hatten wir Gelegenheit, uns zu bewaffnen, und werden in Clancys provisorischer Basis auch mehr Bewegungsfreiheit haben als die beiden.

Die Baumgruppe, hinter der unser Fahrzeug versteckt ist, kommt vor uns in Sicht, und ich beginne die Möglichkeiten in meinem Kopf durchzuspielen. Doch selbst nachdem wir eingestiegen sind und uns angeschnallt haben, bin ich mir nicht sicher, wie es weitergehen soll.

Zian und Jacob sind durch ihre Verletzungen ein wenig eingeschränkt, und Griffin ist kein guter Kämpfer.

Es wird wieder auf mich ankommen.

Clancy und seine Wärter-Kollegen haben Drey, Dom und ein paar der jüngeren Schattenblüter sozusagen als Geiseln bei sich. Ich glaube nicht, dass sie zögern würden, die

Jüngeren umzubringen, wenn sie merken, dass wir uns ihnen widersetzen.

Schließlich halten sie nur uns Erstlinge für wertvoll. Das hat Clancy bestätigt, als er Dominic geradezu herausgefordert hat, Celine zu töten.

Und wenn sie zu früh von unserer Rebellion Wind bekommen, werden sie nicht einmal Dom und Drey freundlich gesinnt sein. Unsere Freunde werden uns nicht helfen können, wenn sie in Qualen ertrinken.

Ich muss mich zuerst um ihn kümmern. Wenn er nicht mehr die Befehle erteilt, wird es einfacher sein, mit den anderen fertig zu werden.

Womit könnte ich ihn dazu bringen, einen fatalen Fehltritt zu begehen? Was fürchtet er zu verlieren? Und zwar so sehr, dass es ihn dazu bringen könnte, unüberlegt zu handeln?

Die Antwort steigt wie eine Signalfackel aus den Tiefen meines Geistes empor: Wir.

Das ist es, oder? Er hat seine ganze Karriere darauf verwendet, uns unter seine Kontrolle zu bringen, und jetzt sind wir unerlässlich für ihn, damit er die Rolle des heldenhaften Retters spielen kann, von der er geträumt hat.

Es muss einen Weg geben, wie ich diese Tatsache nutzen kann.

Ich ziehe meine Katzen- und Garnkette unter meinem Shirt hervor und lasse sie vorsichtig auf- und wieder zuschnappen. Der vertraute Klang vermischt sich mit dem Dröhnen des Motors.

Ein Plan formt sich in meinem Kopf. Ich weiß nicht, wie er enden wird, weil so viel von Clancys Reaktion abhängt. Doch je länger ich darüber nachdenke, desto zuversichtlicher werde ich.

„Wenn wir an der Basis ankommen", sage ich leise,

„wartet, bis ich euch ein Signal gebe. Und dann tut, was ihr tun müsst."

Jacob, der neben mir sitzt, drückt meine Hand, und Zian stößt von hinten ein anerkennendes Grunzen aus. Griffin, der hinter dem Steuer sitzt, gibt kein sichtbares Zeichen, doch ich spüre eine warme Akzeptanz.

Diese wortlose Botschaft sagt alles, was ich wissen muss.

Clancys Basis befindet sich am Rande der unbefestigten Straße in einem militärisch anmutenden Lastwagen, an dem ein Anhänger mit Überwachungsgeräten befestigt ist. Beide Fahrzeuge sind in Tarnfarben lackiert. Als wir einen letzten Hügel erklimmen, bevor er in Sichtweite kommt, ertönt seine gleichmäßige Stimme aus unserem Funkgerät.

„Parkt sechs Meter entfernt und geht den Rest der Strecke zu Fuß. Dann steigt hinten in den Anhänger ein."

Die Waffen, die wir mitgenommen haben, werden wir also nicht benutzen. Sie sind zu groß, um sie unter unserer Kleidung zu verstecken.

Griffin fährt zu der angegebenen Stelle und parkt. Wir steigen aus und gehen auf den Anhänger zu.

Ich bleibe zurück und lasse den anderen den Vortritt, während ich meine Füße über den Boden schleife, als könnte ich sie nicht ganz heben.

Clancy weiß, dass ich nicht tot bin und mein Überwachungsband kaputt ist. Doch er hat keine Ahnung, was sonst noch mit mir passiert ist.

Wahrscheinlich ist er nervös und hofft, dass die Tatsache, dass ich zusammenhängende Sätze sprechen kann, bedeutet, dass es sich nicht um einen echten Notfall handelt.

Nun, jetzt wird er einen Notfall bekommen.

Als wir auf den Anhänger zugehen, taumle ich absichtlich. Meine Knie knicken unter mir ein.

Ich falle und stütze mich mit den Handflächen auf der Erde ab. Ein Stöhnen entweicht meinen Lippen.

„Riva!"

Ich glaube, Jacob muss seine Panik nicht einmal vortäuschen. Die Farbe weicht ihm aus dem Gesicht, und er stolpert so schnell zu mir zurück, wie es sein verwundetes Bein zulässt.

Zian folgt mit einem Knurren und lässt seinen Blick über die Landschaft gleiten, als würde er nach neuen Feinden Ausschau halten.

Ich lasse mich auf die Seite fallen. Durch die Schlitze meiner halb geschlossenen Augenlider sehe ich, wie Clancy aus dem Lastwagen springt.

Ich hatte nicht gewusst, ob er Dominic zu mir schicken oder selbst kommen würde. Vielleicht sollte ich froh sein, dass er sich genug um mich sorgt, um persönlich nach mir zu sehen. Wenn auch aus völlig egoistischen Gründen.

Obwohl es vielleicht nicht nur seine eigenen Gefühle waren, die ihn zur Sorge antrieben. Griffin hat meine Anweisungen gehört. Und er ist klug genug, um zu erkennen, dass ein zusätzlicher Schub an Panik zu unseren Gunsten wirken würde.

Trotzdem durchfährt mich ein plötzlicher Schmerz des Verlustes. Dieser Mann war ein Monster für uns, aber er ist auch der einzige Wärter, der jemals versucht hat, uns ein annähernd richtiges Leben zu ermöglichen.

Wenn ich meinen Plan durchziehe, geben wir diesen Traum auf. Wir werden wieder auf der Flucht sein und als Monster betrachtet werden.

Zumindest von den Wärtern. Eine Entschlossenheit durchdringt den Schmerz und beruhigt mich. Denn ich weiß, dass wir so viel mehr sein können, als selbst unser neuer Wärter sich jemals vorstellen konnte.

Eine weitere Wärterin springt hinter Clancy aus dem Wagen. Als die beiden auf mich zueilen, erschaudere ich und erschlaffe wieder.

„Nimm ihre Beine. Wir bringen sie zu Dominic", weist Clancy seine Untergebene an, und ich höre die Sorge in seiner Stimme. Er beugt sich vor und packt mich an den Schultern.

Meine Krallen gleiten aus meinen Fingerspitzen. Jetzt oder nie.

Für das bisschen Gute, das er inmitten des Bösen zu bewirken versucht hat, verdient er es, dass sein Tod zumindest bezeugt wird.

Ich öffne die Augen, reiße meinen Arm nach oben und fahre mit meinen Krallen über Clancys Kehle.

Sein Blut spritzt über mein Gesicht und mein Haar. Nur einen Augenblick, bevor er zusammenbricht, starrt er auf mich herab, Schock und das kurze Aufblitzen von Wut verzerren seine Züge.

Du hast es so gewollt, denke ich. *Du wolltest uns zu sehr, um uns gehen zu lassen.*

Clancys sterbender Körper sinkt zu Boden, und die Wärterin stößt einen Schrei aus, der jedoch in einem Knacken untergeht, als Jacob ihr mit seiner Kraft das Genick bricht. Noch bevor sie auf dem Boden aufschlägt, sprinte ich zum Anhänger.

Als ich die Türen aufreiße, herrscht totales Chaos. Andreas und Dominic haben ihr Stichwort wohl verstanden.

Drei der Wärter umkreisen einander und brüllen verwirrt durcheinander. Dominic hat einen anderen mit einem Tentakel im Würgegriff.

Ein weiterer liegt ausgestreckt vor Andreas' Füßen, immer noch zuckend von dem Stoß, den Drey dem Mann mit dem entrissenen Schlagstock versetzt haben muss.

Ich stürze vorwärts, entschlossen, die Sache zu beenden und jeden auszuschalten, der unsere Folter fortgesetzt hätte.

Ich bin mir nicht sicher, ob die Wärter wissen, wie ihnen geschieht. Ich schneide einem die Kehle durch und schlage meine Klauen in die Brust eines anderen. Plötzlich ist Zian hinter mir und schlägt einen Schädel auf den Boden des Anhängers.

Dominics Kiefer verkrampft sich, und der Mann in seinem Griff läuft lila an, als die Tentakel seinen Hals zusammendrücken und das Leben aus ihm heraussaugen. Andreas reißt ein Messer aus dem Gürtel eines Wärters und sticht es in den Rücken des Mannes, den er zu Fall gebracht hat.

Keuchend halten wir inne. Meine Nerven liegen blank, und ich warte auf den nächsten Schlag. „Waren das alle?"

„Ja", antwortet Dom leise und grimmig, als er sein Opfer loslässt.

Als ich ausatme, entweicht mir ein Laut, der einem Schluchzen gleicht. Diesmal wackeln meine Knie wirklich, als der aufgestaute Stress und die Anstrengung mich einholen.

Wir wissen nicht, in welchem Land wir sind oder wohin wir als Nächstes gehen sollen. Doch im Moment sind wir so frei wie noch nie zuvor.

VIERUNDDREISSIG

Riva

Wir sind zwar frei, aber noch lange nicht fertig.

Dominic hat das Blut auf Zians Kleidung gesehen und eilt auf ihn zu. Während er ihn nach draußen scheucht, um einen Strauch oder Baum zu suchen, von dem er Heilkraft beziehen kann, wende ich mich den drei jüngeren Schattenblütern zu, die sich im hinteren Teil des Anhängers zusammengekauert haben.

Ich sehe Devon, Booker und ein vierzehnjähriges Mädchen namens Harriet, die sich während unserer vorherigen Flucht stoisch ruhig verhalten hat. Clancy hat die beiden Paare unter den jüngeren Schattenblütern getrennt und Ajax und Nadia zurückzulassen. Möglicherweise um mehr Einfluss auf ihre Partner und uns Erstlinge auszuüben.

Schweigend betrachten sie das Gemetzel, das wir hinterlassen haben, und richten ihren Blick dann auf mich. Clancys Blut klebt in meinem Haar und auf meiner Haut.

Ich wische mir mit dem Ärmel über das Gesicht, doch es ist zu spät, um einen sauberen Auftritt hinzulegen. Bookers Kiefer zuckt.

Wir hatten keine Möglichkeit, sie in unsere Pläne einzuweihen. Diese Revolte ist weitaus schlimmer als die erste, der sie sich angeschlossen haben.

„Wir werden zurückgehen und die anderen befreien", verspreche ich. „Sofort. Ohne Clancys Befehle wird die ganze Organisation auseinanderbrechen, zumindest, solange die Wärter überlegen, wie es weitergehen soll. Ein paar von uns gehen zurück zum Flugzeug und bringen den Piloten dazu, uns zur Insel zu bringen, um den Rest der Schattenblüter zu holen. Die anderen suchen einen sicheren Ort, an dem wir uns neu formieren können. Okay?"

Devon reibt sich mit der Hand über den Mund und erschaudert ein wenig. „Werdet ihr auch die Wärter auf der Insel umbringen?"

„Nicht, wenn sie uns nicht in die Quere kommen", murmelt Jacob. „Es liegt ganz an ihnen."

Auf Dominics Winken hin humpelt er aus dem Anhänger und zu unserem Heiler. Griffin stellt sich neben mich und geht in die Hocke, um auf Augenhöhe mit den jüngeren Schattenblütern zu sein.

„Es ist verständlich, dass ihr verunsichert seid", sagt er. „Wir hätten euch gern früher in unsere Pläne einbezogen, aber wir hatten keine Möglichkeit dazu, ohne dass die Wärter es mitbekommen hätten."

Andreas legt den Kopf schief, seine Stimme ist tief und rau. „Sie hätten uns auf keinen Fall gehen lassen, solange sie noch am Leben waren. Ich denke, das ist uns allen klar."

Booker zögert. „Sie waren bereit, uns zu verletzen, vielleicht sogar uns drei zu töten, um euch in Schach zu halten."

„Ja." Meine Miene verfinstert sich. „Ihr werdet nie wieder

in so eine Lage kommen, weder ihr drei noch Nadia oder Ajax oder einer der anderen. Wir werden aufeinander aufpassen. Wir sind vom gleichen Blut, und das können sie uns nicht wegnehmen, egal was sie tun."

Harriet senkt den Kopf. „Ich will nicht zurück auf die Insel. Oder in eine andere Einrichtung."

„Das musst du auch nicht", versichert Griffin ihr. „Kommst du mit uns? Ich denke, wir sollten den Anhänger zurücklassen."

Andreas wirft einen Blick auf die zusammengesackten Körper im Innenraum sowie das Blut und die Werkzeuge, mit denen die Wärter ihre „Druckmittel" quälen wollten, wenn wir nicht gehorchen. „Ja. Er würde uns nur aufhalten."

Die jüngeren Schattenblüter setzen sich vorsichtig in Bewegung. Als Griffin sie aus dem Anhänger führt, wende ich mich an Andreas. „Was hast du mit den Wärtern gemacht, um sie so zu verwirren?"

Er verzieht gequält das Gesicht. „Ich habe das Gedächtnis eines Mannes komplett gelöscht, sodass er nicht mehr wusste, wer er war und warum er hier war. Dann habe ich einen anderen aus dem Gedächtnis aller anderen gelöscht, sodass sie nicht wussten, woher er gekommen war. Und anschließend habe ich noch ein paar projizierte Bilder in den Mix geworfen, um sie noch mehr zu verwirren."

Ein Hauch von Anspannung liegt in seiner Stimme, und ich glaube nicht, dass es nur an der Energie liegt, die der Einsatz seiner Fähigkeit ihm abverlangt hat. Er fühlt sich mit der monströsesten Seite seiner Fähigkeiten genauso unwohl wie ich mich mit der meinen.

Ich drücke seinen Arm. „Wir haben alle getan, was wir tun mussten. Jetzt können wir unser Leben selbst in die Hand nehmen."

„Ja." Er beugt sich vor, um mir einen schnellen, heißen Kuss auf die Lippen zu drücken, und lehnt seine Stirn an meine. „Ich werde bei jedem Schritt an deiner Seite sein, Tinkerbell."

Wir sammeln die Telefone und Waffen der Wärter ein und steigen aus dem Anhänger, den Zian gerade von dem Lastwagen abkoppelt.

„Wir werden zwei Fahrzeuge brauchen, um alle unterzukriegen." Er nickt in Richtung des Vans, mit dem wir angekommen sind.

Tegan, die das Geschehen beobachtet, schlingt die Arme um ihre Mitte. „Werden uns die übrigen Wärter nicht verfolgen, wenn wir die anderen von der Insel holen?"

„Darum kann ich mich kümmern", sagt Andreas. „Zumindest teilweise. Sobald wir die anderen von dort weggebracht haben, werde ich Clancy aus dem Gedächtnis aller Wärter löschen. Wenn sie sich nicht an ihn erinnern, werden sie sich auch nicht an sein Projekt erinnern. Es wird zwar Aufzeichnungen geben, aber es wird eine Weile dauern, bis sie alles zusammengesetzt haben. Diese Zeit können wir nutzen, um unsere Spuren zu verwischen."

Ich schaue in den vorderen Teil von Clancys Wagen, wo Jacob auf dem Fahrersitz Platz genommen hat. „Gibt es hier ein funktionierendes Radio? Wenn wir lokale Sender empfangen, können wir auf der Fahrt zum Flugzeug herausfinden, wo genau wir sind."

Stirnrunzelnd betrachtet er die Armaturen. „Sieht so aus. Lasst uns von hier verschwinden. Wir können die Details klären, sobald wir die Landebahn erreichen."

„Klingt gut." Mir gefällt die Idee, Abstand zwischen uns und Clancys Einsatzort zu bringen, und sei es nur, weil ich keine Ahnung habe, inwiefern seine Kunden über die Details seiner Operationen Bescheid wissen … oder wann sie eintreffen könnten, um nachzusehen, ob er erfolgreich war.

Dominic tritt neben mich und legt einen Tentakel sanft um meine Taille. „Geht es dir wirklich gut, Riva?"

Ich lächle ihn an und lasse mich einen Moment lang in seine Umarmung sinken. „Es geht. Aber ich freue mich schon auf eine Dusche.“

Er stößt ein raues Glucksen aus und drückt mir einen Kuss auf die Wange, ohne Rücksicht darauf, was ich mir gerade von der Haut gewischt habe. „Hoffentlich bekommst du bald die Gelegenheit dazu.“

Wir steigen in die Fahrzeuge. Jacob, Dom, die Jugendlichen und ich nehmen den Lastwagen, während Griffin, Zian und Andreas zum Van gehen. Jacob lässt den Motor an und dreht das Lenkrad, um auf die Straße abzubiegen.

„Auf Nimmerwiedersehen“, sagt er, ohne einen Blick zurückzuwerfen.

Jake folgt dem Van, der vor uns herfährt. Ich atme tief durch und spüre, wie sich meine Nerven langsam beruhigen.

Gerade als ich mich umdrehe, um nach den anderen zu sehen, erfüllt eine Explosion die Luft jenseits des Rückfensters.

Der Anhänger geht in einer Flammenwolke auf und Jacob flucht, als der Aufprall den Boden unter den Reifen erschüttert.

„Ich hätte nicht gedacht, dass wir …“, beginnt er.

Dominic schüttelt den Kopf, sein Körper ist angespannt. „Das waren nicht wir. Das …“

Er verstummt, als etwas gegen die Seite des Wagens prallt.

Unser Fahrzeug gerät ins Schleudern und überschlägt sich.

Die Türen fliegen aus den Angeln, und wir werden auf die trockene Erde am Straßenrand geschleudert.

Mein Kopf schlägt gegen den Stahlrahmen, und Jacob hängt in seinem Sicherheitsgurt und murmelt vor sich hin. Dominic liegt außerhalb meiner Reichweite am Straßenrand.

Nicht, dass ich im Moment *in der Lage* wäre, überhaupt jemanden zu erreichen. Mein Kopf schmerzt und dreht sich.

Ich bekomme keinen Ton heraus und habe keine Ahnung mehr, wie man sich bewegt. Der Schmerz schwappt in Wellen durch meine Glieder.

Dann poltern Schritte über den rissigen Boden, und ich nehme verschwommen zwei Gestalten wahr, die sich über mich beugen. Sie gehören einem breitschultrigen Mann und einer drahtigen Frau.

„Ihr habt gute Arbeit geleistet, Schattenblüter", sagt der Mann in einem rauen, amüsierten Bariton. „Ihr habt die Hälfte *meiner* Arbeit erledigt."

Mein Mund öffnet und schließt sich, während ich nach Worten ringe. Nach einem Schrei. Nach irgendetwas.

Der Mann wendet sich an die Frau. „Toni, sie müssen von Anfang an verstehen, dass mit mir nicht zu spaßen ist. Wir fangen mit dem mit den Tentakeln an."

Er deutet mit seinem Finger auf Dominic, und die Frau hebt eine Pistole, die ich bisher nicht bemerkt habe. „Natürlich, Mr. Balthazar."

„Nein!", stoße ich hervor. Meine Stimme ist gerade mal ein Flüstern, doch ich schaffe es, meinen Arm zu heben …

Bis etwas von hinten gegen meinen Kopf knallt und alle Gedanken aus meinem Kopf verschwinden.

Ein Schuss ist das Letzte, was ich höre, bevor mich die Dunkelheit einholt.

ÜBER DEN AUTOR

Eva Chase ist eine Amazon Top 100-Bestsellerautorin für Urban Fantasy und paranormale Liebesromane. Sie ist mit Magie, Chaos und Herzschmerz aufgewachsen und bringt alle drei Elemente in ihre Geschichten ein. Aber keine Angst vor dem gefürchteten Liebesdreieck - Evas Heldinnen müssen sich nie entscheiden. Online findet man sie unter www.evachase.com.